U0913899

苏州园林艺文集丛编委会

主　　任：衣学领　陈大林

副 主 任：茅晓伟　周祺林

主　　编：衣学领

副 主 编：周苏宁

编　　务：程斯嘉

编　　委：周苏宁　徐学民　韩立波　刘　伟

孙剑锋　薛志坚　罗　渊　张　婕

徐伟民　贺风春　周　益　张　军

毛安元　赵志华　周　军　刘　泓

【图1】留园入口的过道夹弄（郑可俊摄）

【图10】网师园槃涧与引静桥（童翎摄）

【图12】干将东路“姑苏情结”雕塑（朱剑刚摄）

【图13】拙政园枇杷园庭院（童翎摄）

【图14】拙政园听雨轩雨中芭蕉（鲁深摄）

【图21】环秀山庄湖石假山（朱剑刚摄）

【图24】怡园抱绿湾（张维明摄）

【图31】狮子林立雪堂前木香（朱剑刚摄）

【图27】怡园雾中白皮松（陈健行摄）

【图28】网师园二乔玉兰（朱剑刚摄）

【图29】耦园受月池中落花（张维明摄）

【图30】拙政园池畔新柳（朱剑刚摄）

【图35】拙政园“野航”壁间光谱化（萧宇摄）

【图37】拙政园远借北塔夕辉（陈兰雅摄）

【图39】吴江黎里古镇望恩桥水中倒影（张维明摄）

【图49】苏州定慧寺巷罗汉院双塔（蔡开仁摄）

【图41】网师园殿春簃花窗框景（陆峰摄）

【图57】今日枫桥与铁岭关夜景（左彬森摄）

诗心画眼

苏州园林美学漫步

金学智 著

中国水利水电出版社
www.waterpub.com.cn
·北京·

内 容 提 要

本书为苏州园林美学的散文自选集，形式上，短小活泼、体裁多样，有题词、小品、随笔、漫话、赋赞、论议、序跋、沉思录、知见录、古文评注、史料钩沉等，体现为丰富性、趣味性、学术性三位一体的交融；内容上，包括匠心妙构、园中庭院、峰石巡礼、水泉花木、声色光影、园缘散叶、序跋留痕、论议选编等栏目。

图书在版编目（CIP）数据

诗心画眼 ：苏州园林美学漫步 / 金学智著. -- 北京 ：中国水利水电出版社，2020.9
（苏州园林艺文集丛 / 衣学领主编）
ISBN 978-7-5170-8869-1

Ⅰ. ①诗… Ⅱ. ①金… Ⅲ. ①散文集－中国－当代
Ⅳ. ①I267

中国版本图书馆CIP数据核字(2020)第175204号

书 名	诗心画眼：苏州园林美学漫步 SHIXIN HUAYAN: SUZHOU YUANLIN MEIXUE MANBU
作 者	金学智 著
出版发行	中国水利水电出版社 （北京市海淀区玉渊潭南路1号D座 100038） 网址：www.waterpub.com.cn E-mail：sales@waterpub.com.cn 电话：（010）68367658（营销中心）
经 售	北京科水图书销售中心（零售） 电话：（010）88383994、63202643、68545874 全国各地新华书店和相关出版物销售网点
排 版	北京水利万物传媒有限公司
印 刷	北京蓝图印刷有限公司
规 格	185mm×260mm 16开本 23印张 353千字
版 次	2020年9月第1版 2020年9月第1次印刷
定 价	128.00元

凡购买我社图书，如有缺页、倒页、脱页的，本社发行部负责调换

版权所有·侵权必究

总序

苏州园林永恒之魅
艺文

世界建筑大师贝聿铭说：艺术与历史才是建筑的精神。这句话完全可以引申来说苏州园林精神。

无独有偶。1997年，联合国教科文组织世界遗产委员会在批准苏州古典园林列入《世界遗产名录》时的评语说："没有哪些园林比历史名城苏州的园林更能体现出中国古典园林设计的理想品质，咫尺之内再造乾坤。苏州园林被公认是实现这一设计思想的典范。这些建造于11—19世纪的园林，以其精雕细刻的设计，折射出中国文化中取法自然而又超越自然的深邃意境。"这段评价翻译成中文尽管只有100余字，但字字珠玑，把苏州古典园林诞生的时代，历史背景，艺术特点，特别是蕴含其中的精神遗产——"咫尺之内再造乾坤"的理想品质和深邃意境，阐述得淋漓尽致，也是对苏州园林精神最精辟的诠释。

自从苏州古典园林列入世界遗产以来，关注、研究的人越来越多，出了很多好作品。但我们也发现，关于苏州园林，总有说不完的话题，写不尽的文章。这是因为，人们的认识总是在不断深化的，甚至是螺旋式的，对苏州园林的研究和理解也是如此。苏州园林作为一个历史代名词、文化符号、人居样板，内涵深厚而又多姿多彩，博大精深而又引人入胜，因此我还说过，无论是管理工作还是研究工作，必须"十年磨一剑"，方能获得"真经"。

有关苏州园林文化艺术的研究，从古到今，文献资料浩瀚如海，传世之作亦是丰富多彩，如明代计成的《园冶》、文震亨的《长物志》，为世界园林学界所推崇。近现代以来，不仅名园遍布苏州古城内外，园林文化艺术亦至臻至美，炉火纯青，达到顶峰。在研究领域，远的不说，1979年出版的刘敦桢《苏州古典园林》巨著具有里程碑、教科书意义，把苏州园林学术水平从一般的"闲雅文化"推向科学文化高峰，从而获得了当年的国家科学技术一等奖。此后，一大批国内著名学者的重要著作问世，如周维权的《中国古典园林史》、陈从周的《说园》、彭一刚的《中国古典园林分析》等等，均有大量篇幅研究苏州园林，影响甚远。

在众多研究苏州园林的学者中，不乏苏州的专家学者，他们占了天时地利，又以勤奋精神耕耘在苏州园林的天地里，日积月累，硕果累累，如金学智的《中国园林美学》，曹林娣的《苏州园林匾额楹联鉴赏》，还有苏州人邀请罗哲文、陈从周担任主编、苏州作者撰稿的《世界文化遗产苏州古典园林》，苏州市园林局编撰的《苏州园林风景绿化志丛书》（21卷），以及一大批文史、旅游类专著，极大丰富了当代苏州园林文化艺术宝库。这些研究成果，有的已出版发行，还有一些却“藏在殿堂”无人识，甚至可望而不可即，极为遗憾，极为可惜。

为了把更多的园林文化艺术研究成果推向社会，发挥多重效益，2007年，我在担任苏州市园林局长期间，曾组织编写了一套《苏州园林文化丛书》七册，第一辑3本书出版后竟然大受市场欢迎，不到一年就售罄，当年还被澳大利亚国家图书馆收藏。之后又编辑出版了第二辑4本书，亦受到读者喜爱，被不少读者奉为自己的“案头书”，成为他们的工具书、参考书。其间这套丛书还先后获得江苏省档案图书精品奖。一转眼，十几年过去了，还常有人向我讨要这些书，只可惜早已难觅了。

这几年，我已离开行政岗位，担任了苏州市风景园林学会领导工作。学会是一个以学术研究为主的社会组织，经常要围绕学术问题进行讨论，因此，这几年我对苏州园林研究工作有了更直接更深刻的感受。我们经常讨论诸如如何将近些年具有代表性的新成果推介给社会的问题，由此萌生了再编辑一套苏州园林艺文丛书的想法，很快得到学会班子成员的一致认可。适逢中国水利水电出版社、北京文通天下图书有限公司有意围绕苏州城市品牌“园林”出版图书。我们见面一谈，一拍即合，随后双方就此进入合作进程。研思路，订方案，选作者，出样稿，拟书名，筹经费，签协议，经过半年多磨合，终于在2018年底前将一切事宜敲定下来。总书名《苏州园林艺文集丛》，第一辑6本书，即：董寿琪编著的《林泉卧游：苏州园林山水画选》、茅晓伟、周苏宁、沈亮编著的《史迹留痕：苏州园林名胜旧影》、詹永伟编著的《经典营构：苏州园林建筑鉴赏》、金学智撰作的《诗心画眼：苏州园林美学漫步》、衣学领撰作的《绿色回响：苏州园林行思录》、周苏宁编著的《名典品读：拙政园文史揽胜》，并确定2019年下半年陆续出版，以此作为苏州市风景园林学会献给中华人民共和国成立70周年的礼物，同时也是苏州市风景园林学会成立40周年的纪念。

苏州园林文化艺术是一个挖掘不完的宝库，我们计划将陆续安排丛书的第二辑写作和编辑工作，为广大园林研究者、爱好者和旅游读者提供更多苏州园林的精神产品，不断耕耘丰富园林文化艺术园地。

相信这套由苏州地方专家学者和管理工作者精心写作、并由出版社精心编辑的丛书，一定能得到社会欢迎，得到读者的认可、喜爱。亦敬请读者品鉴。

谨此为序。

2019年5月30日于苏州三亦书斋

（作者系苏州市风景园林学会理事长，苏州市园林和绿化管理局原局长）

写在前面

我从事美学研究，起步较早，自1958-1959年开始写第一篇论文《李白笔下的自然美》，至今已有整整六十年的时间了，可说是“学术生涯，一个甲子”。至于美学著作的出版，从第一本《书法美学谈》至今，屈指算来，也有三十余年了。而所写文章的体裁类型，除了长篇美学论文外，更多的是短小的艺术随笔，或者说是美学小品，或“文”与“艺”的相互交叉，其交叉的范围，涉及园林、书法、文学、绘画、建筑、雕塑、篆刻、音乐、舞蹈、戏曲等，而以园林作为重中之重。

再说自己文集的出版，第一本是《苏园品韵录》，2010年由上海三联书店出版。如果从遴选、修改集子中的文章算起，至今也已整整十年了。该集的地域和题材的范围，主要是苏州的风景园林、名胜古迹，不过也有一些是写外地的（如南京、绍兴、扬州、岭南……），由于敝帚自珍，舍不得“割忍”，故也收了进来。集子里的文章，绝大部分选自旧作，同时又考虑到补缺和更新，也适当写一些新作，而对某些旧作，作了不同程度的增删修改，所以也不能说纯粹是“旧”了。当然，有些文章则是绝对不能改的。总之，当时由于园林是研究重点，可选的文章数量极多，所以选得不免有些“滥”，今天看来，其中较多是不一定入选的。

而今，十年后的这第二本文集，和第一本相比，有如下不同：

在题材、地域上，严格控制在苏州及其所属县市以内的风景园林，非苏州的一律不选（江南三大名石等除外），而其覆盖面则尽量求广。

在新旧程度上，删去原来篇数的一半以上，原书中可选可不选的一律不选，这是为力求以新的面貌问世，不给人以旧作重印之感，还需说明，其中即使是保留篇目，也可能略有小修改，或正、副标题有所变动，以体现一定的新意。凡是改题、小修改乃至大改动，文后出处一律不用“载”，而用“原载”二字标明。

本集中凡选自笔者所发于各类报刊或其他各类书籍（包括自己的著作）者，亦于文后用“载”或“原载”交代出处，无交代者则均为新作。

在体裁上，比前一本更丰富些，有题辞、小品、随笔、随感、赋、赞、论、议、序（含前言）、跋（含后记）、沉思录、知见录、古文评注、史料钩沉等，力求形式丰富，活泼多样，有一定可读性，当然，极少量论文并不一定如此。

在篇幅上，以短小为主，最短只有一百余字，而一般则在两三千字，也有一些自认为代表性的长篇论文。至于自己一系列有关园林的著作，为了鸿爪雪泥留痕，故每本必留迹，或为前言，或为后记，这往往是另拟正标题，而远期的往往仅选其片段，意在点到为止，近期著作中的则往往选得较长，但不论何种情况，选文凡有删节，其处均用省略号表示，在标题后则用一“〔节〕”字表示。

在内容性质上，我在20世纪80年代后期拟写的第一本关于园林的书，就题为《苏州园林美学》，但由于当时积累不多，理解不深，不免单薄，而出版社又同时考虑到读者面不广等问题，劝我改题，改写为《中国园林美学》，我感到言之有理，即欣然接受，但对苏州园林我却始终未能忘情，陆续写了大量的苏州园林艺术随笔、美学小品。90年代后期，我又为谢孝思先生主编的《苏州园林品赏录》写了长达数万字的美学品赏文字，依然题为《苏州园林美学》，接着还为苏州大学出版社的“苏州文化丛书”写了一本《苏州园林》……

而今，情况已迥乎不同，这可从主观、客观两方面来看：作为主体的我，在写了多部园林美学专著（书中往往以苏州园林为典型例证并加品赏、分析）之后，对园林艺术的认识随之有所提高，特别是对苏州园林美学的理解相应增深，资料的积累也更丰富了，因此，这本集子就决定题为《诗心画眼：苏州园林美学漫步》。“漫”者，随意之谓也，无拘无束，自由自在，可短可长，可文可白，可描叙，可说明，可议论，可抒情……凡是漫谈、漫议、漫记、漫话，乃至精神的漫游，均可涵盖其中。在客观上，苏州古典园林早已成为世界文化遗产，蜚声全球，游人摩肩接踵而至，知名度今非昔比。

还需略释“诗心画眼”。长期以来，我有一个体悟：园林里充满着诗情画意的美，它是凝固的诗，立体的画。因此，构园、游园、赏园、品园，必须有一颗诗人的灵心——“诗心”，再加一双画家的慧眼——“画眼”，这才能很好地创造、审美、接受、游览。否则，园林的美对他说来，毫无意义，不是对象，正如马克思所说，“对于不辨音律的耳朵说来，最美的音乐也毫无意义，音乐对他说来不是对象……如果你想得到艺术的享受，你本身就必须是一个有艺术修养的人”。本书正是以在一定程度上提高读者的艺术修养为旨归。

自己感到，在三四十年不短的时间里，先从《苏州园林美学》出发，再在《中国园林美学》里转了一个大圈，最后仍然回到原点——回归到《苏州园林美学漫步》，这一精神漫游的旅程，是很有意思的。

至于回到原点，也并非严格意义地回到原点，自我掂量一下，许是所谓“否定之否定”，“螺旋式上升”吧？那么，究竟是与不是，还是请专家和广大读者来评鉴！

作者

2019 年 5 月

目 录

三、峰石巡礼

四、水泉花木

五、声色光影

六、园缘散叶

七、序跋留痕

八、论议选编

一、匠心妙构

辞程才以效伎，意司契而为匠。

——［西晋］陆机《文赋》

大匠不以式囿人，而能信手拈来，法存其中，皆成妙构。

——陈从周《苏州环秀山庄》

苏园入口的空间艺术

俗话说，万事开头难，艺术创作同样如此。一幅画的第一笔从何处开始，一首曲子开头采用怎样的乐思，一篇小说先从哪里写起，一首诗的第一句写什么……这都是非常重要而又极费推敲的，因为它在某种程度上影响着作品整体的艺术质量。所以，古希腊哲人柏拉图说，“良好的开端，等于成功的一半”。

一个园林的开头，是园门的入口，或者说是入口一带的空间安排。苏州有些园林的入口，确乎是惨淡经营的，颇能耐人寻味。应该说，苏州园林基本上是高墙深院式的“城市山林”。它虽然位于繁华的城市里，但其中的环境却十分幽静，具有那种“山林美”，能满足园主或人们的休息、游赏、颐养、逸乐等种种需要，以松弛精神上的紧张，排除红尘中的烦扰，维持生理心理的平衡。为此，苏州园林总是用高墙围起来，尽可能与“城市”隔绝，从而保持其山林性格。

鉴于苏州园林的审美特征，评价其入口艺术应该有三条标准：其一，在物质空间上具有隔断尘嚣的功能，即尽量少让尘氛进入高墙深院，借用现代科学的语言来说，为了环境保护，应尽量抵制噪声、烟尘之类的污染进入园中；其二，与之相应，必须尽量不让清幽静美的境界外泄，务使园内和园外的环境判然有别，从而使人们进园之后，顿生“别有天地”之感；其三，能促使作为审美主体的游人在入园过程中进行心理上的净化，为游园审美作精神上的准备。

苏州的留园，地处阛阓闹市，但是，其园林不但藏于宅后深处，而且从沿马路的门厅到宅后的园林，其间还妙有一条作为入口的窄长曲折的过道夹弄。细心的游人会察觉，进了门厅，必须从厅右转入曲而狭窄、左折右拐的长长过道，其间还数经天井、过厅和面向大天井的敞厅，再折入窄弄，而至“古木交柯”后的前廊。这一系列空间组合的变化，大小不一，宽窄不一，明暗不一，走向不一，是用了寓变化于单调的手法，其中基本上没有什么动人的景观，只是让人们在空间中徐徐行进，又不感到太乏味，而且内心充满期待。这一入口的空间过渡，在审美心理准备上有着重要的作用。

留园窄曲的过道夹弄，不但在客观上能隔断尘嚣，而且能使人们收敛视域，约束眼量，从而在进入主景区后倍添豁然开朗、眼目一亮之感。这种作用，可以陶渊明的著名散文《桃花源记》来印证。武陵渔人先是看到“山有小口，仿佛若有光”，继而进入洞中，“初极狭，才通人”，复行数十步，才顿时感到“豁然开朗”“土地平旷”，于是，良田美池、桑竹之属均展开眼前。试想，如果渔人的视觉心理不经过狭长幽邃的山洞空间的约束，能通过对比产生那么强烈的开朗感、明亮感和清新感吗？这正是“空间暗转”——通过窄曲空间以强化开朗空间之手法的审美效果。当然，留园入口与桃源入口之所以有异质同构之妙，还在于它们能令人收敛神志，排除杂念，洗涤久染的尘襟，进行心理的净化，使凡尘俗念不带或少带到园里面去。

还应指出，当人们在留园经过由暗而明、由窄而宽的“暗转”，来到“古木交柯”的天井前廊【图1，见书前彩页】，就可见迎面是一排精巧典雅、图案各异的漏窗，影影绰绰，扑朔迷离，窗外主景区如画的山光水色，似真似幻，隐约可见，令人想起《老子》的道家之言——“惚兮恍兮，其中有象；恍兮惚兮，其中有物”，令人品味不尽……这，是一种美的掩映，一种艺术的延宕。

文震亨《长物志》说，“凡入门处必小委曲”。对照留园的入口来看，它不只是小委曲，而可说是大委曲了，这是欲扬先抑、欲露先掩的艺术手法，造园家称为“抑景”。当人们几经曲折来到了“古木交柯”前，造园家还再要以“漏明墙”——开有一排漏窗之墙“唯恍唯惚”地挡住去路，必欲人们拐绕过去，这才让主景区豁然开朗地显露其“庐山真面目”。白居易《琵琶行》写琵琶女的亮相，是“千呼万唤始出来，犹抱琵琶半遮面”。这样，就让人感到一曲琵琶弹得格外美，格外动听，格外有魅力。留园入口空间的“犹抱琵琶”——曲曲折折，遮遮掩掩，“千呼万唤始出来”，也能让人感到豁然开朗的主景区格外广大，格外亮丽，格外旷远，如同桃源仙境。留园入口的空间艺术，在全国园林中堪称翘楚！

再说苏州拙政园，中部的腰门才是原来的园门，而原大门和腰门之间，也有一条狭长的夹弄，它也有约束人们视野的作用。当人们步入园门，迎面就是一座黄石假山挡住人们的视线，这种空间处理，近似曹雪芹笔下的大观园。在《红楼梦》第十七回中，贾政等一行人是这样入园的：

开门进去，只见一带翠嶂挡在面前。众清客都道：“好山，好山！”贾政道：“非此一山，一进来园中所有之景悉入目中，更有何趣？”众人都道：“极是。非胸中大有丘壑，焉能想到这里。”

其实，这完全是曹雪芹的夫子自道。一个“挡”字，一个“趣”字，说明他确乎胸有丘壑，精通造园入口的空间艺术。

写文章，有“开门见山”一法，是把需要给人知道的一下子亮出来，毫不遮掩躲闪，让人一目了然。建造园林，则反其道而行之，有“进门见山”一法，把需要给人看的用山石花木挡起来，不让人一下子看到，而是躲躲闪闪，遮遮掩掩，让人渐入佳境，从而细细咀嚼，慢慢品味，感到妙趣无穷。拙政园的入口正是如此，人们除了翻山穿洞而入之外，必须绕过假山屏障取道西侧小径，或穿过折西复折北的曲廊，才能向东进入全园的主体建筑——远香堂。当人们站在远香堂北平台上，才可见楼台亭阁，山水风物，纷至沓来，眼界为之一舒！这种“进门见山”的屏障，造园家称为“障景”，其功能是遮蔽和深藏园景，保障幽静，促成含蓄，营造意境，隔离尘氛……这多种功能和效果，都是园林审美所必需的。

【图2】沧浪亭门前的曲桥清流（江合春摄）

在苏州沧浪亭，入口的空间艺术又别开生面。它既无狭长夹弄的曲折过渡，又无假山屏障的遮蔽阻挡，而且园景露多于藏。而其入口的艺术处理，全靠园门之外的一湾清流及架于其上的曲桥【图2】。“沧浪之水清兮，可以濯吾缨……”水有着精神上的隔尘作用和洗涤作用（苏州畅园就有舫曰“涤我尘襟”）。当人们在俯瞰沧浪，信步过桥而入园时，就有可能感到眼目清凉，尘虑濯净，这种清流“洗心”，也是一种有效的审美净化……

建于苏州虎丘二山门内的拥翠山庄，对门前山坡地势的因借，也有利于隔尘。这个山地园的前部，建在垒砌的高台上，并围以书有“龙虎豹熊”擘窠大字的高墙，这都有利于锁住园景，而当人们踏上门前作为必经之路的一级又一级的石阶时【图3】，便可能产生“脚著谢公屐，身登青云梯”（李白《梦游天姥吟留别》）似的感觉，这也有其空间隔尘和逐步进行审美净化的功能，让人产生“别境”之感。

【图3】拥翠山庄门前的磴道（童翎摄）

此外，还有耦园、艺圃、怡园……各有各的巧妙，用一句俗话来说，是“八仙过海，各显神通”。

（原载《苏州杂志》1990年第1期）

艺术不欲只弹一曲

——园林洞门形式、功能琐谈

园林里少不了粉墙，而粉墙上又往往需要开辟洞门。粉墙和洞门，二者表现为“隔”与“通”，亦即“实”与“虚”互补相生的关系。所谓洞门，是不装门扇，中间纯露空明的门，它是园林构景必不可少的组成部分。粉墙和洞门，隔中有通，实中留虚，就能生发出种种审美功能来。

洞门有哪些类型和形式，又有哪些功能呢？就类型说，它基本上可分为抽象型、具象型和象征型三大类。每一类中又有种种形式，当然，这些类型、形式、功能往往交织在一起，以下按类型略述其种种形式，适当举以审美实例，必要时兼析其构景功能。

一、抽象型

抽象型，亦即几何型，以方形、圆形为基本形式。

所谓方形，实指长方、六方、八方等类，而非指正方形，因为正方形以其四边相等，不符合形式美的规律，且不说它有悖于古希腊毕达哥拉斯学派的黄金分割律，就看苏州园林里也无一例，而出现最多的是长方式的洞门（《园冶·门窗》称为“方门合角式”），其左右侧壁为长边，上面顶板为短边，这就既否定了四边的相等，又节省了墙壁的空间，人们行走还极方便，但这又与民居常态无甚区别。而园林作为艺术，其粉墙上的洞门还需要求异求变，因此往往由两边较长的直长式（纵长式）衍变，再变而为狭长式，或称为“手板式”，或称为“朝笏（古代大臣朝见时所执狭长板子）式”，这似乎属具象型了，其实，这并非真去模仿朝笏，而是它有似于朝笏，故应属抽象型。此洞门见于苏州艺圃假山西侧的墙上，门的顶边还略带弧形。与其相近的还有“执圭式”，即顶呈圭角形，它们的特点都是更节省墙壁空间。

长方式洞门的上边再求变化，还有“入角式”洞门（顶部呈“凸”字形），而应用更多的是“茶壶档式”洞门。如狮子林的“听香”洞门，这是从“茶壶档轩”移植过来的，但也并非真是模仿茶壶之档，只是有些相像而已，故亦属抽象型。“茶壶档式”的上边比起直线来，只是稍加微妙的“曲折”变化，但予人的美感就不一样了，如狮子林“燕誉堂”前檐廊两侧的洞门就如此。“茶壶档式”洞门还有饰以角花的，如留园“鹤所”的洞门，既有变化性，又有装饰性，它作为景观本身就是一种艺术创造，故称“造景”，此门还与留园东部建筑的富丽风格非常协调。“茶壶档式”还被发展为“回纹茶壶档”“葵式（夔式）茶壶档”等。

至于横长式（即阔长式、横长方式）洞门，因限于粉墙的长度和园林的空间，较少见。留园“清风池馆”有此式，但其门框的三边以微妙曲折改变了僵硬的直线。苏州虎丘万景山庄（盆景园）也有这种横长式大门，三边均为直线，上有“亦山亦水”门额，因其阔大，很有气派。

正方形或长方形求异求变，就走向正八方、长八方、正六方、长六方等各式，留园曲溪楼下的八方式“曲溪”洞门及其门框外景物，就一再进入摄影家的镜头：或是峰石亭树，或是山水轩楼，极富审美情趣，这种功能称为“框景”。长八方式洞门，见于留园“古木交柯”西墙，墙上辟窄门隔中有通，通往狭长天井——“华步小筑”，节省了墙面，增加了层次，给人以庭院深深之感，这称为“隔景”。

正方形的洞门在园林虽然绝迹，但抽象的正圆形洞门却极多，一般称为“圆洞门”或“月洞门”。如将其比作圆月，则它又属于具象型了，这也未尝不可，但本文仍将其归入抽象型。月洞门的审美效果极佳，可近看，可远观。先说近看，如狮子林燕誉堂前庭院的月洞门【图4】，以砖细为薄框，团栾如月，圆满完美，其中景为湖石花坛，配置石笋花树，铺地亦绚丽，这一“框景”画面，有如团扇之美。再说远观，如沧浪亭南端有一月洞门，门前有一条近于S形、弯环如许的曲径，曲径两侧，为竹篱，竹篱内为竹林。于

【图4】狮子林月洞门框景（鲁深摄）

是曲曲的竹篱、弯弯的曲径、圆圆的洞门、青青的翠竹……组成一幅风格清幽的画面，门内隐隐还可见翠竹曲篱，却不知伸向何方，真是“似往已回，如幽匪藏”，这就倍添了曲径的导引性和洞门的吸引力，引人入内，此之谓“引景”。当然，这一月洞门本身和周围景物巧妙地组合，又可称为“组景”。如果说，沧浪亭以竹篱、曲径、月洞门来“组景-引景”，那么，艺圃则是以池水、曲梁、月洞门来“组景-引景”，其石梁不但三向曲折，而且贴水而过，人行其上，宛如凌波微步，并走向“浴鸥”月洞门。沧浪亭与艺圃两种“组景-引景”，一旱一水，各有千秋，可谓曲尽其妙！

拙政园枇杷园的云墙和“晚翠”月洞门，也是多功能的，其作用是把枇杷园从远香堂东南隔离出来，而此月洞门又颇具吸引力，这是“隔景-引景”。进入枇杷园，嘉实亭、玲珑馆映入眼帘，若再从月洞门回望山上雪香云蔚亭，则如在环中，这又是极佳的“框景”。

苏州园林的月洞门除了砖细薄边而外，也多无边的，如艺圃“浴鸥”月洞门，更显得比较轻灵，均不同于北方园林月洞门敦实稳重的厚边。月洞门，还宜于构成“套景”。所谓“套景”，指前后两个洞门相套，这是由于线性透视规律的作用，近处的必然较大，而门内不远处的另一洞门则必然略小，这种二门在视域中相套，能增添空间层次和审美趣味，是之谓“套景”。艺圃西南角的小院有“浴鸥”“芹庐”两个月洞门，从不同的方位可看到不同的套景，极有情趣。拙政园“梧竹幽居”亭有四个月洞门，更有变化，被称为“环洞亭”。当然，长方形门也可构成套景，著名的如拙政园玉兰堂的前檐廊，进廊前也可见两侧长八方形门的相套，显得典雅而深静，它为园林增添了一道富于别趣的景观，不过这不是洞门，而装有白缮门扇，左右门的白底上有黑字对联一副：“名香播兰蕙；眇墨撣岩泉。”设计别致，联语更增文采风流。

月洞门还有“分景”功能，如拙政园“别有洞天”月洞门，分割了截然不同的中部和西部（原为补园）：中部表现为平远特征、疏朗布局、水乡风味，自然而淡雅，山林宛自天开，更加“四壁荷花三面柳”，极富水韵；而西部则景观密集，高低错落，建筑往往出奇制胜，或耸亭山巅，或浮廊水边，鸳鸯厅更华丽别致……有了月洞门“分景”，二者的对比就更鲜明，艺术性格就更为突出。

月洞门求变求异，就有椭圆形洞门，一般称“鹤子式”洞门，如杭州西子湖畔的郭庄（汾阳别墅）就有此式。鹤子式再向纵长变化，则称为“上下券式”，苏州史家巷庞宅曾有此式。而直长方式如果上有券而下无券，则称券拱式洞门，这在寺观园林用得更多一些，如常熟兴福寺的“夕晖”洞门。

二、具象型

具象型，亦即物象型，它是对客观存在种种具体事物形象外部轮廓所作的极简炼而形象的概括和模仿。扬州园林最具象的，当推小盘谷的“寿桃式”洞门，门上还连着桃枝桃叶，苏州悬桥巷王宅也曾有桃式洞门。扬州何园有“新月式”（片月式）洞门，月儿弯弯，颇为醒目，但这种形式人们进出不很方便，因而也不多见。葫芦，其形态优美，寓意吉祥，常和神仙故事连在一起。沧浪亭廊间就有“葫芦式”洞门，特小，这就更具吸引力，引得人们必欲钻进去一观。进去后，可见这里狭弄中是一个以黄石壁山为主小庭，确乎能给人以别有洞天之感，这一“引景”是成功的。

此外，苏州畅园待月亭廊间有“贝叶式”洞门。上海豫园有“莲瓣式”“如意头式”洞门，装饰性颇强，秋霞圃则有“茶壶式”洞门，把手和壶嘴非常形象……这些都是在形式美方面竞异求变的结果。

有一类具象型，它既简单而又略带抽象的性质，如“海棠式”洞门，这是由四个外向的半圆组合而成。这种形式很美，也不难做，所以园林里用得较多，狮子林“探幽”“涉趣”洞门就是海棠式，景效极佳。扬州片石山房有“剑环式”，这是海棠式的纵长变形。无锡寄畅园又有“草头式”洞门，这既是模仿，又可看作是海棠式的减省，仅由三个外向的半圆组合而成，下有脚。苏州鹤园有“定胜式”洞门，这是借鉴了民间形式的“定胜糕”，它又颇像银锭，所以又称“银锭式”。它的抽象性在于原来是一个正圆，左右各被内向的圆弧切去，而成“定胜”之形。

具象模拟型洞门中，除“海棠式”外，较普遍被采用的还有“汉瓶式”，如狮子林荷花厅西、沧浪亭明道堂西等，均有这种形式。环秀山庄补秋舫后墙两侧，有互对的简易汉瓶式洞门，人们若站在门外往里观照，可见大小二瓶相套，其情趣又不同于月洞门的两两相套。“汉瓶式”的种种变形最多，和它相近似的，《园冶》中有“花觚式”洞门、“蓍草瓶式”洞门等。

洞门功能中有一类“疑景”，它与“套景”有所不同。套景是门与门相套，二门均可出入，而疑景则是门与其中的漏窗相套（有时连窗也没有），门内无路可通，其中只是创造了一个有变化的视觉空间。沧浪亭有多处“疑景”，试举二例：其一是具象的贝叶式洞门，视线穿过洞门，正对着一个优美的圆形漏窗，窗旁还有绿蕉掩映，它弥补了一片粉墙的单调。其实，小院乃一方死角，但有了此门窗，就化死为活，出现了赏心悦目的美。这种似通而实隔，可赏而不可通，是“设疑”手法所生之效。其二是双耳汉瓶式洞门，其弧曲形的线条构成复杂而流丽，特别是视线穿过天井，可看到对面墙上有方形网纹漏窗，与瓶门“叠合”而为瓶上的美丽纹饰。人们以为这又是不通，然而拐个弯却是可通的。军事家贵虚虚实实，善用疑兵。《孙子兵法·计篇》概括了“兵者诡道”的规律，武艺如此，文艺同样如此。沧浪亭也善用“诡道”，它真真假假，虚虚实实，此乃园林设计的可贵之处。

三、象征型

所谓象征型，往往是建立在一种符号——某种抽象或者具象的基础之上的，这种约定俗成的文化符号，是一种超越于形式之外富于意蕴的代表物。

最典型的象征型洞门是“天圆地方式”。早在《易·说卦》中，有“乾为天，为圜”，“坤为地，为方”之说，西汉的《淮南子·天文训》也写道：“天道曰圆，地道曰方。”这一观念意义长期地积淀下来，成为民族的共同心理结构，虽然今天科学证明它是不正确的，但在中国建筑史上，北京天坛取圆，地坛取方，北京北海五龙亭中重檐攒尖的龙泽亭，也上为圆，下为方，故又称“天地”亭等，这些都体现为“天圆地方”的象征形式。

月洞门的“天圆地方”，从立面看，其门框并非纯圆形，它上面大部分为圆，但靠近地面处则两边各自反向构成小小的方形回纹，这就是“天圆地方式”。从形式上看，它上圆下方，上清下浊，线形丰富，具有装饰性，而且比起纯圆形来，“天圆地方”还显现出一定的稳定感来，实例如留园的冠云台、怡园的入口庭院、木渎羡园的延青阁前庭等均可看到这种形式。当然，此时此地，人们很可能只感知其形式之美，这也无妨。然而，当这种观念意义与周围景境相契合，而人们又自觉或朦胧地对这种契合有所感悟时，就会击节赞赏其妙。典型实例是苏州虎丘“小吴轩”东的望苏台，其地处于山顶上，就配置天圆地方式的月洞门用以“借景”。人们如联系此门意蕴而走出门外放眼观赏，也许更会感到眼前天地寥廓，苏州的远山近水尽收眼底，真可说是以吴地为“小”了，这种感受把“天圆地方”和“一望无际”联系在一起了。

上面所说的“贝叶式”如果易地以建，那么也可属于象征型。贝叶，即印度贝多罗树的叶子，用水沤后可以代纸，古印度人多用以写佛经，故贝叶式长期以来积淀着宗教的象征意义，其形状为尖端朝上的一张叶子，较宽阔而稳定。一般园林固然可以用这种美的形式，但用于禅寺园林还可获得更深一层的观念意义。作为禅寺园林的狮子林就有这种“贝叶式”洞门。当识者走出此门，眼前或见湖石假山，或见松柏梅竹，就有可能感到“清泉白石，悉解谈禅……皆堪入悟”（明·高启《狮子林十二咏序》）。狮子林小方厅前还有“锺离扇式”，汉锺离是“八仙”之一，此洞门用在这里，亦可谓“得其所哉”。于是，这里既增佛气，又增仙气。这类富于意蕴、富于观念意义的形式，可称为象征型。

此外，作为具象型的桃形门被联系于“寿”，如意头形门被联系于“称心如意”……也均带有某种象征性质，但不够典型。由此可见，象征往往离不开抽象或具象，它们之间还往往有所交叉。

最后，还需补叙洞门的“标景”功能。不论是何种类型的洞门，其上往往还有砖额，而额上之题不都是抒情写意的，也可以是直接标出景点之名或指出景区内容，如苏州虎丘有一个券拱式洞门，门上有卷轴额，曰“陆羽井”，这就发挥了它的标识或提示功能，让人联系着中国的茶文化和泉文化入内游赏，这门额就相当于园林建筑物的匾额。又如留园北部有“又一村”月洞门，撷自陆游的《游山西村》：“山重水复疑无路，柳暗花明又一村。”于是游人带着这种诗意入门，倍感门内景色洋溢着农村风光，这是发挥了它的“标景”功能。

德国古典美学家谢林说过：“艺术总是要求丰富多彩的，而不欲只弹一曲，也不想孤芳自赏，而要同时万籁齐鸣，众芳争艳。”中国古典园林特别是苏州园林里的洞门艺术，也是形式繁杂，功能多样，呈现出万籁齐鸣，众芳争艳的局面。

（原载《苏园品韵录》，上海三联书店2010年版）

简约中的繁复美

——沧浪亭汉瓶式洞门框景赏析

“汉瓶式”洞门，在苏州的园墙上并不罕见，它属于具象型的洞门类型。汉瓶，是一种直立摆置的瓷质容器，有着优美的曲线造型，历来深受广大人群的喜爱，并早已进入到历史文化和工艺美术的领域，成了文人们的一种清供雅玩。

汉瓶式洞门以其优雅柔婉的形式美，与苏州园林的雅人深致有着某种同构性，其纵向直立的门洞极具稳定的美感，而汉瓶式洞门那纵长的形式，也与人体具有某种相应的符合律，足以供人自由出入，同时又节省了墙面空间。汉瓶式洞门也有多种形式，有边的、无边的、有耳的、无耳的、秀瘦的、宽肥的、瓶耳一体的、瓶耳异体的、化弧曲为直折的……

【图5】沧浪亭汉瓶式洞门框景（梅云摄）

苏州沧浪亭的汉瓶式洞门，既有双耳无边的（如沧浪亭明道堂西走廊），又有无耳且不用满磨、十分简约的，本文只详赏后者框景中的繁复美。

在沧浪亭进门右折不远的墙隅，有一个很不被人注意的北向的小小洞门。这个利用死角短弄的弹丸之地所辟的一个汉瓶式洞门，其门边不用砖细，只涂白粉，如是，恰恰足以凸显框内的美景【图5】。试看瓶式门内，正对面的南墙上，又辟有一个罐瓶式（肥瓶式）漏窗，其图案线纹细美精致，而窗的中央又有一更小的汉瓶式（瘦瓶式）漏窗。这一“瓶中之瓶”的漏窗，与汉瓶式的洞门相比，一远一近，一肥一瘦，一小一大，相套相映，妙然成趣。

细心的人们还可能进而发现，这“瓶中之瓶”的漏窗里，插有三根方天画戟，谐音“平（瓶）升三级（戟）”。于是，这个小品漏窗，就成了艺术的象征。所谓象征，前文已作略述，而从美学的视角说，它是一种经过历史积淀的文化符号，是一种广大人群约定俗成的代表物，它能使人联想起寓于其中的观念意义。这样，它就由形式美的领域走向意蕴美的领域，体现着民间的吉祥文化（或宗教文化等）的内涵。

还不要忽视门里“瓶中之瓶”的漏窗，窗外隐然可见嫩嫩的绿树，伴和着柔柔的光，显得清亮醒目，别有情趣。

再看这瓶式洞门内的短弄里，南墙窗下为一简易的微型花坛，以参差错落的数块黄石叠就，体现了“随致乱掇，以不排比为妙”（《园冶·掇山·峦》）的叠山规律。花坛的西面，植数竿细竹，在形式上就打破了南墙前空间构图的对称，而竹的寓意为“节节高”，这又与漏窗中的“平升三级”在意蕴上相与呼应。

汉瓶形门口至竹石花坛的地面，是用乱石或仄砖交相斜铺为纵横四方连续的“间方式”花街，而这乱石铺砌之方与仄砖铺砌之方，表现为暖色与寒色、淡色与深色的互补互衬，而其铺地在风格上则呈现出既复杂又质朴的美。

品赏的人们如果整体地凝神观照汉瓶式洞门，会发现它俨然变成了一个立体而可人的花瓶，门内虚实相济、有章有法的景物，在视觉想象空间里，变作了瓶体表面雅致莹厚的彩绘，令人联想起明清时代景德镇的彩釉精品。再从门内的景物配置看，则是上清下浊，也就是上轻下重，这就更增加了瓶体的稳定感。这个三瓶相套（一门二窗）的作品是成功的，它内容繁富，形式洵美，善于利用弹丸之地做文章。惜乎地处偏僻，可谓养在深闺人未识，少有游客来问津。

在苏州园林的幽偏边角处，颇多这类凭空窗、洞门或虚灵的角隅而创造的小品空间，遗憾的是很少有人来寻幽品美。这可借法国大雕塑家罗丹的名言来说：“对于我们的眼睛，不是缺少美，而是缺少发现。”

分景臻极致，旷奥两重天

——赞虎丘“别有洞天”月洞门

虎丘原名云岩寺，其中最主要的、最具鲜明特色的景区，是千人石和剑池，这已为历来名家们所推出并备加赞赏。例如：

剑池穿万仞，盘石坐千人。（唐·颜真卿《刻清远道士诗因而继作》）

怪石千僧坐，灵池一剑沉。（唐·白居易《题东武丘寺六韵》）

虎丘山……其最者，剑池、千人坐也。（南宋·范成大《吴郡志·虎丘》）

其最奇者，无如剑池、千人石。（清·尤侗《修虎丘回廊记》）

剑池和千人石，在诗中成双作对，构成绝妙一联；在文中，也或前或后，相随而出。在此，将这两个“最奇者”作一比较，是很有意趣的。

千人石，是一大片浑然天成的盘陀巨石，坦荡如砥，横向展开而略带倾斜，有数亩之广，可容千人或趺坐听经，或游观赏美【图6】……见诸诗文，如：

池旁有石，可坐千人，号千人石。（[传]唐·陆广微《吴地记》）

涧侧有平石，可容千人，故谓之千人坐。（宋·朱长文《吴郡图经续记》）

云护平如砥，苔封厚似茵。（明·谢缙《千人坐》）

一山有此坐，胜处无胜此……夷旷特如砥。（明·沈周《月夜登千人坐独步》）

天不生廉隅，荡矣若如砥……坦坦宜坐人……（明·杨君谦《和沈周月夜登千人坐独步》）

石概奇窾窍，此以平为美。（明·沈周《因杨君谦见和复作一首》）

平开一片千人石，应许白云铺万层。（明·王伯稠《千人石》）

广场月出贪趺坐，天半风摇讲院灯。（清·吴伟业《千人石》）

【图 6】虎丘千人石旷如空间（江合春摄）

百年今夕有明月，万古空山馀广场。（清·张九钺《中秋家冠伯邀李鸿珊丁南阿饮千人石》）

历代文人不约而同地以“平”“夷”“旷”“坦”“荡”“如砥”“似茵”等来状写千人石，至于“以平为美”，更是一种高度的审美概括，他们甚至称千人石为“广场”，更可见这里是一个异常罕见的广阔平缓的坦荡空间，虎丘山有此“千人坐”，那么真可说是“胜处无胜此”了。而人们处身此空间，往往会感到视野开阔，心胸宽广，精神发扬，神思无限。明代“千人石上来多矣”（《月夜与客饮千人石》）的王鏊，其《虎丘》诗还咏道：“千人石上眠，把酒向天酹……平生磊隗胸，至此殊一快！”这种感受，有其广泛的代表性。

然而，当人们由此走向西北，伫立于剑池边，观感就会全然不同：左右的视野受到了极大的约束，俯视仰观，与千人石空间特征相比，更会感到天差地别，可谓“反其道而行之”。这也有历代诗文为证：

溜深涧无底，风幽谷生凉。（南朝梁·张正见《从永阳王游虎丘山》）

剑池石壁仄（仄：狭窄）……（唐·杜甫《壮游》）

剑池上峭壁耸立……（唐·李翱《虎丘山记》）

岩岩虎丘，沉沉剑池，峻不可以仰视，深不可以下窥。（宋·王禹偁《剑池铭》）

划开阴崖十丈悬……（宋·叶适《虎丘》）

剑池无底镇云根……（明·高启《虎丘》）

剑池深不可测，飞岩如削。（明·袁宏道《虎丘》）

劈巉岩，一洼深黑，险于人鲊。仄嵌斜攒龟脊滑……上构危梁凌绝巘，窈（暗）而深。（清·陈维崧《贺新郎·虎丘剑池作》）

凝云闭崖色，古木交涧阴……持身危下俯，久立神肃森。（清·姚燮《剑池》）

诗文里除了一再出现“涧”“谷”“崖”“岩”“石壁”“绝巘”等险峭山体外，更多是如下相近、相类的词语：“深”“幽”“仄”“峭”“峻”“阴”“削”“险”“危”“窈”“闭”“无底”“不可测”……总之，它既“不可以仰视”，又“不可以下窥”，立久了令人神情森肃，甚至心惊胆颤……由此可见，剑池空间不像千人石那样是横向平坦的“旷如”空间，而是一个纵向狭窄的“奥如”空间；不是明朗坦荡的开阔空间，而是一个幽暗险峭的逼仄空间【图7】……

千人石和剑池，这内外两个形态相反、情氛迥异的景观空间，它们之间的相互区别和两极对比，特别需要分景艺术手法的介入和助力，具体地说，需要界于二者之间一道其上嵌有“别有洞天”门额的墙壁洞门来实现其既“隔”又“通”。人们还可以设想，假若撤去了这一墙一门，那么，其内外空间各自的审美效果就会大大降低，或者说，二者在形态上就会相互削弱，情氛上就会相互混淆。因此“别有洞天”的门墙之设，其“分景”促进反向异趋的美学功效，可说已臻于中国风景园林“分景”艺术境界的极致。正是：一门分旷奥，绝然两天地！

但是，虎丘在唐代还没有以这种门、墙来分景的设施，贾岛《千人坐》写道：“上陟千人坐，低窥百尺松。碧池藏宝剑，寒涧宿潜龙。”诗题是“千人坐”，却一下子写到了剑池，可见其间并无任何分隔，千人石是连着剑池

【图 7】虎丘剑池奥如空间（左彬森摄）

的。从明代虎丘的山水画上看，千人石和剑池间也还不见这种分隔设施。

到了清代，就不同了：17世纪末王翚等人的画上出现了砖墙洞门，这从一个侧面反映了康熙南巡期间虎丘的增建工程；再看乾隆《虎阜志》卷首版画，千人石和剑池之间，墙为砖质粉墙，门用柳条槅式……总揽这类门墙，都还不能很好地生发“分景”效果，因为砖墙单薄，门就缺少进深，而方门合角式（即直长方式）更难生成“洞”的景效。

再看19世纪英国托玛斯·阿罗姆所作虎丘铜版画，洞门竟带有城门的券拱形式，墙厚实而门略有深度，但这显然属于夸张（其另绘试剑石比人还高即可为证）。从最具真实性的旧照片上看，要到20世纪20年代乃至30年代，才出现了效果较佳的月洞门（圆洞门），但其墙依然还是单薄而缺少厚度的砖质粉墙，故而不但对洞门景效有所削弱，而且其墙的材质、形态、色调与千人石、剑池的山石构成也不很协调。

直至20世纪40年代初，人们又进而代之以石。这才终于出现了沉稳而极有厚度的石质墙，随之也出现了深度竟有1.5米的石质月洞门（石墙上还成了联结可中亭与第三泉的通道）。对此，试作略析：其一，厚实的石墙、石质月洞门，其浑厚雄健的风格，特别能和千人石、剑池石壁的形质构成相适称，借用《园冶·墙垣》的话，是“似多野致，深得山林趣味”，也就是说，它与这里作为山林地的园林风格相适称；其二，有厚度、有深度的团栾月洞门，入门就给人以“入洞感”，亦即给人以洞天福地之感，而门上还额以吴曾善楷书“别有洞天”四字，这又与虎丘作为佛寺园林的氛围相适称。再看洞东墙上，还有雄浑厚重的“虎丘”“剑池”颜书刻石，这更倍增了雄厚浑健的整体情氛。

《易·随·彖辞》曰：“随时之义大矣哉！”审美认识是随着时间的推进而不断加深、走向圆满的。虎丘以“分景”手法来分割洞内、洞外判然有别的两种景观风格，使之各自增值，这是园林技艺和园林审美“随时”而趋于成熟的结果，体现了时间的艺术累积。虎丘这道“别有洞天”门、墙，对于所隔分的千人石和剑池来说，其非凡的功能，可说是有则共赢，无则两伤。

（原载谢孝思主编《苏州园林品赏录》中《苏州园林美学》部分，上海文艺出版社1998年版）

审美之窗：有心人读无心画

清代的李渔寓居杭州时，西子湖美丽的风光启发和孕育了他的审美意识。于是，画舫在他那里，就与众不同，船两侧增加了别出心裁地设计的所谓“便面窗”。

先插释一句，“便面”也就是扇面。唐代王建有诗云：“团扇，团扇，美人病来遮面。”原来扇子的功能，除了扇风外，还可供美人遮面，故称“便面”。

再说李渔设计的窗——折扇的扇面形窗。说来也简单，四面只用木板或灰布遮蔽，中间的窗框，上下用曲木、两旁用直木搭成，中间纯露空明。这样，简陋易成而又颇具审美价值的窗就做成了。李渔《闲情偶寄》写道：

是船之左右，止有二便面，便面之外，无他物矣。坐于其中，则两岸之湖光山色、寺观浮屠、云烟竹树，以及往来之樵人、牧竖、醉翁、游女，连人带马，尽入便面之中，作我天然图画，且又时时变幻，不为一定之形。非特舟行之际，摇一橹，变一象，撑一篙，换一景，即系缆时风摇水动，亦刻刻异形。是一日之内现出百千万幅佳山佳水，总以便面收之，而便面之制，又绝无多费，不过曲木两条，直木两条而已。

这位湖上笠翁真是善于审美的人。他说，这种对“天然图画”的欣赏，能将“舟外无穷之景色摄入舟中”。李渔还进一步总结说：“同一物也，同一事也，此窗未设以前，仅作事物观；一有此窗，则不烦指点，人人俱作画图观矣。”此话颇有深意，值得探究。

从美学的视角看，所谓“作事物观”，这只是对现实世界的观看而已；而“作画图观”，则已转化为对艺术美的观照或品赏了，而促成这一转化的，是审美之窗，当然，也离不开审美的眼睛。

那么，小小的窗，为什么能使观者由“作事物观”变为“作画图观”呢？为什么它能使人把平时看得很平淡之物变为“尽在所取”的审美之物呢？

首先，窗有限制视域、约束视野的作用。德国的莱辛说：“艺术的使命就在于使我们在美的王国里省得自己去进行这一选择工作，使我们便于集中自己的注意力。”此话言之有理。一般说来，当一个人的视域漫无边际，注意力不集中时，对外界的景色往往只能“作事物观”，因为纷繁复杂的景物搅乱了视线，分散了注意，于是，这些美就显得散漫而不集中。而有了窗则不然，它把“框中景”和四围的景物隔离开来，或者说，把“框中景”从不知看什么是好的无限的现实王国里抽取和独立出来，这样，审美的眼睛就能摒除一切干扰，全神贯注，仔细品赏这窗中美景了。窗户的这一作用，不是和莱辛所说“艺术的使命”很相近吗？不是和或方、或圆、或呈扇面形的有限画幅的作用很相似吗？所以，这种“作事物观”，也就有可能转化为“作画图观”了。

不过，窗和画幅毕竟还是有区别的。画幅如莱辛所说，不需要人们在美的王国中再进行选择，而窗则不然，往往还需要人们对窗外景作适当的再选择。园中窗的外景，固然是造园家早已选择好了的，但仍需要人们进行审美的再选择。如观照者对于窗外景，正看、侧看、左看、右看、平看、仰看、近看、远看……效果还会各不相同。在这方面，园林的窗为人们提供了审美再选择的余地。这是对观赏者的信任和尊重，也是对人们审美能力的培养，它能让人通过比较而增进必要的构图感。

园林的空窗，和中国画的画幅形式相似，是丰富多样的。张岱《西湖梦寻》赞美火德庙建筑的门窗道：

窗棂门棨凡见湖者，皆为一幅图画。小则斗方，长则单条，阔则横披，纵则手卷，移步换影。……画家所谓水墨丹青，淡描浓抹，无所不有。

这门窗使人把所见西湖之景，统统“作画图观”，而由于窗框不一，“画幅”的形式也就不一，于是“画面”的欣赏就显得丰富多彩了。

以苏州园林不拘一格的空窗来看，拙政园“与谁同坐轩”墙上也有扇形空窗，是一幅“便面”；狮子林有圆形空窗，那就是团扇的“扇面”，窗外景如计成《园冶》所说，是“收之圆窗，宛然镜游”；耦园有较小而近方的空窗，这也许可看作是“斗方”；留园的空窗更丰美多样，“鹤所”有或横或竖的长方形空窗，窗外树木蓊郁，山石嶙峋，那就是一幅幅山水、花木的“条幅”或“中堂”；其旁“石林小院”的空窗，窗外数株芭蕉，大叶鸣雨，芳心展风，那就是《园冶》所说的“窗虚蕉影玲珑”了……

此外，窗框的不同形状和不同装饰，也能使窗中景比原来的景色更美。德国的让·保尔在《美学入门》中说：“加了框的铜版风景画总比原来的地方更迷人。”这说明画框对画幅起着美化的作用。园林窗框的作用更是如此，它以各种各样的边框图案，增进、强化了人们的美感。

就四周有边框装饰的木质花窗来看，用让·保尔《美学入门》的话说，加了框的风景画就更美了。网师园“殿春簃”的几扇“乱纹”花窗，窗外或是峰石，或是绿蕉，典丽雅致，如诗似画，舒心可人；对于这种窗里“作画图观”的雨中蕉影，笔者在《网师园》画册里题道：

诗情、画意、乐韵，三者交响；

优美的乱纹花窗，巧作画框；

窗外赖有芭蕉，不负夜雨潇湘。

“殿春簃”明间正中的横四方式花窗，其两侧还悬有板联一副：“巢安翡翠春云暖；窗护芭蕉夜雨凉。”花窗之下为天然几，而窗外则翠竹摇曳，一片绿荫如洗。此窗的左右里外，是如此的环境，如此的布置，其意正在于启导人们去潜心读画。

李渔在书中还有妙语，他把这种巧构之窗称作“尺幅窗，无心画”。这不仅指出了窗是画，而且指出了它是其中纯露空明的“无心”之画。既然是“无心画”，那么，画的画框（即窗框）的内芯不但要靠外景来填空，而且还需要审美的有心人去发现。总之，有心人读无心画，这才能两全其美。对于园林美学来说，李渔提出的“尺幅窗，无心画”，可谓六字真言！不过，还得强调这“无心画”还有“画外音”：须提高修养，做审美读“画”的有心人，因为“我的对象只能是我的本质力量之一的确证”（马克思语）。

然而园林之窗，还颇多“有心之画”，这就是设于长廊墙上的系列性漏窗。漏窗的窗框中，均有经过美化、物化了的工艺图案，如穿卍海棠、冰裂梅花、宫式卍字、藤茎如意、满纹葵花、络环连续、六角嵌梅、六方连续、八方间四……这些“图案画”，它们或抽象，或具象，或介乎抽象和具象之间，体现了便化、穿插、镶嵌、交叠、复合、围拱、均齐、平衡、对称、反复、秩序、节奏等形式美的规律，而窗外种种若隐若现的景色，恰好成为种种“图案画”的“底版”。再说，作为规则性“图案画”的漏窗，和作为非规则性“风景画”的外景两相叠合，还能生成一种有意味的对比；至于光源方向的变化，或顺光，或逆光，图案和底版也会发生明暗不同的对比。于是，当人们漫步长廊，审美的眼睛就不致疲劳，能得以调节。这一系列的审美之窗，确乎能使人感受到整齐统一之中，“时时变幻，不为一定之形”，移一步，变一象，转一眼，换一景，一一均“作画图观”，于是，真可谓目不暇接，美不胜收了。

（原载［上海］《艺术世界》1985年第5期）

品空窗，忆旧墙

——发生在艺圃的故事

苏州有一狭弄中的小园，此园雅名“艺圃”；艺圃有一不长的单面廊，此廊雅名“响月”。廊之稍阔处为一半亭，亭中有一不太被人注意其实很值得静观细品的空窗。窗的上部，悬有“响月廊”之匾，为名家瓦翁所书，最得吴门书派神韵。窗的两侧，悬板联一副：

踏月寻诗临碧沼；

披裘入画步琼山。

联语写得引人入胜，导人探幽。窗的下面有一金砖方桌。这组小景，布置得简洁、大方、典雅、古朴……处于构图中心的空窗，显然是作为一幅画来设计的，它俨然一幅立体的“无心画”。可遗憾的是，窗外空间逼仄，它紧贴邻氏山墙，窗与其墙的间距仅有七八十公分模样，是一条狭隘的夹缝。但是，这窄小空间之妙，却在于虚无中生有，夹缝中造景。试看，这里仅植细竹数竿，在缺少阳光的狭小空间里居然也能成活。于是，窗框就是画框，画面两侧各有三四或两三竿细竹，枝疏叶稀，清瘦秀美，还颇合画理【图8】。清代画竹大师郑板桥曾自题其画云：

一竿瘦，两竿够；三竿凑，四竿救。

一两三枝竹竿，四五六片竹叶；自然淡淡疏疏，何必重重叠叠？

真是妙语如珠！响月廊空窗中以少胜多的立体图画，亦应作如是观。尤妙的是，邻氏山墙是年代已久没有粉刷也难以粉刷的灰蒙蒙的墙，旧痕累累，水漉渗化，恰恰如同中国画的“水晕墨章”，深深淡淡，迷迷濛濛。它作为一幅“墨竹”的背景，令人联想起山水画中的烟岚云岫，生动气韵，

【图 8】艺圃响月廊空窗借景（张维明摄）

又联想起郑板桥的墨竹，烟光露气浮动于枝叶之间，从而忘却了这是近在咫尺的一堵旧墙，而觉得境界迷远，深不可测……

这种以天然旧墙作为绝妙的背景，不论自觉的或是非自觉的，可说是举世罕见的一大“发明”，其意义值得深探。必须说明，这绝非小题大做，因为它不但是一种有意味的“借景”，而且还联结着中外绘画史上有关“墙”而鲜为人知、饶有意蕴、值得一谈的某些小故事：

据邓椿《画继》载，北宋大画家郭熙曾让泥水匠用手“抢泥于壁”——胡乱地涂满墙壁，或凹或凸，俱所不同，干后以墨随其形势，晕成峰峦林壑云烟，谓之“影壁”。这颇有些现代派“行为艺术”的味道，但其所得之效则是“宛然天成”，避免了人为痕迹。联系艺圃的空窗旧墙来思考，它也可称之为“影壁”，因为它也是影影绰绰，不过又是地地道道的自然天成，不同于画家们以水墨晕就之作。

又据沈括《梦溪笔谈》载，北宋画家宋迪批评陈用之的画“少天趣”，并启发他说，“先求一败墙”，用一幅半透明的绢素“倚之败墙之上，朝夕观之，观之既久，隔素见败墙之上，高卑曲折，皆成山水之象……了然在目，则随意命笔，默以神会，自然境皆天就，不类人为”。这种“境皆天就，不类人为”的艺术作品，历来被画家们奉为绘画美的至高境界。但是，如此这般创作出来的作品，毕竟还是要经过画家“命笔”，而艺圃的空窗旧墙，却丝毫没有经过“人为”，乃表现为纯真的“天趣”。

再举西方大画家达・芬奇之例。达・芬奇介绍自己的经验说：

> 这法子虽然似乎微不足道甚至可笑，但却具有刺激灵感作出种种发明的大用处。请观察一堵污迹斑斑的墙面……，倘若你正想构思一幅风景画，你会发现其中似乎真有不少风景……

他还再次强调说：“我得提醒你们，时时驻足凝视污墙……”在这番经验谈中，达・芬奇确实称这是一种“发明”。

艺圃空窗借邻氏旧墙之景，和以上数例不约而同，不谋而合，它不但契合于中国绘画“崇尚天趣”的传统，还契合于中国园林美学的传统。计成《园冶》一则说，“虽由人作，宛自天开”；二则说，“自成天然之趣，不烦人事之工”；三则说，“倘嵌他人之胜，有一线相通，非为间绝，借景偏宜”。艺圃窗外小小一块具有天然之趣的旧墙，应该说是中国园林史上距离最近，近到不能再近的“借景”。

一天，笔者满怀发现的喜悦，带着相机去艺圃拍摄此景。不意泥水匠（注意：也是“泥水匠”）粉刷园内墙壁，见窗外邻氏“污墙”不美，刷了又补，已使之“焕然一新”，而杰作“影壁”则随之而烟消云散！我遗憾于这种“人事之工”，一时难以再复原为“天然之趣”！我后悔当时没有用相机把这一杰作拍下来。于是，只能怅然若失，写下一篇题为《品空窗，忆旧墙》的短文将其记叙下来。

俗话说，“踏破铁鞋无觅处，得来全不费工夫”。有一天，欣遇摄影家张维明先生，获悉他慧眼识珠，竟抓住机遇，早已把这帧天趣盎然的“影壁”杰作拍了下来，编入《苏州艺圃》画册使其成为“永远”。我深感这一世上距离最近的借景得以在摄影中保存，乃艺圃之幸，推而广之，也是园史之幸。于是，我又怀着失而复得的喜悦，将其记叙下来，连同摄影佳作一并编入本书。

（原载《苏园品韵录》，上海三联书店2010年版）

古建的美饰

——漫话“卍川挂落”

有一种美，是纯粹装饰性的美，但是，这种美又很必要，甚至在某种场合被认为是不可或缺的。例如，男士的领带、女士的项链，就历来为人们所钟爱，因而这种佩戴方式也为人们代代承袭。这种装饰性的无声语言，可以有效地美化人的仪表风度，显现佩戴者的地位、身份、气质、修养、性格和审美趣味，还有助于社会交际，使人们在交往时情趣高雅起来，举止文明起来……

中国古典建筑，也有着酷爱美饰的性格。例如檐下柱枋之间的斗栱，它最早既有承托的力学功能，又有审美的装饰功能，后来，其美饰功能越来越突出，几乎不必再承担力学功能了。再如柱间优美的“雀替”，其功能同样如此。但是，在廊柱间、枋子下，另有一种构件，一开始就排除了承托功能，而以纯粹美的装饰个性出现——这，就是挂落。

《营造法原》：“挂落为木条镶搭之流空花纹，如网络之装饰物，悬装于廊柱间枋子之下。”这种纤细木条的镶搭组合，决不可能承受屋檐梁枋砖瓦的下压重力。但是，柱间枋下，这又是古典建筑立面不可忽视的部位，如果这一重要部位是空荡荡的，那么，首先是一个结构性的缺憾，影响着建筑的艺术品位。就像西方绅士身着西服而忘了佩领带、系领结一样。所以说，挂落作为一种构件，它首先具有填补空缺、提升品格的结构美。

挂落之名也很有意思。“挂”，就是挂在枋子之下；“落”，就是落下来一些，成为网络状的装饰品。这种艺术构件，究其来源，它确乎是遥远地来自唐宋词。试看在词人们笔下：

红烛背，绣帘垂，梦长君不知。（唐·温庭筠《更漏子·柳丝长》）

垂下帘栊，双燕归来细雨中。（唐·欧阳修《采桑子·群芳过后西湖好》）

金碧上青空，花晴帘影红。（宋·陈克《菩萨蛮·赤阑桥尽香街直》）

靠着绮窗，湘帘悬挂着，或卷或垂，又遮又露，帘内之人或帘外之景就特别富于韵致。这种虚灵的间隔，诗化了窗的画面，美化了词的意境。挂落正是积淀了这种湘帘意象而又而让其高高地卷起（如冯延巳《清平乐》中的“小阁画帘高卷”），并予以大胆的扬弃，使其简约化、美饰化和建筑装修化。这样，它虽挂得较高，基本没有实在的遮隔作用，却能产生似隔非隔和框格装饰的美感，这主要是一种心理上的审美效应。

挂落作为狭长形的木构件，其款式有种种，但就其下缘来看，则可分为齐平式和参差式两种。以北京为代表的北方园林建筑多用齐平式（又称下齐式），如北京颐和园的谐趣园、寿宁宫花园的古华轩，其上部大抵如此，而以苏州为代表的江南园林建筑则多用参差式。江南园林的参差式挂落，除了少量（如杭州西湖郭庄用嵌花式）而外，苏州园林建筑绝大多数都用卍川式。如留园的“恰杭轩”，其檐下参差式卍川挂落，两侧的柱子，下部的美人靠所组成的框格，就一再进入摄影家的镜头。

卍川挂落之所以被广泛采用，首先由于“卍”字有着丰饶的文化意蕴，有着来路遥远、历时悠久的寓意美。据记载，卍这个图形，古印度宗教认为是太阳火的象征，有“大光明”的寓意。同时，又说它是释迦牟尼胸部的吉祥标志，是佛陀三十二相之一，《一切经音义》将其释为“吉祥海云”。但是，它从印度引进中国，却没有读音。唐代的著名高僧玄奘法师将其读为“万”字，不过，这还仅仅流行于宗教翻译界。过了数十年，据《华严音义》载：武则天在周长寿二年“权制此文……音之为‘万’，谓吉祥万德之所集”。俗话所说皇帝的“金口”，在这里起了作用。经武则天这么一定，卍字在中国就更广为流传了。

民间的匠师艺人乐意采用卍字来构成图案，这不但因其内涵丰饶，寓意吉祥，还因其形制简易，尤易于连结成带状纹样。试看，苏州园林无论是拙政园的小飞虹廊桥，还是留园的林泉耆硕之馆；无论是沧浪亭的复廊，还是残粒园的栝苍亭，其柱间枋下一个个“卍”字无不是既有连续性，又有统一性；既有变化性，又有规律性……

说到变化而有规律，不妨进一步和北京园林的下齐式挂落作一比较。

北京园林下齐式挂落的线条，例如颐和园谐趣园的，它们只有“⊥”“丅”之类的交接，而没有穿透式的交叉，其下缘也为避免变化而作单一直线。这种结构，显得庄重、端肃、稳健、坚实，齐整而不失网络状花纹之美，而这恰恰和北方皇家园林乃至王侯园林的风格、身份相适称。俄国的别林斯基曾说过一句十分警辟的话，他说，风格是“思想和形式密切融汇中按下自己的个性和精神独特性的印记”。在北京皇家园林的挂落上，人们不难看出显赫的皇家所按下的端庄肃穆的精神印记。

【图9】绿净堂卍川挂落特写（江合春摄）

苏州的文人写意园则不然，其中作为参差式代表的卍川挂落，不但有“十”字形的交叉，而且穿插后又向四方拐转，所以古印度认为它如火焰般放射光芒。“卍”字，它是安静的，又是转动的，表现出一种大自在。它被组织在卍川挂落之中，既溶和在线条的川流里，又保持住自身的独特定性。卍川挂落的“川”，它是“川”，还是“穿”或“串”——穿插而成为参差错落而不乏齐一的连续纹样，串连而为文静轻柔而不乏流畅的节奏韵律。卍川挂落的美【图9】，风格意蕴上还表现为精巧、纤细、均匀、清秀、典雅、大方、自在、活泼……而这恰恰和苏州文人园的风格特征相适称，套用别林斯基的话说，它是文人、画家们所按下的自由活脱的精神印记，它为苏州古典园林增添了几许文采风韵！而摄影家们则又酷爱其纯形式之美，喜欢以它及其两旁的柱子作为取景框，来摄取一帧帧如画似绘的园林美景。

在今天，卍川挂落已走出园林的高墙深院，走向大街小巷、商店民宅、小游园和环城风光带，与小桥流水人家相伴，成为寻常百姓生活的一部分。它还是街头亭廊结合式公交车站的标志性美饰，使古韵与今风交相辉映，而吉祥平安的卍字，对于公交车上的乘客来说，还有其特殊的意义。

装点此茂苑，今朝更好看。于是，优美的卍川挂落成了文化苏州名片上的小小美饰。

（原载《苏园品韵录》，上海三联书店2010年版）

在起伏上思考

——拙政园波形水廊品赏

在拙政园西部，有一条著名的波形水廊，它以其美妙的曲线造型，吸引了多少中外游人审美的脚步！

有一次，西方几位满头波型金发的艺术家，带了十几位青年学生（估计是学建筑或绘画的），在水廊里不厌其烦地往来漫步。他们不断地仰观俯察，左顾右盼，一张张脸上或流露出惊赞的脸色，或映泛出思索的神态，最后，从不同的视角拍摄了一帧又一帧的照片，才带着满载而归的愉悦感恋恋地离去。这一事实，颇能发人深长思之。

偌大中国，景点那么多，西方友人为什么偏偏特别钟情于苏州拙政园西部一条小小的水廊？我想，这也许是由于它和西方人审美心理有着某种同构。

是的，西方美学特别注重曲线美、波形美。维纳斯这尊举世闻名的雕像，其肌肤的神奇起伏曾一再赢得法国雕塑大师罗丹的赞赏。他在遗嘱里有这样的至理名言："塑造的时候，千万不要在平面上，而是要在起伏上思考。"

至于英国画家荷加斯，他在《美的分析》一书里也概括道："曲线，由于互相之间在曲度和长度上都可不同，因此具有装饰性。波状线，作为美的线条，变化更多，它由两种对立的曲线组成，因此更美，更舒服。"他还认为，波状线比各种线条"更能够创造美"……

外国友人或许由于历史地积淀了关于波状曲线美的文化心理结构（西方人发型波曲；英人威廉·荷加斯最早详论曲线美），因此，才特别乐意于品赏波形水廊之美，并感到无比的舒服。

我在作了一番思考之后，产生了如下推断：这条波形水廊创造的成功，关键在于它不在平面上思考，而是在曲度和起伏上思考。

我们不妨从水廊南端向北漫步品赏——起步伊始，一二十步之内似乎是平舒而笔直地向前，然而脚步却微微地、渐渐地有向上迈进的感觉。当经过身旁四五根廊柱时，水廊已到了第一波状线的波峰。接着，慢慢地往前循着缓坡下行，同时右弯而左拐地经过四五根廊柱，就来到一座临水的小小"半亭"，是为钓台，其下沧浪之水可掬。从起伏上看，这里是第一波状线的波谷；从平面曲度上看，这又恰恰是第一波状线涡卷的休止。轻波与微涡，竟结合得如此之自然！这一段的造型，起伏和曲度虽不大，但正由于微微地升降，缓缓地回旋，才如同委婉清扬的旋律，给人以舒适而悠扬的美感。

姜夔《白石道人诗说》论诗歌之美云："波澜开合，如在江湖中，一波未平，一波已作……方以为正，又复为奇；方以为奇，忽复是正。出入变化，不可纪极……"拙政园波形水廊，也以其物质建构之美体现了这种波澜起伏的诗法。

让我们继续漫步前行。由水亭较大角度地向右折，地面坡度也随之而较大幅度地向上伸展，这确实能给人以一波方平、一波又作之感，而且它不同于第一波状线的轻起缓伏，而是略为突然，因此只要经过身旁两三根廊柱，就达到第二波形线的波峰。更妙的是，水廊的这一高处，其下恰恰是一个较大的水洞——涵洞，故而，这一高处又不妨称为廊桥的桥面。当我们一过桥面，水廊就表现为往左的一个较大的急转弯，接着，就来到一座楼——倒影楼前。这里，就是第二波状线的波谷；从平面的曲度看，它又恰恰是第二波状线漩涡的终点。起伏与涡曲，在幅度上竟也结合得如此之巧妙！更值得品赏和回味的是，水洞附近一段的升高与急转，又如同乐曲昂扬的高潮，把我们的审美情绪也推向了高峰，旋即戛然而止，曲终而余韵未已。

我们如果再把两段波状线连接起来作整体的品赏，那么，它可说是有起有伏，有张有弛，方正复奇，方奇复正，既有起承转合的诗法之妙，又有一波三折的书法之美。成公绥《隶书体》这样地赞美隶书的波状线："轻拂徐振，缓按急挑。挽横引纵，左牵右绕。长波郁拂，微势缥缈……俯而察之，漂若清风厉水，漪澜成文。"用来形容这条波形水廊，是再恰当不过了。试体察水廊整体，长波郁拂之间，有缓按，有急挑，有左牵，有右绕，漫步其上，似处身舟中，泛于江湖之上，有起伏飘荡之感。

如果我们再站在对岸隔溪观照水廊，那么，映入眼帘的，不但是水廊地面凌架于水上所呈现的波状线，而且还有水廊的屋面也体现出波澜起伏、横向展开的线形美，它随着廊身而轻拂徐振，给人以柔婉、优雅、秀美、波动之感。如果变换角度作微观的品赏，那么，我们又可发现水廊采用的是风格柔美的卷棚顶，屋坡面相交处呈弧波形的线和面。再看水亭两侧的戗角，也是两条反向对立的波状曲线。这，正可说是无处不波，无处不见起伏。

然而别忘了，还可把波形水廊放在水环境中来品赏。试看这条波形廊，廊下是水，廊边是水，每当清风吹拂，水面便碧波荡漾，漪澜成文。于是，波形水廊和廊下水波，更是上下互映，相与起伏，显得妙趣无穷。这时，我们审美的心波，许会随之而起伏，而溶漾……

思考之余，深感西方美学虽强调波状曲线之美，但中国艺术未尝不如此。例如，诗歌情趣的起伏，书法线条的波折，唱曲的"上如抗，下如坠"，还有拙政园的波形水廊等等。中西艺术虽有种种区别，但往往又殊途而同归。“在起伏上思考”就是其中之一。

（原载《苏园品韵录》，上海三联书店2010年版）

小桥引静兴味长

在中国古典园林里，桥是必不可少的构筑。它既是交通往来所必需，又是造型优美的点缀，还能造成动态的景观：

游人漫步画桥过，缓渡凌空雅兴多。

人影桥栏齐映水，衣香曲拱漾清波。

这是多么令人惬意而神往的动人景色！

园林里的桥，主要有梁式和拱式两种。苏州园林以其空间小，基本上多梁式，也就是以不太长的石板条架于两岸或桥墩，通水而不通舟，构成了小桥流水的平远特征和审美韵致。因此，即使是拙政园、留园、狮子林等一些大园里，拱形桥也较为罕见，但是，以“小”著称的网师园，却有一座值得注意的石拱桥。它的体量，虽然小到不能再小，但是，却能引得游人流连注目，赞赏不已。——它，就是引静桥。

如果说，北京颐和园的十七孔桥是中国园林里最长最大的拱形桥，那么，苏州网师园的引静桥，则是中国园林里最短最小的拱形桥。因为游人只需两三步即可跨过去，全长只有两米多。

这座桥造型优美，侧立面为柔婉的弧形，小小的，曲曲的，如一钩新月，似一弯初弓，令人感到妩媚可爱。桥面两侧，均有石栏，石栏两端，刻作依次递减而连接的三个半圆形，以示桥栏两端美丽而明确的终止。桥面上，有低浅的步阶四五级，逆光看去，一级级步阶显出鲜明规整的节奏，和两边桥栏隐约而不规整的节奏互为对照，相与应和，令人联想起一支短曲中音阶的级进，旋律的流动。桥面正中，则刻以圆花形浅浮雕纹饰，使平板单调化为活泼生动。总之，它的一切，无不显得典雅、工致、小巧、精美……颇像苏州出产的精雕细刻的工艺品。然而，它又毕竟是以沉重的花岗石为材料造成的，有厚度，有重量，有压力。因此，在这座全国最小的石拱桥上，轻巧与厚重、玲珑与敦实、美丽与素朴……这类对立的风格因素被统而为一了，从而显现出其丰富而完满的性格。

引静桥周围的空间布置，也颇具匠心。此桥架于彩霞池东南隅的溪涧之上，是“濯缨水阁”向东至墙边小道的必经之路。桥下这条溪涧，和引静桥一样，也极为成功，它随形而弯，依势而曲，宛转自如地由南逶迤而来，犹如书法艺术中的“虫蚀木”，自然成文，既不是呆板的直线，又不是矫揉的曲线。小桥旁的“小山丛桂轩”有联云：“山势盘陀真是画；泉流宛委遂成书。”如果说，上联是对附近黄山假山——“云岗”气势美的艺术概括，那么，下联则可看作是对这条小小溪涧形态的审美描述，它的流向宛委伸展，节奏舒徐……人们如果把小桥和流水合成一个艺术整体来品赏，那么，就可见出二者尺度恰当，比例协调，配合有致，相得益彰，它们可说是苏州园林奉献给比例美学的一个出色成果【图10，书前彩页】。

引静桥以及模仿深涧而构筑的小溪，还富于苍然古意之美。桥下涧壁上嵌有“槃涧”二字古石刻，其字迹风雨剥泐，苔藓模糊，但又隐约可辨。溪涧的两壁，萝蔓藤葛，丛生杂出，垂荫水上。计成《园冶》说：“引蔓通津，缘飞梁而可度。”引静桥的外侧面，也巧妙地用“引蔓通津”的手法。密叶繁枝的攀缘植物，由此岸沿桥跨津，通向彼岸，把小桥装饰得苍古浑莽，意境、气韵俱佳。再看半圆形的桥孔，虽已隐没在苍绿丛中，但是，在彩霞池附近俯观，又可发现被藤蔓所掩的桥孔倒影，若明若灭，若隐若现。这也是颇有意趣的景观。

笪重光《画筌》云：“山夹两崖，树欹斜而援引；水分两岸，桥蜿蜒以交通。”这是山水画的深远境界，而引静桥及其周围环境也有此画境。游人在审美品赏时，如何生成此种画境？一言以蔽之，曰：“静观”。清代画家恽格说："意贵乎远，不静不远也；境贵乎深，不曲不深也。"所以，苏州留园有"静中观"，怡园有董其昌所书联："静坐观众妙。"网师园的引静桥，也引人向静，以观众妙。游人如按这一审美指向，并选取较佳视角，凝神静观，迁想妙得，那么，小桥就会在审美的空间里变高变大，小溪也会在鉴赏的视野里变宽变远，于是，引静桥似乎成为可以通航行舟的大石拱桥了。更妙的是，桥附近还置有一个小小的水闸，似为防止上游水位高涨之用，这是画龙点睛的一笔。于是，一隅死角，一泓止水，更像源远流长的活水了。这种小中见大，浅中见深，近中见远，假中见真，就构成了如画的境界之美。

引静桥及其周围环境，是微型的王国，袖珍的天地。它小得玲珑，小得古拙，小得苍浑，小得深远……它是园林小品中不可多得的杰作，它不愧为中华全国小石拱桥之最！

（载《苏州杂志》1992年第2期；
收入《苏州市初中乡土教材·语文》第2册，
苏州大学出版社1993年版；
又收入《苏州语文课外读本》第2册，
苏州大学出版社2005年版）

"与谁同坐轩"妙趣多方

在苏州拙政园中部，出"别有洞天"月洞门，就可见一泓碧水，往西通向卅六鸳鸯馆和留听阁，往北则与波形水廊相伴而行，通往倒影楼。在这往西、往北的交汇处，水湾有一亭轩【图11】突出于小岛前，面向东南，匾悬"与谁同坐轩"。

【图 11】拙政园“与谁同坐”轩（鲁深摄）

“与谁同坐”的品题，撷自苏轼的《点绛唇》词：“闲倚胡床，庾公楼外峰千朵。与谁同坐？明月清风我。别乘一来，有唱应须和。还知么，自从添个，风月平分破。”诗人抒写坐于楼上闲眺、唱和，并享受这美好风光。“与谁同坐？”“明月清风我”，词中用了设问-设答手法，但“与谁同坐轩”将其悬为匾额，妙在有问而无答，这就带有歇后语的性质，即让其“露头”（即显现前面的部分）而“歇尾”（即藏去后面的部分，故又称“藏词”），引导人们去揭出其后隐去的“谜底”。

据此，人们如在轩亭内小坐，就会引动一片诗心，勾起一串遐想。这个“谁”字，启导人们去寻思答案……苏词是这样回答的：“与谁同坐？——明月、清风、我。”这个歇后的藏词，有着极大的艺术潜能：一方面，它把作为游人的“我”，引进了诗的境地，充当了诗的抒情主人公，替代了诗人苏轼的位置；另一方面，更让作为游人的“我”，和清风、明月三“人”同坐，于是，物，人化了；人，也物化了。岂不妙哉！

再品赏轩亭造型设计的巧思，它由清风而联想起扇子——展开的折扇扇面，以此妙为一象征，从而让亭内的一切尽可能都模拟扇面之形。试看，其屋基平面呈扇形，天花的凹宕呈扇形，宕内的悬灯呈扇形，轩内的石桌呈扇形，后面的空窗呈扇形，其上的匾额呈扇形，甚至屋顶亦呈展开的扇面形……而所有这一切，无不和扇子的功能——“清风徐来”相联结，也无不和苏词中的“清风”相联结。因而人们小坐其中，就必然会联想起历来诗文名篇中对清风明月的出色描写：

况清风与明月同夜……（南朝梁·刘勰《文心雕龙·物色》）

清风明月不用一钱买……（唐·李白《襄阳歌》）

虽良辰美景，固多于高会，而清风明月，幸属于闲人。（宋·欧阳修《采桑子》十首小序《西湖念语》）

惟江上之清风，与山间之明月，耳得之而为声，目遇之而成色，取之无禁，用之不竭，是造物者之无尽藏也，而吾与子之所共适。（宋·苏轼《前赤壁赋》）

扫径迎清风，登台邀明月。（明·陈继儒《小窗幽记·集韵》）

清风明月本无价，近水远山皆有情。（清·梁章钜集欧阳修、苏舜钦沧浪亭联）

读来真是莫大的审美享受，而苏轼的诗文，特别强调相互之间的共适分享，其《点绛唇》云，“风月平分破”，也就是说，享受美景，你和我各分一半。一个“破”字，想象丰富，用词绝妙。再看苏轼《前赤壁赋》亦云，“吾与子之所共适”，也就是大家来共享。想到这里，人们即使处于无风的白昼，在审美接受的领域，也似会感受到有拂槛的清风、朗照的明月，“我”和诗人一起，分享着大自然的“无尽藏”……

极小的一座扇面亭，由于榜以“与谁同坐”四字，就生发出了无限的能量，连通着大自然的“无尽藏”，于是成了“无穷大”，四字的题额，可谓妙趣横生，生发无穷！

另有两个方面之“妙”，需要一说：

其一，临水的与谁同坐轩，后面岛上还有一座圆攒尖的笠亭，人们如在隔水的廊里选准最佳视角，就可看到笠亭圆攒尖的屋顶，和与谁同坐轩扇面形的屋顶恰到好处地接合在一起，充当了扇面下的扇骨，于是，二亭在游人眼中，构成一把折扇的完形，这也体现出一种艺术巧思，极妙！

其二，与谁同坐轩侧面的洞门，究竟是什么形式？有人说是汉瓶形门，不然。汉瓶形门的底应是平的，这才立得稳，而此门底部却呈圆弧形，故让人参不透。周瘦鹃先生有《望江南》一首，道出了个中之妙：“苏州好，拙政好园林，轩宇玲珑如展扇。与谁同坐有知音，于此可横琴。”原来竟是琴形门！那么，琴与清风明月又有何关系？杨表正《弹琴杂说》说得好：“如不遇知音，宁对清风明月。”但是，作为具象形的洞门，琴身太长，故而只能自琴额、岳山、琴项、琴肩直接至冠角、琴尾，而略去琴腰，这样就缩短了，正因为如此，所以洞门该下部如琴尾般呈圆弧形。由于这种形式极少见，故多少年前修此轩亭时，就不明其妙地将其误辟为造型上区别不大的汉瓶形门了。于是，此扇面亭两侧的门，北面为圆底琴形，西面则为平底瓶形，这是《明月清风交响曲》中的一个不和谐音。如整体地细品“与谁同坐轩”，可见二门在形式上既不甚对称，内涵上又不甚协调，而这一小小的美中不足，走马看花的游人是不易发现的。

“姑苏情结”赋

2012，新年伊始，苏州干将路经改造正式通车，不负延企众望。它面貌焕然一新，又深含着遥远的古史意蕴，散发着浓郁的文化芳香……

干将路原由古城内干将坊延伸、拓展而成，作为东西向贯穿苏城的主动脉，现在是既宽敞，又开朗，两路夹一河，小桥与流水并美，古韵共今风交响！又累累如贯珠，穿起了形相各异的“十八景”，而“姑苏情结”【图12，见书前彩页】一景，更璀璨而异彩，熠熠兮生光。

此景位于干将路东端相门内，面对相门桥，日日夜夜，把姑苏东大门卫护守望。它的选址极有眼光：据《吴郡志》载，这里原称干将门，简称将门，因吴王使干将铸剑于此；后称匠门，据《吴门表隐》，其东曾有干将墓，而此门以“匠”字命名，是颂扬了惊天地泣鬼神的一代宗匠！至今，又讹为相门，其深长的意味遂隐而不扬……“姑苏情结”的“结”，从干将冶炼、吴王称霸这些轰轰烈烈的故事开始，悠悠远远，漫漫长长，至今又别致地物化为现代雕塑——似而不似之“窗”。

赞曰：暾始旦兮东方，旭晖耀兮干将。姑苏风情万千种，萃结集兮此“窗”。

“窗”呈海棠之形。海棠，娇俏雅逸，色泽悦目，在园艺群芳谱中独占一席，被誉为“国艳”“花仙”。而作为工艺图案，其造型也是从苏州园林里脱颖而出。试看，狮子林有海棠形洞门，留园有十字海棠纹槅扇，拙政园有软脚万字海棠铺地，沧浪亭有海棠式漏窗……它已积淀为饶有代表性的文化符号。“姑苏情结”与苏州园林文化，可谓一脉相承，从古典走来，源远而流长！

然而，它又绝不墨守成规：大胆地走出园林围墙，矗立街头广场，这是一种开放；墙是必须有的，没有墙就没有窗，但屋顶却被扬弃，这是又一种开放；墙体不在同一平面上，它吸纳了西方现代派的解构方法，将墙体析而为二，一前一后，坚实而又错位，这更是一种前所未有的开创……这种寓古于今，推陈出新的造型，诞生于改革开放的年代，面向着改革开放的工业园区，故人们又称之为“开放之窗”，这至为恰当。

这个“窗”，有异于园林的空窗，其中悬挂着一个大大的、红红的“中国结”。这个“结”，作为吉祥文化秀，也联结着苏州园林的工艺装饰。它原名“百吉”，概指其结点之多，以谐“百事大吉”之音；又称“盘长”，一根红线，盘而长之，联而通之，寓意福祉绵长，祥瑞兴旺。这种纹样符号，曾铺砌于拙政园池畔花街、留园西部山地林旁，雕刻于网师园梯云室落地罩上……而演绎为中国结，红红火火，堂堂皇皇，更见繁茂盛昌，流苏飘扬。而“姑苏情结”却又别出心裁，鼎新而为海棠造型，其窗心还选自园林窗槅的灯景式冰裂纹样，这也见于沧浪亭的翠玲珑、拙政园的兰雪堂、狮子林的花篮厅、网师园月到风来亭的后廊……而今，冰纹海棠型红红的“姑苏情结”，就高高挂在“开放之窗”上，意味丰饶深永，在郁郁苍松簇拥下，分外醒目，器宇轩昂，呈现出一派喜气洋洋！

“姑苏情结”四字，也耐人寻味。“姑苏”，由上古时代吴地最早的园林——吴王的姑苏台发端，又穿越时空，进入张继的《枫桥夜泊》，成为唐诗的压卷，永远的吟唱；至于“情结”，则是瑞士心理学家荣格的术语，已被国人普遍运用，流传推广。“姑苏情结”，胎萌于苏州园林，融合着吴地工艺，演绎为雕塑杰构，绽放出崭新的时代光芒！

联结古今中外，情系四面八方，既典雅，又时尚，用《园冶》的话语来赞扬，是“构合时宜，式征清赏”！

（原载2012年1月18日《苏州日报》）

二、园中庭院

善藏者未始不露，善露者未始不藏。

——［明］唐志契《绘事微言·丘壑藏露》

园林空间越分隔，感到越大，越有变化……
大园包小园，即基此理。

——陈从周《园林谈丛·说园》

品尽枇杷一树金

——拙政园枇杷园心赏

“枇杷园”在拙政园远香堂东南。这个小园，南面主要为界墙；东面与听雨轩庭院相毗连；北面以“绣绮亭”黄石假山为屏隔；其西和西北角则有一带云墙，围合成一个既相对独立，又与外部气息相通的庭院。这种空间分割值得赞许，特别是云墙的迤逦走向，竟有三个曲折，其中西墙一曲，是微微的，几乎很难觉察，却破除了单一的直线；庭园西北角的曲度较大，与西墙之曲适成明显反差；此角北墙有一月洞门，其上砖额曰“枇杷园”，这就是小园北向的一个主入口。

枇杷园的云墙之妙，除了具有自然而富于变化的走向外，其墙脚的地平线，不论从园里看，还是从园外看，均有极大的起伏变化。因为云墙大抵砌在山石之间或坡地之上，它的立面用《园冶》的话说，是“片山块石，似有野致”。这种富于画意的处理，在国内园林中堪称上选。再看园内，亭边石旁、墙侧坡上，植有若干主题树——枇杷，其分布错落有致。

枇杷，一名卢橘，原产于我国南部，已有两千年左右的栽培史了。它是常绿小乔木，并不高大。作为园林观赏性花木，枇杷首先属于观果类。每当初夏，果实成熟，累累枝头，圆圆的、黄黄的，令人心爱。当园里披上一层金色的阳光，枇杷薄薄的皮则更为透明，似乎可见其中饱孕着甜蜜的汁水，所谓“甘溢琼浆”。南宋诗人戴复古《初夏游张园》咏道：“东园载酒西园醉，摘尽枇杷一树金。”枇杷园的品题，就来自这广为流传的著名诗句。

小园之南，有亭翼然，额曰“嘉实亭”。嘉实者，树上所缀累累金果也。亭名着一“嘉”字，充满感情，胜似黄金！亭后墙上辟有空窗，窗外立峰透漏，翠竹摇曳，在粉墙的映衬下，俨然一幅优美的小品画。窗旁有联云：“春秋多佳日；山水有清音。”上、下联分别撷自两晋的陶渊明、左思两位大诗人的名作。于是，这里诗画互融，虚实相映，极大地拓展了小园的艺术精神空间。

园中非常注重形式美的互衬互应。枇杷以圆圆的形状为特征，于是，入口圆圆的月洞门，便是枇杷圆形的扩大，或者用学术的话语说，是枇杷的异质同构之体。月洞门还能构成极佳的框景，从里往外看，可品赏远处池山亭树之美；从外往里看，则可见到近处嘉实亭、枇杷树等，风物洵佳。内外两幅框景，都宛同团扇的扇面，圆圆的，美美的，令人悦目赏心。再如，云墙的立面，其上部优美婉曲的波形线，它比直线接近于圆，而波峰和波谷交替，有节奏地蜿蜒着，则又是如云之行，如水之流。再如，云墙走向的转折处，也特意泯却僵硬的直角，而呈现为弧曲形，与圆形也取得了协调性的美。

枇杷树不畏严寒，其叶终年常绿，这也可比德于岁晚而不畏霜雪的苍松翠柏、绿竹红梅。正因为如此，《千字文》写道：“枇杷晚翠，梧桐蚤（早）凋。”这一古代的启蒙读物是有眼识的，为了说明常绿树和落叶树的不同，特选了入秋即叶落的梧桐和岁晚而依然叶翠的枇杷来相互对比，可见枇杷是四季常绿树的典范。因此，云墙洞门上南面的砖额，绝妙地刻以“晚翠”二字，言简义丰地歌颂了嘉树的品质，从而加深了这个园中庭院的传统文化内涵。

枇杷树还应是极佳的观叶类花木，不但其果如黄金铸就，而且其叶如翡翠刻成，硕大而有光泽。当树上一旦出现金果，绿与黄相与错综的色彩更夺人睛目，诗人们赞道：“成林卢橘熟，翠羽杂金鳞”“树繁碧玉叶，柯叠黄金丸”……至于枇杷之名的由来，也饶有情趣。由于其叶呈倒卵形，颇似琵琶，故其读音也一致，古人有时还容易把“枇杷”写成“琵琶”，这就引来了“听之无声，食之有味”之诮；此外，又有“芳名巧向琵琶借”之诗咏。

枇杷树还宜观花。在“万花纷谢一时稀”的严冬，其素馨的色香虽微，却敢与寒梅争先，故而唐宋以来，诗人们也兼爱咏其花，或云“珍树寒始花”，或云“作花凌蚤（早）寒”，或云“濛濛绿枝雪”，或云“寒叶青青香树树”……清人戴铭金看到庭前枇杷花放，“风格傲寒，歌以志赏”，乃作

《高阳台》词云："小雪融时，清霜糁处，早梅同占春先。洗尽铅华，可知淡益生妍。"这些诗词，都可借来给冬游枇杷园的人们助兴。

枇杷园东北，卷棚歇山顶建筑内，悬匾两块：一曰"玲珑馆"，一曰"玉壶冰"。此馆的窗棂，均作冰裂纹，从馆内外望，四周晶莹透亮，如置身冰壶，似进入水晶窟，身心一片清凉。所谓"玉壶冰"，古代文人用以比喻志趣的玉洁冰清，这既是品格的一种象征，也是文化的一种积淀。回眸中国诗史，西晋陆机有"心若怀冰"之颂；南朝鲍照有"清如玉壶冰"之诗；而唐代王昌龄的七绝，更不胫而走："洛阳亲友如相问，一片冰心在玉壶。"这种纯洁高尚、清廉自守的比德，是儒家精神的生动表露。馆内还有对联两副，描叙了园林生活的文采风流，而这可看作是纯洁志趣的传神写照。至于"玲珑"二字，更是一语双关，既是指玉壶冰的晶莹透明，又是指枇杷果的圆润小巧可爱……

"枇杷园"的艺术构成，以枇杷及其品格为第一主题，以玉壶冰的德性为第二主题。小园内，由于景物采取周边布局的手法，"玲珑馆"前一带就有可能砌以优美脱俗的大片铺地。试看【图13，见书前彩页】，一个个三角形交错成文而呈冰裂之形；而冰裂纹样所环拱的六角形中，又嵌以一个个令人心爱的圆，是为枇杷之象。地面上这种主题的双重奏，使圆转融和之美与洁白清高之美和谐共生，统而为一，也把这个园中之园里的种种景物及其形式表现，一起升华到伦理美的精神境界。

"心赏"一词，一般并不多见，但它曾作为鉴藏印被钤于稀世珍宝的法书名画之上。笔者对此词的诠释是：以一颗爱心去细细欣赏心爱的珍品。因此，将其用于本文的副标题，愚以为是合适的。

（载《苏园品韵录》，上海三联书店2010年版）

一曲沧浪水，清流自古今

——“小沧浪”解读

沧浪之水清兮，可以濯吾缨；

沧浪之水浊兮，可以濯吾足。

“小沧浪”之水，其来也远矣！它脉承着《楚辞·渔父》“沧浪之歌”里的潺潺清韵，又联结着苏舜钦沧浪亭里的粼粼波光，还溶和着文徵明为拙政园所作《小沧浪》等诗画中的悠悠情意……有着深永不尽的文化蕴涵。

苏州拙政园“小沧浪”水院，是一个别致的园中庭院。但它并不像“枇杷园”那样用云墙把自己围起来，而是像向园外借水的沧浪亭那样，是半开敞型的。“小沧浪”和沧浪亭，二者可说存在着某种同构。水院之北，以横跨清流的“小飞虹”廊桥为界，桥东有曲廊折南而达松风水阁，再西折而行，即至“小沧浪”和“志清意远”，由此往北折东，经“得真亭”而又达小飞虹。

以接受美学来解读，小沧浪水院可视为以水为主旋律，以其他景物为协奏的交响曲。自北而南，它主要可分三个层次来品赏：

第一乐章：清流飞虹

最早把桥喻为飞虹的，是南朝大诗人鲍照。他“情高不恋俗”，在题为《白云》的寻仙诗中，以“飞虹眺卷河”等句来描写他所追求的仙境景色。明代的拙政园，已有“小飞虹”一景，在文徵明所作画上，它是有栏杆的弧曲型木板桥，“横绝沧浪池中”。而文徵明所作诗也用“雌蜺连蜷饮洪河，落日倒影翻晴波”来咏唱。而今的小飞虹，则是造型优美的廊桥，上有柔婉的卷棚顶和优雅的挂落，下为横跨清流的“万寿”朱栏与石梁。这一风姿绰约、连续三间的穹窿桥廊，犹如彩虹连蜷饮天河，能使人联想起鲍照诗里的仙境、文徵明画里的诗境……

第二乐章：松风水月

松风水阁半浮水上，它面向清流，亦即面向着水的主题。文徵明《听松风处》写道："疏松漱寒泉，山风满清听。……红尘不到眼，白日相与永。彼美松间人，何似陶弘景。"据《南史·陶弘景传》载，这位著名的"山中宰相"，"特爱松风，庭院皆植松，每闻其响，欣然为乐"。可喜的是，而今松风水阁及其附近景观，虽已非文徵明所画之地，但和文徵明的诗也颇为契合。水阁中悬有"一庭秋月啸松风"之匾，它以一个"啸"字，点出了这里疏松挺秀，虬枝凌空，每当劲风谡谡，便有松籁声声；它又以一个"月"字，把这里的众美组合而为"松风水月"的意象群。这令人心仪神往的四字，出自唐太宗《大唐三藏圣教序》，文人们素爱以此四字所综合的自然美来喻指高华风雅、清朗明洁的人品美。而与水阁盈盈隔水的"得真亭"，则有临水的栏靠，于此既可仰望长空，聆听松风，又可俯视水庭，赏玩水中秋月……

第三乐章：石古水远

"小沧浪"和"志清意远"，是相互毗连的轩屋，它完全凌架于水上，更突出了沧浪水的主题。而一泓清流，则穿过屋下往南而为水尾，于是"小沧浪"之南又有以水尾为主的小院，沿西墙还有面水的"净深亭"及边廊。

综观"小沧浪"水院，廊跨于水上，阁浮于水上，轩架于水上，亭临于水上，南端还有水尾。再说水院之北，人们如伫立小飞虹凭栏北望，则更可见一派滉漾——这是水院与之相渗相通的广大外环境，也是院内沧浪之水的命脉。

"志清意远"还有一副绝妙佳联："清斯濯缨，浊斯濯足；智者乐水，仁者乐山。"它把渔父的隽语和孔子的名言联为一体，读来音韵铿锵，启人心智。但细细想来，水院似有美中不足，这就是仁者所乐的山石的缺席。不过，这一历史"缺憾"，现今已被巧妙地加以弥补。此地一带，已同时用作奇石展览。试看轩内庭中、亭里池畔、廊间墙上，遍布各类名品：太湖石、灵璧石、昆山石、大理石以及林林总总的清供雅石，令人想起白居易《太湖石记》所赞："富哉石乎，其状非一……"这里，还悬有"卷石山房"之匾，以及撷自陆游的著名诗联："花如解笑还多事；石不能言最可人。"它引导人们赏石以情，与石为友。再看联结着"雅石斋"的池尾边廊，本是人迹罕至的死角，而今，游人们也在这里指点奇珍，细品石韵。

文震亨《长物志》说："石令人古，水令人远。园林水石，最不可无。"此是审美真谛、至理名言。文徵明曾为拙政园"志清处""意远台"等景题诗作画，这就是"志清意远"的由来。文徵明的组诗已抒写了沧浪之水能令人清远；至于"石令人古"，也浓缩了人们审美的普遍经验，留园就有"奇石寿太古"之联。在园林里，石是园之骨，水是园之血，二者在园里最不可无。"志清意远"及其附近的奇石陈列，可说是一种智慧的选择，它以石配水，合璧了山水之观，成全了仁智之乐。石古水远，意深味长，岂不美哉！

小沧浪水院一以贯之的水，串起了廊桥、亭阁、松风、秋月、庭院及其众多品题，又溶进了孔子、渔父、鲍照、陶弘景、陆游，特别是文徵明等人的名言懿行、诗文书画……至于奇石的加入，更凸显了现代人对古典园林的美学体悟。正是：

一曲沧浪水，清流自古今。

前贤多逸趣，后秀饶知音。

（载《苏园品韵录》，上海三联书店2010年版）

草木一般雨，芭蕉声独多

——“听雨轩”诗情

在拙政园，由东部复廊进入中部，就来到一个庭院。此院西邻“枇杷园”，北靠“海棠春坞”，东为优美复廊，其南则有卷棚歇山顶的轩屋，题为“听雨轩”，这是一个特殊的以听觉审美为主的庭院。

听雨空间，可说是现实听觉审美史的一个集结。从历史上看，如果说，西晋左思的“非必丝与竹，山水有清音”这一名句，是现实听觉审美的一个里程碑，那么，到了唐宋时代，诗人们就更喜听雨，特别是爱听芭蕉雨了。杜牧《芭蕉》诗云：“芭蕉为雨移，故向窗前种。怜渠点滴声，留得归乡梦……”此四句，足以说明诗人早已掌握芭蕉的品性及其审美价值了，他对芭蕉倾注了浓浓的深情。而王十朋《芭蕉》诗则云：“草木一般雨，芭蕉声独多。”这更可说是通过听觉感受的比较而所作的诗性总结。

拙政园的听雨轩，既是传承了唐宋诗人的审美体验，又是在明代文徵明所题拙政园三十一景之一的“芭蕉槛”基础上构建的。文徵明《芭蕉槛》诗云：

新蕉十尺强，得雨净如沐。
不嫌粉墙高，雅称朱栏曲。
秋声入枕飘，晓色分窗绿。
莫教轻剪取，留待阴连屋。

这首五律的诗意，同样积淀在拙政园“听雨轩”里。因此，可以说，拙政园听雨轩是凝集了中国古代诗人现实听觉审美的历史经验。

试看此轩的北庭院【图14，见书前彩页】，西北隅有一自由型小池，池畔植有数本芭蕉，抽叶盈丈，高舒垂荫，清风拂拂，碧云深深。而更妙的是池岸以黄石参差叠掇，它以丹赭暖色调烘托着翠绿蕉叶的冷色调，通过这种鲜明的对比，凸显了庭院的主题植物——芭蕉。而它那肥腴的蜡干、硕大的翠叶倒映于池，又迷人如画。

但是，人们容易忽视轩南幽狭空间的植物配置。这里，蕉、竹两植，而以密植的芭蕉为主。于是，长叶翩翻，摆风摇日，叠叠重重，嘉阴连屋，它透过绮窗，还给轩里投来了一片绿情。

在赤日炎炎的盛夏，蕉、竹能变酷热为清寒，换燠蒸为幽阴，风不来时也自凉，令人身心为之一爽！此时，人们也许会想起王守仁《书庭蕉》的诗句："檐前蕉叶绿成林，长夜全无暑气侵……"

而一旦喜逢佳雨，则淅淅沥沥，雨点打在如幄的碧叶上，一滴滴，一声声，悦耳清心，珠圆玉润，何况雨中的蕉声竹韵，有着大小之别，强弱之异，丰富着人们的感受，引动着人们的乐感诗兴。此情此景，时而会令人联想起粤乐名曲《雨打芭蕉》，那流畅的曲调，轻快的旋律，间以顿挫的节奏，跳跃的音型，表达出活泼的情韵、蓬勃的生机；时而又会令人联想起历史上有多少诗人、画家曾为蕉动情，为蕉泼墨，为蕉吟咏。

文人爱蕉数沈周。他喜画也善画，而且善题芭蕉：或是"记得西园里，题名在绿蕉"（《画蕉石》）；或是"要知相忆地，叶上雨潇潇"（《为友人写蕉》）……这些隽语名句，或许有人较熟悉，然而沈周有散文《听蕉记》，却鲜为人知。其文曰：

夫蕉者，叶大而虚，承雨有声，雨之疾徐疏密，响应不忒。然蕉曷尝有声，声假雨也。雨不集，则蕉亦默默静植；蕉不虚，雨亦不能使之为声，蕉、雨固相能也。蕉，静也；雨，动也，动静戛摩而成声。声与耳又能相入也，迨若匝匝插插，剥剥滂滂，索索淅淅，床床浪浪；如僧讽堂，如渔鸣榔，如珠倾，如马骧。得而象之，又属听者之妙矣……

这真是空前绝后、令人惊诧的奇文。它奇就奇在四句连用八组重叠的象声词，此乃一奇；这类象声词如此标新立异，还未见有人用过，此乃二奇；接着又以四个"如"字短句构成博喻，巧警绝伦，出人意外，此乃三奇；八个短句逢双用韵，一气连续，累累如贯珠，泠泠如振玉，此乃四奇；这段文字，既有对客体的论析，又有对主体的论析，“得而象之，又属听者之妙”，如文中一连串丰富的听觉联想，用《文心雕龙·物色》的话说，真是“诗人感物，联类不穷”了，此乃五奇。

再看“听雨轩”室旁院内，屋宇毗连，廊庑回环，远翠近绿，得雨净如沐。人们还可不涉水路而作雨中巡礼，既目饱清阴，又耳饱清韵，如再漫吟沈周《听蕉记》精彩片段，甚或发挥听者之妙，主动想象，那真可说是色、声交融，音、情相生的精神美餐了。

（载《苏园品韵录》，上海三联书店2010年版）

叶多花蔽，语多词费

——“海棠春坞”的疏简美

海棠，它姿影婀娜，色泽悦目，在群芳谱里独占一席，被誉为“国艳”“花仙”。苏轼著名的《海棠》诗云：

东风袅袅泛崇光，香雾空蒙月转廊。

只恐夜深花睡去，故烧高烛照红妆。

在院中廊间，花前月下，诗人不但赞赏着崇光泛彩的红晕，而且感受着香雾空蒙的美妙。夜深了，人们早已进入梦乡，他却陪伴着鲜艳妩媚的花中仙子，唯恐她也睡去，故而秉烛夜游，高照红妆，尽情品赏。

海棠，早就和文人园林结下了不解之缘，苏州拙政园还特辟一个别致的园中之园——海棠春坞，将其引为知己，延为嘉宾。

海棠以艳胜，被列为“闹春花树”。但“海棠春坞”的构思却别具匠心，一方面，以巧妙的方法烘托其花树之“艳”“丽”，因为这是庭院的主题；另一方面，又尽量避免或弱化其环境之“繁”“闹”，使这里的空间和景物尽量做到“简”“虚”“少”“疏”“静”。这是在做一道“数学题”，一道可贵的艺术“减法”，用中国艺术美学的话语说，是“大乐必易，大礼必简”（《乐记·乐论篇》）；“精而造疏，简而意足”（《宣和画谱》）……一言以蔽之，曰“疏简”。

“海棠春坞”的疏简美，表现在诸多方面：

屋宇的疏简。“海棠春坞”南向的轩室，虽面阔三间，但体量很小，而且极简朴，屋顶不用云构箕张、如翚斯飞的卷棚歇山，而用两坡面、最简易、很普通的硬山，其装折也较简单，做到了“简而意足”，不求繁丽。

陈设的疏简。室内除了靠壁对称地置放着简小的一几、二椅，屋角置有花几外，现今别无长物，只有古筝一张……

联额的疏简。此地既没有匾额，又没有对联，这也在简省之列，而只在南面的矮墙上嵌一砖细的卷轴额，其上阳刻“海棠春隖”四字，不落款，不钤印，倒也典雅别致，简洁大方。

峰石的疏简。庭院内南墙下只有湖石围成的小小花坛，其上置一不大而透漏的湖石立峰，仅此而已。

花木的疏简。这里虽名为“海棠春坞”，但海棠种植却很少，它不取丛植而仅取对植。在花坛西北、东北，各植海棠一株，既不求其多，又不令其孤，而是恰到好处。这样，二树均处于院中最突出的位置，赢得最佳的观赏效果，从而形象地显现了“少则得，多则惑”（《老子·二十二章》）的哲理。在轩室西的小天井里，还配一株木瓜（数十年前，亦为海棠），歧而出之，以为陪衬。庭院里的植物，除此而外，唯有小小花坛上立峰两侧，一面是几株矮小的南天竹，另一面是一丛稀疏的山竹，并不高。它们在粉墙前、墙额下，与立峰搭配有情，构成优雅的立体画卷。而花坛边的书带草，青葱佳美，也增添了几分画意。

庭院东西两面，均为连结着他处的游廊，这就增加了空间的流动性，而廊壁上设几个漏窗，当阳光投入，就使得院内分外地通透空灵。

“海棠春坞”整个庭院，空间是如此地疏朗，气息是如此地流通，景物是如此地简约，对植的海棠和书卷状墙额是如此地突出！然而更值得称许的是，院内除两株海棠外，所腾出的大片空地并没有浪费，而是在此砌就了“软脚卍字海棠”连续适合纹样的花街铺地。设计者充分利用两色鹅卵石、旧瓦片、碎缸片，经巧手铺砌，竟然化废为宝，正是：“吟花席地，醉月铺毡，废瓦片也有行时”（《园冶·铺地》）。试看大片地面上，确乎如同铺锦列绣，一朵朵美丽的海棠型图案纵横排列着，色彩柔和而谐调，风格典雅而婉丽。在花开时节，树上地下，相映成趣；而花落时节，地下永不凋落的“花朵”，又是对墙上卷轴额四字所作的最好的审美照应。

然而，庭院要是没有大胆的简省和种种的反衬，没有虚灵的布局和疏朗的空间，那么，海棠再丽，铺地再美，也是枉然。

叶多花蔽，语多词费，文艺创造，宜遵此理。“海棠春坞”疏简之美的成功，从一个方面证实了这条艺术原理。

（载《苏园品韵录》，上海三联书店2010年版）

海棠春坞·听雨轩

——营求反差的庭院设计

海棠春坞庭院和听雨轩庭院，是拙政园中部两个著名的园中之园，其间只有一墙之隔。

园中之园特别是相互比邻的园中之园，贵在互有区别，各具个性。“海棠春坞”和听雨轩这两个庭院，最突出地体现了这一点。

首先，二者的建筑物反差极大。“海棠春坞”为简朴的硬山顶，体量较小。相比而言，听雨轩则为卷棚歇山顶，两翼开张，体量也大，而且四周有回廊，较宽敞，不妨说它是一个小型的四面厅。再看这两个建筑物的朝向，前者为南向，后者恰恰是北向，这大概也可说是“反其道而行之”吧。

两个庭院的铺地也迥乎不同。“海棠春坞”的铺地面积不太大，大约只有听雨轩的一半，但风格精巧、细致、美丽，材料以彩色的鹅卵石为主，是计成《园冶·铺地》所说的“鹅子地”；而听雨轩庭院铺地面积大，以青砖仄砌，是《园冶·铺地》所说的“诸砖地”，为“间方式”纹样，它风格粗犷朴实，无人行走之处还由于生苔而更见苍古。

庭院中少不了用石，但二者也必须求异。“海棠春坞”要创造小巧精致的风格美，所以用湖石围成一个小小花坛，其上的太湖石立峰不大，却也表现出《园冶·选石》所说的“嵌空穿眼、宛转险怪势”，并体现了所谓“取巧不但玲珑，只宜单点”的方法。而听雨轩庭院为了创造粗犷浑厚的风格美，不但西北角水池四周的池岸均用黄石掇砌，而且进而以黄石堆叠，暗示山势，如《园冶·选石》所说：“求坚还从古拙，堪用层堆。”如果说，这种刚硬方折、厚重苍顽的叠石表现出阳刚的风格美，那么，“海棠春坞”的玲珑湖石花坛和立峰，不但色调与之殊异，而且表现出一种阴柔的风格美，这种对比，又是多么鲜明！

这两个庭院审美主题的区别，更凸显于所选的主要植物及其数量和配置。“海棠春坞”只有两株海棠作为主题树，它以少而稀及其对植为特色，这就便于近赏细品；而听雨轩则不然，其中可供听雨的主题植物均为丛植、群植，甚至密植，不但前院西北角池边有几株芭蕉，而且后院及其附近芭蕉更多，还有竹林与之穿插，这就不但便于远观绿色，而且更宜于倾听雨声。而这两个庭院风格的区别，还在于植物种类的体量和风貌。海棠为落叶小乔木，高才丈余，树冠不大，小巧，娇柔，纤细，所以诗人高觌有“纤枝无力带斜晖”的名句，而芭蕉则不同，为多年生高大草本，茎粗肥，叶巨大，故而诗人姚合有“数叶大如墙”的比喻，这是一重对比；听雨轩庭院还有另一重对比，就是这里有两棵杂树：一棵是高大的臭椿，远远超拔于蕉、竹之上，直指蓝天，极大地拓展了庭院的空间高度。附近还有一棵老桂，枝干硕壮，树冠广覆，体量亦不小，充当了中间层次，它和臭椿一同撑起了偌大的绿色空间，而隔墙的小乔木海棠与之比较，真有点儿相形而见绌了。

铺地的丽与朴，用石的柔与刚，植物的少与多、瘦与肥，绿色空间的小与大，还有建筑物体量、风格的不同，这种种反差，就造成了海棠春坞和听雨轩庭院的明显对比。然而，更有意味的是，二者在地基的高度上也暗暗地造成差异。这两个庭院东面均有相通的游廊，当人们在海棠春坞循东廊南行，廊基已渐渐地、不知不觉地在抬高，数步之后，进入听雨轩庭院东廊，就更会感到这个庭院特别阔大，更生一种新异感。细心的人还会发现，这两段廊的体量也有所区别：海棠春坞的东廊，相对比较低矮，连所挂的宫灯也略小；而听雨轩的东廊，则相对较高，连所挂的宫灯也略大……当有心的人们发现了这一“暗度陈仓”以助对比的秘密后，也许会拍手叫绝不已。

张怀瓘《评书药石论》论书法艺术的个性风格说：“与众同者俗物，与众异者奇材。”这同样适用于评园。作为两个园中庭院，海棠春坞和听雨轩通过精心的对比设计，成功地创造了相互迥异的风格之美。因此可以说，二庭的对比设计者绝非“俗物”，实乃匠心别具之“奇材”！

（载《苏园品韵录》，上海三联书店2010年版）

“三十辐，共一毂”

——冠云峰庭院的辐集艺术

“三十辐，共一毂”，这是《老子·十一章》对车轮构造的描述。“辐”，是车轮中连接轴心和轮圈的木条。古代车轮由三十根辐条构成，这三十辐，是取法于每月三十天的常数。“毂”，是车轮中心的圆孔，即插轴之处。《老子》对车轮的这一描述，可以用来形象地概括园林里多方位、多手段地辐集景观主题的艺术创造。

中国古典园林里这类辐集艺术并不是很多，但也并非绝无仅有。明人刘侗《帝京景物略》记李皇亲新园，对其中以梅花为主题的“梅花亭”这样写道：

入门而堂，其东“梅花亭”，非梅之以岭、以林而中亭也。砌亭朵朵，其瓣为五，曰“梅”也。镂为门、为窗，绘为壁，甃为池，范为器具，皆形似梅。亭三重，曰：“梅之重瓣也。”

亭和池形状如梅，门、窗、墙壁等均雕绘梅花，其中器具如桌、凳之类也成梅花之形，可见，该园是调动了一切可能的手段，从而让这种种“辐”统统集中于一个“毂”——梅花。这种对梅花主题的辐集，令人联想起苏州狮子林“问梅阁”对“梅”的辐集，苏州沧浪亭“翠玲珑”对“竹”的辐集……

然而，以上这些都是个体建筑，或是亭池，或是阁，或是室，都不是较大范围的庭院，而苏州园林里众辐密集而又文化意蕴特深的艺术典范，当推苏州留园东部的冠云峰庭院。冠云峰，是江南四大名石之一，也是留园的镇园之宝，所以冠云峰庭院所辐集之“毂”，就是“冠云峰”的一个“云”字。还需说明，本文所指的庭院，也包括周围的建筑物在内，这可看作是一个别开生面的辐集型的“园中之园”。冠云峰庭院之南，有大型的鸳鸯厅“林泉耆硕之馆”。馆以庭院正面的冠云峰作其最佳的对景。这一布局，可用前人“怪石森当门”（清·朱炳清《留园》）的诗句来加以概括，然而计成《园冶·门窗》中更有精彩的警句：“伟石当窗，别有一壶天地。”冠云峰庭院，正因为以迎人的伟石为对景，为中心，故而能生化出妙趣无穷的“一壶天地”。

“林泉耆硕之馆”内有匾曰：“奇石寿太古。”这是以五字点题。五字之中，“寿”字又有双关之妙：一是概括了这一镇园奇石源自“太古”的邈远历史，用白居易《太湖石记》的话说，是“自一成不变以来，不知几千万年”；二是点出了奇石秀峰具有让人怡情悦性、养生增寿的功能。清人刘恕《太湖石赞》就写道：“索居每患鄙吝生，坐啸峰间百虑清。”坐啸峰间，与石为友，可以洗涤百虑，澄怀清心，其效果就是养生增寿，借清帝乾隆《避暑山庄百韵歌》中的话说：“岩秀原增寿”，“摄静适襟期”。所有这些引语，都可作为“奇石寿太古”的注脚。

馆内曾有抱柱联两副：

此峰疑天外飞来，历劫饱风霜，夐绝尘寰谁伯仲；

斯地为吴中最胜，后堂饶丝竹，婆娑岁月若神仙。

——南厅联，已佚

胜地长留，即今历劫重新，共话绉云来父老；

奇峰特立，依旧干霄直上，旁罗拳石似儿孙。

——北厅联

联中的“此峰疑天外飞来，历劫饱风霜，夐绝尘寰谁伯仲”，突出了秀峰疑来自天外的神奇灵异和举世无双，以及所经历的日月销铄、风霜磨劫。“奇峰特立，依旧干霄直上，旁罗拳石似儿孙”，也以夸张、映衬等修辞格来赞美卓然特立的冠云奇峰。再看馆内的系列屏门上，南面有阴刻的《冠云峰图》，北面则刻有清代国学大师俞樾所撰《冠云峰赞》：“胚胎何地，位置何年？如翔如舞，如伏如跧。秀逾灵璧，巧夺平泉……太湖一勺，灵岩一卷。冠云之峰，永镇林泉。”此赞和两副长联、一堂画屏，对于冠云峰来说，都是浓墨重彩的艺术辐集。

再说馆北的庭院，其景观更是多方位集聚于冠云峰的一个“云”字。如：作为主峰的冠云峰两侧，有岫云峰和瑞云峰作为陪峰，合称为“姐妹三峰”；冠云峰之前，有“浣云沼”。小池清澄碧鲜，供此峰浣洗、映照，被称为“美人照影”；冠云峰西南，有亭台临于沼前，特名为“冠云台”，这里也是观峰、赏沼的极佳处；冠云峰东侧有亭，亦名“冠云亭”。亭曾有联曰：“飞来乍讶从灵鹫；下拜何妨学米颠。”此联用了杭州西湖飞来峰和大画家米芾拜石这两个著名典故，从文化方面加以延伸烘托……

冠云峰之东，还有“待云庵”（亦名贮云庵），庵内曾悬俞樾所撰联：“何处白云归，有乡里古招提，步西郊不半日而至；前生明月在，是佛门新公案，言东坡为五戒后身。”上联的首句，也紧扣一个“云”字落笔……

冠云峰之北，还有横向展开的“冠云楼”。它不但特别宽阔，而且相对较低矮，这不但是以横衬竖，而且是以矮衬高，衬托着纵向特立、“干霄直上”的冠云峰……“冠云楼”的建造，是成功的。冠云楼上还有匾曰：“仙苑停云。”这又是画龙点睛的一笔。

冠云峰庭院内，建筑、匾额、对联、屏门书画赞文、峰石、水沼等景观，都辐集着、环拱着、渲染着、深蕴着“云”的主题。如是，整个冠云峰庭院，就成了赏之不尽，味之无极的、文化密集型的艺术空间。

（载《苏园品韵录》，上海三联书店2010年版）

几曲廊庑文结构，一院花石画精神

——石林小院叙概

苏州留园东部有一个石林小院，它可说是国内绝无仅有、最富石文化意蕴的园中之园。它位于五峰仙馆旁“静中观”半亭之东，揖峰轩之南，“洞天一碧”之北【图15】。

石林小院正中，有花坛，植以牡丹，围以竹篱，上立一峰，特富动态，是为全院主峰。当年，园主刘恕为其特撰《晚翠峰记》云，该峰虽“毋所谓皱瘦透之妙，然腰折而肩垂，顶丰而面欹，若旋转作俯仰之状”……记中赞赏道：

每当霜馀月下，启窗望之，黯然油然，咏白太傅“烟翠三秋色”句，乃知其佳致，视他峰为尤胜也。余庄（按：此庄即留园前身刘氏之寒碧庄）诸峰，已图其形，各系以诗（按：即构成系列、绘图赋诗盛极一时的寒碧庄十二峰），越十年是峰始来归，故曰“晚翠”。

【图 15】从空窗看小院晚翠峰（鲁深摄）

对于此峰，作为品石名家，他特爱在月夜静观细赏。"晚翠"之名，原来就是据此峰佳胜，撷白居易"烟翠三秋色"句中一个"翠"字为其传神。同时，又由于它晚来了十年，没能赶上"寒碧庄十二峰"的题咏之盛，故于"翠"字前再冠以"晚"字。然而"晚翠"二字合读，却大为增值，倍添了几许诗味和情韵！而今，置于庭院中，大体符合于刘恕当初的布局。

再说刘氏撰《晚翠峰记》后不久，即有人辇一奇峰而至。此石"磊砢岿崿，错落崔巍，体昂而有俯势，形硊而有灵意"，刘氏极为中意，特将其置于石林小院的西北。西北，在古代是一个极其重要的方位，按"文王八卦"，这是乾卦之位。如《易·说卦》所述，"乾，西北之卦也……乾，天也。"刘恕《石林小院说》据此写道："故曰'独秀峰'，与'晚翠'若迎若拱，歧出以为胜。"独秀峰的位置，在今揖峰轩西的小天井内，它和晚翠峰确乎既若迎若拱，又歧出为胜，二者对石林小院的峰石配置，可说具有决定性的意义。

为了创构石林小院，刘恕又从废圃中发掘，觅得一稍大的峰，"如屏如帆，如朝霞之起晴空"，品为"段锦峰"。此外，又寻觅一些小石，"分位于窗前砌畔，墙根坡角"，于是，记文精彩地概括道："峰不孤立，石乃成林矣。"这就是"石林小院"一名的由来。

《石林小院说》还具体交代：

院之南曰"晚翠峰"，东曰"段锦峰"，西北隅一峰当左，曰"独秀"，旁衬以片石，巉然屹然，不出跬步，森森者即在指顾间。院之东南，绕以曲廊，有空院盈丈，不宜于湖石而宜于……石笋，参差以位之，傍于槛之前而出于檐之上。廊之前，碧梧修竹之下，旧卧二峰向无名，今并起而曰“竞爽”，曰“迎辉”。石与峰相杂而成林，虽不足以尽石之状，备岩麓之幻，亦足以侈我观矣！……

这就是当年石林小院诸多峰石林林总总，布局之大体。

然而，斗转星移，时代变迁，一百余年来，兵荒马乱，园主更迭，吴下园林已半为墟莽……但历史的风雨过处，留园有幸，留到了今天太平盛世。但看石林小院，面貌虽不免有诸多变易，但梗概犹存。经修葺恢复，人们依然可以在此指认这个峰，评点那个峰，或忆旧，或寻踪。这里，廊庑周接，窗户空透，罗汉古松挺立，花坛牡丹怒放……

有必要对小园四周作一扫描：

其东，为虚灵透剔的“静中观”洞门空窗，它以特大的开敞迎迓着经由五峰仙馆前来的游人……

其南，为坐南朝北的小亭“洞天一碧”（曾名“石林小屋”），两侧墙上各辟六方形空窗，正中则为八方形大空窗，窗外藤峰相缠，饶有“石令人古”之意。返身回望庭院，更可见花木峰石相错，院景均能给人以身在福地——“洞天一碧”之感。还应领略，这一“碧”字下得绝妙，是用借代辞格借色代物——峰石。刘恕《太湖石赞》就有“何需皱透称灵异，峰峰孤峙碧岏巑”的描写，他最赞赏的，是峰石青碧的色彩之美。小亭东南的空窗外，还可见的《石林小院说》所说的“空院盈丈”，宜植石笋，“傍于槛之前而出于檐之上”，用刘氏《乾霄峰记》之语说，“自下而窥，有干霄之势”。

其西，为面向庭院的单面廊，墙间嵌有系列书条石……

其北，为坐北朝南的揖峰轩，刘氏痴嗜于峰石，自比于苏米：米芾素有拜石之举，刘氏便有揖峰之题，小院里作为对景的石林，正是园主顶礼拜揖的对象。面阔三间依次递减的揖峰轩，除了正面设系列长窗外，西、北两面墙上还辟有简洁优美的木框花窗，窗外也不忘聚焦于石，以石点题……

笔者曾对《留园》画册每帧照片尝试题词，兹选有关的四条于下：

几曲廊庑文结构，一院花石画精神——石林小院廊轩花石的错综组合；

蟠根嵌石，宛若画意——“洞天一碧”八方形空窗框景；

窗前俊石冷然，可代高人把臂——揖峰轩西窗内外，知己知音；

拳石洵且奇，一一罗窗户——揖峰轩北窗外奇石……

限于篇幅和一支拙笔，以上可谓“纸不尽言，言不尽意”矣。

重视时间形相的捕捉

——“浴鸥”小院随想

在苏州城西阊门附近，窄窄的小巷文衙弄里，我常去游赏明代遗存至今的小园——艺圃。

在艺圃西南角，我走过紧贴水面的三曲小平桥，犹如凌波微步，就面临一个月洞门，仰首可见门上线纹细致精美的砖细门额：“浴鸥”。

在浴鸥洞门内的小小庭院里，我爱品味其中的三“小”、两“大”。

先说三个“小”：

第一个“小”，是一条屈曲小溪。它从月洞门口向东南蜿蜒，由窄而宽，再由宽而窄，两侧的湖石叠岸也曲折有致，比较自然。这就是小小的“浴鸥池”了，当然所谓“浴鸥”，更多的是诉诸审美想象。我还爱品赏溪上的小小二桥，其一是月洞门内的石梁桥，它与门外的三曲桥隔门相呼，于是这门内外贴水的石梁一直一曲，相映成趣；其二是溪流南段湖石所掇之桥，它那自然天成的形态，又和北段人工的石板梁桥形成鲜明的反差。更值得品味的是，古代画论有云，“水因断而流远”。“浴鸥”小院里的屈曲溪流也是如此，由于其上有二桥之“断”，因而在审美空间里更见其“流远”……

第二个“小”，是一列叠壁小山。浴鸥小院由于空间极为窄小，院内不可能掇山。但是有水却不能无山，于是除了地面略见起伏而有山坡意味外，紧靠东墙特掇一列小小屏山。计成《园冶》说：“峭壁山者，靠壁理也。借以粉壁为纸，以石为绘也。”浴鸥小院亦然，东面的大片粉壁是“纸”，参差三五、浮雕般贴壁屏立的小小峰峦是“绘”，其间杂以灌木野草，犹如山间烟树。在我的视域里，这俨然是一幅立体山水长卷了。

第三个“小”，是一棵低矮红枫（鸡爪槭）。它植于小院偏西的“芹庐”月洞门附近，姿态优美，小巧玲珑，令我心爱。环顾整个小院，四面除了绿色植物而外，基本上都是白粉墙，唯独这棵小树红得胜于二月花，成了小院的一个亮点。它往往和月洞门一起，被摄入摄影家的镜头。

再说两个“大”：

第一个“大”，是“浴鸥”洞门背面高高的大片粉墙。《老子》曰：“大象无形。”这大片粉墙正是无形的“大象”，它那一片虚白，成了苏州园林里最佳，也是最大的受影面。陈从周先生的《说园》认为，“白色非色，而色自生……色中求色，不如无色中求色。故园林当于无景处求景”，这样就能“得万千形象之变”。此论殊为警辟！这片粉墙的景效也是如此。小院的东北角有一棵百年榔榆，每当红日悬空，其高高的树干、斜斜的树枝、稀稀的树叶，就投影于墙，恰好构成一帧空灵生动的天然淡墨画。这棵挺拔的老树似有灵性，仿佛是特为投影成画而生长于此的，它苍干高耸，直指蓝天，枝不旁逸，树冠较小，尽量不在狭窄的小院里占据空间，却尽量向上努力发展，既拓展了小院的空间高度，又恰恰能取得最佳的投影效果。作为有心人，摄影家们被勾引得常来艺圃，以其“舍形而悦影”的审美观，反复比较着季节的变换、时间的转移、光线的强弱、天气的阴晴以及树影的或高或低，或浓或淡，或条干疏疏，或枝叶离离……在“咔嚓”声中摄下了一帧帧粉墙为纸、树影为绘的杰作。它足以说明，“于无景处求景”，真能“得万千形象之变”。而这种因日月光华、天时转移而不断幻变于墙上的画面，从中国哲学的视角看，也是天地交感的表现。《易·泰卦·象辞》：“天地交，泰。后以财（即“裁”）成天地之道。”“浴鸥”小院在摄影镜头里所裁成的天地之道、万千形象之变，可谓大矣！

第二个“大”，是两个“圆”，两个所谓“超以象外，得其环中”（[传]唐·司空图《二十四诗品》）的“圆”，这就是“浴鸥”月洞门和“芹庐”月洞门。在中国古典园林里，两个以上的月洞门环环相套的，有扬州瘦西湖长

【图16】艺圃“浴鸥”小院月洞门框景（梅云摄）

渚上的“吹台”、苏州拙政园中部的“梧竹幽居”亭等。它们虽然景效也颇佳，但其屋基平面都是正方形的，因而其月洞门必然两两正对，属于规则型的，不免略欠自由活泼。而“浴鸥”小院则不然，“浴鸥”门是东北向的，“芹庐”门则是正东向的，二者经由溪上小石梁桥而构成一斜向通路【图16】。对这两个门，人们既不妨以一个圆为框来观照，又不妨两圆相套来观照；既可从此圆观照那圆，又可从那圆观照此圆；既可于小院东南角平视两圆相对之美，又可于溪畔俯视洞门在水中团栾如月的倒影……方向不同，视角不同，距离不同，这两个“圆”也就有难以穷尽之妙，“得万千形象之变”。这用《周易》的话说，是“蓍之德，圆而神”；用《庄子》的话说，是“得其环中，以应无穷”。圆之用，大矣哉！

“浴鸥”小院的三“小”、两“大”，是我20世纪80年代至90年代初的体悟。后因故阔别艺圃十余年，如今迁居城西而再往游，不料遗憾油然而生：红枫长得较大，犹如天真小儿长大成人，已失去那份幼稚可爱的美，此树还相应使小院空间显得有些拥挤，这当然是人力难以管控的；而院内多处迎春花，更见大而蒙密，反衬和遮掩得小溪不能很好地小中见大，近中见远，还使一列峭壁小山如绘似画的效果也有所削弱；再仰望那大片粉壁，竟长满了爬山虎，榔榆也难以投影于墙，而东面墙壁也长满了爬山虎，再不能成为一列叠壁小山——浮雕式“山水画”的“天空”……

我遗憾于三“小”、两“大”打了折扣，又联想起各处园林或多或少地存在着花木生长过旺特别是迎春花过于大而蒙密的负面效果，由此进而深有感悟——“空白”“比例”确乎是美，确乎是园林造景的一门大学问。于是我想，不但园林美学应联系实际，加强这方面的研究，而且更应建立一门与园林美学相联系的园林管理美学，并将其普及到实际中去。

还特别想到，景观摄影不但应追求空间景观的创造，而且还应把握时间形相的捕捉，不失时机地将“逝者如斯”的美，定格在相机的镜头里。因为万物在变，时机一失，驷马难追，借苏轼的名句来表述，是“清景一失后难摹”。

（载《苏园品韵录》，上海三联书店2010年版）

西子湖的微缩与拟象
——可园的“小西湖”庭院

“欲把西湖比西子，淡妆浓抹总相宜。”（苏轼《饮湖上初晴后雨》）杭州西湖，是蜚声寰宇的风景名胜。苏州作为学府园林的可园（清代始建），无论从名声还是从面积来说，与之相比，都可说是天差地远，无法与其相提并论。然而，按文震亨“一勺则江湖万里”（《长物志·水石》）的美学观，通过微缩与拟象，却又是可以追拟的。《易·系辞上》云：“拟诸其形容，象其物宜，是故谓之象。”是故，可园可以有命名作为八景之一的“小西湖”。这一以水为主的庭院，就可如此这般地以此拟彼，以小拟大，以微拟宏……以下试分述之：

拟象之一，是桃柳相间的配植模式。苏堤旖旎迷人的景观之一，在于其“堤上‘夹植花柳’……‘红翠烂盈，灿如锦带’。这也就是民谣所谓‘西湖风景六条桥，一株杨柳一株桃’。每当阳春三月，在锦带般的苏堤上，夭桃灼灼，垂柳依依，艳色馨香，让人领略这春意无限，风情万种……苏堤所创造的‘一株杨柳一株桃’的堤岸绿化植物配置模式，就为清代北京皇家园林清漪园（今颐和园）所模仿，其西堤也是柳绿桃红相间隔，如乾隆诗所说，是‘柳桃改观六条桥’。在历史和现实的时空里，这一模式被推广至各地湖滨、堤旁、河畔……”（拙著《风景园林品题美学》第112页）可园的水池虽甚小，但在参差起伏、弯环绕池的叠石岸边，翠柳间适当栽以绯桃，于是，就可风雅地将“小西湖”三字额于月洞门上。

拟象之二，是“堂前池水，清浤可挹”（朱琦《可园记》），而今池中不植荷蕖，水平如镜，令人想起西湖的“万顷湖平长似镜”，而岸边的桃柳，倩影倒映于水，形与色均可倍增。

拟象之三，是船的拟仿。游舫也是西湖的特点之一，而可园池边筑有一艘旱船，雅名“坐春舻”。这一“春”字，可读解为对于岸边“红雾绿烟”之桃柳的点赞。伸于岸边的“舻”是静静的，但亦可以静拟动。池畔还有一叶小舟，又令人想起“野渡无人舟自横”的名句来。

清人朱琦的《可园记》，其中有一段设问设答的精彩对话：

或曰：“世之置园者率务侈，曲榭崇楼，奇花美木，不可殚状，而今殊朴略，谓之园，可乎？”

余曰：“可哉，园固以‘可’名也！……可，无多求耳……太过，则不可也！”

这种“可”与“不可”，体现了一种价值观，也代表了一种美学观，一种反侈崇简，“敦兮其若朴”（《老子·十五章》）的美学观。对这种美学观，能认可乎？曰：可！

明月前身

——冷香阁庭院品梅

虎丘冷香阁系近代始辟，却是名闻遐迩的赏梅胜地。此阁1918年由金松岑倡议，友人集资，1919年建成，它地处拥翠山庄北，石观音殿南的高高台地上。

冷香阁，坐北朝南，面阔三间，二层歇山顶，阁四周由院墙围合成一个山林地院落。人们经层层叠叠的磴级而上，至东入口，可见紧邻着“冷香阁”三字篆书粉墙的一个团栾月洞门，门上隶书砖额曰“吹香嚼蕊”，四字的搭配甚奇特，耐人寻味。经考索，出自宋人张孝祥《清平乐·咏梅》，“吹香嚼蕊，独立东风里”。诗人借通感联觉以遣词，出乎人们的意想之外。而冷香阁楼下后步的两侧，各有合角式洞门，砖额曰“暗香”“疏影”，这又完全入乎人们的意想之中，因为宋代诗人林和靖的名联“疏影横斜水清浅，暗香浮动月黄昏”（《山园小梅》），早已深入人心。

冷香阁周围均植有梅，而以东、南两面为多。南面多红梅，东面还杂有绿梅，相较而言，绿梅比红梅开得早些。当那红红的蓓蕾还刚缀满枝头，含苞待放，而绿梅却抢先以其蓬勃的生命力，化为秾华繁英，让人们看到了盼望已久的春光。如微观品赏，可见那一瓣瓣淡淡洇化的绿，有一种聚心力，向着深黄色花蕊渐次变深，这正是一种晕染的淡雅，一种无声的清香，一种难觅的冷艳，堪称“玉雪为骨冰为魂”（苏轼《松风亭下梅花盛开再用前韵》）了，又令人联想起“吹香嚼蕊”的秀语来。而再过若干天，红梅也会相继烂漫地绽开怒放……

冷香阁院落的大门朝南，正面题为“冷香阁”，反面则为砖额，篆以

“明月前身”四字。此警句撷自传为唐司空图的《二十四诗品·洗炼》:“流水今日，明月前身。”两句含而不露，意韵深远，用在冷香阁，更发人深思，耐人咀嚼：梅花和明月究竟是什么样的意韵关系？寻之于宋代诗史，在林和靖“暗香浮动月黄昏”的名句中，梅香与月色，二者是互为环境，互为映照；在欧阳修《次韵王适梅花诗》中，“月明素质自生烟”，除了环境，还向“质”的境层升华；在陆游的《宿龙华山中寂然无一人方丈前梅花盛开月夜独观至中夜》诗中，不但喻“梅花如高人”，而且赞其“月明流水间，一洗世浊昏”。“月明流水”云云，与《二十四诗品》中的“流水今日，明月前身”，既可说是节缩，又可说是拓展，其意完全相融相惬。在诗人的审美想象中，梅花的前身原来就是明月！以故如此清冷，如此洁净，如此遍体光华……

寒梅环绕的冷香阁，现设为茶楼，倒也清雅幽静。一杯香茗在手，细品“吹香嚼蕊”之句，别有一番滋味在心头。

三、峰石巡礼

石令人古，水令人远。一峰则太华千寻，一勺则江湖万里。

——［明］文震亨《长物志·水石》

一卷特立，安置有情。时时坐卧其旁，即可慰泉石膏肓之癖。

——［清］李渔《闲情偶寄·居室部·山石·零星小石》

爱石、品石与咏石

中国人对石头似乎先天存在着特殊的审美爱好，积淀着悠久深广的历史感情，它渗透到诸多艺术领域——

在神话传说中，著名的有女娲炼五色石以补苍天，还有精卫衔石以填海，夏启之母化石而生启，织女以天汉石予人支机……

在原始乐舞领域，《尚书·尧典》有“拊石击石，百兽率舞”的记载，石既是乐器，又是道具。古代还把乐器按其材质概括为“八音”，其中磬属于石类。

篆刻，自元代始用“灯明石”，于是就有了印石谱系：青田石、昌化石、寿山石……成为石文化的一个分支。梅清《寿山印石歌》咏道：“谁谓南宫颠，呼石下拜名争传；谁谓焦先怪，煮石疗饥我亦爱……”

在中国画苑里，郑板桥笔下的兰竹往往与石为伍，其画上曾题道：“四时不谢之兰，百节长青之竹，万古不移之石，千秋不变之人，写三物与大君子为四美也。”冥顽不灵的石头，竟然可以和具有灵性、富于德行的君子相提并论。

再看盆景艺术，竹枝间穿插一两片小石，让“竹君子”与“石大人”彼此交搭有情，就不但显得气韵生动，如同管夫人所绘横卷，而且让人联系于儒家的比德美学，因而更为耐人寻味。

在工艺美术领域，书房几案的红木架上，置一块多皱多姿的英德石，就成了所谓“文房清供”，室内空间就倍添雅人深致的情氛。

古典小说《红楼梦》，原名《石头记》，曹雪芹把大观园里悲欢离合的动人故事，和炼石补天的神话联系了起来。《西游记》里的仙石，“受天真地气，日精月华……有灵通之意”，遂化为“石猴”。《聊斋志异·石清虚》里，此石有灵性，能择主，而邢云飞也爱石如命，生死与共。《水浒传》则主要从“花石纲”写起，显示出情节的缘起，是由于奇石魅力的引发。

在园林里，曲折的廊边、拐转的角隅、窗外的天井，掇一二块石，就平添一番古意活趣。孔传《云林石谱序》说：“虽一拳之多，而能蕴千岩之秀，大可列于园馆，小或置于几案，如观嵩少而面龟蒙，坐生情思。”

纵横观照华夏艺文的诸多领域，可见石文化已渗透于文人生活的方方面面，遍及于门类艺术的各个领域。不只如此，古代文人还爱以不同的标准品石，以不同的角度咏石，此风至唐宋而极盛，并积淀为流行不衰的审美现象。对此，试加以梳理概括，列之以纲要，示之以实例，可有如下的方式和表现：

品定等第

我国古代对诗、书、画等，往往列品分等。如南朝齐代谢赫的《古画品录》，将画家分为六品；梁代锺嵘的《诗品》，将诗人分为三品；庾肩吾的《书品》，更将书家分为九品，如上之上、上之中、上之下……而白居易《太湖石记》也说，牛僧孺将收罗之石分为四等，“以甲乙丙丁品之。每品有上中下，各刻于石阴，曰：牛氏石甲之上、甲之中、甲之下”。以此分其高下，定其优劣。这种品第方式，已成为一种历史。

辨叙产地

宋人杜绾的《云林石谱》，按产地品叙各类石有一百余种之多。对于纷繁复杂之石，白居易《太湖石记》指出：“石有族聚，太湖为甲，罗浮、天竺次焉。”这是根据产地品第了它们的甲乙。自唐以来，咏太湖石诗极多。王贞白《太湖石》：“谁怜孤峭质，移在太湖心。出得风波外，任他池馆深。”这是站在湖石的立场上抒情写意，点明其出自太湖。至清代，潘奕隽的《卷石山房》有“根含莫厘云，穴滴太湖雨”的警句，既紧扣产地的特点及其形成史，又极富诗情画意之美……

追颂原质

中国哲学的“气化”说认为，万物由气化生成。此说源远流长，从《管子》发其端，至张载、戴震等更集其大成。在石文化史上，人们认为石是气化的典型和象征，它孕天地灵气而成。白居易《太湖石记》云：“岂造物者有意于其间乎？将胚浑凝结，偶然而成功乎？”宋代孔传《云林石谱序》则说：“天地至精之气，结而为石。”清代画家郑板桥写道：“一块元气结而石成”……这都是体现了气化凝结之说。

品赞本真

古代对石的高度品评，如郭熙《林泉高致》云：“石者，天地之骨也。”张碧《池上怪石》诗云，“曾作秋江秋水骨”；韩拙《山水纯全集》说，“石为山之体”；郑板桥《石》也写道，“老骨苍寒起厚坤”。此外还有“石为云根”之说，王安中《安阳好》词咏道，“云根石秀小峥嵘”，而苏州拙政园“雅石斋”也有“云根山骨”之匾……从石文化史的视角看，这些均为对石本真状态和原质功能的品赞，都是把它和天地、山水有机地联系了起来。

溯源太古

与追颂原质、品赞本真相应，文人们赏石品石还爱溯源太古，遥想其历史形成。例如，以写《石头记》著称并兼工画石的曹雪芹，其小说从女娲炼石补天丢在青埂峰下的一块石头写起，其《自题画石》诗也说，“溯源应太古”，这是很有代表性的。白居易《太湖石记》云：“然而一成不变以来，不知其几千万年……”其《太湖石》诗也咏道：“烟翠三秋色，波涛万古痕。”……这都是回溯和赞咏其万古悠久的形成史。面对着奇石并不太大的空间形象，竟联想起邈远的历史时间，这表现了一种以有限通无限、以一石见太古的时空观。

妙用典故

引用典故来品赞奇石，内涵就更见丰富而有韵致。南朝阴铿《咏石》：

“天汉支机罢，仙岭博棋馀。”这是巧用了织女支机石和《山海经》中“帝台之棋石”的神话传说。隋虞世基《赋得石》：“徒然抱贞介，填海竟谁知。”则巧用了《周易》中“介于石”的爻辞和精卫填海的神话传说。唐姚合《天竺寺殿前立石》云：“补天残片女娲抛，扑落禅门压地坳。”这又是联系于女娲补天的远古神话……

拈出标准

在宋代，文人们总结了自唐以来包括米芾、苏轼等在内的赏石审美经验，先后提出了“瘦”“透”“漏”“皱”“文”“秀”等品石标准；清代的李渔、郑板桥进而加以解释、生发并作补充，以“丑”“雄”等品石；而明末的计成、张岱又提出了“巧”“拙”“痴”等。此外，元代刘敏中《沁园春》词云：“清奇古怪，有韵铿如。”近代吴昌硕《缶庐别存》则说：“石不在玲珑，在奇古。”……所有这些，都是对品石标准的建树和补充。这类见解，凝聚了对石细赏精鉴的丰富体验。

赐予雅名

苏轼藏石，往往赐予雅名，众所周知的如“壶中九华”“白绿仇池”“中山雪浪”“袖中东海”“小洞天”等，这都是以情悟物的结果。《宋稗类钞》说，米芾“蓄石甚富，一一品目，加以美字”。《宸垣识略》写到清代北京宣家园“多奇石，石皆有名，曰‘隅虎’，曰‘伫鹤’，曰‘惊羽’，曰‘奋距’……”这种以动物姿态来题名，比较通俗，似是白居易《太湖石记》中“将翔将踊……若行若骤，将攫将斗”之语的名物化，也颇有情趣。古人还爱将题名镌刻于石上，如袁枚《九曜石》所说：“有石人能存，有字石才妙。”洵为不刊之论。而清代潘奕隽《寒碧庄杂咏・卷石山房》则说：“疑有旧题名，剜苔坐怀古。”也反映了这种意向……

建构系列

苏州留园的前身是寒碧庄，园主刘恕题有十二峰，分别为奎宿峰、玉女峰、箬帽峰、青芝峰、累黍峰、一云峰、印月峰、猕猴峰、鸡冠峰、拂袖峰、仙掌峰、干霄峰，而他也自号“一十二峰啸客”。以后，留园又有姐妹三峰系列，为冠云峰、瑞云峰、岫云峰……这种系列构成，其审美的效果和影响，远远优于孤峰独赏，这就是系统论所谓“整体大于部分相加之和”。

驰骋想象

艺术创作和欣赏离不开想象，赏石咏石亦然。南朝释惠标《咏孤石》诗：“崖成二鸟翼，峰作一芙莲。”隋代岑德润《赋得临阶危石》诗：“带山疑似兽，侵波或类鲸。”均体现了由此及彼的想象。再如苏轼的《壶中九华》，不但其诗题是想象的结果，而且诗里还有“玉女窗虚处处通”之句，更表现了诗人的神与物游，想象飞越。可以说，驰骋想象这种品赏，以“似而不似”的模糊为佳，如孔传《云林石谱序》所说，“物象宛然，得于仿佛”。

移情顽石

白居易《北窗竹石》：“一片瑟瑟石，数竿青青竹。向我如有情，依然看不足。……莫掩夜窗扉，共渠相伴宿。”其《双石》亦云：“石虽不能言，许我为三友。”对于不能言的顽石，愿与其伴宿，和其交友，邀其对饮，人的情感移注于物，使无情之物有情化了。这种移情，都显现出挚爱之深，品赏之妙。

赋予德性

石的最大特性就是“坚”。在先秦，公孙龙子有“坚白石论”；《周易》有“介于石”之说，“介”即“砎”，硬也；汉代的《淮南子・说林训》有“石生而坚”说……尔后，文人们赞颂石的品质，是儒家比德伦理哲学的审美化。明代王绂《题邹园十咏・秀石》：“坚贞太古心，天地同不朽。”再如清人刘恕《晚翠峰记》赞其“顽而介”，有“凛然有不可犯之色”；其《干霄峰记》还说：“盖瘦透者每近于雕镂，魄礧者不足于秀拔，介然而屹立，挺然而耸观，无欹侧之形，无取媚之态……”这都是赋予石以一种伦理性，把对自然美和社会美的评价融为一体。

联系自身

曹雪芹《自题画石》:“有志归完璞，无材去补天。”敦敏《题芹圃画石》:“傲骨如君世已奇，嶙峋更见此支离。醉馀奋扫如椽笔，写出胸中块垒时。”这种画石咏石，也就是在抒写人的自身，咏人的满腹牢骚，画人的嶙峋傲骨。再如元代王恽的《出香奇石》:“我久旧俗冗，对之心暂闲。”刘恕的《太湖石赞》:“索居每患鄙吝生，坐啸峰间百虑清。”这都写出了品石咏石的审美效果，使主体自身萌生了良好的心态。

赞美形色

品赏奇石的瘦、漏、透、皱、丑，都是着眼其形。至于石的色彩，案头者贵在“五色而文”；而园林之石，白居易《太湖石》写道:“削成青玉片，截断碧云根。”这是赞赏石色之青。清人刘恕《晚翠峰记》也说，“以青色者为最”，并说此峰于月下望之，“咏白太傅‘烟翠三秋色’句，乃知其佳致”。所以北京皇家园林有青芝岫、青莲朵、青云片之名。

聆听声音

这种品赏方式，一是敲击赏音，《园冶·选石》在评价时，也往往品石以声，并有“泗滨浮磬”之说；二是借水赏音，白居易喜欢置石于激流之中，其《南侍御以石相赠，助成水声，因以绝句谢之》云:“泉石磷磷声似琴，闲眠静听洗尘心。莫轻两片青苔石，一夜潺湲直千金。”三是借风赏音，如宋人舒亶《响石》说，“混沌中含太古音”，并说要待风雨之夜品赏。而乾隆《再题青云片石》也写道:“诡石居然云片青，松风吹窍韵清泠。”……

以上是对古代文人爱石、品石、咏石主要方式的简略扫描，当然还有不少，难以一一尽述。它们无不深深根植于悠久的民族文化传统之中，其美学意蕴值得探索。

（原载［合肥］《艺谭》1985年第3期）

透、漏、瘦、皱与江南三大名石

相石界有“江南三大名石”之说，这就是苏州的瑞云峰、上海的玉玲珑、杭州的绉云峰。这种评选，还连结着传统相石四字法——透、漏、瘦、皱。这经反复推敲、高度锤炼的四字，言简而义丰，读音也非常协调tòu–lòu–shòu–zhòu，都是同韵字。在古代，《佩文诗韵》均在“二十六宥”；在今天，现代汉语均属ou韵，而且都是去声。至于对四字的诠释，历来颇含混，故拟进一步辨析：

透：李渔《闲情偶记》释为“此通于彼，彼通于此，若有道路可行”。这是形象地比之于可穿行的微型山洞。笔者的理解，主要是指前后左右横向相通。

漏：李渔释为“石上有眼，四面玲珑”，颇不当，因为这也可用来解释“透”，而且这个“眼”字，没有说明是横向的，还是纵向的。笔者认为，“漏”既然与“透”字并列，那么必须有所区分，姑将其定为上下的相通。《易·井·九二》：“甕敝漏。”孔颖达疏：“甕敝（破、旧）漏水，水漏下流。”《广雅》：“漏，泄也。”可见，凡水或他物由孔穴、隙缝往下滴出、泄出、流出、透出，均可曰“漏”。当然，“漏”与“透”的区分又是相对的，因为孔穴均非一律横向或纵向，还有上下斜向的、曲折的，等等。

瘦：李渔释为“壁立当空，孤峙无依”。历来均认同并征引这一定义，其实更误。张家骥《园冶全释》别具只眼指出，此释只是指“峰石的布置”或“石在空间中的形态”，而不是“对太湖石本身的特点……的审美概括”，也不是将其作为“相石的标准”。此评甚是。因为“壁立”只是峰石的空间形态，如苏州怡园的“屏风三叠”，或太湖三山岛的板壁峰，均作“壁立”

【图 17】苏州织造府花园瑞云峰（陆峰摄影）

状，然而它们均不瘦，相反是呈横阔之态。至于立峰是不是“当空”，是不是“孤峙无依”，都不是瘦石本身的特点，因为“透”“漏”“皱”之石，都可以掇立于当空，四周都可以没有峰石作伴，都可以“孤峙”而没有建筑花木为依靠。应该说，“瘦”是纵向伸展的秀长体型，同时这是用了拟人化的手法，喻之于人，则或是亭亭玉立、楚楚纤腰的美女，或秀挺清癯、超拔长身的君子……

皱：亦作“绉［zhòu］”，同样协韵；计成《园冶》用作“皴［cūn］”，虽不协韵，其意义仍相通。皴，是山水画家表现所画山石的纹理结构、明暗向背的程式，其源来自现实中真山的纹理结构。笔者的《中国园林美学》通过研究指出：“皴即是皱，皱即是皴，说得更准确些，皴是艺术领域中的皱，皱是现实领域中的皴。”峰石的皴皱，也是一种美。

四字诀已初步诠释，再来评说江南三大名石：

苏州的瑞云峰【图17】，连结着“花石纲”的故事。宋宣和年间，徽宗营造大型皇家园林艮岳，于江浙穷搜珍异花石，舳舻千里以进，也有遗留在半途的，瑞云峰即其中之一。在明代，该石既流传有序，又传说纷纭，后置于徐泰时东园（今苏州留园前身）。袁宏道《吴中园亭纪略》：“垒上太湖石一座，名瑞云峰，高三丈馀，妍巧甲于江南。”张岱《陶庵梦忆·花石纲遗石》评为“大江以南花石纲遗石”之“祖”，“变幻百出，无可名状”。入清，姜埰还咏道：“三吴金谷地，万古瑞云峰。”（《己亥秋日游徐氏东园》）乾隆南巡，地方官为邀宠而将其移入织造府花园（今属苏州市第十中学）。顾震涛《吴门表隐》卷一："瑞云峰，乾隆四十四年移之织造府西行宫内。"该峰不只是"以高大为贵"（《选石·太湖石》），而且以"透"为主要特征，大孔特多，皆"若有道路可行"。笔者凑成四句韵语赞道："众窍为虚，穿眼相通。千态万状，洞达嵌空。形神兼得，险怪峥嵘。妍巧绝伦，剔透玲珑。"该峰阔肥而不瘦，为江南三大名石之首。

【图18】上海豫园玉玲珑（周仲海摄）

上海豫园的玉玲珑【图18】。明代园主潘允端《豫园记》云：玉华堂"前临奇石，曰'玲珑玉'。盖石品之甲，相传为宣和漏网。"此石高一丈余，状如千年灵芝，它最突出地表现为"透漏"，于石体布满大穴小孔，特多纵向的宛转相通，在江南三大名石中，只有瑞云峰可与之颉颃。不过细细比较，二峰又各有千秋，瑞云峰"透"更多，孔特大；玉玲珑则"漏"更多，孔较小而密。《云林石谱·林虑石》云："中虚可施香烬，静而视之，若云烟出没于岩岫间。"这一特征被称为"出香"，玉玲珑饶有此致。陈维城《玉玲珑石歌》咏道："一卷奇石何玲珑，五丁巧力夺天工，不见嵌空皱瘦透，中涵玉气如白虹……石峰面面滴空翠，春阴云气犹濛濛。一霎神游造化外，恍疑坐我缥缈峰。耳边滚滚太湖水，洪涛激石相撞舂。庭中荒甃开奁镜，插此一朵青芙蓉。"一阕赞歌以丰富的想象，描述了玉玲珑的产地——苏州洞庭山缥缈峰下的太湖水中；又描述了奇峰的成因——"洪涛激石相撞舂"。此歌还以"玲珑""奇""巧""嵌空”等字来评赞，也符合《园冶·选石》“取巧不但玲珑”之语。

绉云峰【图19】，原置杭州花圃，后移于西湖十景之一的“曲院风荷”。不过它不是太湖石而是英石，以“形同云立，纹比波摇”著称。具体地说，其皴皱美的极致，表现为层棱起伏，深凹绵密，襞褶丰富，皴皴若裂，饶有峭折之势，还给人以螺旋式上升之感。此外，它还突出地表现为一个“瘦”字，俏秀屈曲，不但顶如春笋，而且腰似美女，令人想起“楚王好细腰”（《韩非子·二柄》）之典，不足的是乏“漏”“透”之致，体量也小了一点。

【图19】杭州花港观鱼绉云峰（蔡开仁摄）

品读冠云峰

【图20】苏州留园冠云峰（张维明摄）

俗话说“好书不厌百回读”，品石同样如此。对于苏州留园的冠云峰【图20】。笔者认真品读并多次写下体会。先后延续了十余年，而且可谓每读每异。现结合与江南三大名石的比较，将冠云峰之美及有关品读感悟综述如下：

“精神户牖”之美

传统相石四字法之“透”，李渔释为“此通于彼，彼通于此，若有道路可行”。以此来品读冠云峰，可见其正立面顶部偏东，有一罕见的孔穴，特大而通透。如果视线透过大孔，还可见其中椭圆形的天空。

此孔应置于更高的哲学层次上来品读。《淮南子·精神训》云，“夫孔窍者，精神之户牖也”，“精神盛而气不散”。冠云峰的中、下部虽也有几个透、漏之孔，但此大孔却是最可贵、最紧要的“精神之户牖”。冠云峰有了这一生命之孔，就使自身玲珑剔透，精神顿出，气盛不散，通体皆灵。朱长文《玲珑石》有云：“凿开混沌窍，窥见沧浪天。洞敞延华月，岩虚生翠烟。”以此来观照冠云峰的“精神户牖”，可以说，它破除了混沌之体、囫囵之块，在这特大孔穴里，既可“窥见沧浪天”，又可“洞敞延华月”，岂不美哉！

再比照瑞云峰、玉玲珑，遍体嵌空穿眼，但都没有冠云峰之孔那么大，那样处于重要位置，更不用说绉云峰，遍体毫无透漏可言。

皴皱摺襞之美

冠云峰有其独特的皴皱美，从正立面看冠云峰上部，特大孔穴四周特别是其右下方的石面，均较平板，此乃画法之大忌，然而在东南方阳光照射下，它妙在能破之以皴，这用石涛《画语录》的话说，“是皴也，开其面”。于是，在阳光下，孔穴周围主要显现为斜向往右下拖的线条群，如虫蚀木，如锥画沙，有涩味，有阻意，密排而略见错综，均匀而不乏相交，一条条如同以古篆笔法所画的“披麻–解索皴”，令人联想起范宽、李公麟诸家山水的皴法。冠云峰这种皴皱摺襞之美极可贵，为国内所无。时下品评太湖石，往往偏重透漏，忽略皴皱，似是一种偏颇。

冠云峰中部，其西面岩窦嵌空，石面变化较大，东面则较为平易，起伏不是很大，但石面迎阳光处显现出老辣笔致所作并不多的“乱柴皴”，如金钻刻石、鹤嘴划沙，极富画意，令人联想起元代黄公望等人画石所用的某种皴法。此外，还有“芝麻皴”……

冠云峰下部，石面稍平展，但其可贵在笼络隐起，有“芝麻皴”除其寂，“斧劈皴”助其涩，“乱柴皴”显其峭，“乱麻皴”破其平……这些皴皱均极少，但少少许能胜多多许，它们相杂成文，烘托着下部黑格洞洞而不透的大孔……

冠云峰上这种丰富的、如画般的皴法美，为瑞云峰、玉玲珑所不具，与英石绉云峰那种特殊的“皱”又迥然有异。

秀拔宛曲之美

冠云峰既高且瘦、有亭亭玉立之姿，其高度在全国名峰之林中也独占鳌头。它凌空直上，独立中庭，景效特佳。笔者在《留园》画册里，从南朝咏石诗中借来一个诗意的品题："独拔群峰外，孤秀白云中。"足可为冠云峰传神写照。

从正立面看，冠云峰还具有可贵的宛曲之美。这仍可将其分为三部分，并进一步具体结合透、漏来品赏其形象、风格之美：

其上部秀瘦宛转地往东扭，具体地看，其西半棱角峭硬，伸出的端点极其尖利，如鹰嘴，似虎牙，生动奇诡，但是，在总体上由于东半的户牖敞豁而显示出一种明朗空灵之美；

其中部则往西扭，偏离了全峰的轴线与重心。其东半尚较平易，西半则面如削成，而孔穴极不规则，奇异错综，层次丰富，而且均往左下斜掩，孔内表现为层棱起伏，险象环生，因而在总体上呈现出一种险怪诡幻之美；

其下部又大幅度东扭，使全峰复归于体态的平衡与重心的保持，从而倍增了峰石的姿态美。石正面又有一大孔洞，洞内窈黑，似恍似惚，真可谓"牙然剑门深"了，它使整个下部呈现出一种峭硬深邃之美。

峰石应近赏其局部，远观其整体。冠云峰尽管细部峭硬险怪，但整体上具有秀拔宛转的阴柔之美，特别是那纵向伸展的瘦长体型，扭转成"S"形的窈窕姿态，有极佳的观赏效果，这是江南三大名石不可与其比肩的。

移步换影之美

北宋著名画家郭熙赏山，除了静观外，还极力主张动观。其《林泉高致》云："山近看如此，远数里看又如此，远数十里看又如此，每看每异，所谓山形步步移也。山正面如此，侧面又如此，背面又如此，每看每异，所谓山形面面看也。"品赏冠云峰也应如此地辅以动观。例如，在"浣云沼"前正面近看，是一种美；在"林泉耆硕之馆"门窗中看，又是一种美，这都是最佳视角，摄影家们正是这样地为它留下了一帧帧秀拔宛曲、亭亭玉立的倩影。但是，很少有人从不同侧面去观赏它。

其实，观赏冠云峰也应多角度、多方位、多立面，这样也会每看每异，并引发种种丰富的联想。孔传《云林石谱序》云，"天地至精之气，结而为石”，“状为奇怪，或岩窦透漏，峰岭层棱……物象宛然，得于仿佛”。这也就是说，它或像这，或像那，都是得之于恍惚仿佛之间，似是而非，似非又是。对于冠云峰，如另从东立面看，就会陡见一石怒起，上部的大孔依然可见，但已化作怪物圆睁的巨眼，而其下的凹坎则如张开之大口，使人想起白居易《太湖石记》所说，“如鬼如兽，将攫将斗”。刚才冠云峰正面那种柔曲可爱之美，竟倏忽变为狰狞可畏之美；再抽象地看，其劲直的整体还带有一定的弧形张力，也十分耐看。至于在其西南立面看，则又呈大块凹凸之形、锐刿丑怪之相。再从西北立面观赏，则又可能将其想象为“送子观音”的形象，眼前似一女子手抱小孩，头上好像还有“观音兜”呢！怪不得以前有人称冠云峰为“观音峰”。而如果从东北立面看，则其身材更为苗条匀称，更像戴兜观音的背影，但其手中所抱的小孩又不见了……正是：“横看成岭侧成峰，远近高低各不同。”

步步移，面面看，冠云峰极饶种种不同的形体风格之美。这种移步换形的优势，也可说是独步江南。人们如对“江南三大名石”也是步步移，面面看，其形象的变化不可能如此之大。

笔者以上所述，毫无贬低江南三大名石之意，而只是实事求是地作多方面的比较。当然，冠云峰也有明显的不足，这就是背面不能品读，因更多是人工斧凿之痕。但是，十全十美的立峰是没有的，瑞云峰、玉玲珑透漏而不瘦秀，绉云峰瘦皱而不透漏……而冠云峰从正立面看，不但占了“瘦透漏皱”四字风流，更兼一个“曲”字，其身高又超拔于群峰之上。人们如对其不作正面静观而作多面动观，那么，它又能突出地展现其移步换形之美，给人以多样的审美满足。

据以上多方的概括和比较，冠云峰完全可置身江南名石之列而毫无愧色，因此，宜将它们合称为“江南四大名石”。

（载《苏州杂志》1999年第4期）

神州假山第一，举世叠掇无双
——环秀山庄假山集评

环秀山庄假山，为大师戈裕良所创神品杰构。清人钱泳《履园丛话·艺能》“堆假山”评道：“堆假山者，国初以张南垣为最，康熙中则有石涛和尚，其后则有仇好石、董道士、王天於、张国泰，皆为妙手。近时有戈裕良者，常州人，其堆法又胜于诸家。”钱氏历数国朝名家，目的只为突出一人——戈裕良，这是用了层层点染、烘云托月的手法。问曰：戈裕良“胜于诸家”者为何？戈氏自述道：“只将大小石钩带连络，如造环桥法，可以千年不坏。要如真山洞一般，然后方称能事。”将建造环拱桥洞之法，移植为假山洞府的钩带连络之法，这确乎是不朽的“艺能”、杰出的创造！著名科学学（研究科学之学问，称“科学学”）研究家W.L.B.贝弗里奇深刻指出：“移植是科学发展的一种主要方法，大多数的发现都可应用于所在领域以外的领域，而应用于新领域时，往往有助于促成进一步的发现。重大的科学成果有时来自移植。”（《科学研究的艺术》，科学出版社1979年版，第133页）此言不虚。戈氏参考拱式造桥法，凭其天机灵性和反复实践，“引而伸之，触类而长之”（《易·系辞上》），旁通之，发挥之，创造之，在叠山领域里竟然促成了重大发现，揭开了园林科技史或者说技术美发展史的崭新篇章！

现存戈氏假山，除苏州环秀山庄湖石假山外，还有常熟燕园黄石假山，相较而言，后者略逊一筹，故赞环秀山庄之山曰，“神州假山第一，举世叠掇无双”。对于戈氏的高超叠山技艺，清代著名学者洪亮吉在《三绝句》其一、其三中，饱蘸热情赞道：“奇石胸中百万堆，时时出手见心裁。错疑未判鸿蒙日，五岳经君位置来。”“三百年来两轶群，山灵都复畏施斤。张南垣与戈东郭，移尽天空片片云。”这是对其天造地设的叠山艺术的高度评价！

近代诗人金天羽在《颐园记》中，又如是赞道：

坐我以华堂，饮我以美酒，而使我旷然游观乎山水之间。斯非异境与？境之在幽遐崭绝者，天之功也。天弛其功，地谢其能，灵驱秘助，来献斯异……环秀山庄者，以其面山也。苏之城，廛次而墉比，举薪之户十万家，尘埃嚣然，而一入斯园之门，则镜澜屏碧，纷芩鬈蔼，朝岚倒景，夕彩晕光，隐几寂视，若出云表。其山，皱瘦浑成，自趺至巅，横睇侧睨，不显斤斫。凡余所涉天台、匡庐、衡岳、岱宗、居庸之妙，千殊万诡，咸奏（会合）于斯。……构此山者，毗陵戈裕良，为晚清（？）名手，自诧以为驾狮林而上之，不虚矣！

好一篇《假山赋》！以诗一样的语言盛赞其叠山艺术的高妙，城市山林的幽美。“以为驾狮林而上之”，言之不虚，足证举世无双。而天台、匡庐云云，又证其“有真为假，做假成真”（《园冶・掇山》）。戈氏以“法天贵真”（《庄子・渔父》）的美学观，胸有丘壑，集萃名山，高度概括提炼，使“千殊万诡，咸奏于斯”，从而让假山成真，假山胜真，亦即“艺术美高于自然”，或者说，“艺术的现实就是理想”（黑格尔《美学》第1卷第4、195页）。

“假山依水为妙”（《园冶・掇山・涧》）。山水构成，山宜依水，水宜附山，这表现为“山水相依律”；此外，又有“宾主相依律”：“凡画山水，先立宾主之位，次定远近之形”（李成《山水诀》）。戈氏此山正是如此，它以山为主，以水为辅。假山又分主次，以池东为主山，池北为次山，二山主客朝揖，高下相呼，尊卑相应，远近相形。于是乎，有形有势，有断有连，有体有用，有拱有立，有蛰伏，有挺耸，起落有致，章法井然。而山与水也能互生互补，相反相形，如池水既缭绕于山崖，又萦回于洞谷，水体对山能有效地发挥其宾衬作用。总的来说，由于这一错综复杂而又有条不紊的整体布局，使得假山占地虽仅半亩，却能充分利用空间，发展空间，生成空间，创造空间，能几乎无限地增值，做到“岩峦洞穴之莫穷，涧壑坡矶之俨是”（《园冶・掇山》），此可谓大手笔矣！

戈氏假山，有“多方景胜”之美

对于环秀山庄假山，笔者曾这样描颂：“该山的山体品类众多，胜景不一：其磴道危径，盘旋曲折，高下纡回，令人迷失方位；其晦谷幽涧，两侧石壁夹峙，隔离天日，自下仰视，近似‘一线天’景观；其横空石梁，飞架绝巅，给人以欲堕而还安的复杂感受；其悬崖峭壁，陡险突兀，颇能令人发‘危乎高哉’之叹；其怪峦奇峰，或如云崩，或如霞举，崒屼嶙峋，嵯峨多变【图21，见书前彩页】；其山麓坡脚，若干矶头负土而出……”叠山家还“特意设置了种种不同的观赏点——边楼、问泉亭、补秋舫、‘半潭秋水一房山’亭，还有厅前、廊间、桥上、池畔、崖际、谷底、山巅、洞外……让人们从四面八方、高低上下、不同的方位、视角来品赏。这样，既能使山的形质在观者眼里更为变幻莫测，如苏轼所说，‘横看成岭侧成峰，远近高低各不同’(《题西林壁》)，又可使山的体势在观者眼里多方呈现，或动观，或静观，移步换形，每换每异，如郭熙《林泉高致》所说，‘如此，是一山而兼数十百山之形状’。”（金学智《苏州园林》第60-61页）

戈氏假山，有“洞壑玲珑”之巧

戈氏最大的创造是山洞叠掇。刘敦桢先生评道：其山“外观为峰峦峭壁，内部则虚空为洞……采用穹窿顶或拱顶的结构方法，犹如喀斯特溶洞，逼真而又坚固”。“山体内有石洞、石室各一处……中设石桌、石凳，可供坐息。四壁开孔洞五六处，供采光通风。石桌旁更有直径约半米的石洞下通水面，天光水色映入洞内，意匠较为别致”(《苏州古典园林》第69页)。

这种顶壁一气，自然天成，上部可见钟乳垂垂，如入真山溶洞；下部可见水光隐隐，变幻生奇，发人遐想，这种对湖石涡孔的巧妙利用，可作为《园冶·掇山·洞》“掇玲珑如窗门透亮”的最佳实证。

戈氏假山，有“咫尺千里”之妙

品赏假山，应既出乎其外，又入乎其中。出乎其外，以观其气势；入乎其内，以观其奥秘。此山水之外观，既有危乎屹崒之高，又有峥嵘不测之深，气势绵延，浑然一体，在其下给人以崇山峻岭之感。陈从周先生《苏州环秀山庄》一文具体描述道："自亭西南渡三曲桥入崖道，弯入谷中，有涧自西北来，横贯崖谷。经石洞……踏步石，上磴道，渡石梁，幽谷森严，阴翳蔽日。而一桥横跨，欲飞还敛，飞雪泉石壁，隐然若屏，……沿山巅，达主峰，穿石洞，过飞桥，至于山后……缘泉而出，山蹊渐平，峰石参错，补秋舫在焉。东西二门额曰'凝青''摇碧'，足以概括全园景色……园初视之，山重水复，身入其境，移步换影，变化万端……山以深幽取胜，水以湾环见长，无一笔不曲，无一处不藏，设想布景，层出新意。水有源，山有脉，息息相通，以有限面积造无限空间。"（《园韵》第116-117页）。

环秀山庄假山，是"咫尺之间，夺千里之趣"（宋刘道醇《圣朝名画评》）的立体图画，是"咫尺之内，再造乾坤"（联合国教科文组织对苏州古典园林的评价）的生动体现和典型例证！

峰上孔·水里影·空中月

——留园印月峰觅趣

今苏州留园，清乾隆间为刘恕（号蓉峰）寒碧庄。刘氏嗜石，除了在园中建石林小院外，还构有寒碧庄十二峰品题系列，他自号"一十二峰啸客"，并请画家绘《寒碧庄十二峰图》，请诗人们为之写组诗，一时传为盛事。十二峰中，印月峰似最能逗人诗兴遐想。

本文专赏印月峰，先应确认该峰位置，可以断言，自寒碧庄至今，园虽数易其主，但印月峰的位置基本未变。先看刘诗小序：

辛酉（金按：为嘉庆六年，1908年）菊秋，洽旬霪雨，殊苦寥寂。石工忽来告曰："近觅得旧湖石一新湖石一，皆灵秀，已载至河干矣。"余欣然冒雨往观，如其所欲而易得之，位置于曲溪掬月亭之前。亭前向有一石，亦灵秀，遂合此而为三矣。杂植花木，参差掩映，可以娱目，或亦寥寂中遣兴一法也。诗以纪之。

以下即《印月》《青芝》《鸡冠》三峰之诗。诗序交代了印月峰的由来、置放地点、配置特色……

序中所说曲溪楼，今存，在留园中部，其前池边有亭，当年被题为"掬月亭"，楼旁岸边确乎有三石，其中印月峰并不高，上部略带圆形，石上有一大而通透的天然圆形涡孔，酷似一轮圆月。这种峰石，虽不易觅得，但更不易巧赏，而刘氏则有其独见之明。他将其置于水边，通过峰石的水中倒影来观赏其孔映入水中之美。这种品石巧思，乃是审美想象的创获，在中国石文化史上尚属首见。

至于"掬月亭"之名，亦妙，它撷自唐人于良史的《春山夜月》："掬月水在手，弄花香满衣。"此联发人深味，余韵无穷。刘氏以此题亭，更饶有深意，人们似乎看到：赏"月"者在亭畔水际，以双手捧取水中银盘，虽不可能掬到，手却感触到了这浸"月"之水……在审美想象领域，这一韵人雅事，虚虚实实，朦朦胧胧，"纵不能言最可人"（刘恕《太湖石赞》）的一块峰石，竟能生发出如此之魅力！

再列赏诗人们所写组诗中的《印月峰》——

王学浩《寒碧庄十二峰为蓉峰观察年丈作·印月峰》："孤月何皎皎，洞隙鉴玲珑。摩挲两明镜，双落水波中。"诗人先看到水中皎皎孤月，这是峰石洞隙倒映水中所呈如鉴（圆镜）般的玲珑之月；忽又发现天上一轮明月也如镜般倒映水中，于是，两个明镜，一真一假，双双落于水波之中。

瞿应谦《寒碧庄十二峰·印月峰》："长空镜一轮，无定是生没。奇峰枕碧流，朝朝玉蟾窟。"长空中如镜般明月，阴晴圆缺，生成或隐没，无有一定，但印月奇峰枕于碧流，映于水面，却朝朝暮暮，均可让人见到一轮如镜明月，想见月窟里的玉兔、蟾蜍……

潘奕隽《寒碧庄十二峰图为刘蓉峰观察·印月峰》："我欲乘风到广寒，

琼楼矫首路漫漫。何当秋月如珪夜，来看瑶峰上玉盘。”异想天开，要乘风飞往广寒宫，琼楼玉宇，翘首仰望，路途漫漫，希望渺渺；还不如在秋月如璧的夜晚，来访瑶峰印月，观其在水面升起的白玉盘……

孙铨《奉题寒碧十二峰图卷・印月》：“明月自天来，白石从地起。一印印虚空，清寒荡为水。”明月来自天上，白石起从地下，两句一天一地，反差无尽，极富张力。作为白石的印月峰，一印印入了虚空，奇迹立即出现，试看，清寒的明月在水中摇漾……

程振甲《寒碧庄十二峰图题・印月》：“秋风丹桂影团团，消息无因寄广寒。好把云根为月窟，嫦娥宜向镜中看。”秋风起兮天气凉，地上，叶密千层绿，花开万点金；天上，桂子月中落，天香云外飘。消息无由寄往广寒宫，还是把峰石（古人别称石为“云根”，此指印月峰）之影当作团栾的明月，于是，月里嫦娥的倩影，应向水里的明镜中去寻觅……

一首首应邀而咏的《印月峰》诗，主题均为赞赏刘蓉峰对印月峰别具只眼的价值发现、巧思妙用，但又首首写得出人意外，心裁别出，与众不同，然而，又首首入人意中，无不围绕着峰上之孔、水里之影、空中之月而展开，从而为印月峰传神写照，而且写得诗趣横溢，情味盎然，给人以既同又异、想象不尽的审美满足。德国古典美学家康德在《判断力批判》中说得好，“在审美的企图里，想象力的活动是自由的”“在诗的艺术里……它自己承认是一运用想象力提供慰乐的游戏”。寒碧庄这一系列《印月峰》的诗作，也可说不是竞赛的竞赛，不是游戏的游戏。诗人们的形象思维在这里得到了很好的演练和充分的展现，诗人们的神思和悟性在这里得到了联类不穷的自由发挥。他们通过赏石和赏月的紧密结合，既赢得了审美的慰乐，又极大地丰富了印月峰的文化内涵，为中国石文化史翻开了饶有意趣的一页。

最后，还应品赏刘恕自己的印月峰之咏：

一隙仅容鉴，空明洞碧天。凌虚忽倒影，恍若月临川。（《辛酉菊秋……诗以纪之・印月》）

一月圆时落万川，万川得月月俱圆。就中添个空明影，始信人间别有天。（《寒碧庄十二峰・印月峰》）

二诗都突出了凌虚之“影”，突出了“空明”二字，把“月”放在“川”里来品赏，从而驱遣了异常的想象力，意境也极美极佳。第二首“就中添个空明影，始信人间别有天”两句，别开生面，开辟了印月峰题咏的新境界，可见其识见较其他诗人高出一筹。

特别不应忽视的是，“恍若”二字，“万川得月”之句，写得既朦胧，又明亮，将人导向哲学境地，或者说，更深地导入了宋明理学的意趣，从而将诗咏提升到本体论的高度。而其他诗人则不然，他们对此哲理就不是很通晓，故缺少有关的酬唱和回应，这需要进而一说。

在中国哲学史上，佛学禅宗玄觉有《永嘉证道歌》云：“一月普现一切水，一切水月一月摄。”南宋理学大师朱熹援引此典，以“月映万川”之喻，突出强调了“理一分殊”的哲学命题。他认为，“合天地万物而言，只是一个理”，这个“理”，就是万物的本源。而这个万物统一的本源——理，就表现在大千世界里，寓于千差万殊的事物中，就像天上只有一个月，映照在各地江河湖海里，就有了万千之月。朱熹借此所阐明的一理（源）与万物（分）的关系，亦即是哲学上一般与个别的关系。他的结论是“万物皆有此理，理皆同于一源”。刘恕题咏印月峰，浮想联翩，触类旁通，竟悟入了朱子理学，“空明洞碧天”，“恍若月临川”；“一月圆时落万川，万川得月月俱圆”……不正是“理一分殊”么？“万川得月”正是“万物皆有此理，理皆同于一源”；“一月圆时落万川”正是理统于一，分而为万殊……由此可见刘氏的理学修养和哲学悟性……

天上水中，明月正圆，万川得月，月月俱圆……刘氏两首咏景诗，更不妨读为哲理诗。它既是写景，又是言理，令人想起网师园的月到风来亭，亭名撷自北宋理学家邵雍的《清夜吟》：“月到天心处，风来水面时。一般清意味，料得少人知。”诗写得理趣深永，言近旨遥。

再说寒碧庄当年的印月峰，今仍在曲溪楼前池边，濠濮亭的附近。峰上确乎有一特大的圆孔，足供利用，发人想象。而人们如选择最佳时间——下午，阳光斜映于水；最佳地点——濠濮亭内，凭栏西向；觅得最佳视角——俯身观照曲溪楼前池水，依然可见峰上圆孔映于池中，在水里“静影沉璧”，清圆之态可掬；或倒悬空中，恰如一轮明月，不过，“掬月亭”之名已被改为“濠濮想”，再改而为“濠濮亭”了。

于细微处见意蕴

——苏州园林的“涩浪”艺术

苏州园林的美，有时就体现于细微之物，体现在不易被人发现之处，这也许是一种风格的含蓄，一种耐人寻味之美。因此，就需要细细发现，慢慢品赏。

人们不一定都会注意，苏州园林里厅堂或亭轩之前，阶砌往往不是用规整的石条依次排列砌成，而是用极不规则的太湖石来代替，说得更准确些，是用太湖石“任意”叠成。它们或一块，或两三块……看似随宜叠掇，却又宛然天成。在园林艺术建造的宏观大章法里，这似乎仅仅是轻淡的一笔，随意的一掇，并不引人注目，但如果依据苏州园林的艺术精神细加寻绎，其中却大有文章。

苏州园林里的建筑物虽然富于变化，形式多样，但其屋基平面毕竟还只能是规整的几何形，如厅堂只能是长方形的，因此其前后门与庭院的交界处，或者说，人们的进出口处，也只可能是单纯的直线。从形式美的视角看，这种单纯的线、面、体，很容易令人感到单调乏味。但是，如果易之以轮廓线极其复杂多样的太湖石，那么，其视觉形象就必然大为改观。它的审美效果，可借用英国威廉·荷加斯《美的分析》中的话来阐释：“单纯而不多样就会十分平淡无味，顶多也只是不使人讨厌而已。但是，如果使单纯与多样结合起来，单纯就会使人喜欢，因为它能提高多样给予人的快感，使眼睛能够更轻松地感受多样性。”人们如果以这番话来解读苏州园林建筑物门前所掇置的太湖石，那么可以说，它这种以曲济直、以多样破单一的形式处理，是园林构建不可小觑的独创。

不过，阶前这种随宜掇置的太湖石，其名称叫什么却值得琢磨。有人称之为“石阶”，这等于没有说，因为阶前如易之以横向的规整形石条，这也叫“石阶”；有人则称之为“踏垛”，虽略好一些，但细加推敲似乎也不太确切。明文震亨《长物志·室庐》云：“阶……以文石剥成，种‘绣墩’（书带草）……数茎于内，枝叶纷披，映阶傍砌。以太湖石叠成者，曰‘涩浪’，其制更奇，然不易就。”这既交代了名称，又提出了要求。可是，今天生活在园林城市里的苏州人已很少知此，殊以为憾，因而对其需要细加品读。

苏州园林里成功地掇置的涩浪艺术品颇多，留园五峰仙馆阶前的涩浪即是其中佼佼者。试看馆门前的太湖石掇置，紧贴着既平且直的阶石，不但更显出宛转多致的曲线美，而且更显出多姿多态的造型美。它层层叠掇，竟有四五层之多，在一定程度上体现了文震亨“愈高愈古”之说；它又叠得参差错落，参伍不齐，特别是在南部略偏处，立一小块竖石，更体现了计成“忌于居中”“不排比为妙”（《园冶·掇山》）的美学要求。其侧又衬以书带草数茎、垂叶纷披，映阶傍砌，于是，馆前顿添生意。对此，品赏者如果目不旁骛，神与物游，就可能萌生“尺咫山岭”的境界感，这也就是文震亨所说的“有岩阿之致”（《长物志·室庐》）。

苏州园林里的涩浪艺术，不但创造了以多样变化来破除单一平直的形式之美，而且还有更为深永的意蕴之美，值得探寻与品味。

在园林里，建筑物是人工的物化，而庭院里的山石花木，则基本上是天然自成的。而这人工和天然之间，总不免有隔阂，有界限。如何打破这隔阂，消弭这界限？最佳的方法就是在二者之间掇以涩浪，以此作为艺术性的过渡。如是，则由室内至室外，就是由人而天；由室外至室内，就是由天而人。至于涩浪本身，则是一身而二任：作为太湖石，它是“天”；作为供踏步的“台阶”，它又是“人”，可说是人工而采取了天然的形式。这样，过渡就显得自然天成，妙合无间。

再看留园五峰仙馆南庭的对景，是森郁的树丛、连绵的山岭，而从馆内走向庭院山林所必经的涩浪，正是这天人之际的和谐过渡。而且，这涩浪还是院中山岭余脉的象征物，足以发人联想……西方现代著名建筑家赖特曾提出“有机建筑”这一振聋发聩的理论，认为建筑物应就地扎根，如同土地里“生长”出来一般。五峰仙馆前的涩浪，也能使人联想起仙馆确乎就是在岩阿之上生长而成的，是与自然山林融为一体的“有机建筑”……

以苏州园林美学来观赏园内诸般景物，往往可于细微处即小见大，见出园林的宏观精神。就以涩浪来说，它不但是天人合一的微型景观，而且是天人合一的典型景观，它所深含的，就是天人合一的文化哲学意蕴。

（载《苏州日报》2004年8月5日）

史料钩沉：范成大与石文化

中国文化史上，有花、石互配的传统。最著名的是北宋的“花石纲”，绘画史上还有松石、竹石相配的传统，这也是石文化的一个组成部分。最近整理箧笥，发现南宋著名田园诗人范成大，竟也是吴中嗜花好石的文人代表。

范成大，字致能，号石湖居士，晚年辞官归休，在故乡苏州筑石湖别墅，过着闲逸的隐居生活。他不仅有专著《范村梅谱》《范村菊谱》，而且爱玩石品石。明陈继儒《太平清话》：“范石湖‘小峨嵋’，灵璧石也；‘烟江叠嶂’，太湖石也；‘天柱峰’，英石也。皆归休时闲玩。”可见其涉猎颇广，品鉴极精。这见于其《石湖诗集》，有《小峨嵋》《烟江叠嶂》《天柱峰》三诗，并分别有较长的诗序，也是研究其石文化思想不可忽视的。

其《吴郡志·土物》云：

太湖石，出洞庭西山，以生水中者为贵。石在水中，岁久，为波涛所冲撞，皆成嵌空。石面鳞鳞作靥，名“弹窝”，亦水痕也。没人缒下凿取，极不易得。石性温润奇巧，扣之铿然如钟磬。自唐以来，贵之。其在山上者名旱石，亦奇巧，枯而不润，不甚贵重。白居易品牛僧孺家诸石，以太湖为甲。宣和五年，郡人朱勔造巨舰，载太湖石一块入京师，以千人舁进。是日，役夫各赐银碗，并官其四仆，皆承节郎及金带。勔遂为威远军节度使，而封石为“盘固侯”。勔诛，馀小石未献者留郡，西河两傍，悉归张循王家。比年，士大夫好石者多，山中人始以旱石加斧凿作玲珑意，又剜石面赝作弹窝纹，衒不识者，或得善价……

此段文字，高度概括了太湖石的成因、特征、类别、盘固巨石的进京，以及识鉴、真赝等，保存了石文化的重要史实。《吴郡志》同时收录了陈洙的《太湖石赋》、程俱的《太湖采石赋》、白居易的《太湖石记》，以及牛僧孺、刘禹锡等人关于太湖石的诗，这些都是石文化的宝贵资料。另外，其《太湖石志》又具体描写道：

石出西洞庭，多因波涛激啮而为嵌空，浸濯而为光莹，或缜润如珪瓒，廉刿如剑戟，矗如峰峦，列如屏障，或滑如肪，或黝如漆，或如人，如兽，如禽鸟，好事者取之，以充苑囿庭除之玩。

作者以博喻的手法，细致地描写了太湖石的涡孔、光泽、色彩、质感，特别是其丰富多变的形态，写得颇有文采，读来音节悦耳，显然是对唐代诗人白居易《太湖石记》有所承袭。

范成大还很善于以峰石构景，如让倩美的凌霄花藤茎花朵盘绕于峰石，引之向上。其《寿栎堂前小山峰凌霄花盛开，葱蒨如画，因名之曰“凌霄峰”》有如下两句：“山容花意各翔空，题作‘凌霄第一峰’。”这也可见其构想之巧妙、品题之高明，且引人情思向上，心胸为之一舒！

以上点滴钩沉，以管窥豹，足以说明范成大在苏州石文化史上应有其一席地，而当下所修志乘，却只字不提范成大这方面的修养、爱好，这就有损于展示范成大之面面观，哪怕是较小的一面。而现今修葺的寿栎堂，其前也不见有小山峰，不见植有极易栽种的凌霄花，更不见题名极富创意的“凌霄第一峰”，可见此景区的景观修复与开发较匆促，较表面，未能深入挖掘，突出重点，在规划时未能将其诗文集翻阅一过，是以为憾。

《太湖石记》评注

中国源远流长的石文化，至中唐而极盛，出现了一批品石、藏石名家，如白居易、刘禹锡、牛僧孺、李德裕等。唐代著名诗人、造园家白居易撰写的《太湖石记》，是在中国石文化史上最早出现的重要文献。它多方面描绘了苏州出产的太湖石的奇姿异态之美，是记载了当时藏石、品石之风的宝贵史料；并一锤定音，确立了太湖石在群石谱系中首屈一指的地位。

《太湖石记》主要有《唐文粹》本、《文苑英华》本、《吴郡志》本以及今人顾学颉《白居易集》会校本（中华书局1979年版），其中以顾本为最佳，本文选用此本，并试作较详的串讲、解读、点评。凡是原文，均用加粗的黑体字；注释、评点、阐述性文字，均置于方括号之内，用宋体；段意的概括，则于段下用楷体。至于顾本中个别标点错误，也一仍其旧，只在方括号中试予修正，其下则加着重号。

古之达人［达人：达观的人，即对不如意的事想得开，不为其所烦恼的人］**，皆有所嗜**［嗜：嗜好，突出的或特殊的爱好］**。玄晏先生嗜书**［玄晏，即皇甫谧（215–282），魏晋间哲学家、医学家，名静，字士安，安定朝那（今甘肃平凉西北）人。修身笃学，勤力不倦。《晋书·皇甫谧传》云：谧“博综典籍百家之言……以著述为务，自号玄晏先生。……后得风痹疾，犹手不辍卷”。著有《甲乙经》《高士传》《玄晏春秋》等］**，嵇中散嗜琴**［嵇中散，即嵇康（224–263），三国魏文学家、思想家、音乐家。《晋书·嵇康传》：康“字叔夜，谯郡铚（今安徽宿县西南）人。……早孤，有奇才，远迈不群……天质自然，恬静寡欲，长好庄、老。与魏宗室婚，拜中散大夫（世称嵇中散）。”诗歌风格清峻，与阮籍齐名。刘义庆《世说新语·任诞》：“陈留阮籍、谯国嵇康、河内山涛，三人年皆相比，康年少亚之。预此契者：沛国刘伶、陈留阮咸、河内向秀、琅邪王戎。七人常集于竹林之下，肆意酣畅，故世称‘竹林七贤’。”嵇康不满当政，遭锺会构陷，为司马昭所杀。善操琴，以弹《广陵散》著名，曾作《琴赋》，撰《声无哀乐论》。《晋书·嵇康传》：“康将刑东市，太学生三千人，请以为师，弗许。康顾视日影，索琴弹之，曰：‘……《广陵散》于今绝矣！’时年四十。海内之士，莫不痛之。”有《嵇中散集》]，**靖节先生嗜酒**［靖节，即东晋大诗人陶渊明（365，或372，或376–427），一名潜，字元亮，世号靖节先生，浔阳柴桑（今江西九江）人。诗自然朴素，韵味隽永。南朝梁·萧统《陶渊明传》：“少有高趣，博学，善属文，颖脱不群，任真自得。……曰：‘吾常得醉于酒，足矣！’”萧统《〈陶渊明集〉序》：“有疑陶渊明诗篇篇有酒，吾观其意不在酒，亦寄酒为迹者也。”有《陶渊明集》，其中《桃花源记》《归去来兮辞》以及《归园田居》等均极有名，对中国园林发展史影响也极大］，**今丞相奇章公嗜石**［奇章公，即牛僧孺（779–784），安定鹑觚（今甘肃灵台）人，唐大臣，穆宗、文宗朝宰相，文学家。《旧唐书·牛僧孺传》：“字思黯，隋仆射奇章公弘之裔。……敬宗立，进封奇章郡公。”《新唐书·牛僧孺传》：“僧孺治第洛（洛阳）之归仁里，多致嘉木美石，与宾客相娱乐。”作有传奇小说集《玄怪录》，《全唐诗》存其诗四首］。**石无文**［与玄晏先生所嗜之书相比，石无文。文，文字。《左传·昭公元年》杜预注：“文，字也”］**无声**［与嵇中散所嗜之琴相比，石无声］，**无臭无味**［与靖节先生所嗜之酒相比，石无臭无味。臭（xiù），气味。白居易之语，典出《诗·大雅·文王》：“无声无臭”］，**与三物不同，而公**［公：对尊长或平辈的敬称，此指牛僧孺］**嗜之何也？众皆怪之**［怪之：以之为怪；对此感到奇怪］。**走**［走，古代自称之谦辞，乃“下走”“牛马走”之省，犹言仆人。《文选·司马迁〈报任少卿书〉：“太史公牛马走，司马迁再拜言。”李善注：“走，犹仆也。言己为太史公掌牛马之仆，自谦之辞也。”本文中的“走”，为白居易的自我谦称］**独**［副词，表范围，从多数中举出一个，相当于“特”。白居易《哭刘敦质》：“愚者多贵寿，贤者独贱迍”］**知之。昔故友李生名约**［李约，唐汧国公李勉之子，白居易之友。唐·赵璘《因话录》：“兵部员外郎约，……雅度玄机，德行既优，又有山林之致，琴德、诗调皆高绝……约天性唯嗜茶，能自煎，谓人曰，‘茶当缓火炙，活火煎’。”］**有云：“苟**［苟：连词，假如，如果］**适吾志**［志：志趣、意趣］**，其用**［用：功用；用处。《易·蹇·彖辞》：“蹇之时用大矣哉！”孔颖达疏：“蹇难之时建立其功用以济世。”］**则多。”诚哉是言**［此乃“是言”“诚哉”的主谓倒装句。倒装是为了强调赞美的语气。是：代词，这；此］**！适意而已。公之所嗜，可知之矣。公以司徒保厘**［司徒：即丞相。保厘：治理百姓，保护扶持使之安定。《书·毕命》：“命毕公保厘东郊”］**河洛**［河洛：黄河与洛水，常用来指此二水之间的地区。《史记·郑世家》：“河洛之间，人便思之”］**，治家无珍产**［珍产：珍贵的财物］**，奉身**［奉：保持；保全。《管子·四称》：“各奉其身。”奉身：保身；养身］**无长物**［无长（古音zhàng，今亦读cháng）物：没有别的东西，形容空无所有。长物，多余的东西］**。惟**［惟：副词，表范围。只、仅］**东城置一第**［第：宅第。据上文所引《新唐书》本传载，牛僧孺“治第洛之归仁里”，此园北宋时尚存，宋·李格非《洛阳名园记》曾记其“归仁园”］**，南郭**［郭：外城，古代在城的外围加筑的城墙。《孟子·公孙丑下》：“三里之城，七里之郭。”白居易文中以“城”“郭”对举，主要是为了取得排偶的修辞效果。这里的“城”“郭”，均指洛阳］**营**［营：营造］**一墅**［墅：别墅］**。精葺**［葺（qì）：用茅草盖屋。《左传·襄公三十一年》：“缮完葺墙，以待宾客。”引申为修建房屋］**宫宇**［“宫”为古代房屋的通称，非专指宫殿之“宫”。《尔雅·释宫》：“宫谓之室，室谓之宫。”宇：屋檐，指代房屋］**，慎择**［审慎地选择］**宾客，性不苟合**［生性不喜欢草率、苟且地与人结交］**，居常寡徒**［寡徒：人很少］**。游息之时，与石为伍**［和石同列，作为等辈、同伴。《正字通》：“与众杂处曰伍。”《史记·淮阴侯列传》：“生乃与哙等为伍”］。

※　以上为第一段，通过达人往往各有所嗜的概括，以此作为铺垫，重点引出牛僧孺所嗜的是石，写得有陪衬，有主体，过渡极其自

然。又通过设问设答，进一步叙说牛僧孺为何嗜石，突出其“性不苟合”，“与石为伍”。

石有族，聚太湖为甲［按：此句会校本标点疑有误，似应为“石有族聚，太湖为甲”。“族聚”二字，联系紧密，不宜拆开。族：群类；群属。《逸周书·程典》孔晁注：“族，谓群也。”《左传·隐公八年》孔颖达疏：“族者，属也。”聚：集合；会合。《易·系辞上》：“方以类聚，物以群分。”孔颖达疏，“以类共聚”。《左传·襄公二十八年》：“聚其族焉而居之。”郑观应《盛世危言·教养》：“始得族聚而居。”甲：序数第一的代称。《文选·张衡西京赋》李善注引薛综曰：“甲，言第一也。”全句意谓：石类以同族而共聚于一起，各类中要推太湖石为第一。再从语法来看，如将第二句断为“聚太湖为甲”，也就是说“集聚太湖石为第一”，语义不通］，**罗浮**［罗浮：为广东名山，此指罗浮石。罗浮石，《云林石谱》《素园石谱》等均未载。唐·李德裕藏有罗浮石，并作有《重忆山居六首·罗浮石》诗，自注云：“番禺连帅所遗（wèi，赠送）。”又作《题罗浮石》五绝，刻于石上。由此也可见当时爱石、品石风之盛］**、天竺**［天竺：在杭州，此指天竺石。白居易《〈池上篇〉序》：“乐天（白居易字乐天）罢杭州刺史时，得天竺石一、华亭鹤二以归”］**之徒**［徒：等类］**次焉**［次焉：次于太湖石。焉：兼词，兼有介词、代词的双重作用，相当“于此（‘此’，指代太湖石）”］。**今公之所嗜者，甲**［甲：“太湖为甲”］**也**［此句指出了牛僧孺所嗜为太湖石，所以白居易为牛僧孺写了这篇《太湖石记》］。**先是**［先是：先于此，即在此之前］，**公之僚吏**［僚吏：指同一官署任事的官吏或下属官吏］，**多镇守江湖，知公之心，惟石是好**［惟：只有，惟独。是：代词，复指被提前的宾语，往往与“惟”连用，形成固定格式以示强调，成语“唯命是听”亦此格式，意为“惟听命”。“惟石是好”，也就是“惟好石”。好（hào）：动词，喜爱。唐·李白《庐山谣寄卢侍御虚舟》：“一生好入名山游”］，**乃钩深致远**［钩深致远：语出《易·系辞上》：“探赜索隐，钩深致远。”白居易用此典，是指太湖石从太湖深处钩取而来，从远方招致而来］，**献瓌**［瓌：“瑰”的异体字。瑰：奇伟；珍贵］**纳奇**［“瑰”与“奇”，均指太湖石］，**四五年间，累累**［累累：多；连续不断；联贯成串。《乐记》："累累乎端如贯珠"］**而至。公于此物，独不廉让**［廉：收敛。《释名》："廉，敛也，自检敛也。"独不廉让：唯独不注意检敛推让］。**东第南墅**［即上文所说"东城置一第，南郭营一墅"］，**列而置之。**

※　以上为第二段，通过评价，指出牛僧孺所嗜为档次最高的太湖石，而且其"僚吏"不断献纳，牛僧孺将其列于园中。这就把文章推进了一层。

富哉石乎［这是主、谓倒装句，表示感叹语气，即"石是多么丰富啊"］！**厥状**［厥状：它们的形状。厥：代词，相当于其，它的］**非一：有盘拗**［盘：盘旋。拗（niù）：向相反方向扭转］**秀出**［美好特出］，**如灵丘**［灵丘：神仙所居之山。嵇康《赠兄秀才入军》："乘风高逝，远登灵丘"］**鲜云**［鲜云：轻云。晋·陆机《悲哉行》："和风飞清响，鲜云垂薄阴"］**者，有端俨**［端俨：正直庄重。《玉篇》："俨，矜庄貌"］**挺立，如真官**［真官：仙人而有官职的。宋·洪迈《夷坚丁志·路当可》："真官法力通神，非常人比"］**神人者，有缜润**［缜（zhěn）润：细致润泽］**削成，如珪瓒**［珪：同"圭"，古玉器，长条形，上尖。瓒：质地不纯的玉］**者，有廉棱**［廉：棱角。《广雅》："廉，棱也"］**锐刿**［刿（guì）：割。锐刿：锐利地切割］，**如剑戟者**［按："有……如……者"的句式有四，构成排比，通过修辞上的气势，极显太湖石其状不一，形态丰富多样，以示赞颂］。**又有如虬**［虬（qiú）：古代传说中的一种龙，多作盘曲之状。古代还有"有角曰龙，无角曰虬"之说］**如凤，若跧**［跧（quán）：蜷曲。《广韵》："跧，屈也"］**若动，将翔**［翔：飞。唐·韩愈《调张藉》："使看百鸟翔"］**将踊**［踊：跳跃。《说文》："踊，跳也"］，**如鬼如兽，若行若骤**［骤：疾走］，**将攫**［攫：夺取］**将鬭**［按："如……如……""若……若……""将……将……"构成为排偶式、夸饰性定语，用在"者"字之前。这一长句中还相间押韵，因而读来更是朗朗上口，这就进一步把文章向高潮推进］**者。风烈雨晦之夕**［风猛雨暗的夜晚］，**洞穴开嗑**［此句意谓，太湖石上的洞穴，好像张开了口在笑。《玉篇》："嗑（hái），笑也"］，**若欱云歕雷**［欱（hē）：吮（shǔn）进。《说文》："欱，啜（chuò）也。"歕

(pēn)，同“喷”。《说文》：“歕，吹气也。”此句意谓，好像在吮吸云烟，喷吐雷电]，**嶷嶷然**[嶷(nì)嶷然：原意为高尚的样子，这里引申为崇高的样子]**有可望而畏之者。烟霁**[霁(jì)：本指雨止，引申为风雨停、烟雾散，天气放晴]**景丽**[日色明丽。景：日光]**之旦**[旦：早晨，或白昼]，**岩堮**[堮：崖。南朝宋·谢灵运《晚出西射堂》：“连障叠巘堮”]**霮䨴**[霮䨴(dàn duì)：云聚集貌]，**若拂岚扑黛**[岚(lán)：山间的雾气。黛：青黑色的颜料，古代女子用来画眉。拂岚扑黛：这是把太湖石想象为披拂着雾纱，涂点着粉黛的女子]，**霭霭然**[霭(ǎi)霭然：这里指轻烟薄雾笼罩的样子]**有可狎**[狎(xiá)：亲近。《玉篇》：“狭，近也”]**而玩之**[《左传·昭公二十年》：“民狎而玩之”]**者，昏旦之交，名状不可**[“不可名状”的倒装。名：意为用语言说出或写出来。状：形容、描绘。全句意谓：不可用语言来形容、描绘。按：此二句为对上文数句的概括：“昏”，概括“风烈雨晦之夕”……“旦”，概括“烟霁景丽之旦”……写得有放有收]。**撮要**[摘要；撮其要者]**而言，则三山五岳，百洞千壑，覼缕**[覼(luó)缕：弯弯曲曲]**簇缩**[簇：皱起。缩：缩进]，**尽在其中。百仞一拳**[仞(rèn)：古代长度单位，周制为八尺，汉制为七尺。百仞：极言其高。一拳：出自《礼记·中庸》：“今夫山，一卷石之多……”卷石，即拳石，也就是像一拳那样的石，形容其小。不过，在中国文人写意园里，小小拳石，确乎能见出百仞之高，无限之大]，**千里一瞬**[绵延千里的山岭，一瞬间可以看尽]，**坐而得之**[即不用登高行远，坐着就可欣赏到上述种种不同的奇异景观之美]，**此其所以为公适意之用也**[按：此句进一步总括上文，又与第一段的“苟适吾志，其用则多”，“诚哉是言！适意而已”遥相呼应]。

※ 以上为第三段，作者充分发挥审美想象，调动种种修辞手法，极尽描绘、赞颂太湖石奇姿异态之能事；同时又概括写出牛僧孺之所以爱石的主要原因。此段是全文最精彩的高潮，可看作是一首热情洋溢的“奇石颂”。

常与公迫视[迫视：靠近看。《说文》：“迫，近也。”三国魏·曹植《洛神赋》：“远而望之……迫而察之……”]**熟察**[熟察：详细地、精审地察看。《韩非子·解老》："思虑熟则得事理"]，**相顾**[相看。《集韵》："顾，视也"]**而言：岂**[岂：难道]**造物者**[造物者：创造万物的神]**有意于其间**[其间：指太湖石]**乎？将**[连词，表选择。抑或，还是。《玉篇》："将，或也。"王引之《经传释词》："将，犹抑也"]**胚浑**[胚浑：混沌，这是中国古代传说中宇宙形成以前的景象。《文选·郭璞〈江赋〉》："类胚浑之未凝。"李善注："言云气杳冥，似胚胎浑混，尚未凝结。"白居易《双石》："结从胚浑始，得自洞庭口"]**凝结，偶然而成功乎？然而自一成不变以来，不知几千万年，或**[或：代词，代事物。意为"有的"，"有些"]**委**[委：丢弃。《广雅》："委，弃也"]**海隅**[隅：角落]，**或沦**[沦：坠落；沉没。《说文》："沦，没也"]**湖底，高者仅数仞，重者殆**[殆：副词，表推测。大概，可能]**千钧**[钧：古代重量单位，三十斤为"钧"]，**一旦不鞭而来**[鞭：用如动词，以鞭抽打。关于"鞭石"的传说，《艺文类聚》卷七九引《三齐略记》："(秦)始皇作石桥，欲过海观日出处。于时有神人，能驱石下海，城阳一山石，尽起立，嶷嶷东倾，状似相随而去。云石去不速，神人辄鞭之，尽流血，石莫不悉赤，至今犹尔。"后遂以"鞭石"为神助的典故。"不鞭而来"这是说，不依靠神助就来了]，**无胫**[胫(jìng)：小腿。成语"不胫而走"，即无腿却能跑得很快]**而至，争奇骋怪**[竞争着表现、发挥自己的奇形怪状]，**为公**[公，指牛僧孺]**眼中之物**[心目中的佳物、佳品]。**公又待之如宾友，视之如贤哲，重之如宝玉，爱之如儿孙**[四个"如"字句，极写牛僧孺之爱石，而且这也是事实。牛僧孺在自己所写的《李苏州遗太湖石奇状绝伦因题二十韵奉呈梦得、乐天》一诗中，对石也有"似逢三益友，如对千年兄"之句。唐代白居易、牛僧孺的这类诗文，对北宋米芾影响很大。米芾拜石，称之为"石兄""石丈"，究其渊源，既遥远地来自原始时代的石崇拜，其近则直接来自牛僧孺]。**不知精意**[精意：精诚的意念]**有所召**[召：感召。《文心雕龙·物色》："物色相召，人谁获安"]**耶？将**[将：连词，表选择。抑或；还是]**尤物**[尤物：特别出众的人或物，这里指珍贵而有魅力之物。宋·周密《癸辛杂识·向氏书画》："尤物多归之"]**有所归耶？孰**[孰：代词，表疑问。《尔雅》："孰，谁也。"唐·杜甫《夏日李公见访》："孰谓吾庐幽"］**为而来耶**［孰为：即为孰，表疑问语气而倒装。此句意谓：为谁而来呢？］**？必有以**［以：名词，因由；缘由；缘故。《正字通》："以，故也。"《诗·邶风·旄丘》："何其久也，必有以也"］**也。**

※ 以上为第四段。古人云："石为天地之骨"（郭熙《林泉高致》）；"天地至精之气，结而为石。"（孔传《云林石谱序》）。而白居易则通过一系列的疑问句，从最高、最深的层次上追问太湖石亿万斯年的形成史；并通过排比句、精警句，进一步突出牛僧孺之爱石，其精诚所至，奇石纷至沓来。本段是全文高潮进一步的深化，也可看作是一首"爱石赞"。

石有大小，其数四等，以甲、乙、丙、丁品［品：动词，品评；评论；衡量］**之。每品**［品：名词，等级；等第］**有上、中、下，各刻于石阴**［石阴：石的背面］**，曰："牛氏石甲之上"，"丙之中"，"乙之下"。噫！是**［是：指示代词。这；这些］**石也，千百载后，散在天壤之内，转徙**［徙（xǐ）：迁移］**隐见**［隐见：隐匿或显现。见（xiàn）：同"现"］**，谁复**［复：又，再］**知之！欲使将来与我同好**［同好（hào）：爱好或嗜好相同］**者，睹斯**［斯：指示代词。这；这些。这里指代牛僧孺之石］**石，览斯**［斯，指代白居易之文］**文，知公嗜石之自**［自：始；开头。朱骏声《说文通训定声》："'自'之通训当为'始'。"《韩非子·心度》："故法者，王之本也；刑者，爱之自也"］。

※ 以上为第五段，写牛僧孺的品石方式，以及由此引起的感慨。最后点明撰写《太湖石记》的主旨，呼应第一段，从而使文章做到首尾圆合。

会昌三年［会昌，唐武宗年号。会昌三年，即公元843年］**五月丁丑，记。**

※ 以上为第六段，交代写作时间。其中有言外之情，这就是会昌二年，牛僧孺政敌李德裕用事，罢牛僧孺兵权。于是，失意后的牛僧孺更加爱石，以此作为精神寄托和情感慰藉。次年，白居易为牛僧孺写此记，这对牛僧孺来说，无疑是抒一种默契，表一种同情……

（载《苏园品韵录》，上海三联书店2010年版）

《石林小院说》评注

刘恕的《石林小院说》，是中国石文化史上的一篇重要文献。文章不但表达了石宜群置（“峰不孤立，石乃为林”）的独到见解，而且在对峰石记叙、描写、议论的同时，还突出地体现和发挥了儒家的比德美学和“立德、立功、立言”的伦理思想，从而丰富、充实了中国石文化的理性内涵。作为散文，《石林小院说》可说是“立言”型园记的典范。

刘恕（1759–1816），字行之，号蓉峰，又号寒碧主人、花步散人、十二峰啸客等，清吴县东山人。归里后移家苏州花步里，于徐氏东园旧址筑寒碧庄，俗称“刘园”，美称之为“留园”。此园今存，为全国重点文物保护单位，世界文化遗产。

“石林小院”在留园东部。刘恕撰就《石林小院说》后，由清代画家王学浩以行草体书写，以书条石形式嵌于石林小院廊壁。该书条石在“石林小院说”的文题后，署为“花步散人恕［刘恕］草［起草，即撰写］”。这是唯一的人间孤本，极为可贵。但由于是行草书，冷僻字颇多，又无释文，故而阅读《石林小院说》，不但在标点上，而且在文字辨认上也存在着一定困难。笔者力求在释文、标点的基础上试作较详的夹注、串讲、解读。王学浩，字孟养，号椒畦，昆山人。清代画家，娄东（太仓）派王原祁的弟子。画亦法倪、黄，较有魄力，又善诗书，著有《山南论画》。

嘉庆十二年［1807年］**冬仲**［冬季居中的一个月，即阴历十一月。仲：居中的。《释名·释亲属》：“仲，中也，位在中也”］**之吉**［吉：朔日，阴历每月初一。《周礼·地官·大司徒》：“正月之吉”］**，因晚翠峰来归，筑**

书馆以宠异之［宠：过分地爱。用于上对下、长对幼。《左传·昭公二年》："少姜有宠于晋侯。"异：奇。《广韵》："异，奇也。"《庄子·徐无鬼》："异哉！小童。"宠异之：宠爱它，以之为奇异］**，已记其事矣**［事见刘恕《晚翠峰记》："余自丁巳岁（即嘉庆二年，公元1797年）移家花步里之寒碧庄，筑'传经堂'以藏先世图籍。丁卯（嘉庆十二年，公元1807年），因堂东之隙地为书室，贮旧额而位是峰，志先泽之弗敢替也"］。

※ 以上为第一段，从以前所写的《晚翠峰记》落笔，交代简洁，一开始就切入石文化之题，为下文所述之"聚石为林"张本。

越一月，有佣［佣：受雇为人劳动。《字汇》："佣，雇役于人也。"《史记·陈涉世家》："尝与人佣耕"］**者**［佣者：受雇而为人劳动的人］**禹期山**［禹期山：太湖中的一座山。范成大《吴郡志·山》："禹期山，在太湖中。旧说禹导吴江，以泄具区，会诸侯于此"］**人告予曰："采石数年，罕见其可**［可：这里意为值得肯定。《说文》："可，肯也"］**。今得一峰甚奇，磊砢**［磊砢（luǒ）：壮大、卓越貌］**岝崿**［岝（zuò）崿（è）：山深险貌］**，错落崔巍**［崔巍：山高峻貌］**，体昂而有俯势，形硊**［硊（wěi）：山石高危貌］**而有灵意。谨**［谨：表敬副词，表示郑重和恭敬］**辇至**［辇（niǎn）：人推挽的车。这里作动词用。辇至：用车送到］**。"款**［款：诚恳地、恳切地（请）。《玉篇》："款，诚也"］**余品题**［品题：进行品评或题名。清·钮秀《觚剩·石言》："主人方盘礴其间，摩挲品题，乐以忘忧。"刘恕《干霄峰记》："以予品题，是石当出其上"］**。余为虚院之乾位位焉**［为虚院之乾位位焉：为（此处省一"其"字，指代下文的"独秀峰"）让出小院的西北方将其置于此地。虚：使动用法，使之虚，也就是空出、让出。院之乾位：院的西北方。《易·说卦》："乾，西北之卦也。"句中两个"位"字，第一个是名词，意为方位、位置；第二个是动词，意为置于，使得其所。《礼记·中庸》："天地位焉。"刘恕此句意为，将其置于小院最重要的西北方，是很恰当的。焉：兼词，于此］**，故曰"独秀峰"**［《易·说卦》："乾为首……乾，天也。"《易·乾卦·文言》："大哉乾乎！"《易·乾卦·彖辞》："大哉乾元。"总之，西北的乾位是最大的，所以将其称为"独秀峰"］**，与晚翠若迎若拱，歧出**

［叉开地置放］**以为胜**［胜：胜景，优异的景观］。**又於废圃中得湖石数块，其**［其中］**较大而可以峰称者一**［可以峰称者一：可以用“峰”来称呼它的有一块］，**如屏如帆，如朝霞之起晴空，故曰“段锦峰”。其小者或如珪**［珪：同“圭”，古玉器，长条形，上尖。白居易《太湖石记》：“有缜润削成，如珪瓒者”］，**或如璧**［璧：古玉器名，平圆形，正中有孔。古代的礼器或饰品］，**或如风茎**［风中植物的茎］**之垂英**［倒垂的花朵。英：花。陶渊明《桃花源记》：“落英缤纷”］，**或如霜蕉之败叶**［霜后芭蕉衰残、枯萎的叶子］，**分位于**［分别置于］**窗前砌畔，墙根坡角，则峰不孤立，而石乃为林**［“峰不孤立，石乃为林”八字，为全文之主旨］**矣。**

※　以上为第二段。叙述获得和置放独秀峰的经过，写得言之有序。继而写如何实现“峰不孤立，石乃为林”，描叙时运用了一连串异彩纷呈的如珠妙喻和其他修辞手法，使行文和主题的出现显得一气贯注，水到渠成。此段生动地表达了刘恕“石宜群置”的思想。它既起到了为文章点题的作用，又点明了“石林小院”品题的含义。

还应指出，对于峰石，刘恕不但不主张孤置、散置，而主张群置，即集中形成群体，而且特别注重构成系列，故而除了“石林小院”外，刘恕还在寒碧庄列置了十二峰，一时传为盛事。他还自号“一十二峰啸客”，并通过雅集来吟诗作画，从而强化十二峰的石文化系列，由此也可见刘恕嗜石之深，并对峰石的掇置有独到的见解和独特的措施。

余维［维：通惟。考虑到；想到］**湖石不一其状**［不一其状：即“其状不一”的倒装句］，**高者仰，卑**［卑：低下。唐·白居易《悲哉行》：“山苗与涧松，地势随高卑”］**者承**［承：承托。《说文》：“奉也，受也。”《增韵》：“承，下载上也。”卑者承：意谓低的好像在下面承托着］，**突**［按：“突”，书条石上为草书，写法见唐·孙过庭《书谱》中的“突”字，仅少一可有可无的“补笔点”。突：凸出；鼓起。《集韵》：“突，出貌”］**者耸，寝**［寝：睡；卧。指物体横躺着。《荀子·解蔽》：“见寝石，以为伏虎也”］**者蹶**［蹶：倒，颠仆。《淮南子·精神训》：“形劳而不休则蹶”］，**旋**［旋：转动，此指好像在旋转。唐·李白《大鹏赋》：“左迴右旋”］**者攫**［攫：好像在夺取的样子。白居易《太湖石记》："将攫将鬬"]，**盘者蹲**[《说文》："蹲，踞也。"东汉·曹操《苦寒行》："熊罴对我蹲"]，**衺**[衺：即"邪（xié）"，通"斜"。《汉书·司马相如传》："邪与肃慎为邻。"颜师古注："'邪'读为'斜'"]**者陀**[陀（duò）：通"堕"。《淮南子·缪称训》："岸峭（zhēng）者必陀"。高诱注："峭，峭也。陀，落也。"衺者陀：是说倾斜的石好像要落下来]，**奔者䫄**[䫄（qiào）：不安貌。此句意为：似奔之石显现出不安的样子]，**附**[附着于其他石上]**者确**[确：显得很确实很牢固]，**独者銛**[此句意谓独立的，很锋利。铦（xiān）：锋利。西汉·贾谊《吊屈原赋》："莫邪为钝兮，铅刀为铦。"按：以上十个"者"字句，状湖石之高卑、动静、斜正……概括精当，词语丰富，极尽描写之能事]；**垒**[垒（lěi）：堆叠]**之为冈**[冈：山脊。《诗·周南·卷耳》："陟彼高冈"]，**平**[平铺]**之为磴**[磴（dèng）：梯道，此指山路的石级]，**攲**[攲（qī）：通"敧"，斜也，这里意为斜掇]**之为崖，驾**[驾：支承；搭设，亦作"架"。唐·杜甫《桔柏行》："驾竹为长桥"]**之为巇**[巇（xì）：危险，引申为山间的险道。刘孝威《蜀道难》诗："双流为巇道"]，**虚**[使其中虚空]**之为谷……**[按：以上五个"为"字句，与其上十个"者"字句描写形状不同，着重描写功用]。**以**[介词，表原因，相当于"因为""由于"。宋·范仲淹《岳阳楼记》："不以物喜，不以己悲"]**石之可以饰观**[饰观：装饰外表、外观，引申为装点景观]**也，好**[好（hào）：爱好，酷嗜]**之者每**[每：常常。《字汇》："每，常也。"晋·陶渊明《杂诗》："每每多忧虑"]**岩搜薮剔**[薮（sǒu）：湖泽之地。薮剔，意为从湖泽中搜寻取出，剔除泥污杂质。明·计成《园冶·选石》："跋蹑搜巅"，"挑剔洗涤"。按："岩搜薮剔"一句，语出宋·张淏《艮岳记》："所费动亿万计，调民搜岩剔薮"]，**疲人力、劳心计而弗之惜**[弗之惜：即"弗惜之"，因表否定，动宾倒置]。**今余之石皆不期**[期：约。《说文》段注："期者，邀约之意"]**而聚，费十夫之力，不数日而散布成林。院之南曰晚翠峰，东曰段锦峰，西北隅一峰当左，曰"独秀"，旁衬以片石，巉然屹然**[巉（chán）然：山势高峻貌。屹（yì）然：高耸貌，引申为坚定不可动摇]，**不出跬步**[跬（kuǐ）：半步。《荀子·劝学》："不积跬步，无以至千里”]，**森森**［寒气逼人貌］**者**［森森者：此处指院内成林的峰石］**即在指顾间**［指顾间：手指目顾之间，形容很近］。

※　以上为第三段。作者充分发挥想象，描述了太湖石的其状不一，以及所叠掇而成的不同景观。这里，十个“者”字句，用了排比、铺陈、拟人、比喻、对比、示现等修辞格，它既是形象思维的演绎，又是文学语言的抒写，真可谓“幽渺以为理，想象以为事”（叶燮《原诗》），从而充分说明了“石之可以饰观”。正因为如此，“好之者每岩搜薮剔”，而自己则“不期而聚”“不数日而散布成林”，这就进一步点明了“石林小院”之由来。同时，也简述了小院里主要峰石的分布以及群置的优越性。

院之东南绕以曲廊，有空院盈丈，不宜於湖石而宜於锦川石［由于空间小，故而不宜掇置太湖石，而只宜掇置锦川石。按：“锦”，此字为草书，写法见宋·黄庭坚《太白忆旧游帖》的“锦”字。锦川石：明·计成《园冶·选石·锦川石》：“锦川石，斯石宜旧。有五色者，有纯绿者，纹如画松皮，高丈馀。阔盈尺者贵，丈内者多。……可以花间树下，插立可观”］。**偶过葛甥家，见斧劈**［斧劈，即斧劈石］**於草间，谓“昔年有宦蜀者**［宦蜀者：宦游于四川的人。宦游：在外地做官］**载归，向峙庭中**［一向峙立于庭院中］**，今偃卧已廿馀年”。窥甥之意不甚爱惜，因易归。广不盈尺，长则丈馀**［按：《园冶·选石·锦川石》云：“高丈馀、阔盈尺者贵。”此石完全符合这一标准］**，本**［峰的根部］**圆而末**［峰的末梢］**锐，有拔地参天之势。十年前，顾处士**［处士：古时称有才德而隐居不仕的人。《荀子·非十二子》：“古之所谓处士者，德盛者也”］**赠余一石，高广仅得其半，亦离奇可爱。特**［连词，表转折，相当于“只是”“不过”］**其名不雅，故以“拂云”、“苍鳞”易之。“斧劈”又名“松皮”，统称“石笋”。参差**［参差（cēn cī）：高低不齐］**以位之，傍于槛之前而出于檐之上。廊之前，碧梧修竹之下，旧卧二峰向无名，今并起而曰“竞**［竞：为“碑别字”的“竞”字。已故著名篆刻家、书法家邓散木书韩愈《东都遇春》诗首句“有意与春竞”的“竞”，就写作“竞”。“竞”也就是“竸”，同繁体字“競”］

爽"，曰"迎辉"。石与峰相杂而成林，虽不足尽石之状，备［具；具备。《易·系辞下》："广大悉备"］**岩麓之幻**［岩麓之幻：岩麓的烟云变幻］**，亦足以侈我观**［侈我观：张大、拓展我的观瞻。侈：张大。《国语·吴语》："以广侈吴王之心。"观：观瞻、观赏］**矣。**

※ 以上为第四段，补叙石林小院东南石笋的由来及其参差而立，以及"竞爽""迎辉"等峰的并起，构成了"石与峰相杂而成林"的群体景观，进而充实了"石林小院"的石文化内涵。最后引出石"足以侈我观"的论点，作为下文议论的前提。

昔人云："谽谺［谽谺（hán xiā）：山深貌、张口貌，此处喻太湖石的孔穴如口之张］**嵚崒**［嵚崒（qiú zú）：高峻貌］**，莫如太湖**［太湖：太湖石的省称］**；粼皴**［粼：通"磷"，石色鲜明。《汉书·司马相如传》"磷磷烂烂"。皴：石上皱褶。《园冶·选石·峭壁山》："相石皴纹"］**驳荦**［驳荦（luò）：斑驳，文采交错。《汉书·司马相如传》颜师古注引郭璞曰："驳荦，采点也"］**，莫如锦川。"余皆罗而列之。世有好**［好（hào）：爱好，酷嗜］**石如奇章**［奇章公，即牛僧孺］**、赞皇**［即李德裕（787–850），唐大臣。字文饶。祖父即从河北赞皇移居河南汲县，封为赞皇县子，后李德裕也被封为赞皇县侯、卫国公等。为牛僧孺的政敌］**、海岳**［即米芾（1051–1107）北宋大书画家，初名黻（fú），字元章，号襄阳漫士、海岳外史等。画史上开创"米氏云山""米派"；书法史上与蔡襄、苏轼、黄庭坚合称"宋四家"］**、坡仙**［即苏轼（1037–1101），北宋大文学家、书画家。字子瞻，号东坡居士，人称"坡仙"，四川眉山人］**、云林**［即倪瓒（1306–1374，或作1301–1374），元代大画家。字元镇，号云林子，无锡人。后人将其与黄公望、吴镇、王蒙列为"元四家"］**其人者，余且将以此傲之。虽然石能然侈我之观，亦能惕**［惕：警惕；戒惧。《左传·襄公二十二年》："无日不惕，岂敢忘职。"］**我之心**［惕我之心：使我的心提高警惕。惕：使之惕］**。《易》曰："介于石"**［此语见《易·豫卦·六二爻辞》。于：如也。《易·系辞下》："《易》曰：介于石……介如石焉。"《周易尚氏学》："介，砎之省，硬也。故曰'介如石'。"刘恕《晚翠峰记》也写道："庭立片石曰'介如'。今是峰魂礌而嵚崎，凛乎有不可犯之意，虽不秀而顽，亦顽而介矣。”可见，“介于石”也就是刚硬、坚正不移]。**《诗》曰：“他山之石，可以攻玉。”**[“他”，本作“它”。《诗·小雅·鹤鸣》：“它山之石，可以攻玉。”别的山上的石头，可以用来做琢磨玉器的砺石，后用以比喻可以帮助自己改正缺点的外力，一般指朋友]。**《易》言其德**[“德”，即“介于石”之德。刘恕此句体现了儒家的比德美学。孔子说：“岁寒，然后知松柏之后凋”（《论语·子罕》）。《荀子·法行》转述孔子的话说：“君子比德。”《管子·小问》也概括说：“比于君子之德。”这都是把花、树、玉、石、水等和君子的德性、品格相比，或者说，把自然美和人的道德情操相联系，于是，就有了松竹梅“岁寒三友”、梅兰竹菊“四君子”等，这是中华民族在自然美欣赏方面的优良传统。刘恕传承了这一传统，他所说的“《易》言其德”，也就是以石比于君子之“德”]，**《诗》言其功**[“功”，即“可以攻玉”之功。按刘恕此文，以《左传》的“三立”之说——“立德”“立功”“立言”为主导思想。《左传·襄公二十四年》：“太上有立德，其次有立功，其次有立言，虽久不废，此之谓不朽。”此语历来为儒家所推崇。孔颖达疏：“立德”为“博施济众”；“立功”为“功济于时”；“立言”为“言得其要，理足可传”。刘恕在引了《诗》《易》之后所说的“《易》言其德”，正与“太上有立德”相符合；而“《诗》言其功”，正与“其次有立功”相符合；至于“立言”，《石林小院说》也体现了这一要求。此文从儒家伦理哲学、美学的高度出发，通过叙述议论，提出了应言说石之“德”和“功”的观点，这就是“立言”，而且此文真正做到了“言得其要，理足可传”]，**余于石深有取焉**[于石深有取：这一石文化的伦理美学思想，也来自儒家学派。《孟子·离娄下》：“徐子曰：‘仲尼（孔子）亟称于水……何取于水也？’孟子曰：‘原泉混混（滚滚），不舍昼夜，盈科（坎）而后进（充满了凹坎然后继续往前），放乎四海。有本者如是，是之取尔。”这是取水之“德”。刘恕对于石也深深地有所吸取，这个“取”字，就来自《孟子》中的“取”字，意为吸取石的种种德性]。**由是言之**[由是言之：由此而言；由此推论]，**嶙峋**[嶙峋：山崖突兀貌]**者取其稜厉**[对于嶙峋者，汲取其稜厉的德性。稜：即棱（léng），威严、刚直、方正]，**矶硉**[矶硉（wù lù）：突兀严峻貌］**者取其雄伟，崭巀**［崭：突出貌。巀（jié）高峻貌］**者取其卓特**［卓特：卓越特出，与众不同］**，透漏者取其空明**［空明：心性洞澈灵明］**，瘦削者取其坚劲；稜厉可以药靡**［药：此为动词，治疗。《诗・大雅・板》："不可救药。"靡：柔弱；萎靡不振］**，雄伟而卓特可以药懦**［懦：胆小软弱。《广韵》："懦，弱也。"《左传・僖公二年》："宫子奇之为人也，懦而不能强谏］**，空明而坚劲可以药伪**［伪：虚假；假装；不诚实。《书・周官》："恭俭惟德，无载尔伪。"孔传："言当恭俭惟以立德，无行奸伪"］**。若沾沾**［沾沾：自我满足，自觉美好。《史记・魏其武安侯列传》："魏其者，沾沾自喜耳"］**以五峰二石**［即石林小院中的"晚翠""独秀""段锦""竞爽""迎晖"五峰；"拂云""苍鳞"二石］**自夸而夸人，其智**［才智］**不又出牛、李**［牛僧孺、李德裕］**下耶？因作《石林小院说》。**

※ 以上为第五段，重点转入议论，说明石不但能"侈我之观"，而且能"惕我之心"，然后引用儒家经典，说明聚石、品石不能"玩物丧志"，而应记取石德、石功，从不同形态的峰石中吸取不同的优良德性，用以"治疗"亦即纠正自身的种种缺点，否则其智就不如牛、李。最后归结到《石林小院说》的写作目的。

这篇论说性散文，将无情之石有情化、伦理化，它不仅在描叙时想象丰富，神与物游，而且在论证时文采斐然，议论风生，写得颇有深度和新意，是对儒家比德美学的创造性发挥，也是"立德、立功、立言"的传统伦理思想的出色运用。正因为如此，它使得作者自己远远超越于唐代嗜石成癖，并以此自夸、夸人的牛僧孺、李德裕，并使得《石林小院说》中的一些片断成为石文化史上破天荒首次出现的精辟赏石理论，而使全文成为立言型园记散文的典范之作。

岁［岁：即年］**在圉–单阏**［圉（yǔ）：《尔雅・释天・岁名》："月……在丁曰圉。"单阏（chán yān）：《尔雅・释天・岁阳》："太岁……在卯曰单阏。"但对此读音，《淮南子・天文训》高诱注道："单阏"之"单"，应读"明"。圉–单阏：即丁卯，圉、单阏，都是古代星岁纪年法代干支的用语，下同］**，月维极–赤奋若**［维：于。相当于上文"岁在"、下文"日在"

的“在”字之义。《墨子·非攻下》:“通维四夷。”极:《尔雅·释天·岁名》:“月……在癸曰极。”《尔雅·释天·岁阳》:“太岁……在丑曰赤奋若。”极–赤奋若:即癸丑],**日在毕–涒滩**[毕:《尔雅·释天·岁名》:“月……在甲曰毕。”涒(tūn)滩:《尔雅·释天·岁阳》:“太岁……在申曰涒滩。”毕–涒滩:即甲申]。

※ 最后,交代写作时间:年、月、日。

玉峰王学浩书

(载《苏园品韵录》,上海三联书店2010年版)

四、水泉花木

山林意味深求，花木情缘易逗。

——［明］计成《园冶·掇山》）

中国人……乃是在一邱一壑、一花一鸟中发现了无限，表现了无限。

——宗白华《介绍两本关于中国画学的书并论中国的绘画》

点数姑苏泉文化

泉文化是中华传统文化的一个组成部分，然而，今天却渐渐被人们淡忘，几乎是“吾不闻泉声久矣”！这是历史的过程和历史的遗憾。

泉，甲骨文为由石崖流出的泉水之形，其中一点一滴，在各字中有多有少，但都是泉水在往下滴，非常象形。《易・蒙・象辞》：“山下出泉，蒙。”《说文解字》：“泉，水原也。象水流出成川形。”这是进一步的引申。现“源泉”已合为双音节词，义为水源。

古代的山水画论，非常重视泉、石这两个要素。宋代郭熙的画论名著，就题为《林泉高致》，林和泉就体现着文人画士追求的最高旨趣，而且林木必须水泉供给营养。郑绩《梦幻居画学简明・论泉》云：“石为山之骨，泉为山之血。无骨则柔不能立，无血则枯不得生。”这一富于哲理性的高度概括，说明了山林离不开泉和石。

文震亨的园论名著《长物志》也很重视泉，其中《水石》章设立多节以广论井泉，如《小池》云，“能掘地稍深，引泉脉者更佳”；《凿井》云，应“深见泉脉……井有神……遇岁时，奠以清泉一杯，亦自有致（这说明古代岁末有祭祀井神的习俗）”；《天泉（即天落水）》云，“秋水为上……春胜于冬……取以煎茶，最为幽况……不可用檐溜”；《地泉》云，“泉不难于清，而难于寒……又有香而甘者……”；《流水》云，“河流通泉窦者，必须汲置……”此外，还有《丹泉》等。

据古代画论、园论，泉的功能，大要有二，一是使山活，林活，水活；二是供饮用，特别是煮茶品茗。当然，泉还有极重要的精神性功能，而这些都是园居所必不可少的。

长期处于被遗忘角落的是地泉或井泉，因其水体并不像池那样四向地扩展开去，更没有像湖那样辽阔的水面，故而很不起眼，今天往往为游人或研究者所忽视，认为微不足道，不值一谈。其实不然，以苏州来说，就有很多著名的井泉之例可以点数，而且它往往伴随着动人的传说，引人发思古之幽情。

在拙政园东部，有天泉亭，重檐八角攒尖顶，亭中有古井，据范烟桥《拙政园志》，元延祐间即有此井，大弘寺僧因名“天泉”。又如明代文徵明题拙政园三十一景有玉泉，其《京师香山有玉泉，君尝勺而甘之，因号玉泉山人。及是得泉于园之巽（东南）隅，甘洌宜茗，不减玉泉，遂以为名，示不忘也》一诗云：“曾勺香山水，冷然玉一泓。宁知隔云汉，别有玉泉清。修绠和云汲，瓶沙带月烹。何须陆鸿渐（唐代茶圣陆羽，字鸿渐），一啜自分明。”仅此一例即可见，古代文人对泉是何等的重视！

在网师园，殿春簃庭院亭旁有泉，以供坐亭观泉，感受其清寒。陈从周先生《苏州网师园》写道：“西南隅有水一泓，名‘涵碧’，清澈醒人，与中部大池有脉可通，存‘水贵有源’之意。泉上构亭，名‘冷泉’。”泉名撷自朱熹的《即事有怀寄彦辅仲宗二兄二首（其一）》：“一水方涵碧，千林已变红。”以“涵碧”二字名泉，至为恰当，品题品出了高水平。

在环秀山庄，乾隆间园主蒋楫垒石为山，掘地得泉，水清而醇。蒋恭棐《飞雪泉记》赞颂道：

垒石为小山，畚土有清泉流出，迤逦三穴，或滥（jiàn，泉水正出、涌出）或氿（gǔi，山侧洞穴流出泉水），不瀸（jiān，泉水时有时无，时断时续）不晷（gǔi，不晷，见不到日光），合之而为池，酌之甚甘，导之行石间，声瀌瀌然，因取坡公《试院煎茶》诗中字，题曰‘飞雪’，而属余记之。夫水，五材之一，其出也，以致用为遇。故渫（xiè，淘去泥污。《易·井》：“井渫不食，为我心恻”）而不食则心恻，可用汲则并受其福。斯泉之地，故景德寺……今百四十年矣。工掘地三尺许，见旧甃甃，并拾得军持（军持，梵文音译。一种盛水器，僧人用以净手）数十，意泉故值寺之井而久湮塞者，一旦出而为用于人，泉之显晦，岂不亦以时与？

这段文字，有叙有议，极具文采和深度，且撷苏轼诗“眩转绕匝飞雪轻”之句，题为“飞雪泉”。于是，在人们面前展开了一幅煎茶图：个中人物时或沉醉地谛听沸腾的水声，时或眩视飞雪般茶沫，正极意享受这汲泉煮茗的清福。“飞雪”之名，既就其致用而言，又生动而逗人遐思，特别是作者回顾历史，指出其百余年来的湮塞埋没，而今由晦而显，由塞而通，是得遇于时代和园主……这里，颂泉就是颂人，颂人就是颂泉，不愧为一篇泉记散文佳作！再看游人的反应，张荣培《游汪氏耕荫义庄二首》云：“如何问泉亭畔坐，一泓流澈醒尘心。”这就点出了泉水还有醒神洗心的精神性功能。不妨由此略加引证，白居易《冷泉亭记》：“吾爱其泉渟渟……可以蠲烦析酲，起人心情……眼耳之尘，口舌之垢，不待盥洗，见则除去，潜利阴益，可胜言哉？”

在留园，东部有“林泉耆硕之馆”北庭院待云庵西壁，有刻石“白云怡意，清泉洗心”，这也是点出了泉水洗心清神的功能。

在艺圃，作为主体厅堂的东莱草堂内，有古井一口，这就像沧浪亭的山洞内有古井一样，令人颇感诧异而引起思索……

在平江路，清《吴门表隐》卷四有云：“平江路古名十泉里，有古井十口，华阳桥南一，奚家桥南北各一，徐家衖北一，魏家桥南北各一，朱马高桥北一，混堂巷口一，张家桥南一，苑桥北一。”真是如数家珍！

在虎丘，北宋《吴郡图经续记》载：“其虎跑泉、陆羽井，见存。”虎跑泉又称响师虎泉，其遗址历来有所争议。对于此泉，清人许之渐诗云：“一勺清泉洗烦热，不知身更在尘寰。”这也是揭示了泉水的清神洗心的功能。至于今千人石西的第三泉，据传为唐代茶圣陆羽所品第，又称陆羽井。元末明初大诗人高启《第三泉》则写道：“清源生石脉，冷逼煮茶亭。净映银床色，明开玉鉴形。分秋归客鼎，汲月贮僧瓶。树影沉泓碧，苔文渍壁青。热中尝可涤，醉后饮可醒。品第宜居首，谁修旧《茶经》？”他认为此泉宜居第一，故而陆羽所撰《茶经》应加以修改。陆羽井为虎丘一大景观。《虎阜志》描述道：“四旁皆石壁，鳞皴天成，下连石底，渐窄，泉出石脉中甘冷胜剑池。”虎丘上山道旁还有著名古井，井周有石平台，三面有石栏，名“憨憨泉”【图22】，据传，南朝梁时，憨憨尊者来住虎丘，“泉随涌出”。后人有诗云：

憨泉一掬清无底，暗与曹源脉正通。陆羽若教知此味，定应天下水无功。（宋·释虚堂《憨憨泉》）

年来痴更绝，味得憨憨理。两耳三千秋，不洗颖川水。（明·王叔承《憨憨泉》，据传此泉洗耳目，可令人聪而且明）

为此名泉，其旁的拥翠山庄建有“问泉亭”，附近可俯借憨憨泉。

在石湖，治平寺有越公井，据传始自春秋吴国，时称“吴王大井”。宋《吴郡志·古迹》，“越公井，今在治平寺前山冈上……隋开皇十年，越国公杨素筑城创斯井焉……按，此即杨素井。盖素平陈，尝迁吴郡与山下”。

【图22】虎丘憨憨泉（江合春摄）

在天平山，有三绝之一的白云泉（又称钵盂泉）。白居易有《白云泉》诗：“天平山上白云泉，云本无心水自闲，何必奔冲山下去，更添波浪向人间。”写得言外有意，韵趣深长。范仲淹《天平山白云泉》长诗有“灵泉在天半……泓然一勺深……挹之如醍醐，尽得清凉心。闻之如丝竹……兹焉如有价，北斗量黄金。”自此，白云泉更加誉满江南，清人龚炜《白云泉》一文写道：“天平山之白云泉，西山幽奇丽处也。予谒范墓登此，泉声潺潺，与千尺雪竞爽。行游渴甚，取泉水连啜数瓯，喉吻润而肌骨清矣……柳子（柳宗元）云：‘物不自美，因人而彰。’”白云泉也因白居易、范仲淹之咏而更为彰显。

在天池山，有虎跑泉、盈盈泉、洗心泉等，明文徵明《游华山寺记》写有“相与读故碑，漱三泉，不觉日暮”之语。

在常熟，据传，城区旧有七条平行的川流，像古琴七弦，故“琴川”为常熟别称。琴川有小溪通读书台山壑，名焦尾溪，其源头即“焦尾泉”，在昭明太子读书台附近。泉名取自东汉蔡邕的焦尾琴。蔡邕不仅是著名文人，而且是著名琴人，琴曲家。据《蔡邕别传》，吴人烧饭时，蔡闻桐木爆裂声，立即辨别乃制琴良材，抢出制琴后音响果然极佳，惜乎尾部已焦，称“焦尾琴”，极著名。

姑苏有名的井泉极多极佳，真正加以点数再附以传说，可以写一本厚厚的书。本文为篇幅所限，仅举其一斑而已。

彩霞池赞

在被陈从周先生誉为“小园极则”的苏州网师园，我爱在其中占地仅半亩的水池边徜徉……

水池被美丽的传说命名的“彩霞池”【图23】，让我想起南朝诗人谢朓的名句：“馀霞散成绮，澄江静如练。”然而，我爱它的美并不在其芳名，而在

【图23】网师园彩霞池（鲁深摄）

于其景效的一以当十，妙不可言！

我爱彩霞池前曲径的欲扬先抑——

欲扬先抑，是一种节奏，是一种境界。游人们在欣赏彩霞池之前，往往要经过树石丛错的“小山丛桂轩”庭院。这里环境较幽邃逼仄；再转折于“蹈和馆”北侧的曲廊，空间更为晦暗，但当一走出狭窄的“樵风径”洞门，天地顿时一宽，但见彩霞池敞开胸怀，喜迎游人，展现出豁然开朗之境。这种以狭衬宽，以暗映明的艺术巧思，被称为“抑景”手法。

我爱彩霞池水面的略成方形——

在西方美学史上，古希腊的毕达哥拉斯学派认为，在平面图形中圆形最美；斐西洛的实验美学又说，体现了黄金分割的长方形最美……

但是，在中国，在苏州，在网师园，彩霞池却从四边差不多相等的“准方形”中创意求美。这是因为从原有地基平面来看，只有采用“准方形”才能重点保证水池拥有最大的地盘，否则必然有损于水池的面积。

但是，太近于方又会显得规整板律，会失去苏州园林自由布局的审美特征，故而特让东岸的中部稍稍伸出，以小小叠石山打破平直的池岸线；池北隅的桥边，则点以一片钓矶，与池岸构成若即若离的关系；池西又有凌架于水上的“月到风来亭”，更极大地丰富了水面景观……这样，既以参差不齐破除了近于规整的方形池面，又最大可能地保持住了水池的面积，从而突出了“潭西渔隐”的水之母题。

从景观空间的审美效果看，彩霞池突出水体的目的是达到了，这有文为证：清代诗人沈德潜在《网师园图记》中，言其“碧流渺弥”；清代学者钱大昕在《网师园记》中，也言其“沧波渺然，一望无际”。这些对于水体景效的评价，是恰当的。

我爱彩霞池水体的聚而不分——

拙政园中部的水池面积较广，既被大小不一的山岛所坐落，又为几座低栏曲桥所界分，于是水体就呈现出处处胜境、变化不一之美，柳堤画桥，芳渚清流，使人如同身临江南水乡，感到平远不尽……

但是，面积较小的彩霞池，既要架桥设梁以增胜概，又不宜用拙政园这种水体有聚有分之法，因为这样会缩小可贵的水面空间。它那两全其美之法，是在“准方形”水面的对角线两端做文章，也就是让水池东南隅和西北隅各自反向延伸，而为窄涧源头，而为溪湾水尾，并在其上架设袖珍型桥梁等作为水体不尽的远景。这样，既避免了水面空旷，有水无桥，背景贫乏的缺憾，又促使了水面集中完整，水体相对拉长，并使方形更有改观；同时，还让东南、西北二桥一拱一平、一曲一直，盈盈隔水，造型互为比照，对角遥相呼应。这种绝妙的艺术处理，不只是一箭双雕，而是一石数鸟！

我爱彩霞池池岸线的灵活虚涵——

彩霞池的池岸线之妙，不但在于屈曲自然，而且在于虚涵不定。这就是说，池水并不一定止于岸边，往往还向亭阁之下延伸，如池西的“月到风来亭”、池南的“濯缨水阁”、池东的“射鸭廊”亭大多凌架水上，池水均可流入其下，这无疑是扩大了水面。至于池南一带，细心的游人会发现石岸下有大小不一的水口洞穴，池水也流入其中，幽窈莫测，似感水源不断。这种艺术假象，既增添了有限石岸的虚涵性和灵活性，又促成了有限池水的广延性和含蓄性，从而孕育出“池有尽而水无穷”的意象。特别是每当微风起波、水石含漱之时，熟悉苏轼散文《石钟山记》的游人就会联想起其中名句：“山下皆石穴罅，不知其深浅，微波入焉，涵澹澎湃……如乐作焉。”在人们的审美参与下，网师园池岸线的虚幻空间也会生发出很好的景效。

我爱彩霞池四周景物的小巧轻灵——

彩霞池水体的四周，决不抵及墙边，而是不同程度留以隙地，充分利用这“金边银角”，使水池面面有景，楚楚动人，供人静观，逗人游赏。其边角布景还特别注意“度”的把握，尽量避免景物的多、实、高、大。试看：

池东，是大片粉墙。笪重光《画筌》说：“一色以分明晦，当知无色处之虚灵。”在一带虚灵无色的白粉墙北端，仅仅依次有短而矮小的“射鸭廊”、别无长物的空亭、并不高大的叠石花藤，算是点缀于无色处的虚中之实；

池北，是小巧中虚、玲珑剔透的“竹外一枝轩”，古老的松柏和葱郁的花坛；

池西，虽有较为高大的“月到风来亭”凸出于池畔，但不仅其下空透，而且由此往南，是低亚起伏、蜿蜒伸展的沿壁游廊；

池南，则是上下透漏、架于水上的“濯缨水阁”，其栏杆、挂落等均雕镂空灵，唯有水阁之东的“云岗”假山，棱峻坚实。然而，黄棕色的山体倒映于碧波一角，又化作一抹彩霞，体现出“山水相推而生变化”之理……

总观水池四周，可见亭廊轩阁大抵小巧低亚、轻灵空透，其目的是通过控制尺度，反衬出水面的阔大渺弥。而这些建筑还以各自的方式，敞开自己的内部空间，使其向池面空间融通。它们对于彩霞池来说，不是去占据空间，争夺空间，而是主动地让出空间，赠与空间。

小巧、低矮、灵透的建筑既然居于临池第一线，那么，体量较高、较阔、较重、较实的建筑，如“集虚斋”“读画楼”“看松读画轩”“小山丛桂轩”等，必然退居于二线、三线。这样既增加了建筑组群景观的层次与深度，又陪衬出池面周边的轻盈灵秀。这是又一种“唯道集虚”的两全其美！

我爱彩霞池水中的不植荷蕖——

“接天莲叶无穷碧，映日荷花别样红。”杨万里的名句，也可以用于夏日拙政园的荷池空间。然而，彩霞池为面积所限，绝不去效法拙政园，它所追求的，是简约的风采，是清池的虚灵，是“空水共澄鲜”的意境。中国古典美学认为，“只有空诸所有，才能包罗万有”，故而彩霞池水面不植荷蕖，保持一片空明。于是乎，不论是山态石姿，天光云影，还是花容树貌、曲廊翼亭，凡上下远近，虚实动静，无不可映之于水，受之于池。于是乎，明月在天，则静影沉璧；晴日高照，则浮光跃金；每当风定波平，一片碧琉璃，则水底亭阁，池里花树，均倒相显映。再说，池畔不是有“月到风来亭”吗？如果水面不是空无一物，哪来“月到波心”“风来水面”？这一富于理趣的著名景点岂不大为逊色？只由于彩霞池上仅仅恰到好处地缀以数片睡莲，才能收纳万象于其中，使水面无限增值，景效不断生新。

彩霞池东南有穿过小石拱桥的“檠涧”，这虚拟的上游源头，游人在审美想象的协助下，会感到似有不尽源泉汩汩来。于是，脑际又会浮出朱熹的《观书有感（其一）》：“半亩方塘一鉴开，天光云影共徘徊。问渠那得清如许，为有源头活水来。”

（载《苏州杂志》1989年第1期）

抱绿湾浅赏

怡园的水体面积不是很大，都集中在西部，以桥、梁、水门等穿插其间分割水面。西部的水体，概括地说，可分水池、水湾两部分。

水池东起复廊旁侧，西至池西水门，主要呈横向展开，并较宽阔舒放，其上架以铁栏五曲石梁桥，将池面分割为二。

水湾东起水门西行，较狭，至面壁亭前而略放，再至单面廊（边廊）转角处又敛，然后至画舫斋前而再放，最后至画舫斋南而收为窄窄的溪尾。这是一条宽窄多变、由东而西延续的水体。画舫斋南侧，有作为跳板的石梁横架溪上，比例恰当，符合美的适称律。

还需说说水湾东端湖石叠掇的拱形水门，这是怡园理水艺术精彩的一笔。其作用有种种：一是与东、西两面规整式的人工桥、梁相比，其自由式造型更见突出；二是这一体现了山水有机结合的湖石水门造型，新颖别致，在苏州园林群里，只有狮子林的黄石水门“小赤壁”可与其相比并；三是其叠掇手法较好，石块之间的拼缝不很明显，且两侧门壁上有攀缘植物遮掩，体现了“引蔓通津”(《园冶·相地·郊野地》)的手法，颇多野趣；四是湖石水门与北面的湖石假山之间，妙在脉承而势连，犹如山体的延伸，接近于天然，符合《园冶·园说》所提“虽由人作，宛自天开”的美学标准；五是水门建于两岸相夹的极狭处，既以小衬大地烘托了其东的大池，又通过收束，划分出其西狭小的水湾，使东、西两个水体形成鲜明对比……

特别应指出的是，这一弯环如许、水岸屈曲有致的水湾，被品为“抱绿湾”【图24，见书前彩页】，当时，园主顾文彬颇为欣赏，其《眉绿楼词联》有集词联曰：

一泓澄绿，两峡崭岩，浸云壑水边春水；

石磴飞梁，寒泉幽谷，似钴鉧潭西小潭。

对联集南宋大词人辛弃疾、元代词曲家张雨句。词联中的“一泓澄绿”，借以形容抱绿湾之水的清澈静绿；“两峡崭岩”，在微观审美的视野里，水湾两岸犹如高险的岩崖；“石磴飞梁”，比喻跨越水湾两岸的湖石水门；“寒泉”“春水”，上承“一泓澄绿”；“幽谷”“云壑”，上承“两峡崭岩”……集联极尽想象之能事，是一幅氤氲着绿色影调的云壑春水图。

需要顺便一说，2013年出版的《怡园志》认为：“藕香榭平台对面池岸呈圆弧状，背倚假山，岸边植白皮松、朴树，绿荫如盖，称抱绿湾。”此说非是，它完全不符合《眉绿楼词联》中的描写，如“两峡崭岩”无处可寻，而“似钴鉧潭西小潭”的小潭也不见了……

怎样欣赏当前抱绿湾的美？这里有摄影佳作一帧，显示着独特的视角：在洒落着夏雨的一个上午，摄影家将机位设于边廊，正对着水门往东拍去，一切都是逆光。于是，粗大的树干是黑黑的，参差的石岸是黑黑的，造型别致的水门也是黑黑的，这更突出了水门之外水面的闪亮，或是白中闪绿，或是绿中闪白，均在粼粼的波光中微漾……再看水门之内，水面上白、绿、黑三色错综着，其中诱人黑色的浮现，不只是由于天光稀至，更由于水门、石岸倒影的加入，它既映衬着白，又加深了绿，使之成了可爱的墨绿……而周边高低起落的石面，承受着潇潇疏雨，竟像是涂了一层油，乌黑发亮。统观整个画面，绿依然是主色调，浓绿的树荫、攀石的苍藤、岸边的杂草、洞外门内的水面，无不是绿：浅绿、深绿、浓绿、墨绿……确乎是名副其实的“抱绿湾”。一个“抱”字，诗情画意跃出，绝妙！

还值得欣赏的是，疏雨打在“一泓澄绿”的水面上，一个雨点就是一个不断扩大的圆漪。水面上的圆，有小，有大，小圆在变大，大中又含小，相套相切，变灭不定。杜甫《水槛遣心》有云，“细雨鱼儿出”。这是体察入微语，画面上正是如此：疏雨逗得红鱼出，鱼儿优哉游哉，自由自在，红绿相映，色彩鲜明，确是一幅活泼泼的水湾鱼乐图。

瀑布：其喷也珠，其泻也练，其响也琴

水，有缓缓流淌之美，也有哗哗倾泻之美。就后者来说，宋代著名绘画美学家郭熙在《林泉高致》中，要求画境之水“欲喷薄，欲激射……欲瀑布插天，欲溅扑入地”。而在诗境里，此种景观更是奇伟壮美，先声夺人。如李白的《望庐山瀑布》：

日照香炉生紫烟，遥看瀑布挂前川。

飞流直下三千尺，疑是银河落九天。

瀑布从紫烟缭绕的香炉峰顶飞流直下，如同泻自九天。全诗写得奔放空灵，磊落雄奇，遂成千古绝唱。

在园林里，水景欲求其全，也需要这种“插天”“扑地”的景观。《园冶·掇山·瀑布》就这样写道：

瀑布，如峭壁山理也。先观有高楼檐水，可涧至墙顶作天沟，行壁山顶，留小坑，突出石口，泛漫而下，才如瀑布。不然，随流散漫不成，斯谓“坐雨观泉”之意。

当然，这是写意性的，甚至是以小拟大的象征。这足以说明，古代限

于条件，还千方百计利用檐水，模拟创构“泛漫而下”的水体景观；而到了近现代，苏州狮子林率先出现人工瀑布【图25】，汪远翥《飞瀑亭记》写贝润生的这一创构道：

西面新筑一亭，颜曰“飞瀑”，旁有瀑布，其声昼夜不息。游斯亭者，如登海舶而听怒涛，今主人又题一榜曰：“如闻涛声”。噫！其殆有深意存乎其间欤？主人久阁海上，于海外人士……不亢不卑，情意款洽。主人偶临斯亭，闻声而不忘航海景象，亦安不忘危之意尔。

【图25】狮子林瀑布（朱剑刚摄）

贝氏创建飞瀑亭，除了赏耳悦目、丰富园景外，更有一层深意。即经商海外，态度不卑不亢，并时时警惕，居安而思危，这表示出极其可贵的民族风骨，但今天很少有人彰显这层含义。

再就纯粹的瀑布景观来说，它的美在哪里？明人陈继儒《小窗幽记·集奇》写道：“瀑布天落，其喷也珠，其泻也练，其响也琴。”四句十六个字，字字珠玑，高度概括了瀑布三方面的审美价值。

这里再以苏州木渎古松园的悬瀑为例分述之：

该水体景观的周际，主要为湖石所堆的假山及围合的池沼，而飞瀑泻自其上的悬崖峭壁，则以黄石叠掇。其设计的特色，一是便于构成自身造型的高耸陡直；二是更能以其深赭石色作为背景，从而凸显银灰色的瀑布。若易之以灰白色的湖石，那么就不可能形成这两个特色。

先说这飞瀑的“其泻也练”。练，就是白色的绢，这里比喻一匹白绢从空垂挂下来。唐徐凝《庐山瀑布》有名句云："今古长如白练飞，一条界破青山色。"古松园的飞瀑正是如此，界破了山崖的大片黄褐色，但它不只是一条，而是三四条，形成一大片，犹如珠帘倒悬，银光闪闪，气势非凡。

再说"其喷也珠"。瀑布从上到下落差大，速度快，泻入池中，用《园冶·相地·城市地》的话说，形成了"素入镜中飞练"的景观。而瀑布在受水池中，又激起无数水花飞沫，四外迸射——近看，如飞珠溅玉；远看，如喷雾卷雪。如果说，"其泻也练"是一种飞流直下的气势美，那么"其喷也珠"则是另一种活泼跳溅的动态美。

最后说"其响也琴"，这是一种声音美或音乐美。古松园如匹似练、有阔有窄的数条瀑布溅扑入池，击水拍石，既宛如"大珠小珠落玉盘"，又好似声部不同的协奏，特别是其受水池还有上下两层，则其水声更有大小、宏纤、远近之异。若小坐其旁的影秀亭，可闻如琴似筑，如筝似琶，诉诸耳管，煞是好听。

这三美归结为一，就是"瀑布天落"之美。

"轿从前门进，船从家中过"

——古镇周庄张厅漫笔

周庄是著名的江南水乡古镇，属于苏州昆山。镇上水道纵横，它以明清遗留下来的古宅、古桥、水巷、街道等，吸引着四面八方的游人。

古镇西南的张厅，也是一座饱经沧桑的明代古宅，原名怡顺堂，清初转让张姓，改名玉燕堂，俗称张厅。该宅地处狭窄的小弄中，其交通更多地是依靠水路，当地有句俗语说："轿从前门进，船从家中过"。轿，是陆路交通工具；船，则是水上交通工具。张厅这种水陆并用互补，典型地凸显出《周庄镇志》所谓“镇为泽国，四面环水，港汊分歧，湖河联络，咫尺往来，皆须舟楫”的特色。

作为明代遗存至今的建筑，张厅并没有被粉刷一新，而是可贵地保留着旧时面貌、旧时的斑斑驳驳。它给人的总体印象，是古老、陈旧、幽暗，处处烙印着悠悠时光留下的痕迹……

人们从宅第的大门进入，在“暗”与“旧”的建筑空间内探寻历史幽梦，经过了面阔三间而开间较窄的两进房屋，眼前就豁然一亮，兴味驱遣着人们踏上其家跨河的平石桥——这正是“轿从前门进”与“船从家中过”二者的交汇点，漫步就会来到对岸较宽的水边“平台”【图26】。这平台，可能就是在张厅一进废房老屋所留下的残基上“收拾”而成的。

【图26】昆山周庄张厅宅内清流（梅云摄）

于“平台”回首四顾，可见河流在桥那边的一段极窄，至平台前面一带就宽起来，粼粼水波，悠悠水流，流经东一个水码头（吴语称“踏渡径”），西一个水码头，而这里才是昔日主妇、女佣们与水零距离接触的真正“平台”。河边粗壮的老树，年复一年，日复一日，亲见她们无数次下去、上来，下去、上来……直至人不见，树犹在。人们难以捕捉这一个个逝去的生命，唯见鹅鸭嬉水，能感受到这最鲜活的生命存在，感受到这古与今、动与静之美。

清香四溢，众艺争艳

——评怡园水仙艺术节

在隆冬初春之交，在万花纷谢之际，苏州怡园经过苦心经营，以其深情厚意，向全市人民推出首届水仙艺术节，从而为文化名城苏州增添了温馨的春意。

怡园冷艳寒香、佳气四溢的水仙展，艺术特色颇多，择其荦荦大者有三：

一曰造型生动，匠心别具

春兰、秋菊、水仙、菖蒲，历来被称为花之“四雅”，其中水仙特别适宜于进行艺术加工。水仙一般可分为根、茎、叶、花四部分，传统的加工往往只在鳞茎上做文章，而怡园的展品还充分重视其根和叶的利用。如用玻璃瓶盛水养育其根，于是，其长长的根系似银丝，似龙须，似洒落夜空的焰火，似飞流直下的瀑布……给人以种种美的联想。又如精心加工其带状叶，从而巧拟凤首、鹅颈、鹤喙、象鼻、孔雀尾……则又别具种种情趣。至于对鳞茎的加工，巧手更有用武之地。如有的作品对鳞茎略加点缀，即呈淳拙之牛头，题曰“牛年大吉”，寓意祥和。在展厅里，鳞茎加工的成果累累，可说是百汇千状，令人应接不暇。

二曰画意构图，诗题点睛

在一件挂屏上，一鹤伫立于苍松之下；长空中二鹤展翅奋飞，这就组成立体的“松鹤延年图”。三鹤的形态虽均由水仙构成，但形象却活灵活现，惟妙惟肖，其艺术构思令人叹为观止！又如在绿色底版的桌面上，山石嶙峋，水仙参差，俨然一幅设色山水。在浩渺碧波中，一叶扁舟，上载水仙宛若风帆，而“春江归舟”之题，更荡漾起一派诗情画意。另有一组由水仙做成的象，憨态可掬，其间缀以热带植物、窈窕少女，构成了具有云南特色的风景画、风俗画，而“版纳情”之题，也起了画龙点睛的作用。

展品中有许多情趣隽永的标题：“素妆淡抹”“玉壶冰心”“凌波仙子”“回眸一笑”“春江水暖”“晨曦初沐”“春色关不住”……无不诗意盎然，令人品味不尽。

三曰品类繁富，众艺交辉

传统盆景，要求花、盆、架俱美。怡园的展品以水仙花论，有单瓣，有复瓣；有白色，有黄色，有其他染色；有漳州品种，有苏州品种，还有荷兰品种。以供水容器论，有盆、盂、盘、钵、树桩、砂石、玻璃瓶等，或古色古香，或新颖别致，或废物利用，然而又各得其所，各显其美。至于花架，也其形各异，颇难一一缕述。

传统的水仙，经加工后进入怡园，一件件成了活的雕塑。而在琳琅满目的水仙展品中，又间以现代的插花艺术，这就更见丰富多彩，相得益彰。

此外，还展出了有关水仙的名家书画、精美摄影；而在“东坡琴馆”内，又有《水仙操》等琴曲演奏。如果说《水仙操》是“阳春白雪”的雅文化，那么，廊间所悬的谜语彩条，则是典型的“下里巴人”俗文化……

佳节里的怡园，在怡静中绽开着热烈的花朵，在古典中包容着现代的科技。首届水仙艺术节真是众艺纷呈，百花争艳。而如织的游人，又见证着古典园林由高墙深院走向社会公众所迈出踏实的一步！

（载《姑苏晚报》1997年2月18日）

宏乎丽哉，春之交响

——虎丘艺术花会印象

日前，我随友人观赏了揭幕不久的虎丘艺术花会。

攀登于花之山崖，漫游于花之海洋，我想，“花会”用“艺术”一词来修饰，是再也恰当不过了。试看，山上崖下，亭前路旁，层层而又叠叠，这是用花堆成的雕塑美；姹紫嫣红，五光十色，错综而又谐和，这是用花绘出的图案美；一块块诗牌，书写着脍炙人口、异彩纷呈的花咏，这用锺嵘《诗品》的话说，“使味之者无穷，闻之者动心，是诗之至也”；至于整个花会的艺术构思，又可看成是一篇热情洋溢、色彩斑斓的大块文章；然而，我的审美直觉，更感到花会是一阕宏伟鲜丽的春之交响曲。

在繁富的乐奏之中，俏艳闹春的郁金香是主旋律。她们是那样一律地硕大、饱满、齐整、向上，吸引我不断地流连、徘徊、驻足、品赏。

试细观其形，从集密布的花朵在眼帘里朦胧开去，我感到真像一颗颗心脏，跳动着青春的活力；又似一个个酒盅，满盛着生命的酴浆；还如总谱上的一串串音符，交织出绚烂美妙的乐章。

再细察其色，在油油绿叶映衬下，不同的品种有不同的调子：红花燃烧着振人心神的炽烈之美；黄花含蕴着暖人心窝的温馨之美；白花则洗净浮华，宛如羊脂白玉，露出沁人心脾的素洁之美；橙色的花，使我吟出了“玉碗盛来琥珀光”之句，这又是令人心醉的醇郁之美。

徜徉于铺锦列绣的花毯间，怡红快绿，我似乎微酡了，竟无意聆听簇拥于周围的水仙、月季、瓜叶菊、三色堇、虞美人、紫罗兰等群芳谱的协奏了，当然，其中也包括杜鹃、山茶那脸泛红晕的复调、和声……

山花烂漫的虎丘，又杂缀着工艺巧手创作的累累硕果——栩栩如生的艺术造型和特色展览，令人目不暇接：

在断梁殿后的斜坡上，村姑、顽童贴春联，放鞭炮，这是一幅意趣盎然的“春至农家”的喜庆风俗画；

在古老的憨憨泉旁，动静互补的“金蟾戏水”造型，其历史文化的积淀中，融和着现代科技的因子；

在冷香阁的梅林中，群鹊停息枝头，鸣态各异，这种报喜，“此时无声胜有声”，突出了民间“喜上眉梢”的吉祥主题；

在平远堂里，薄如蝉翼、巧制精描的各式风筝，与新颖别致、抽象构成的各样插花平分春色，相互争辉……

所有这些，无一不是继承与创新的重奏，旧貌与新颜的交响。

虎丘花会还共振着时代的脉搏。在鲜花插成的“倒计时”背景前，在鲜花铺就的祖国版图底座上，两头金牛，大小悬殊而联络有情。这一恋母顾子的艺术塑型，奏出了举国上下翘首以盼“香港回归”的心声，这是时代的最强音！

是的，虎丘艺术花会以十二万盆鲜花，一盆花儿一颗心，心心应和着改革开放的年代，应和着盛开怒放的“一九九七”。

（载《姑苏晚报》1997年4月5日）

碧梧翠竹：漫话苏园凤文化

龙飞凤舞，这是一个神异迷人、文化积淀极深的成语。它之所以历来为人们喜闻乐道，是因为龙凤一向被看作是人间祥瑞的呈现，民族腾飞的象征……

就说凤吧，它的产生由来极久，可遥远地追溯到华夏文明曙光初露的图腾时代:《山海经》说，凤是一种“五彩之鸟”;《书·益稷》说，当虞舜盛世“有凤来仪”;《说文》也说，它“五色备举，出于东方君子之国……见则天下大安宁”。由于凤的出现又是太平盛世的瑞兆，所以凤不但是备受人们崇拜的“神鸟”，而且是人们仰首企盼的“瑞鸟”，从本质上说，它应该是人们理想美的一种寄托。

在历史上，不同的人们还从不同的视角，根据不同的需要对凤进行不同的诠释，作不同的延伸，构成了丰富多彩的凤文化。

儒家文化通过凤来推崇不可企及的古圣王——唐尧虞舜之治；而帝王宫廷又有“龙凤呈祥”之语，京剧还用来敷演刘备东吴招亲的故事。“龙”和“凤”，几乎成了帝后们独家使用的修饰语，如凤冠、凤辇、凤诏、凤盖、五凤楼……

在民间布衣闾巷文化中，则广泛地流行着“凤穿牡丹”“丹凤朝阳”之类的图案、雕塑等，它们繁复密丽，喜气洋洋，充满热情，成为人们热爱生活的象征，表达了人们对大吉大利的美好愿望……

士大夫文人又有别一种凤文化，主要是把凤和碧梧、翠竹绾结在一起，这三者的有机联系，也由来极久。早在《诗经》时代,《大雅·卷阿》就有“梧桐盛矣，凤凰鸣矣”之句，这是经典性的咏唱。以后,《毛诗草木鸟兽虫鱼疏》又释道，凤凰“非梧桐不栖，非竹实不食”。此外,《韩诗外传》也有如是说。

文人们的凤文化表现有种种：其一是出世型的，他们为显示洁身自好，常表达自己愿与清高的梧、竹为伍，而决不随俗，更不同流合污，如元代有洁癖的隐士画家倪云林，爱绘《梧竹图》，还常命童子以水洗梧桐，故而后世有“高人洗桐树；君子爱莲花”之联；其二是入世型的，文人们以梧竹自喻，表示自己虽不得志，仍坚守操节，期待有朝一日，灵凤来栖，自己能一展身手，抱负得以实现，天下得以大治。如欧阳修《桐花》诗云:“猗猗井上桐……能致凤凰来”,“下荫百尺泉，上耸凌云材”；又云:“常闻汉道隆，上下相和谐。选吏择孝廉，视民婴与孩。政声如九韶，百物绝妖灾。”诗人希望君王勤政自勉，以招凤凰来仪。其表现之三，是倚桐竹，待凤鸟，企盼某种理想的实现，这是一种更大量的存在。当然，这三种又往往是交织在一起的。

凤文化在苏州园林里也有所表现，且不说元末明初，禅寺园林、狮子林的“竹谷”旧名“栖凤亭”（此景已不存），就说拙政园，现有的“梧竹幽居”，为著名景点之一。这一亭式建筑，抽象地看，为多种圆、方、长方等的立体几何组合，造形别致优美，国内较罕见。它通过品题及周际所植梧、竹等花木，营构了清雅静美的环境，积淀了丰饶的文化意蕴。而从“幽居”二字可推见，其凤文化大体上是倾向于隐逸型的。

在怡园，“窈窕”月洞门内有“碧梧栖凤”一景。建筑是普通的硬山顶，匾上四字之后有跋：“新桐初引，幺凤迟来，徒倚绿阴，渺渺兮予怀。”在新桐绿荫下等待，桐花凤却迟迟不来，于是，如《楚辞·九歌·湘夫人》中所咏，“目眇眇兮愁予”，这真切地表达了一种难以形容的期待心理。此处曾有联云：

新月与愁烟，先入梧桐，倒挂绿毛幺凤；

空谷饮甘露，分傍茶灶，微煎石鼎团龙。

这是当年园主顾文彬所集宋词联，描写朦胧月色下梧桐树上的绿毛幺凤。顾文彬酷好宋词，为怡园集了大量宋词联，这副对联也集得如同己出，浑然天成，做到了词与景合，景与情合，而且对句和出句的最后一字还把“龙”和“凤”巧妙地绾结起来。这一景观，大体可归属于文人第三类企盼理想型的。

再看这里的环境，前院有高梧一二，屋后不但也有梧桐，而且有翠竹一丛，正符合凤凰“非梧桐不栖，非竹实不食”的传说，这前梧后竹的绿化配置，使“碧梧栖凤”得以落实。怡园的“碧梧栖凤”一景，不仅具有文化价值，而且还具有小范围的生态价值，具体地说，梧桐还具有天然的调温功能。明人陈继儒纂集的《小窗幽记》有如下两则文字：

楼前桐叶，散为一院清阴……（《集韵》）

凡静室，须前栽碧梧，后种翠竹。前檐放步，北用暗窗，春冬闭之，以避风雨；夏秋可开，以通凉爽。然碧梧之趣，春冬落叶，以舒负暄融和之乐；夏秋交荫，以蔽炎铄蒸烈之气，四时得宜，莫此为胜。(《集景》)

第一则，写桐叶有遮荫生凉的功能。第二则，似乎就是特地为怡园“碧梧栖凤”一景而写，句句符合实景。这里，不但也是前梧后竹，而且也是“前檐放步，北用暗窗”，春冬可闭，夏秋可开。由于梧桐属于落叶植物，因此，当寒气凛冽，梧桐叶落，南来的阳光充足，于此可享“负暄融和之乐”；而当暑气燠蒸，则又是梧桐大叶交荫，于此又可蔽烈日炎铄之光，并通凉爽之风。明人张岱在《陶庵梦忆·不二斋》中也说：“高梧三丈，翠樾千重……但有绿天，暑气不到。”可见，至迟至明代，人们已经自觉地注意利用植物来改善生态小气候，并总结经验，而在众多植物中，碧梧堪称上选，因为它春夏秋冬“四时得宜，莫此为胜”。

（载《苏园品韵录》，上海三联书店2010年版）

《云龙雾虬图》赞

——陈健行先生拍摄白皮松

“山行时见奇树，须四面取之。树有左看不入画，而右看入画者，前后亦尔。”明代大画家董其昌在《画禅室随笔》中如是说，这是揭出了画树的诀窍。其实，这同样适用于摄影的取景，著名摄影家陈健行先生在怡园拍白皮松就是如此。

据说，怡园过去有五多，峰石多，楹联多，书条石多，白皮松多，小动物多。而今，其他均安然无恙，但是，有生命的小动物早已不知何处去，而白皮松，也打了个折扣……

说到白皮松，它树皮奇特，片状脱落而多露白色内皮，显得风姿鬆秀，色调别致，颇具观赏性。怡园西部池畔的一株白皮松【图27，见书前彩页】，更是干健而叶稀。古代画谚说：“松愈老，叶愈稀。”此言不虚。这株奇松的树龄，已有一百五十余年。它生动地横逸于池上，以姿态论，堪称苏州园林奇树之冠。不过这种首屈一指的奇树，也还要“四面取之”，甚至还要“俯仰取之”。这是为什么？因为奇树是存在于三维空间的复杂多面体，单一的视角无济于事。例如，站在池南，看到的主要是树冠，而不是枝干的奇姿异态，视觉效果就欠佳；如身处池北，在它的近旁，则可见其主干叉出，一分为二，分开后再次交叉而又反向伸展，这类枝干的相交而中间留虚，最为画家所赏，被称为“枝交‘女’字”或“枝交‘叉’字”，这就避免了犯两干叠合之忌；至于在池东甚或池西观赏，则可见其枝干如虬如龙地交互游走……摄影家就这样在空间上长期地四面八方仰观俯察，最后选准了池东北的最佳方位。但是，也还不能拍摄，即使拍也出不了精品，因为其后有诸多景物干扰，譬如，山上的螺髻亭作为背景，就距离太近，影响着主体形象的突出。

摄影家深知，多视角的三维空间也还不够，必须善于再瞄准一个时间维度，合而为“四维时空”。这也就是说，还必须在时间维度上等待再等待……有一次，在苏城多年来难得的大雾降临之晨，他不失时机地赶往抓拍了这最佳时刻，于是，对象终于真正“入画”，天公帮助陈健行成就了一幅《云龙雾虬图》。

董其昌《画禅室随笔》又说，“画家之妙，全在烟云变灭中”。这一画学妙谛，其实也是“画意摄影”的真实义谛。镜头中的这幅奇松正是如此，在雾气弥漫之中，既如惊虬拗怒，骨屈筋张，又似矫龙盘游，蜿蜒轩翥，让人为之心动神移。再细赏霜皮上的龙鳞斑驳，则如画家以枯笔皴就。再看其大枝小梗，偃仰向背，几乎无处不曲。而枝叶的分布，也极富画意，它们互争互让，各尽其美，更为可贵的是左部下垂的枝叶，似矫龙探海，在画面起着极为重要的填空、平衡作用；而其上的亭亭螺髻之影，处于有无之中，似在数里之外，其实，离白皮松不到十米，是迷雾把距离推远了，创造了画面的烟云变幻之美。

怎样评价这幅《云龙雾虬图》呢？在中国绘画史上，可以推举出两位著名画家。一位是吴郡的张璪，朱景玄《唐朝名画录》说他“惟松树特出古今”，“手握双管，一时齐下，一为生枝，一为枯枝，气傲烟霞，势凌风雨……”可谓千古奇人，而《云龙雾虬图》也颇有“气傲烟霞”之势。另一位是五代的荆浩，最注重画松。他在《笔法记》中写自己在山中反复写松，“凡数万本，方如其真”，其《古松赞》写道：“不凋不荣，惟彼贞松。势高而险，屈节以恭。叶张翠盖，枝盘赤龙……如何得生，势近云峰。仰其擢干，偃举千重。巍巍溪中，翠晕烟笼。奇姿倒挂，徘徊变通……”每一句几乎都是一幅绝妙的古松，每一句也几乎都适用于《云龙雾虬图》。笔者因效法荆浩的《古松赞》，步趋而作《云龙雾虬赞》：

妙手天成，雾虬云龙。飘渺无拘，虚幻朦胧。

或隐或现，忽淡忽浓。枝交凤眼，夭矫腾空。

俯身探海，照影池中。螺亭隐约，逸游从容。

晕化脱化，气韵生动。禅机其微，巧夺化工。

还应补叙一笔，若干年前，怡园里这株奇松下垂的探海枝坏死，只得遗憾地将该枝锯掉。于是，《云龙雾虬图》成了珍贵的绝版。

感谢陈健行先生抢拍到了怡园里再也看不到的奇树白皮松！

（原载《苏州杂志》2017年第1期）

二乔玉兰故事

折戟沉沙铁未销，自将磨洗认前朝。

东风不与周郎便，铜雀春深锁二乔。

这首《赤壁》，是唐代诗人杜牧的名作，历代广为传诵，是咏三国时吴国的周瑜在赤壁火烧战船，大破曹军的故事，意谓如果东风不给周郎提供方便，那么，曹公就会夺取吴国的国花——大乔、二乔置于铜雀台上了。自此诗之后，二乔更是美名远扬。

后来，二乔的美名又被冠于风姿绰约的玉兰花树，称为“二乔玉兰”，二美相并，既更美，又非常匹配。园艺学上谓二乔玉兰是紫玉兰的变种，属木兰科。其花瓣外现紫红色，内则近白色，花开如玉，幽香似兰，极堪品赏。但是，不知二乔玉兰的美名起于何时，这需作一小考。明代吴门派书画家陈道复擅画写意花卉，其《玉兰》诗云：

花开不是辛夷种，自得凝香绕紫苞。

昨夜月明庭下看，恍疑罗袖拂琼瑶。

诗的学术价值是既指出了此花不是白玉兰，又不属辛夷，而辛夷即紫玉兰（《嘉祐本草》：“辛夷，正二月花开紫色”），可见它与紫玉兰有别，但其苞却又是紫色，这分明是二乔玉兰。可见二乔玉兰，就是紫玉兰与白玉兰的杂交品种。还可断言：古虽无二乔玉兰之名，但至迟在明代已有二乔玉兰之实。

苏州网师园中部池南有黄石假山“云冈”，上有一株二乔玉兰，树龄已有两百余年，枝干苍劲，夭矫离奇如龙，堪称虬干玉兰。它生于假山上，老干屈曲横空，矫健地俯临水面，至花开时节，则更是姿、色、形、神、韵、香六者俱佳，因而赢得了无数摄影家的青睐，与其交花情，结花缘。这里只说两位摄影家的故事。

20世纪90年代，该树长势正旺，郑可俊先生常来此盘桓，山上山下，左瞄右看，更多地取其枝干的画意。明董其昌《画禅室随笔》云："画树之法，须专以转折为主，每一动笔，便想转折处……不令有半寸之直。"摄影家据此以天空为背景，仰拍到一帧画意盎然之作。21世纪初，笔者将其选入《网师园》画册，并题道：

玉树临风，枝头疏疏密密花，

质如美玉琢就，色似水彩晕染；

其枝走笔如画，相交'女'字，密处留眼。

2005年，15号台风掠过，此古树名木受到不小损害，经加固、防腐、治虫，劫后复生，长势尚好，但总不如前。

2011年3月25日，朱剑刚先生来此拍摄，看到树上的花"还是相当盛"，但他并不想毫无章法地满树拍下来，画家有所谓"触目横斜千万朵，赏心只有两三枝"（清·李方膺《梅花》）的审美悟语。于是，经反复琢磨，选中了横斜的一两枝，这是极富诗情画意的选择，不妨再以宋代咏梅名句作为参照系——林和靖有句云："疏影横斜水清浅"（《山园小梅》），"水边篱落忽横枝"（《梅花》），"屋檐斜入一枝低"（《梅花》）；苏轼也有"竹外一枝斜更好"（《和秦太虚梅花》）之句……总之，梅以横斜稀疏为美，玉兰亦复如是。试看镜头所选【图28，见书前彩页】，枝头的花蕾并不多，其中有些已开始绽放，清香也随之而播散空中，还可见花瓣确乎内白外紫，素质摇光，琪葩玲珑。图中光线相对比较暗，弥漫着蓝色的幽幽影调，显然已融入了摄影家的主体情愫，极适合于二乔玉兰的倩枝横逸、瘦肌冷香。背景上，隐隐是竹外一枝轩等临水建筑的屋檐、栏杆，特别是它们在池中静谧无语的倒影。这些，统统呈现为一种朦胧的庭院感，让人联想起上引诗句："疏影横斜水清浅""屋檐斜入一枝低""昨夜月明庭下看"……

但是，故事还没有完。缘之所寄，一往情深。两年后，2013年3月9日，朱先生再度抱着不易忘却的情缘来此拍摄，然而遗憾的是，树冠上的花朵远不如前，稀稀落落，枝也被锯，甚是可怜。再过两年，2015年1月，他又访此，但见云冈上空荡荡的，树影全然消失，摄影机里留下了一个空镜头，于是此帧作品也成了绝版。

笔者喜爱此帧情味隽永的摄影佳作，故将其选入本书与读者分享。

怜飞花，品眠柳

——兼赏两帧摄影佳作

计成《园冶·借景》有如下八字秀语："片片飞花，丝丝眠柳。"以叠字、对偶辞格构成俪辞，有效地抒写了游园的含情审美、巧借春色。

花、柳，是春天来临的表征，其前以"飞""眠"作动词谓语，最能深化骈语的文化内涵，复状之以"片片""丝丝"，更能勾引起人们的深深情愫、翩翩联想。以下拟将二句置于文学史的语境中，分别结合摄影佳作进行赏析：

花，有美丽的色彩、美好的姿容、美妙的芳香、美洁的品性。

自古以来，人们爱美，也就爱花。正因为如此，人们将花看作是美的化身，生命的凸现，温馨的象征，于是，看到飞花、落花，就必然会动感情，起联想……

在宋代，词人秦观《八六子·倚危楼》云："那堪片片飞花弄晚，濛濛残雨笼晴。"面对着风雨中的飞花，他难以忍受，深表伤感和同情；而画家文同《莫扫花》则说："莫扫花，从教花满地。纵然堆积亦何害。"在他的诗心画眼里，花开是美，花落是美，纵然委积满地也是美。那么，岂能忍心将其扫去？再往前追溯，南唐后主李煜《喜迁莺·晓月坠》就有"片红休扫尽从伊"之句。

到了明代，吴门画派将"落花吟"推向高潮。文徵明《和答石田先生

（即沈周）落花》云：“将飞更舞迎风面，已褪犹嫣洗雨妆。”诗中的落花不是弱者，“更”“犹”二字，见出诗人由衷的赞美之情，当时画家们真是诗兴勃发。沈周竟写有《落花》组诗三十首，接着，唐寅也写出《和沈石田落花诗》三十首。[其三]还写道：“忍把残红扫作堆……”笔者通过多方考证发现，与红学家们所论不同，写此句（还有其他言行）的唐伯虎，竟是曹雪芹《红楼梦》中塑造贾宝玉的主要原型。而黛玉《葬花吟》更凄然咏道：“花谢花飞飞满天，红消香断有谁怜……”似谶成真，如泣如诉，咏花无疑即是咏人。然而，清末的龚自珍，其《己亥杂诗[其五]》又翻出新意：“落红不是无情物，化作春泥更护花。”花落归根，腐烂成泥，化作精魂，在来年的春花中返回自身，诗人把握了自然轮回的法则，乐观地表达了对未来的憧憬……计成在《借景》中，仅用“片片飞花”四个字，却契合着或者说吸附、浓缩了如许的诗史积淀、文化义涵！

图为苏州耦园“受月池”中的落花【图29，见书前彩页】。对于水中落花，不论是流红，还是凋黄，或是堕白，均能勾起赏花人的无限情思。清人夏旸《凤凰台上忆吹箫·落花》咏道：“惜春容，无语伤怀。随流水，任他飘泊……”诗人们往往由此想起身世，回忆韶华……而李煜《浪淘沙令·帘外雨潺潺》更有“流水落花春去也”之叹。摄影家来到苏州耦园，看到受月池竟成了受花池，而且不是流水春去，而是止水春留，这是别一种情思。试看一池静水，倒映着灰青的天宇、参差的树影，巧妙地成了浮花深色的底版。反衬得浮花更为鲜明亮丽，一朵朵，一片片，或疏疏，或密密，漂散着，聚拢着，依然可谓花团锦簇，惹人爱怜。因凑成两句：相机留得春常在，天上人间。

再说早春的嫩柳，柔情万千，楚楚动人，计成用“丝丝眠柳”来概括。丝丝：轻柔貌；纤细貌。张孝祥《西江月·问讯湖边春色》有“杨柳丝丝拂面”之句，但根据骈语对仗，出句的“片片”意为一片片，对句的“丝丝”兼可释作一丝丝。“眠柳”还有一则故事：《三辅旧事》，“汉苑中有柳，状如人形，号曰‘人柳’，一日三眠三起”。后世诗人往往喜爱引用这一拟人化、有意味的传说，甚至还以“柳能眠”与“花解语”两典互对。宋代著名词人晏幾道《临江仙》吟道:“旖旎仙花解语，轻盈春柳能眠……”颇称工巧，亦有趣味。计成在《借景》中引“眠柳”之典，不仅增添了古典文学的情趣，而且还可借以形容弱柳低垂，如同睡眠未醒的情态。

图为苏州拙政园中部“柳阴路曲”附近池畔的丝丝眠柳【图30，见书前彩页】。时值早春，细长纤弱的柳枝上才吐嫩芽，真是如丝如线，若醒若眠，慵姿无力，静垂含烟。在摄影机俯视的镜头中，水面还出现了池中画舫——“香洲”的优美轮廓，这一集萃着亭榭楼阁、高低错综的倒影，作为深色的背景，恰好反衬得一条条柳丝更为嫩亮柔媚。它们排列着，疏疏密密，长长短短，这真可借用晚唐诗人温庭筠的丽句“碧玉芽犹短，黄金缕未齐”(《原隰荑绿柳》)来描状。

值得赞许的是，摄影家经过后期处理，画面上已将长长柳丝的下端忍痛割爱。这用得上袁枚《续诗品・割忍》所说:“割之为佳，非忍不济。骊龙选珠，颗颗明丽。”画面上的眠柳，确乎也是丝丝明丽，这离不开摄影家的“割忍”。这种艺术处理，再用绘画的语言说，就是让其一部分留在画外，所谓“神留画中，形馀象外”，从而做到画中有画，画外有画，令人回味无穷。面对这一别致的丝柳画面，人们或许还会联想起某些咏柳的著名唐诗:“碧玉妆成一树高，万条垂下绿丝绦。不知细叶谁裁出，二月春风似剪刀。”(贺知章《咏柳》)，“一树春风千万枝，嫩如金色软于丝”(白居易《杨柳枝词十首[其九]》)……

立雪堂前，木香娉婷

木香，又名木香藤、九里香，为蔷薇科蔷薇属的藤本灌木。苏州园林也喜爱种植这种沿墙攀缘植物，利用方寸之地，进行垂直绿化，著名的有网师园东部山墙池畔，狮子林立雪堂庭院南壁等。这里，每当春日迟迟，便有幽芳珊珊，千条细蕊新吐，满院摇香，为园林增美添姿……

图为苏州狮子林的立雪堂庭院一角【图31，见书前彩页】。游人们特别是男孩们至此，最爱玩赏的是庭中以湖石堆叠、惟妙惟肖的完整“立狮”，他们甚至一个个争着骑上狮身，拍照留念，游兴也因此而倍增。庭中还有就地面以湖石掇置、带有象征性的“牛吃蟹”，此景因其特别通俗，博得了人们指指点点，兴味盎然……但是，女性则似乎不然，这也许是审美的个性差异吧。谓予不信，请看：

此日，庭院中来了两位花枝招展的妙龄女郎【图31，见书前彩页】，其左，是禅意浓浓的立雪堂，但这在她们心目中似已淡化，故而不闻也不问；其右，石狮之尾高高翘起，她们也视而不见。她们所全神贯注的，是墙边小小花坛中沿墙往上攀缘的木香。它那柔美而婉曲多姿的藤身，那亭亭如伞盖的绿色藤冠，那星星点点、难以数清的小白花，那蓬勃的生命和播散的清香……是的，木香确有其独特的魅惑力。笔者曾为《网师园》画册题过一幅木香：

院子里，高墙上，
袅袅丛丛，带月垂香。
枝结藤缠翠浓，玉质素色繁英。
受雨凝云重，惹风舞雪轻，
参差倩影最娉婷。

再看立雪堂庭院中，一个戴米黄色帽的女郎，正侧身专注地用手机拍摄美丽的木香；而另一个戴湖蓝色帽的，则在低头看什么，大概是在欣赏刚才手机里所捕捉到的木香那仙子般的倩影。用什么语言来形容她们此时此地的爱花之情？笔者想起了《词林摘艳》中的一句："那时节两意相投……"

殊不知，摄影家又在她们背后，把这一情趣盎然的情节拍了下来。这一时间缝隙里的邂逅，是难遇的良机：周围没有前拥后挤的游客的干扰，女郎又拍摄得那么入神，穿着还那么亮丽！人似花，花逗人，真是"两意相投"！

南国女儿树随想曲

——常熟曾园古红豆树

红豆，又名海红豆、相思豆、相思子、相思树、相思木……常绿或落叶乔木。多产于印度、马来西亚等，但在中国偏南地区，特别是广东、广西、云南、福建、海南等地也早有栽培，故唐代大诗人王维《相思》有"红豆生南国"之句。

考诸最早见于文字记载，为西晋左思使"洛阳纸贵"的《三都赋》，其中《吴都赋》就列及"相思之树"。但这"吴都"，不一定就是苏州，也不一定不是苏州，《文选》刘渊林注得好："吴都者，苏州是也。后汉末，孙权乃都于建业，亦号吴。"这全面地揭示了"吴都"既是古吴都会之苏州，又是三国时代东吴之建业的双重内涵，是一个兼括两地、包容古今的"泛时空概念"。可见古吴早有红豆……

苏州地区的古红豆，为数并不多，而以"土壤膏沃"的常熟最为著名，如清代的芙蓉庄就有红豆树瑞异的故事。清人顾光旭《贺新凉》小序云："常熟芙蓉庄红豆树，顾曲江处士手植，后归钱牧斋。适牧斋八十寿，其花

【图32】常熟曾园古红豆树（梅云摄）

盛开结实，因以为瑞。今又百馀年矣……”可见此树不但有吉祥的含义，而且还是寿者、瑞者。而王文治的《常熟芙蓉庄红豆树歌》，也有“芙蓉庄前红豆树，风枝雨叶数百年”之咏，惜乎此树今已不存。

然而，常熟曾园（又称虚霩园）现今仍然可贵地保留着一棵树龄三百余年的红豆古树【图32】。它植于“寿而康室”的前庭院。此室名绝妙，古红豆正是寿者、瑞者，故树址的选择值得品味。

此珍木从空间维度看，在粉墙黛瓦的院墙映衬下，其老干粗壮遒劲，挺拔直上，有数丈之高，枝繁叶茂，郁郁葱葱，生意盎然。图中还看不到它的顶，益令人想见其树冠之高大，此摄影手法是高明的；

从时间维度来衡量，则可借王文治歌中语来赞颂：“风枝雨叶数百年”，确乎是名副其实的“寿而康”者。其遥远的历史，还可上溯到明万历间监察御史钱岱的别业“小辋川”……

再回到现实环境中来随想，设若此古树欣逢吉岁，开出白色的花，结出通红的子——相思子，那又会引来多少审美的目光，引来多少追求爱情的青年男女，并吟诵起王维的著名小诗：

红豆生南国，春来发几枝。

愿君多采撷，此物最相思。

相思，是蓬勃的青春、抽发的情愫、一颗热烈跳动的红心，怪不得王文治歌中又赞古红豆为“南国女儿树”；而此树的苍古，则又表现为坚挺的风骨，凛然的器宇——它竟能奇妙地集这阴柔与阳刚双重之美于一身。

在接受美学的空间里，“女儿树”之称值得深味：就王维《相思》诗来推想，“愿君多采撷，此物最相思”，确乎是女儿的口气。德国古典哲学大师黑格尔《美学》里的爱情论有云：

爱情在女子身上特别显得美，因为女子把全部精神生活和现实生活都集中在爱情里和推广为爱情。

在爱情里最高的原则是主体把自己抛舍给另一个性别不同的个体。

“愿君多采撷”的女儿正是如此。一个“愿”字，写出了女儿的多情、痴情，作为主体的她，已把一颗心抛舍给了称之为“君”的对方，或者说，把自己全部精神生活和现实生活都推广为爱情，集中为爱情，转化为眼前要采撷的红豆，珊瑚般的红豆。那么，为什么“此物最相思”？理性地分析，红豆既有其自然的属性，它形扁圆，色艳红，有光泽，小巧可爱，呈现出赏心悦目的形式美；又有其社会的属性，它历史地沉积着爱的情愫，曾无数次成为青年男女缔结情缘的最佳中介，成为双方传导爱和美的最适称的载体……

五、声色光影

无听之以耳，而听之以心。

——《庄子·人间世》

其妙处透彻玲珑，不可凑泊，如空中之音，相中之色，水中之月，镜中之象……

——［宋］严羽《沧浪诗话·诗辨》

黑白文化断想

黛瓦粉墙，抽象地说，也就是黑与白，这是苏州园林建筑的主色调。

园林里的万紫千红，没有比黑色更深更暗，也没有比白色更淡更亮。

黑与白，是矛盾的表现，对比的色相，它们不仅是众色的主宰，而且自身表现为既相反又相成，其中有着极深的文化义涵。

西方色彩理论认为，黑与白是色彩序列的两极，因而称之为“极色”。但是，这种“极色”的深刻意蕴，还可到中国哲学里去作多方追寻：

其一，《老子》哲学中的“知白守黑”。

其二，作为中国人智慧结晶的《周易》哲学。“一阴一阳之谓道”，这在色彩的表现上，就是一黑一白之谓“道”。《周易参同契》就有“黑白相符”（一作“黑白相扶”）之说。

其三，由“易有太极，是生两仪”发展而来的“太极图”。先哲们用黑白二鱼为象征，代表“太极”这个“道”的显现与衍化。黑是阴，白是阳，二鱼首尾相抱而成滚动的圆。白鱼的黑眼为至阴，黑鱼的白眼为至阳，这又意味着阳中含阴、阴中含阳的互补互动。它洗尽尘世浮华，是对宇宙生化的宏观概括，象征着两极的永恒律动。而所谓太极，“太”就是“大”，“极”就是“至”。苏州园林建筑的黑白构成，恰恰契合于至高至大的阴阳两极。

其四，是“河图洛书”，其中河图也是由白圈点和黑圈点所组成的哲理图像。其偶数为黑圈点，代表阴；奇数为白圈点，代表阳……

高墙深院式的苏州园林，就被黑与白这两种至高至大的“极色”主宰着，范围着，生化出无穷无尽的色彩和景观。

苏州城市民居和苏州园林建筑，其同构性是均取粉墙黛瓦形式。它们之间是大环境与小环境的关系，大环境包围小环境，小环境辐射大环境，这也是一种辩证的互动。

苏州平江路新建民居，是一个粉墙黛瓦的典型案例【图33】，其引人注目的侧立面山墙，高出于屋顶而呈阶梯状，不作斜线而呈直角的梯级，中间的“山”高，两边的“山”低，为三山屏风墙。其墙体主要为大片白粉墙，由每一进屋的山墙与天井的界墙相互连接而成，并且等距地延续；而其顶部则一律覆以黑色的短檐，构成优美的黑白相间、高低错落的天际线；而墙上一个个简素的漏窗亦饰以黑色短檐，又体现为实用和美观的完满结合；至于墙体下部的“勒脚”，又用杂色砖露砌，体现了特定的文化意趣，并以其“粗”衬托得上部墙面分外细腻、光洁、白亮。

【图33】苏州平江路新建民居（虞俏男摄）

中国有“五色说”，其排序是红、黄、蓝、白、黑，并认为与红、黄、蓝相比，唯有黑与白是独立自存的色彩。而在西方，主要一派则是“六色说”，即白、黄、绿、蓝、红、黑。达·芬奇在笔记中写道，有些哲学家反对把黑和白置于色彩序列中，因为白是“一切颜色的本源”，黑是“全无一切颜色”。但达·芬奇还是认为应将二者包括进去，列为六色。他把白作为第一种简单色，接着依次为黄、绿、蓝、红，而黑处于第六。直到19世纪，车尔尼雪夫斯基还说，黑和白“并不是什么颜色”，因为白是“一切颜色的结合点”，黑是“缺乏任何颜色的表示”。这些色彩哲学思想，均有其合理之处，如再要作进一步的概括，则可说，黑与白都是“非彩色”，而其他诸色都是“彩色”，这又是一种二分法。而颜文梁先生则指出，光和色不能分家，而对人的视觉来说，包括光觉系统（黑白浓淡的“非彩色”）和色觉系统（包括种种“彩色”），这也是有条件的二分法。

达·芬奇同意白色是“一切颜色的本源”；车尔尼雪夫斯基则说，“黑白两色对随便哪种颜色都是一样适合的”。苏州园林的主色调证实了这些论述，园中包括花木在内的种种彩色，都是在白墙的范围中和映衬下有效地呈现的。试想，如把墙壁的这种“非彩色”换为这种或那种“彩色”，那么，园里的景物必然会由于和背景不太协调而大为逊色或黯然失色。所以陈从周先生《续说园》深刻指出，“园林中求色，不能以实求之……粉墙低亚，得万千形象之变。白本非色，而色自生……色中求色，不如无色中求色。”这段论园文字，言简意赅，既契合于追求“无色处之虚灵”的中国绘画美学，又契合于崇尚“大象无形”的中国道家哲学。

苏州园林建筑的黑与白，白是本源，是大块面，诸色由此产生；而黑色屋面的错综延伸，恰恰能以最深之色明确地勾勒出丰富多变的天际线，同时，又能借黛亮白，使大块面的白色更清更亮。达·芬奇、车尔尼雪夫斯基的理论，还可以用来阐释中国道家的色彩观。《老子》说：“五色令人目盲。”《庄子》说：“五色乱目，使目不明。”这均颇有道理。过分强烈刺目的色彩，会破坏清虚恬淡的境界，有损“见素抱朴”的心目。道家崇尚无色之美、本色之美，对黑白这种“并不是什么颜色”“全无一切颜色”的“非彩色”情有独钟。故而《老子》说：“知其白，守其黑”；“处其实，不居其华”。

文人的园林生活，离不开琴、棋、书、画，而这四者也不同程度地联结着黑白文化。

七弦琴的琴身是黑，十三徽为白，组成美的造型，奏出美的音声。

至于围棋，韩愈《送灵师》概括道："围棋斗黑白。"宋代《棋经》云："枯棋三百六十，黑白相半，以法阴阳。"这是黑白的天地，其中阴阳相推而生变化。

中国画，尚水墨。传为王维的《山水诀》云："夫画道之中，水墨最为上。"《历代名画记》更说："意在五色，则物象乖矣。"潘天寿先生也说："五色缤纷，易于杂乱，故曰'画道之中，水墨最为上'。"此外，墨梅、墨兰、墨竹、墨荷、墨葡萄……也把人引向黑白构成的艺术世界，令人深悟色彩两极的高度概括力和高度表现力。

书法艺术，是黑白反差的世界，表现出黑白文化的极致。书法的载体，主要是黑白互涵的碑与帖。著名的汉碑，呈现为黑包围白；著名的晋帖，呈现为白包围黑。园林廊间墙上的书条石系列，也是白包围黑而黑又包围白，是不刺眼的柔和韵律。

苏州园林，是文人写意园，其意蕴深远的建筑主色，从某种意义上可说是太极二色的显现，道家哲学的投影，黑白艺文的拓展，而其"黑白锺灵秀、阴阳共协调"的建筑本身，也可说是文人写意画的艺术姐妹。它和水墨画一样，不施彩色而能"肇自然之性，成造化之功"。

民间艺谚说："白间黑，分明极。"

苏州园林黑色屋顶和白色墙壁组合一体，如碑帖一样，对比效果鲜明，分外醒目，这可谓黑无白不显，白无黑不彰。而灰色的水磨砖往往作为门框、窗框、勒脚等介乎其中，这种中性色，是黑-白的过渡与调和，同样属于光觉系统。

灰，和黑相比是"明"，和白相比则是"暗"；其实，白就是极明的灰，黑就是极暗的灰。在园林建构中，光度最高的白、光度中等的灰、光度最低的黑，三者有统一，有比较，有层次，有变化，构成了非彩色的色阶序列。它是如此地质朴无华，有助于实现文震亨《长物志》所要求的"门庭雅洁，室庐清靓”。徜徉于苏州园林，是一种心灵的净化。它可以抑制激动，宣泄郁闷，调整心态，缓解矛盾，怡情适意，乐志悦神。

（原载《苏园品韵录》，上海三联书店2010年版）

光：艺圃景观群的母题

——兼取西方现代美学视角的解读

19世纪末，现代主义–印象派创始人之一的法国大画家爱德华·马奈宣称，“一张画的主角是光”，认为色也是光的产物，所以他开始提倡户外写生。从此，印象派画家们笔下，色彩退居次位。稍后，印象派另一创始人克劳德·莫奈终于创作出光辉灿烂、色泽明亮的油画《日出印象》，成为印象派轰动一时的经典之作。

“一张画的主角是光”，此话肯定不全面，但也有其独创性和启发意义，至少可以启导人们换一个出发点，或者说，参考现代西方的审美观来审视和解读中国艺术的美。

如以这一视角来观照苏州的文人写意园——艺圃，那么也可以发现：光，在该园确乎被尊为主角，奉为上宾，成为园中景观群的母题。这突出地体现在景点的品题上。

如“延光阁”的东厢房，题为“旸谷书堂”。“旸”，意为日出。旸谷是神话传说中太阳所居之地。《尚书·尧典》：“分命羲仲，宅嵎夷，曰旸谷。”太阳是光明的使者。安娜·西格斯在《青春长在》中，把月亮和太阳相比，说了一句很精彩的话：“太阳在人心里激起行动的欲望——月亮引起感情。”是的，在古代的中国也是如此，为了迎接太阳的升起，武人们闻鸡起舞，这是激起行动；文人们破晓攻读，这也是激起行动。艺圃的“旸谷书堂”，令人悬想古人在园里奋发勤读、讲学雅游等有意义的行动。

艺圃南部假山最高处，原有“朝爽台”。朝爽，是日出后的山间爽气，典出《世说新语·简傲》中王徽之的名言：“西山朝来，致有爽气。”这里现有“朝爽亭”，亭内曾有二联：

山黛层峦登朝爽；水流泻月品荷香。

漫步沐朝阳，满院春光堪入画；登临迎爽气，一池秋水总宜诗。

朝爽亭附近，不论是春日，还是秋天，常常是生机蓬勃，爽气清佳。人们沐浴在阳光下，登临于山水间，而这类游豫清兴，也离不开“太阳在人心里激起行动的欲望”。

艺圃中部，有一个苏州园林里最大的水榭——延光阁。“延光”二字，是绝妙的双关语。从内容美方面来解读，是承袭、延续前人的荣光，这符合于艺圃曾有一段广为人们称颂的光辉历史；从形式美方面来接受，也就是别开生面地把“光”请进来作为主角。延者，请也。光者，形式美之重要因素也。

水阁面阔五间，南向一排绮窗，连续展延。阁内，窗敞开着，它隔水的对景，是朝晖灿烂、爽气氤氲，或夕照辉耀、山岚浮动的朝爽亭假山。人们透过系列窗棂以观，可见其既如横向展开的中国画山水长卷，又如西方印象派“外光作业”所绘就的发光的油画。总之，令人精神振奋，心情舒坦！

【图34】艺圃延光水阁之延辉成趣（梅云摄）

水阁设有雅座，于此可以品茗。开阔的南窗延进日晖【图34】，让人接受日光洗沐，但尤应品赏的是，水阁面临宽阔的水池，挑出于水面之上，日晖照射在波光鳞鳞的水面之上。反射光穿窗入户，变灭不定地跳动和嬉戏在室内顶上的梁椽、望砖之间，成为阁内极其活跃而又讨人喜爱的角色。它旋生旋失，变幻莫测，可欣赏而难于捕捉。这种光影的现象美，正是遥远地从“旸谷”延请来的嘉宾贵客。这令人联想起苏州畅园的小亭，名曰“延辉成趣”。其实，“延光水阁”的光趣，更能休现“延辉成趣”的主题，而且其趣无穷！

上引西格斯语在和太阳对比时说，“月亮引起感情。”在艺圃，确实也是如此，园中不但迎朝爽，延日晖，让人享受、品赏种种阳光之美，而且还着意引人领悟、体味月色之美，从而引起人们的深情，孕育人们的诗意，启发人们展开想象的彩翼。例如：

“朝爽亭”曾有联语：“水流泻月品荷香”。一个“泻”字，想象月光如同流水似地倾泻，多么富有诗意……

“博雅堂”不但有“浴鹤晴辉”“乳鱼朝爽”等联语，而且联中还有“满池春光，盈亭皓月……”一个“盈”字，描绘出一派溶溶月色，充溢在亭堂内外……

“响月廊”有联语：“踏月寻诗临碧沼……”在水滨廊间，既“踏”又“寻”，可见，遍地有月，遍地也有诗……

至于“响月廊”，其名颇难解读。清人汪琬有《响月廊》诗云：

回廊何窈窕，所忻夜景清。

澹澹露华积，迢迢汉影横。

渐见高梧木，徘徊圜魄明。

汪琬不愧为清代“国初三大家”之一，短诗极富意境，廊前、月下、天际，一片澹澹露华，一派洁净空明，而诗人将月的声响留于言外，让人思而得之。那么，响月之秘究竟何在？月亮怎么会发声？于是，有人百思不得其解。而这问题若不解，就不能真正读懂艺圃。其实，古今中外文学艺术作品里，日月星辰发出声响的并不罕见。

在古代，例如：

李贺《天上谣》诗云：“天河夜转漂回星，银浦流云学水声。”天上银河、星星，居然学起流水的声音，或淙淙，或潺潺，或哗哗……李贺《秦王饮酒》

诗云:“羲和敲日玻璃声。”羲和是给太阳赶车之神。他敲打着太阳，好像敲着圆圆的玻璃盘，发出铛铛之声，真是神思飞越，想落天外。苏轼《夜行观星》诗云，“小星闹若沸”。小星居然也闹得沸沸腾腾，这不是发出声响了吗?

王贞仪的园记散文，名为《听月亭记》,“月”如果没有一点儿声响，作者和读者们怎么去侧耳倾听?小说《金瓶梅》描叙内相花园，最后写到了“听月楼”。这一名称虽然较虚，却又是最有诗情画意的品题……

再看现代，例如:

著名诗人宗白华结集于1923年的《流云》小诗，有《东海滨》:

今夜明月的流光

映在我的心花上。

我悄立海边

仰听星天的清响。

诗人仰听星的清响，但这不是“听之以气”，而是《庄子》的听之以“心”。明月的流光、星天的意象，呈于目，感于耳，会于心——诗人的一颗灵悟之心。这类小诗，在我国新诗刚流行不久之际问世，犹如吹来的一阵清新之风!《东海滨》是当时小诗派的代表作之一。

当代诗人丁芒的《枫露抄》里，有一首《月光，在林中喧响》:

月光，发出金属的响声

铜钹般清脆，浏亮，

夜惊散了，化成轻烟

在树枝间缭绕盘旋。

这就更为具体形象了，月光竟然发出金属般清脆、浏亮的响声，似乎可以听到。诗人“搜求于象，心入于境”(王昌龄《诗格》),完全让视觉和听觉相通了。

再看在西方音乐创作史、欣赏史上，也不乏月-声相通的佳例。法国印象派作曲家德彪西的钢琴曲《明月之光》,正是用金属般的乐音、清脆浏亮的和声来激起人们对于月光之妙想的。而贝多芬的《第十四钢琴奏鸣曲》,

也被一位德国诗人称为瑞士琉森湖上的月光……

人类不断地复杂化的感觉，愈来愈变得可以互为挪移、相与沟通。对于声光的相通，还可作进一步的索解。首先，西方哲人培根说："音乐的声调摇曳和光芒在水面浮动完全相同。"而恩格斯的《自然辩证法》则写道：

我们靠着视觉、听觉、嗅觉和触觉而体验到的属性……是绝对不同的。但是就在这里，这些差异也随着研究工作的进步而缩小。嗅觉和味觉已被认为是出自同源和同属一类的感觉……视觉和听觉二者所感知的都是波动……

这最后一句，科学地揭示了光波和声波的异质同构性，正因为如此，二者容易引起对应性的心理反应，使人能感到光的摇曳可通向音的浮动。

其次，从形的方面看，杲杲出日、长河落日，或三五之夜皎如飞镜的明月，都是圆圆的，而玻璃盘以及作为打击乐器的铜锣、铜钹等则是既圆而又能发声的，而且其声清脆，响亮。于是，人们凭借以往所积累的记忆表象，甚至历史文化积淀，融入当下诗意的想象，就会迁想妙得，让"明亮"通往"响亮"，感到日、月及其光亮都能发出声响了。

画面闪烁，诗情荡漾，乐韵浏亮——"响月廊"之名，可谓高雅清朗！

艺圃，是一个光影之园，那一系列景观的品题，发人神思，逗人遐想。令人想起它时而如莫奈的油画《日出》，时而如李贺异想天开的诗篇，时而如贝多芬钢琴奏鸣曲《月光》……它既是古典的，又是现代的。

（载《苏园品韵录》，上海三联书店2010年版）

壁间的“色散”之美

——对一张光谱化照片的微观分析

这是一张景观照片，一张拍摄“野航”洞门壁间阳光变幻的奇特照片【图35，见书前彩页】。

苏州拙政园中部的集萃型画舫名为“香洲”。画舫的后舱为二层楼阁，称“澂观楼”，楼下一层有后门，门外墙上有砖额，题曰“野航”。此品题之妙在于，它引领人们的想象跟随着画舫来到郊野的渡头，令人想起唐代诗人韦应物《滁州西涧》的名句:“野渡无人舟自横。”其意境空间绝佳。

再看“野航”洞门，门内设有遮挡后舱楼梯的隐壁。于是，八方式洞门内就出现了层次和深度，壁间又悬小屏条四幅，更见形式的丰富，加以“野航”品题的魅力，故而摄影家们常把镜头瞄准这里。

此时此刻，赤乌业已西斜，将沉未沉，其无力的光华经过有一定湿度的空气的折射，其作用有如棱镜色散系统的分光，在此壁间发生了部分“色散”现象。于是，阳光作为复色光，不完全地被色散为按波长排列的单色光；或者说，斜阳在“野航”墙面上所投大片的光，已不完全地光谱化了。

试看，墙面中间是纯白色，其边缘却晕出淡淡的红色、橙色、黄色，而墙上树叶的投影，则变成了淡紫灰，当然，它们同样地也在洇化着，变幻着。再看八方式洞门之内，被浓浓阴影包围的壁间又自不同，出现了澄澄的黄，边缘光晕则更红，而所悬四屏条的不受光处，呈深赭；受光处，呈朱红；树干之影投在最右面的屏条上，叠印为黝黑……从总体上看，门内的色调对照，显现得无比美妙，成了画面构图中最引人注目的亮点。这些，都需要有心人以一双画眼去细细辨析、慢慢品味。

德国古典哲学大师黑格尔在《美学》里曾指出："在山水风景画里，一大片光亮部分和很浓的阴影部分的大胆的对比可以产生最好的效果。"这一论述，不但适用于八方式洞门之内的对比，洞门内外的对比，而且适用于作为画面主体的"野航"门墙与其左右景观的对比。

先看其左面：为绿荷、烟柳、亭树，一派有层次的寒色，与"野航"门墙的暖色形成对比；而其右面，则是玉兰堂的后檐廊，其合角方门外，人影景物处于最暗处，隐隐约约，若明若暗，作为深调，与门墙上的亮色——光的色散，又是一种对比……

统观照片这整个三个部分，再以黑格尔《美学》的话来细析，"正是光的返射、放光和返光，这种奇妙的光的呼应，造成一种特别生动的明和暗的自由闪动"。作为有心人，摄影家不失时机地捕捉到了这种壁间的"色散"之美，这种奇妙而生动有趣的对比，这种明和暗的自由闪动……然而，戏剧性的光谱变幻，往往不被缺少画眼的人们所察觉，所感知。

（载《园冶句意图释》，中国建筑工业出版社2019年版）

"写影"之美探秘

——兼谈赏园与造景

传统画论，对不同品类的画有着特殊的称呼，如把画人物称作"传神"，把画花鸟称作"写生"，把画兰竹称作"写影"。

墨兰、墨竹的"写影"，所画似乎是间接的，不清晰的，与原形、原色颇为不同，然而，它的美却别有一番意趣。

据说，首创画墨竹的，是五代后蜀的李夫人。她月夜独坐南轩，发现婆娑的竹影映在窗上，妙趣无穷，于是画兴勃发，用笔就着窗纸摹写竹影。这幅“生意具足”的“写影”作品，就是墨竹的滥觞。直至清代的画竹大师郑板桥，也把窗外一片竹影称作“天然图画”，并说，他画竹无所师承，多得于“纸窗、粉壁、日光、月影之中”。

隔了窗纸的竹影，为什么如此富于美的魅力？在中国绘画史上得之于光影中的墨竹，为什么其数量和成就远远超过色竹？此中美学奥秘，值得深入一探。

汪之元《天下有山堂画艺》这样指出：“凡画皆摹写形似，唯墨兰、竹只写影。写影者，写神也。”他认为除了墨兰、墨竹外，其他画种都只是“摹写形似”，此论不免偏颇。但是，最后的结论却十分警辟，提出了“写影就是写神”的美学论断。

对此，如进一步追问，为什么“影”和“神”存在着这种特定的联系呢？这可借助于西方克莱夫·贝尔的“有意味的形式”的理论来探究和阐发。这位美学家认为，真正的艺术离不开“简化”，因为简化能把有意味的东西从大量无意味的东西里提取出来，这可说是一种“提纯”的过程。

李夫人、郑板桥所发现窗上、墙上的竹影，正是一种“简化”，一种“提纯”。首先，竹影改变了现实的空间关系，把立体之竹平面化了，亦即把真实之竹大量无意味的枝叶叠合于同一个平面之上，这实际上也就是把它们统统删削了，其中包括真实之竹无关紧要的细枝末节。其次，竹影又把有色之竹无色化了，变成了白色背景上的黑色影像，这也是一种提纯性的简化，但不只是形的简化，而且是色的简化。对于冗繁的色彩世界，它只是提取黑、白这两个光度极限，使得“画面”出现了强烈的对比、鲜明的映衬，显得分外清晰耐看。这样，窗上、墙上的竹影，可说在形、色两方面“省却”了画家的剪裁技巧和删削工夫。

再读读郑板桥画竹的切身体会：

始余画竹，能少而不能多；既而能多矣，又不能少；此层功力，最为难也。近六十外，始知减枝减叶法……此幅似得“简”字诀。（《题画竹》）

四十年来画竹枝，日间挥写夜间思。冗繁删尽留清瘦，画到生时是熟

时。(《题画竹》)

删繁就简三秋树，标新立异二月花。(自书所撰联)

这些趣味横溢的论说，既生动、形象、具体，又异常深刻而警辟，确实是积累丰富的艺术经验之谈。

“多”，这是充斥于现实中的无意味的东西；“少”，这才是现实向艺术美的升华。郑板桥画竹之所以能臻于炉火纯青的境地，主要是经过数十年的艰苦摸索过程。他开头是能少不能多，既而又能多不能少，亦即不善于“删繁就简”，直至近六十岁，始知“减枝减叶之法”。郑板桥所概括的这个“简”字诀，与西方贝尔关于“简化”的美学理论可说异曲而同工。

郑板桥“简”字之悟，还由于深受“纸窗、粉壁”的启迪。日光、月影照射在竹上，毫不可惜地删削去大量无意味的“繁冗”，留下了少量有意味的“清瘦”，使窗上、墙上出现了“有意味的形式”，这就取得了“以少少许胜多多许”的审美效果。可见，“写影”所作的“提纯”，实际上就是“提神”。据此也可以得出结论：墨竹之所以被称为“写影”，是因为它能删削形、色之繁冗，从而通过“清瘦”之影，以凸显竹之神韵。

文学家也喜爱“写影”，并多有脍炙人口的名句传世：

写人物之影，有李白“举杯邀明月，对影成三人”之句。月光下，诗人与自己之影为伴，从而解除了寂寞，平添了情趣，倍增了美感。还有苏轼“起舞弄清影，何似在人间”之句，对此清幽的美景，诗人感到所处已非人间……

写景物之影，有林和靖“疏影横斜水清浅，暗香浮动月黄昏”之句。人们透过薄薄的夜色，朦朦的月光，领略到梅花疏疏的倩影之美和淡淡的神韵之美。正是这种淡雅幽静、独一无二的美，使得“暗香疏影”成了梅花的代称。再如宋代词人张先，以善用“影”字名播词坛。其中最著名的写影名句有三，因而被称为“张三影”，其《天仙子》中的“云破月来花弄影”一句，更是千古流传。

唐宋以来，文艺作品中多有以传神妙笔写花竹之影上墙、上窗者：

廊下，月和疏影上东墙。(宋·苏轼《少年游·元丰五年七月六日……集古句

作墨竹词》)

竹月风窗弄影。(宋·陈师道《西江月·席上劝彭舍人饮》)

北窗晚，娟娟静色，竹影上帘旌。(宋·毛滂《满庭芳·夏曲》)

粉墙花影自重重。(明·高濂《玉簪记·琴挑》)

一片竹影零乱，岂非天然图画乎？凡吾画竹，无所师承，多得于纸窗、粉壁、日光、月影中耳。(清·郑板桥《竹》)

【图36】留园粉墙光影如画(陆峰摄)

花竹之影上窗、上墙，疏疏密密，横斜生动，既如李夫人笔下的“写影创意”，又如郑板桥所说的“天然图画”，让人品味不尽。笔者在此据苏轼“廊下，月和疏影上东墙”之名句，选赏一帧摄影佳作【图36】。这是苏州留园中部廊侧的大片粉墙，拥有较大的受影面，摄影家以其敏锐的目光，发现了摇曳的竹、参差的树被日光恰到好处地投影其上，构成了一帧水晕墨章、气韵生动的泼墨画。它令人或想起杜甫“元气淋漓障犹湿”(《奉先刘少府新画山水障歌》)的著名诗句；或想起“一色以分明晦，当知无色处之虚灵”(笪重光《画筌》)的精彩画论；或想起“以粉壁为纸，以石为绘”(计成《园冶·掇山·峭壁山》)的园林美学……

古往今来，画家、文学家们“写影”的艺术经验丰富而又多样，已积淀为一种细致精微、品位极高的审美方式。它既主要地来自园林品赏，又无疑能为园林品赏提供一种参照。

明代扬州的“影园”颇为“著名”，这是由于大画家董其昌经过扬州，发现了此园处在“柳影、水影、山影之间”，遂题书“影园”二字以赠，此名极富美学意蕴，可以独魁于中国园林史。影园还是郑元勋的好友——园林大师计成所造，计成《园冶》中也颇多赏影之句，如“梧阴匝地，槐荫当庭”；“修篁弄影”，“窗虚蕉影玲珑”；“悠悠烟水，澹澹云山”；“动‘江流天地外’之情，合‘山色有无中’之句”……闭眼默想其“不尽数竿烟雨”一句，脑际就浮现出一幅韵味隽永的墨竹。

回眸古代园林史可以发现，唐宋以来不乏关注山影、水影、柳影、竹影之美的实例。

在宋代，苏舜钦的《沧浪亭记》写到，当时所选园址是“前竹后水，水之阳又竹，无穷极，澄川翠竿，光影会合于轩户之间，尤与风月为相宜”。从这一记载可想见，水、竹、月、光影、轩户……这些元素的会合，必然会在审美的视域中呈现出“月和疏影上东墙”之类的优美景象来。苏舜钦的选址，说明了他在造园之前，就注意了“选光”“选影”，这一审美经验值得珍视。

在明代，上海有豫园。潘永端在《豫园记》中写到，自山径东北下，有“留影亭”。在清代，圆明园有“影山楼”，题名极有画意。清帝乾隆《影山楼》诗云：“潇洒山楼号影山，每来消得片时闲。难拈七字徵名象，为在虚无缥缈间。”从题名及咏园诗来看，是删削了繁冗，潇潇洒洒地把捉住了虚无缥缈、气韵生动的山影之美。

再看苏州现存的拙政园，特别是在西部树冠丛中，巧妙地留出一路虚灵的视觉走廊【图37，见书前彩页】，把远方北寺塔的亭亭塔影借来园中，这堪称出色的大手笔。而每当夕晖映照之时，塔影就会显现其泯却细节，渐趋模糊之美，特富远韵。而当雨雾溟蒙之际，更会显现其“删繁就简”，隐隐约约之魅，令人击节赞赏不已。又如现代所建的虎丘万景山庄，其洞门上有“塔影松声”的砖额。四字既突出钻进耳管之声，又突出映入眼帘之影，这种美就不再是单一的、浅近的，而是富于远致了。园中塔影桥还有联曰：“横波留塔影；跨岸接山光。”这是把影和光作为审美对象成双作对地提供给了游人。

在园林里，“捕风捉影”是对美的追求。如山水画家董其昌题园，赞赏影园的“柳影、水影、山影”；大写意花鸟画家徐渭论画，要求“令人舍形而悦影”；小品文名家陈继儒审美，主张“花看水影，竹看月影，美人看帘影”；竟陵派文学家、《梅花墅记》作者锺惺品园，更总结出“慧者灵于部署，达者精于承受”的赏园、造景之理……

从总体上看，园林界与画家、诗人、摄影家们相比，似乎对影的敏感还稍逊一筹，似乎在这方面还缺少普遍的关注。愿园林的设计者、建造者、拥有者、品题者、欣赏者和管理者们，心里和眼里多一些影，从而让园林里更多一些影美的种种表现！

（原载［南京］《雨花》1981年第5期）

艺镜缘上篇：漫话镜子

镜子，它或圆，或方；或短，或长。有光滑平面，能照见形象。其制作古今不同，今天用平面玻璃涂以水银制成；古代则用青铜铸成厚圆片将其磨光。这就是古人所谓“以铜为鉴，可整衣冠”；而用《红楼梦》里贾宝玉的谜语说，则是“象喜亦喜，象忧亦忧”……

对于镜子，人们司空见惯，不以为奇。然而，从古到今，从外到中，且不说人们日常生活少不了它，就说艺术和美也早就和它结下了不解之缘。

在欧洲艺术史上，古罗马的西塞罗最早把艺术和镜子相比。文艺复兴时代，意大利的达·芬奇、西班牙的塞万提斯、英国的莎士比亚等，都曾以不同的方式把艺术比做镜子。这种艺、镜之喻，在一定程度上代表着这个辉煌时代的文艺主潮。以后，司汤达、雪莱、巴尔扎克、雨果……也均曾从不同的创作立场出发，提出过精彩的、警辟的镜子之喻。

这里只说大画家达·芬奇的比喻。作为一代艺术大师，他认为“画家的心应当像一面镜子，……如实反映安放在镜前各物体的许多色彩”。从这一比喻可见，镜子的重要特点是：展现在面前的是什么，它就摄进什么，反映什么，其一切再现，都是如实的、有形有色的。由此再来看欧洲这一系列艺术大师的作品，它们不论以何种方式来反映，但其中的茫茫人生、万千形象，总是不粉饰，不做假，一切都是活生生的真实。当然，这种如实反映，又如大师们所说，是集中的、高度凝聚的，而且是各有个性特色的。

中国美学也爱让艺、镜缔结良缘，但是，又和西方有所不同，甚至判然有别。中国艺术家照镜子，除了注意它的“如实”外，还特别强调它的“虚幻”。传为唐代司空图的《诗品》称高度洗练的诗为“空潭泻春，古镜照神”；宋代严羽的《沧浪诗话》，更要求诗的意境应如“空中之音，相中之色，水中之月，镜中之象”。总之是，“可望而不可置于眉睫之前”……

那么，“镜中之象”究竟有什么特点呢？这用科学的语言说，它并非实物，而是光学成像；用美学的语言说，是亦真亦幻，似实还虚，它捉不着，摸不到，诗论有“景虚而有味，景实则无趣”，“若水月镜花，勿泥其迹”的说法。这又说明了“镜子”除了“如实照形”外，更兼有“虚幻摄神”的特点。

正因为如此，古代诗人们爱从镜里赏景，并付诸吟咏：或是“卷幔山泉入镜中”，或是“晓窥青镜千峰入”，或是“溪光合向镜中看”，或是“镜里云山若画屏”，或是“隔池峰入镜屏青”……这类诗中之镜，镜中之像，无不是“可望而不可置于眉睫之前”的美妙传神的画图，而这些佳句，也大多在历史上广为流传，宋代绘画美学家董逌《广川画跋・书秦宫对镜图后》更说：“举镜照景，景出无穷，每一景中作一相……”

中国园林也喜与镜子结缘，通过“镜中之象”，或扩大空间，或生发画意，或美化景象，或造成幻觉……从而既能“如实照形”，又能“虚幻摄神”，照出“虚而有味”“形神兼备”的种种不同的艺术空间形象。

在吴江退思园，临池有面阔三间的“菰雨生凉轩”。此轩实际上是较大的厅堂，堂外包括池周的风物在内，是一个敞豁开阔的“旷如空间”。该园在轩里设置了特大的横向壁镜一面，这就把池上偌大的空间翻了一番，并以此作为明间的背景，于是，轩内水光楼影，广远不尽。退思园本以贴水园著称，现通过壁镜把中心水景区作了极大的拓展，这就极富艺术景效。

在苏州怡园，西部转折处有“面壁亭”。这里是一个曲邃的“奥如空间”，其周围极其狭隘，不足回旋。但该园在亭壁设置一镜，就把原来无景的墙壁，化为光影闪烁的画面、虚灵飘忽的艺境。它的妙处，是把亭对面十分逼近的假山石壁、花树藤萝等统统推远了，并把这些熟悉的景物全给陌生地反过来，使人油然而生新鲜别致之感或似曾相识之感，从而让人们把这些景物再重温一下，再品味一遍。此镜之设，真可说妙手回春。人们如进一步按“面壁亭”亭名的指向，面对壁镜，就可能或顿悟达摩祖师“面壁”的真谛，或体会禅宗、儒家养性修身的奥义，或联想起怡园进门处董其昌的书碑:“静坐参众妙”……于是这里的物质空间虽然有限，精神空间却变得无限了。

【图38】网师园月到风来亭镜景（郑可俊摄）

苏州拙政园有作为经典的画舫——“香洲”，其中舱后部也设置一镜。它的作用，首先是把中舱和后舱的空间分隔开来，人们只能从镜侧之“门”进出，这就增加了画舫内部的层次和景深。除了这种分割空间的作用外，它还有“以镜代画”的功效。按理，中舱往后舱的两门之间最好有一“中堂”型的画屏，而镜子在这里恰恰如画地摄入了画舫对岸的绿树华轩等等，赋予其空明感，并将镜中景物推远，还给这些景物加上一个“画框”，从而摒除了框外的杂景，让人集中视线来欣赏。

网师园“月到风来亭”的廊壁也有一镜，映出对岸“竹外一枝轩”一带优美景色，宛同一帧重重叠叠、景深不尽的界画楼阁【图38】，其实此镜不过是一个平面而已。人们如再按照“月到风来”的品题，在三五明月之夜来到这里，于镜中不断变换方位、视角，捕捉那“月到天心处，风来水面时”之妙。这样，人在镜前有跬步之移，镜中的天地就有微妙之变。真是寻寻觅觅，真真假假，隐隐约约，朦朦胧胧。于是，心目之际会浮现出画意、诗情、哲理的交织，而“镜中之象”“水中之月”“神与物游”“大象无形”等艺术哲理，也会化为若即若离的意象、境界……

艺、镜结缘见新奇。镜中所现之象，它不但似真还假，似熟还生，而且光明洞彻，透剔空灵，闪亮耀眼，奇妙晶莹，既如发光之油画，又如琉璃之世界，还如水晶之天地。这，在园林美学里就称作“镜借”或“镜景”。

（原载［上海］《艺术世界》1983年第1期）

艺镜缘下篇：倒影之魅

镜，古代也称之为“鉴”，不过，“鉴”最早的用法与镜有所不同。往前追溯，周代的“鉴”虽然也是青铜制造的，但却是用以盛水照影的大盆。可见，当时的人们已发现水能照见自己的倒影。正是这倒影之魅，促使人们创造了早期的镜子——鉴。

后来，镜和鉴就是一个意思了，如绍兴著名的镜湖又称鉴湖，但不论称镜湖还是称鉴湖，它的美，也还都离不开水中的倒影。

水中倒影，确实是美的。19世纪俄罗斯美学家车尔尼雪夫斯基曾赞道：

水，还由于它的灿烂的透明，它的淡青色的光辉而令人迷恋；水把周围的一切如画地反映出来，把这一切屈曲地摇曳着，我们看到水是第一流写生画家。水由于它的晶莹的透明而显得美……

这里生动地描绘了出水及其中倒影之美。但仔细想来，这种倒影不但离不开水，而且离不开光，水的那种“淡青色的光辉”“灿烂的透明”能离开光吗？此外，有时还离不开风，正是风使水“屈曲地摇曳”，于是，倒影才呈现出变幻不定的美。

倒影，是水的写生，光的设色，风的表演，是水、光、风、物（岸上景物和天光云影）协力创造出来的杰作。

中国文化史上，由于上古以“鉴”盛水照影的延续性影响，文人们特爱把倒影之水比喻为“镜”，从而展开丰富的审美联想。如：

山阴道上行，如在镜中游。（唐《初学记》引晋·王羲之语）

舟如空里泛，人似镜中行。（南朝陈·释惠标《咏水》）

人疑天上坐，鱼似镜中悬。（唐·沈佺期《钓竿篇》）

人行明镜中，鸟度屏风里。（唐·李白《清溪行》）

曾与印持诸兄弟，醉后泛小艇，从孤山而归。时月初上，新堤柳枝皆倒影湖中，空明摩荡。如镜中复如画中。（明·李流芳《题孤山夜月图》）

在古代这些优美的诗文里，舟可在空中泛，鱼可在镜中悬，人可以镜中行，又可以在天上坐……这些景象，既真又幻，既实又虚，确乎“如镜中复如画中”了。

在现代，在风雨如磐的黑暗岁月，由于倒影有其魅惑力，故而鲁迅先生还将其作为理想美来追求，其散文诗《好的故事》写道：

我仿佛记得曾坐小船经过山阴道，两岸边的乌桕、新禾、野花……都倒影在澄碧的小河中，随着每一打桨，各各夹带着闪烁的日光，并水里的萍藻游鱼，一同荡漾。诸影诸物，无不解散，而且摇动，扩大，互相融和；一融和，却又退缩，复近于原形。边缘都参差如夏云头，镶着日光，发出水银色焰……

描写是精彩、细腻的。这种永远无尽地展开的动态倒影，鲁迅赞之为

“美丽，优雅，有趣”，它寄托着鲁迅对未来之美的憧憬。

在园林里，各种构成要素如建筑、山石、花木，都可以在水里显现其倒影的美。例如楼台亭阁：

水底罘罳出，萍间反宇浮。（南朝梁・萧纲《水中楼影》）

飘飘似云度，亭亭如盖浮。（南朝梁・王台卿《咏水中楼影》）

绿树阴浓夏日长，楼台倒影入池塘。（唐・高骈《山亭夏日》）

高高的城角门屏从水底出来，弯弯的翼角反宇在萍间浮现，飘飘似云，亭亭如盖，它们连同绿树等一起在水面映现、荡漾，这是何等奇幻迷人！明代绍兴的寓园，水中央有“浮影台”。祁彪佳《寓山注》写道：此处“翠碧澄鲜，空明可溯，每至金蟾蹩浪，丹嶂回清，此台乍有乍无，上下于烟波雪浪之间……《水经注》所云：‘回峙相望，孤影若浮。’似为写照矣”。这种台之倒影的创造与欣赏，也很有审美价值，惜乎早已消失在历史的烟雨之中。而今，苏州拙政园西部仍有倒影楼，是特地供人们观赏“水中楼影”之魅的，如果同时再诵读着上引诗句来品赏，便会更增意趣。

这里不妨品赏一帧照片中建筑倒影的动态美【图39，见书前彩页】。吴江古镇黎里有一座望恩桥，桥栏、桥身、圈拱的石材之杂，表明其日消月铄的苍然古意，而此古桥的阴影，混和着水色、天光杂糅于水面，其形其色无不解散，且屈曲地摇曳、荡漾、扩展、退缩，相与嵌合，互为融和。而此桥的石色之杂，更助成了这种形、光、色、影的杂然纷呈，这一无尽的幻相，是变灭不定、流动不居的美。尤妙的是，视线穿过桥孔，可见岸边契湖道院横向平展的黑瓦黄墙、白色的系列漏窗，稳定庄重，整饬鲜明，色彩丰富，它和动荡变幻的水面文章以及自身色彩斑斓的倒影相反，二者形成了静与动、稳与变的对比之美。

再品赏一帧照片中建筑倒影的静态美【图40】。图为常熟曾园“石州”水池，有九曲桥可至的歇山顶亭榭。是日也，晴朗无风，清池渟泓，平静如镜，几可烛须眉，而此榭虽被周围成荫的绿树所包围，所遮蔽，但仍可见其翼然的屋顶、林立的亭柱、精致的栏靠、白色的半墙、黄石所筑的台基，均倒映水中，空灵清澈，分外玲珑剔透，令人想起清人载滢《补题邸园二十

【图40】常熟曾园石州池中倒影（梅云摄）

景·凌倒景》诗序所云："值风静波澄，则水底楼台，历历可鉴。幻耶？真耶？非笔墨所能到也！"正是："尘翳天浴清，云衣水洗净，一片碧玲珑，俯仰澄心性。"生动的妙语，写出了历历可鉴的水底楼台给予人的美感。

又如塔，这是纵向凌空的多层建筑，其倒影更美，有咏塔影园诗为证：

凿池成塔影，结屋依山阿。疑是浮员峤，翻同写青娥。昔闻挂清汉，今倒映渟波……（文肇祉《塔影园次皇甫循韵》）

塔影卧晴澜，一枝自孤直。轻飔偶荡漾，宛宛千百折。（顾翰《偕竹畦弟泛舟虹桥》）

苏州虎丘山上有云岩寺塔，其附近曾有塔影园。该园特地凿池，将塔影连山一起引入池内。塔本是耸立天汉的，而今却倒映池中，二者一上一下，相映成趣。塔影一旦与水荡漾，屈曲摇曳成千百折，呈现出一种变形的美。

花木倒影水中，似更有魅力。如明代无锡寄畅园的水池。王稚登《寄畅园记》写到，园内有池，人们乘扁舟以游，"往来柳烟桃花间，烂若绣缋，故名'锦汇漪'"。在今天的寄畅园，依然可以领赏到这一如锦似绣、彩色绚烂的倒影景观。

再说峰石倒影，苏州现存园林颇多值得品味之例——

五峰园的池南，列有玲珑的太湖石五峰，人们如在池北取最佳视角，可看到五峰同时映入小小池塘，而且它们大小不一的嵌空洞穴也倒映水中，这是一个绝妙的景观。

留园，冠云峰前有不大的浣云沼。有人说这是给秀峰浣洗的，有人说这是给美人照镜的，然而人们站在沼前，还可发现秀峰的水中倒影更美。沼里以天空的蔚蓝色为底，秀峰的美姿倒映入水，已变了个样，上面还有睡莲，一片片圆圆的绿叶，与倒置的峰影相杂相乱，使峰影似藏又露，错综而幻变为形与色皆奇的图景，可谓别开生面！

镜水之用几乎是万能的，时与空，天象与地景……统统可容纳其中。计成《园冶》也赞赏镜水之美，书中一曰“清池涵月”；二曰“槛外行云，镜中流水”；三曰“池塘倒影，拟入鲛宫”……这些，无不是魅力之画，神游之诗。

倒影之魅，魅力无穷。愿人们多作“镜中游”！

（原载［上海］《艺术世界》1983年第1期）

斟酌色调，捕捉光影

——陆峰园林摄影作品赏析

在摄影的天地里，色彩，是动人的。然而，它的调子更令人倾倒，因此，摄影家们总爱对其细心斟酌，精心选择。在这方面，青年摄影家陆峰已初露峥嵘，其园林摄影作品就是出色的表白。

《树色入秋肥》，作品以如火似燃的明丽枫叶为主题，以园林屋宇的深色阴影为衬景，促成了红与黑的主客对话。画面上，枫叶不很多，并不如一般摄影那样，几乎满幅皆红，但却是上密下疏，聚散不一，富于参差错落的形式之美。同时，这一构思又着意给屋宇留出了较大的衬景空间。在这里，青黛色的屋戗、赭黑色的檐椽、乳白色的墙面……曲直交搭，深浅互映，横斜乘除，相杂成文，于是，构成了多层次的有效反衬。摄影家为强调秋红的主色，却在红色之外的阴影上做文章，使两种色相，两种块面呈现为有意味的对比和转换，这是成功地运用了“寓主意于客位”的艺术手法。

《满院春色入画屏》，可说是古典式的国画四屏条。它以网师园“殿春簃”书斋的系列长窗为框格，将院内的风光以及人物尽摄其内。由于巧妙地利用了书斋优美绝伦的“夔龙连璧纹”系列窗框作为画框，这就拍摄出四轴精丽幽雅、绿色宜人的画屏【图41，见书前彩页】。这四幅构图各异的屏条，可开可合，有碎有浑，或疏可走马，或密不容针，拆开虽逐物有致，合拢则更联络有情，特别是整体画中所留虚白，更有让灵气往来之妙用，而画中“点景”人物——院中两位赏景的少女，正在指点院中幽美景色，更成了通幅的“点睛”人物。该画不但可说“实处之妙，皆因虚处而生”，而且还可说，画上浓浓淡淡、浅浅深深的绿韵之妙，又因少女的红色衣衫而生。

《素波银辉》，拍的是拙政园西部雪后的波形水廊，白和黑主宰着。它色调素净、典雅、恬静、单一，但景物则是涟漪微漾，曲廊波折，上下互映，银辉闪烁，萧条中透露出春之消息，而其构图也随之有了变化，有了动感和起伏。游廊尽头微弱的红色——雪后斜阳的返照，则和《满院春色入画屏》的万绿丛中一点红一样，有着异曲同工之妙。这种微观的精心摄取，同样显示了摄影家的色彩敏感和就色调进行构思的能力。

意大利艺术大师达·芬奇十分重视对光的捕捉。他说，“看看亮光，并思量它的美吧！眨眨眼睛再看它，原来在那里的，已不知去向。”陆峰的摄影，善于抓住时机，捕捉光的穿射，光的颤动，光的协奏……

《墙上水墨》，就突出地表现了对影的难能可贵的捕捉。试看留园粉墙受影面上的映象，时淡时浓，时西时东，变动不居，摇曳随风，但随着咔嚓一声，就将其定格为一幅浑化脱化、气韵生动的淡墨画。这种无色处求色，无景处求景的潜心寻觅，是可取的。

《依依墨竹》，俨然一幅。烟光日影露气，浮动于疏枝密叶间，这固然是园林粉墙上可能捕捉到的题材，但是，画上大片空白处书以题跋，则全系别出心裁的独创，它让诗、书、画三绝在照片上互映生辉，无疑是借鉴了中国画的优秀传统。

《晨晖初照》，以山巅的沧浪亭及其周围草树为拍摄对象。其妙在于仅仅让强亮的晨晖照射在一小部分的古亭草树之上，率先给它们染上了耀眼的金色，而其他的近树远木、亭檐草阴，则依然带着浓浓的、深深的、暗暗的绿。这种表现，比阳光普照更具有动人的感染力，它通过一刹那短暂时间的拍摄，暗示出阳光不断照射的历时性过程，让人们似乎感受到沧浪亭正带着清新蓬勃之气，逐渐苏醒过来……

黑格尔在论绘画时，说过一句十分玄奥费解的话："光就是自然界的'我'"。撇开其先验论的迷雾，不妨把此话解读为：如果将自然界的色、形、光等形式美的因素作一比较，那么，画家、摄影家宁愿选择光来抒发其自我个性，或者说，自然界的光最易被用来表现艺术家的精神个性——主观化的"我"。陆峰作品里的光影正是如此，它开始体现出自我的个性特色。

还值得一赏的是陆峰摄影的标题艺术。

《树色入秋肥》，凸显的是秋叶的鲜红色调，然而标题中并不用"浓""鲜""艳"等字来加以强调，却着一"肥"字，以人体的肥瘦来代替红色的浓淡，这真是出人意料之外，然而，它又入人情思之中。因为从情感色彩学的角度看，红色属于"进色"，有膨胀感，所以，艳红可能生发出丰肥之感。一个"肥"字，如同诗中之眼，颇能冲击视觉，并且耐人寻味。

《日光穿窗影玲珑》，画面主角是沧浪亭"翠玲珑室"穿进系列窗棂的日光。其题化用了苏舜钦"日光穿竹翠玲珑"的名句，而苏舜钦正是昔日沧浪亭的主人。用其诗中"玲珑"二字，不但可指窗外的竹色，而且可指窗棂的花纹，还可指日光穿窗的可爱，同时，还寓有更为深远的意趣……

《童心》，以艺圃中形态不规则而极优美的山洞为框往外拍摄，以对面"延光水阁"横向展开的倒影为背景，突出了蹲在水边的老、幼二人的背影。他们身材一大一小，衣服一灰一艳……是那么的不同，然而，他们都同样地沉醉于水景的玩赏。其标题“童心”二字，不但是指儿童，而且更是指老人。从修辞格来看，这一摄影佳作的标题，是衬托、移就与双关的巧妙综合。在园林里，白发而有童心，多么可贵而又多么可喜，其意味是深永的。

此外，《无语的古典》，蕴藉而不露；《黄叶之秋思》，拟人化手法颇佳；《光之韵》，画面和标题也很雅……

陆峰的座右铭是：“把中国传统的书画意境，融于光、影的旋律之中。”他正是努力地这样做的。

愿陆峰百尺竿头，更进一步！

（载《苏州日报》2005年6月12日）

“读画”与“听香”

苏州狮子林“燕誉堂”前檐廊两侧的洞门上，有一对砖细门额：“读画”“听香”。这往往让人在脑海里打了一个问号。

首先，“读画”似有语病，这就是动宾搭配不当，因为“画”字应该配以“观”或“看”字，只有“诗”才可用“读”字。然而，古人恰恰相反，对于“诗”却爱用“观”或“看”字，传为司空图的《二十四诗品·疏野》云，“筑室松下，脱帽看诗”。陈继儒《小窗幽记·集韵》也有“绿阴清昼，脱帽观诗”之句。

笔者1980年发过一篇《从“观诗”“读画”谈起》（载上海《艺术世界》）的艺术随笔。文中说，诗是语言艺术，是给人诵读的；画是视觉艺术，是给人观看的。但前人偏不言观画而曰观诗，不讲读诗而说读画，其中深意值得一探。

诗用语言符号来创作，易犯抽象化、概念化的通病，缺少生动的形象；而凡是可以“观”的诗，则必然是栩栩如生，历历如绘，能“状难写之景如在目前”。所以《诗人玉屑》有“诗句可以入画”条目，苏轼评王维的诗也有“诗中有画”的名言。王维等人富于画意的诗，例如“江流天地外，山色有无中”，就不但可以读，而且特别可以“观”。

画是用形和色来创作的，易犯表面化的通病，而难以表现丰富深邃的情思，因此往往仅止于给人观看。然而古代画论认为，“画令人惊，不如令人喜；令人喜，不如令人思。”（戴熙《习苦斋画絮》）在中国绘画史上，特能“令人思”的画家如王维，其作品所含茹的情思，还能让“味之者无极”，所以苏轼说王维“画中有诗”。而这一结论，绝不是“观”出来的，而是反复“读”出来的。笔者在这篇随笔里写道：

因此“读画”这一用语就不同于“观画”，它要求绘画的形象思维突出地传神写心，抒情言志，做到形存画中，神馀象外，只有这样，画才可“读”，才有诗意，才能动人以情，使人浮想联翩。

绘画要是做到如诗般能“读”，那就可以在一定程度上突破有限空间和时间的局囿，就可以尽量超越外在感性材料和形象的束缚，表现出创造性的自由想象和心灵活动。

正因为如此，绘画著录史、批评史上，周亮工有《读画录》，黄崇惺有《草心楼读画集》，陈烺有《读画辑略》，居巢有《今夕盦读画绝句》……因此，在中国画的领域里，说“观画”的人，可能是尚未入堂奥，而主张“读画”，则标志其绘画修养和品赏水平已达到一定的高度，属于行家。

再说“听香”，似乎也是动宾搭配不当。香，不应该用“听”字，而应该用“闻”或“嗅”，例如，北京颐和园“宜芸馆”就有“隔帘花气静闻香”之联。然而，“听”与“香”的组合却更妙，更寓深意。

先从园林里花木的芳香说起，西方著名哲学家培根在《说花园》里写道：

花卉底香气在空气中（在空气中花香底来去是类似音乐底鸣奏的）比在人底手里香得多，所以为了那种闻香底至乐，再没有比懂得那几种花卉是最能于采择之前在空气中散布芬芳的这种事更为适合需要的了。

培根不但把闻香称为“至乐”，而且还把花香的氤氲称作音乐的奏鸣，这正是一种“通感–联觉”，他实际上已开始把“香”当作音乐来“听”了。

在西方，波特莱尔更提倡“应和”说，认为“一切形式，运动，数，颜色，芳香，在精神上如同在自然上，都是有意味的，相互的，交流的，应和的”（《对几位同时代人的思考》）。其十四行诗《应和》中还写到，“芳香、颜色和声音在互相应和”，“有的芳香……柔和如双簧管”。

再说在中国古典园林里，不但处处是“色、声、香互发”（范景文《集李戚畹园》），而且其中文气诗意特别浓郁，更是“通感–联觉”大有可为的“用武之地”，何况这在中国还有着悠久的传统。如往上追溯，其思想源头在道家。《庄子・人间世》就强调“徇（使）耳目内通”之类的“心斋”体验，《列子・黄帝篇》张湛注也说：“视听不资眼目，嗅味不赖鼻口。”这种现象从诗学的角度看，可称为“通感”，从哲学——庄学或佛学的角度看，可称为“内通”，当然二者是相互交织的。

不妨以“内通”说来作些分析，颐和园曾有“观妙音”的品题，这是让“观”与“音”二者“内通”；该园“宝云阁”有联曰“泉声入目凉”，这是让“声”“目”“凉”三者“内通”；圆明圆有“映水兰香”，清帝乾隆写有“鼻观真香不数兰”的诗句，这种“鼻”“香”和“观”相互“内通”，又源于明清时代形成的“鼻观说”。钱谦益在《香观说书徐元叹诗后》中说：“目以色为食，鼻以香为食”，同时又在《鼻观说》中记隐者之语：“青黄赤白、烟云尘雾之色杂陈于吾前，目之用，有时而穷”，“用目观不若用鼻观……”至于听香，不过是让耳、鼻“内通”而已。这类“内通”，不但通向道家的“心斋”，而且通向意味深永的文学和美学……

狮子林“读画”“听香”的砖额，虽然只有四字，却是对上引多方面互感互通积淀的高度浓缩，它们为园林增添了颇深的审美内涵。当然，任何园林均可用此二额，但必须指出，“读画”“听香”特别符合于狮子林的独特个性。

先说“读画”。狮子林与画家们的关系特别密切，他们参与园林设计，倪云林等名家还画了《狮子林图》，因此，后来诗人们咏狮子林，往往把它和绘画、和倪云林联系起来。如：

粉本自倪迂，结构良不易。（吴蔚光《狮子林访黄四春衢》）

诗情与画理，悟此开心胸。（朱炳清《狮子林》）

在狮子林，园与画结上了难解难分之缘，可说园就是画，画就是园，二者几乎浑融为一。因此，在这种文化背景下欣赏狮子林这幅真正的立体图画，最佳的方式不是“看”或“观”，而是“读”，要读出“画意”中的“诗情”。

再说“听香”，它虽和道家有关，但更与佛家学说密切相连。佛家的系统理论，如《华严金师子章·勒十玄第七》：“眼即耳，耳即鼻，鼻即舌，舌即身。自在成立，无障无碍。”这就泯却了眼色、耳声、鼻香、舌味、身触、意法的种种界限。笔者在1981年曾发过《艺术随想录·通感篇》（载［北京］《文艺研究》），其中有些话语似可说明问题。文中写到：

色、声、香、味、触、法，佛家谓之“六境”，乃“六根”所缘之境界。“六根”者，为眼、耳、鼻、舌、身、意。……而佛家又进一步提出“诸根互用”，似乎视觉、听觉、嗅觉、味觉、触觉等都可交相为用、互为代替了……《罗湖野录》载空室道人《死心禅师赞》云：“耳中见色，眼里闻声。”这同样是所谓“佛向性中作，莫向身外求”（《坛经·决疑品》）。

这是禅宗“内通”的理论。色、声、香、味、触五者互通于“法境”，这就是“六境”；眼、耳、鼻、舌、身五者内通于“意觉”，这就是“六根”。这种以“意”为主的“内通”，也就成了“参禅”“顿悟”的一种方式，而且它对园林品赏颇有影响，如拙政园远香堂旁的“倚玉轩”，曾有俞樾所题额，曰“听香深处”，并有跋云：“吴下名园以拙政园为最，其南一小轩，花光四照，水石俱香，尤为园中胜处。园主人名以此四字，余因以缪篆题之……”可见，在“花光四照，水石俱香”的胜景中，主、客双方都让耳、鼻相互“内通”了。

在字面上直接出现“听香”的，还有张羽的《听香亭》诗。诗云：“人皆待三嗅，余独爱以耳。”这更写出了以耳为鼻的体悟。《列子·黄帝篇》说：“眼如耳，耳如鼻，鼻如口，无不同也，心凝形释。”这种“耳如鼻”的“心凝形释”，不只是庄子式的“心斋”，而且还是“通禅”“参禅”的禅宗之“悟”，它能使人火宅之念俱消……

狮子林是历史悠久的禅寺园林，其中有“禅窝”“立雪堂”“指柏轩”“问梅阁”诸胜，洋溢着浓浓的禅意，而“听香”之额，也是禅意盎然，它被用在这里，真可谓“得其所哉”。

再顺便从审美的角度，谈谈“通感”的价值及其形成机制。应该说，通感有助于萌发作品的诗意。“红杏枝头春意闹”之所以成为千古传诵的名句，就由于这个“闹”字使视、听感觉相通。至于朱自清的著名散文《荷塘月色》，把微风吹来的“缕缕清香”当作“远处高楼上渺茫的歌声”来谛听，这种嗅、听相通，也增加了作品的诗意。可见，通感是酿成诗意的因由之一。

通感之所以产生，是由于现实生活中的形形色色通过各种感觉而进入大脑，成为记忆的原料，而创造性的想象和联想则把种种不同的感觉记忆加以巧妙的联系，自由的组接，艺术的生发，于是，因情而迁想妙得。笔者在《通感篇》里写道：“在艺术中，嗅觉、视觉、听觉等一旦突破樊篱，自由沟通，往往能呈现出一种含蓄隽永的诗的意象，使读者心移神随，驰骋着自由的想象，去捕捉那微妙的美感，从而给人以审美的满足。”

（载《苏园品韵录》，上海三联书店2010年版）

开放耳管，深情谛听

——苏州园林的声境美

我爱聆听以自然界声音美为题材的民族器乐演奏——

古琴曲《流水》，那是似断似续的清澈之韵；琵琶曲《虚籁》，那是似有似无的窈渺之音；二胡曲《空山鸟语》，那是啼鸟声声明如剪的天籁；广东音乐《雨打芭蕉》，那又是大珠小珠落玉盘的乐奏；还有那古筝曲，犹如西方交响乐中所拨奏的竖琴……每当我进入这种美的乐境时，就会联想起音乐家白居易的《好听琴》诗：“本性好丝桐，尘机闻即空。一声来耳里，万事离心中……”

其实，这类沁人心脾、令人心醉的乐境，在苏州古典园林的园境里也可找到，二者可说有异曲同工之妙。我还将其称为“园林悦耳的声境美”，因为按照西方美学家沃尔夫一派的说法，美是“一种适宜于产生快感的性质”。

正因为如此，我爱在风雨飘洒之日去游苏州园林，或漫步于曲廊幽径，或小坐于风亭雨榭，寻寻复觅觅，去悉心捕捉那如乐般的优雅之声。此时，由于“天公不作美”，园里的游人并不多，这是一种难得而又非常必要的幽静，最能引我步入幽美的声境；而我则往往随带一卷明人陈眉公的《小窗幽记》，或清人张潮的《幽梦影》，因为这类小品集里散发着幽兰芳馨的妙言隽语，既有助于解读园林的声境，又有助于孕育特殊的审美感受，其中包括细细的、微微的、似有若无的听觉感受……

天地间有一种意象美，可喻之为披着羽纱浮游于尘埃之外的仙子，缥缥缈缈，隐隐约约，既难寻觅，又难捕捉。张潮指出：“山之光，水之声，月之色，花之香……皆无可名状，无可执着，真足以摄召魂梦，颠倒情思。”此言良是。声境美，它无形无色，无影无踪，无可名状，无可执着，却能让人的灵魂沐浴于清新的音流之中，或遣愁思，或排忧闷，或忘形骸，或感清明，或入了悟，或升华于圣洁的梦境……耳根既清，灵台乃静。张潮以“摄召魂梦，颠倒情思”八字拟之，堪称“园林声境美”的解人。

张潮说，“水之为声，有瀑布声，有流泉声，有滩声，有沟浍声”。要领略苏州园林里的这种声境美，大多要等待雨天才能亲身领略到。每当春雨绵绵，或秋雨潇潇，虎丘、留园或环秀山庄的溪滩涧壑空间里，就会或早或迟地出现这类声境。我有时伫立在附近亭廊里深情谛听，确乎能品赏到《琵琶行》里那种“幽咽泉流水下滩”的美——或清清泠泠，或淙淙潺潺，它们似从我的心田流过，令我不知魂梦何如，情思何如？这也许就是诗意的萌生吧。这时，“天公不作美”恰恰就成了“天公作美”。

此外，还有瀑布，但这已不是缓缓流淌的舒心之音，而是震人心神、荡人胸襟的激奔倾泻之声。狮子林西部有挂于山巅的瀑布，它始以“叠落”，终以“布落”，颇有气势，泻于池潭，激于石上，喷珠溅玉，水沫蒸腾，蔚为壮观；而其声则更美，恰似宫、商交响，琴、筑合奏，这宜于闭目深情谛听。昔日园主曾题为“如闻涛声”，真可谓高山流水获知音了。

雨之声，在园林里最富于韵致的，有蕉声、梧声、荷叶声……拙政园中部有“听雨轩”，轩前轩后，清池畔，石丛间，阶砌旁，有肥硕的蕉丛，每当鸣雨舞风，滴翠摇绿，真是既生韵又生情。拙政园西部还有“留听阁”，题名撷自李商隐的名句“留得枯荷听雨声”，诗句是独到的审美发现。诗人不只是慧眼别具，而且可说是“聪耳别具”了。留听阁附近有荷池，荷叶面大而薄，入深秋而枯。大小高低不同的枯荷，受雨后其音不但清脆悦耳，而且洪纤疏密，错杂各异，织成音响活脱的自由世界，这是又一个令人心旷神怡的听雨空间。

“溶溶月色，瑟瑟风声”（《园冶·园说》）。风之声，表现为竹韵、松籁等。沧浪亭的“翠玲珑”，室内有联曰：“风篁类长笛；流水当鸣琴。”此联也是把作为自然美的声境，当作艺术美的乐境来品赏了。再留意室外，修篁苍翠丛密，风来戛击有声，锵然而亮，铿然而文，有似于丝竹管弦之盛，而用计成《园冶》的语言说，是“修篁弄影，疑来隔水笙簧”。此时，我似乎已全身心融化在风篁长笛的音流之中了。至于松籁，拙政园有“松风水阁”，又名“听松风处”。这里，疏松秀拔，直指长空。每当风声瑟瑟，便有松籁声声，是满足听觉享受的好去处。而在怡园，“画舫斋”楼上名为“松籁阁”，这里也有松。怡园还有刻“听松”二字的石峰……这些，正如陈眉公所说，“松声竹韵，不浓不淡”“溪响松声，清听自远”。

张潮还写道：“春听鸟声，夏听蝉声，秋听虫声，冬听雪声……山中听松风声，水际听欸乃声，方不虚此生耳。”此话发人深思，启我解悟园林。我想，在喧嚣纷扰的城市里，若能出现山野里那种幽美的声境，那么，确实能助我消除尘心，澡雪精神，去享受那宁静而悠闲的人生，并经由天籁、地籁去实现向自然的归复。

首先应一去的是耦园，现今仍有边近外河的“听橹楼”【图42】，于此仍

【图42】耦园听橹楼借河上橹声（鲁深摄）

可听到这欸乃声声，以一饱“耳福”。于是，童年时代条条河上响起的咿哑、咿哑之声又浮上耳际，那是我回忆中慢生活的节奏；在青年读大学时，这种声音又常从唐诗中飘起：“烟消日出不见人，欸乃一声山水绿。”这种有声之“绿”，乃是人籁与天籁的交织。

然而，作为世界文化遗产，作为城市山林的苏州古典园林，它那引人入胜的美，其一就是在绿色空间里，依然原生态地保存着松籁竹韵、蝉噪鸟鸣这类悦耳之音，供人开放耳管，深情谛听——

再如在高墙深院围合的拙政园中部，有“山花野鸟之间”，其亭柱上悬有“蝉噪林愈静；鸟鸣山更幽”的名联，王籍诗中的联语移用于此，亦属写实。这里，春日有鸟啭花树，夏日有蝉唱高柳，秋日有虫鸣阶草……它们与周围景色组成一幅幅流动不居的音画，令我不但耳酡心醉，而且倍感闹而愈幽，噪而愈静。

至于冬听雪声，最好的去处，当是留园的“佳晴喜雨快雪之亭”。当天空纷纷霏霏，轻质飘扬，就该倾耳细听，而且特别需要借助于“心灵听觉”来捕捉这种“虚籁”了。不过，说实话，我还没有这方面的品赏体验，其中包括前人所说的听落花声等等，虽然我爱听琵琶独奏曲《飞花点翠》之类，闲来也爱诵读陈眉公书中所摘录的“鸟啼便欣然有会，花落便洒然有得”……

但也有遗憾，天平山虽仍有“听莺阁”，但早已失去了“自在娇莺恰恰啼”的生存环境，因而这种频频出现于古诗中的间关莺语。黄鸟好音，今天几乎只能在笼中听到，不过这种笼中之声，就缺少那份诗意的美……

“非必丝与竹，山水有清音”，左思的名句，早已成为人们的美学共识。但是，在重视天籁、地籁所生成的声境的同时，却决不能摈弃由人籁所生成的乐境。我曾主张在苏州古典园林里播放一些中国古典乐曲，让游人似往而复的脚步，应和园内层出不穷的美景，移动在音乐美的伴奏之中。然而，这一设想在园林里不一定能成为事实。

但在不久前，往游被承包后阔别已久的怡园，竟出于意料之外，才进园门，悠扬的琴声就恬然钻进耳管，于是，顿生“不闻此调久矣”之感。在这个由人籁生成的又一类声境里，琴韵缭绕在“东坡琴馆”“石听琴室”一带，弥漫于两位听琴的“石丈”之间。正是：室内同室外互补，园景与乐情共生。于是，我又一次地进入了“若与物化”的境界，进入了“摄召魂梦，颠倒情思”的“高峰体验”……

（原载《苏州日报》2004年6月30日）

“琴室”逸韵

每当我漫步进入很早就被赋予“渔隐”之义的网师园，耳际总会缥缥缈缈地回荡起著名古琴曲《渔樵问答》或《醉渔唱晚》。或鼓枻，或答问，或鸣榔，或扬波，那悠扬的琴音，似应似和，清妙流远；似隐似显，轻韵缓度。于是，助我游兴，发我神思，欣欣焉，徐徐焉，仿佛逍遥乎山林之泽畔……

我之所以有如是感受，重要的原因，不仅是由于园内廊壁间、门框上嵌有“网师小筑”“潭西渔隐”“樵风径”“岩腹涧唇”“可以栖迟”等一系列颇能酿造情氛的砖额，也不仅是由于轩、廊、亭、阁这类“凝固的音乐”特别富于节奏性和韵律感，更是由于网师园里还有一个洋溢着音乐情氛的园中之园——特殊的“琴室”及其小小庭院。

这里的所谓“琴室”，不是一般所理解的封闭型的房室，而竟然是戗角翼然、空间开敞的半亭。半亭的内壁上高悬一匾，它不题为“琴亭”，却额曰“琴室”，使我不得其解。考索之余，感到其题名特富历史意蕴，“琴室”是南朝宋早期文人园——徐湛之园中系列景点之一。据《南史·徐湛之传》载：

广陵（扬州）城旧有高楼，湛之更加修整，南望锺山。城北有陂泽，水物丰盛。湛之更起“风亭”、“月观”、“吹台”、“琴室”，果竹繁茂，花药成行，招集文士，尽游玩之适，一时之盛也。

这是中国风景园林品题史上最早出现的“四景二字型”品题系列。这四题表现出字数的一致性和结构的一致性，并整齐地排列有序。“风亭”与“月观”相耦，“吹台”与“琴室”互对，品题严整规范，每题还有一定的文化意蕴。这个系列在文人园林里首次出现，值得充分重视。至于明文震亨《长物志·室庐》也有“琴室”一节，这可看作是徐湛之品题的一种历史积淀。题中的风、月、琴、箫，和后起的琴、棋、书、画一样，正是文人们风雅生活的一种表征。

再说苏州网师园“琴室”之名，和扬州瘦西湖的“吹台”“月观”等一样，均可看作是遥遥地脉承于南朝徐湛之的品题系列；同时，人们还可以由此及彼，联想起悠扬典雅的琴、箫合奏，领悟到“琴”与“风”“月”最为相宜。至于网师园所赋予的“琴室”之名，可能是其题也晚，但是，这种用典却正是被唤醒了的文化记忆，它积淀着中国文人写意园的逸趣雅尚、文采风流。

还应理解的是，德国古典哲学大师黑格尔说过一句很深刻的话：“形式非他，即内容之转化为形式。”联系中国园林来看，传统文化内容的积淀也可以转化为种种相应的有意味的形式。

试仰望琴室的轩顶，其弧曲面非常柔和优美，而且易于聚音，在其下操琴，回声的音响效果会比较理想。琴室匾额之下，有一横式挂屏，中嵌大理石一方，石上纹理，似山峦起伏，如流云飞渡，其迷蒙隐约，又像米氏山川、潇湘水云。它虽被题为“苍岩叠嶂”，我却从接受美学的角度，由这幅天然图画联想起“高山流水”的著名故事来，这许是所谓“欣赏–再创造”的差异吧。

《吕氏春秋・本味》说，伯牙鼓琴，锺子期能从琴音中听出他时而巍巍乎志在太山，时而汤汤乎志在流水，伯牙叹为“知音”。锺子期死，伯牙终身不复鼓琴。在历史上，这一动人的故事千古流传，琴家们据此而创作的《高山流水》《伯牙吊子期》等乐曲，在音乐史上也余韵袅袅，不绝如缕。网师园琴室壁上能显现高山流水意象的大理石挂屏，颇能激发操奏意兴，孕育艺术情感，启迪形象联想，令人神思飞翔于乐艺的时空。在琴室这样的特殊环境里，作为陈设的大理石挂屏，其价值就非同一般，被赋予了特殊的音乐内涵。

在这萦绕着乐思的琴室里，正中还有长而低矮的红木琴桌一张，上置大型琴砖一块，琴砖遍雕茂密的花纹图案，显得古雅有致。砖中空，一端开敞，上面恰好可宽余地搁置七弦十三徽的古琴一张。其实，七弦琴本身有着中空的共鸣箱，以供琴弦振动而发声。至于中空的琴砖，则又是七弦琴共鸣箱有效的辅助和补充，弹奏者借助于起音箱作用的琴砖，琴音就益发清越亮丽，这也是古人对物理音响学研究的一个成果。

琴室为什么不采取怡园“坡仙琴馆”那种封闭式建筑结构以集聚音响，而采取三面开敞的半亭形式，致使琴音由于向室外扩散而音量有所减弱？对此，若要苦思冥想地推测，还不如举出两个引人入胜、发人深思的先例。

唐代著名诗人、造园家、音乐家白居易家在洛阳履道里，他在此特筑“池西琴亭”。其《池上篇序》这样描写：

每至池风春，池月秋，水香莲开之日，露清鹤唳之夕，拂杨石，举陈酒，援崔琴，弹姜《秋思》……又命乐童登中岛亭，合奏《霓裳散序》，声随风飘，或凝或散，悠扬于竹烟波月之际者久之……

这段美文说明，诗人并不怕音响扩散，相反，乐于让其悠扬于园林的室外空间，与春风秋月、烟波露竹互为融和，相与回荡，从而取得超越于听觉局囿的更大的审美享受。这似乎可以据“醉翁之意不在酒”的成语推论——琴家之意不在音，“在乎山水之间”了。

再看明人杨表正在《弹琴杂说》里的述说：

凡鼓琴，必择净室高堂，或升层楼之上，或于林石之间，或登山颠，或游水湄……焚香静室，坐定，心不外驰，气血和平，方与神合，灵与道合。如不遇知音，宁对清风明月、苍松怪石……是为自得其乐也。

他也不愿把自己关在封闭的琴房之内，并有感于知音的难逢，更欲以此守操养性，排闷遣忧，宣和情志，怡乐心胸，故而宁对清风明月……

网师园的“琴室”也面向着庭院，环境也是那样富于音乐意蕴，宜于对其操奏。院中正对着琴室的，是一个特大的古桩盆景，其体量为苏州园林所罕见。盆内残桩皴驳，裂干欹斜，瘿瘤累累，但又蓬蓬勃勃地生出一派绿意来，使得老态龙钟与生机发越共处一体，树下则有书带草护映。整个盆景苍古奇崛，正是所谓“宁对……”的理想对象。对其操奏，乐曲宜表现苍古的风格美……

再看琴室前庭东南，洞门上有砖额曰“铁琴”，这令人如闻金戈铁马般的雄壮乐奏，“划然变轩昂，勇士赴战场”，这是一种阳刚的风格美……

琴室前庭的东南，有小型“叠壁山”处于一角，造型较空灵；而前庭的西南角，更有较大的倚墙“叠壁山”一座【图43】，造型凝重敦厚，它以墙为纸，以石为绘，其线形圆活宛转，酷似郭熙以卷云皴绘就的山水画幅，又可看作是大型的层峦叠嶂浮雕。山体间，微风拂拂，翠篆娟娟，气韵生动，真是“不雨山常润”。以琴对山而操奏，更能发人遐思，想起南朝好山水、爱远游的宗炳，晚年不但画山水于室壁，而且“抚琴动操，欲令众山皆响……”这种操奏、赏琴，和白居易、杨表正一样，心不外驰，气血和平，方与神合，灵与道合，而且应了中国音乐美学经典《乐记·乐论篇》里的哲语：“大乐与天地同和。”

古希腊有一则故事，说的是歌手奥尔菲斯以美妙的歌声使木石着魔，跟

【图43】网师园琴室对景（张振光摄）

着他走，走到一处空旷之地，弹起了七弦琴，空地上竟涌现出一座城市建筑。音乐演奏完毕，节奏和旋律却凝住不散，留驻在建筑间，这正像白居易欣赏的乐曲一样，或凝或散，“悠扬于竹烟波月之际者久之”。而希腊的市民们，在这个由音乐凝成的建筑间往来漫步，周旋在永恒的韵律之中。

“此时无声胜有声”网师园“琴室”及其小小庭院，似乎并不显眼，听来往往无声，其实却洋溢着浓郁的音乐情韵，蕴蓄着丰富的文化内涵，是值得人们周旋流连的东方奥尔菲斯空间。其流动所化成的凝固，等待着有心人去倾听、玩索、发掘、沉思、品味……

（原载《苏州杂志》1990年第6期，
收入《1979—1995苏州散文选》，
［天津］百花文艺出版社1996年版）

节奏的魅力

节奏，不论是生活中的节奏，还是艺术中的节奏，都有一种神奇的魅力。

你有没有注意到，当哇哇啼哭的婴儿在摇篮里或母亲的怀抱里，幸福地享受着有节奏的颠簸摇荡时，一种近乎神奇的现象发生了：哭声渐渐停止，婴儿带着满足感渐渐安睡。深挚的母爱通过形式单纯的节奏抚慰着幼小的心灵。

你有没有注意到，当你仆仆风尘，在火车的车厢里凝神观赏窗外的景色时，伴随着活动画面的映入眼帘，那有节奏的车轮声同时也会钻进你的耳管，涤除你旅途的疲劳，增添你欣赏中的愉悦；如果你无心欣赏景色，那么，辚辚的车轮节奏又能有效地把你带入甜美的梦乡。

如果你爱听音乐，那么请听："幸福的花儿心中开放，爱情的歌声随风飘荡。我们的心儿……"电影《甜蜜的事业》中的插曲，也会使你心儿甜滋滋，乐悠悠。也许，你还会不由自主地跟着歌曲的节奏打起拍子来。是的，正是这"强——弱——弱——"三拍子的轻快节奏，恰到好处地组织着歌曲优美流畅的旋律，使你沉浸在幸福的暖流之中，使你沉醉在生活和艺术的愉悦之中。

节奏为什么有如此动人的魅力？郭沫若1925年写的《论节奏》一文中，列举了西方"宇宙论的假说""生理学的假说"和"心理学的假说"。他主张将三者综合起来，以解释节奏的奥秘。西方美学固然不乏有关的论述，而中国的传统美学，也颇多精深的阐释。

我国著名的音乐美学论著《乐记》，曾多次提到节奏：

乐者，心之动也；声者，乐之象也；文采节奏，声之饰也。（《乐象篇》）

故乐者，审一以定和，比物以饰节，节奏合以成文……要其节奏，行列得正焉，进退得齐焉。(《乐化篇》)

这都说明节奏虽然是一种声音现象，却和“心之动”密切相关，它是构成艺术美的重要因素，有统一人们进退行动的审美功能。这不也可说是从心理学和生理学角度说明了节奏的魅力吗?

王灼《碧鸡漫志》认为，诗歌和音乐的节奏，是“本之性情，稽之度数”，而“乐之有拍……实自然之度数也”。自然的盈虚起伏，人们的劳逸张弛等等，无不在反复交替，有规则地推进，这不也是宇宙论的观点吗?

节奏的作用是定期的不断反复，故能让人产生一种预期心理效应。朱光潜先生在《诗论》中说:“诗与音乐常有一种‘模型’……印到心里也就形成了一种心理的模型，我们不知不觉准备着照这个模型去适应……去调节注意力的张弛与筋肉的伸缩。”黑格尔在《美学》里也说，“节奏能在我们的灵魂深处引起共鸣”，因而“听到重点分明的轻快的节奏时，就马上想到要跟着打拍子……如果是舞蹈的音乐，腿子马上就想要动起来”。这用中国的话说，是“心应弦，手应鼓”，随着节奏的进行，自然而然地“手之舞之，足之蹈之”了。可见，舞蹈也离不开节奏……

也许，你会这样说:“节奏是诗、乐、舞这类时间艺术的律动的脉搏。”这无疑是正确的，但如果你进而认为空间艺术不存在节奏，那就不免偏颇了。

西方很早就认为，音乐、建筑可以互通，经过歌德、贝多芬、黑格尔、谢林、叔本华等哲人、大师的论述，终于铸炼出如下的艺术哲学名言：音乐是流动的建筑，建筑是凝固的音乐。这一命题，可说是人类智慧所绽放的美学花朵。

“建筑是凝固的音乐”一语，其价值在于指出空间可以导向于时间，凝固可以解冻为流动。对此，中国就颇有典型的园林建筑实例可以作证。

你是否知道，北京已毁的圆明园曾有长廊命名为“迎步廊”。“迎步廊”这个富于动感的名称，是一个出色的园林美学创造，它让人分明地感受到此廊在迎着人们的审美脚步而流动。于是，廊引人随，人行廊动，人和廊协奏出一支优美的迎步随想曲。

对于“迎步廊”，清帝乾隆似乎情有独钟，特有感悟，他写过多首《迎步廊》诗，摘句如下：

人步廊而前，廊似迎人步。谁主更谁宾，妙趣个中寓……

曲廊堪屧步，佳景每迎人……曼回临露蕙，斜转护风筠……

回廊不欲直，曲折足延步。一转一致幽，迎人递佳趣……

当人们进入了境界之后，是“人步廊”还是“廊迎人”，是人为主还是廊为主，确乎难以分辨，个中妙趣也难以说清。

苏州沧浪亭的游廊，你是知道的，特别是那条体现了巧妙构思的复廊，廊柱和墙上漏窗均等距间隔，就构成了鲜明的节奏。这可借著名建筑家梁思成《建筑和建筑的艺术特征》一文中的话来理解：

建筑的节奏、韵律有时候和音乐很相像。例如有一座建筑，由左到右或者由右到左，是一柱，一窗；一柱，一窗地排列过去，就像“柱，窗；柱，窗；柱，窗；柱，窗……”的2/4拍子。若是一柱二窗的排列法，就有点像“柱，窗，窗；柱，窗，窗；……”的圆舞曲……

沧浪亭的长廊正是这样。还可以这样说，如果“柱–窗”的反复排列是节奏，那么，廊身的曲折蜿蜒，高低起落，缭绕回环……就是优美的无声旋律。

不妨身临其境来品赏沧浪亭东北这条长长临水复廊的美。它南傍假山，北贴清流，以一墙隔分出内和外、山和水两个迥乎不同的境界，然而它们又通过墙上的系列漏窗实现了气息的交流。于是，你会感到廊内外（亦即园内外）似隔非隔，似通非通；其景色似藏非藏，似露非露。你无论是在内廊还是在外廊漫步，左顾右盼，都会感到前面的柱、窗迎步而来，内外的山水花木也迎步而来，真可谓“曼回临露蕙，斜转护风筠”，“一转一致幽，迎人递佳趣”，然而，这种移步换影，景色时时生变，又被“柱–窗”的反复组合规范着、引导着，你在切身感受到复廊节奏之美的同时，也许进入了境界，有了更深的体验，感到这是一种“复调音乐”之美。

你也许会由此得出结论，建筑物愈长，节奏就愈鲜明，节奏感就愈强。是的，苏州的宝带桥、吴江的垂虹桥，还有颐和园的十七孔桥，都是以其长而节奏鲜明，如同乐奏。然而却不能说短小的建筑物就不能予人以乐感。苏州留园的鹤所，从室内立面看，小小的匣式空间内，东、西、北三面墙上竟穿插着三个洞门、四个空窗和两个花窗，这是以横向展延的系列门窗为建筑节奏，体现出“处处邻虚，方方侧景”（《园冶·门窗》）的空灵美。如果你从一个个门窗看出去，那么或是芭蕉摇翠，或是山峦雄峙，或是花树扶疏……也同样是“一转一致幽，迎人递佳趣”，而当阳光斜射而入，室内更是斑斑驳驳，变幻多端，这是光与影奏出的华彩乐章。

还可从微观方面来品赏园林建筑的节奏，例如廊的轩顶，无论是苏州拙政园卅六鸳鸯馆的鹤胫轩，或是苏州网师园走廊的弓形轩，还是狮子林走廊的茶壶档轩【图44】，其椽子与望砖深浅二色的反复交替，就构成了需要仰望才能领略的短促节奏……日本园林研究家横山正在《中国园林》中写道：“当我抬头仰望时，见到装饰着紧排密布的垂木，仿佛在演奏造型的韵律……”事实确乎如此，如果你也抬头望一望，或许你也会和这位外国专家由轩顶节奏所萌发的乐感一样产生共鸣。

【图44】狮子林边廊轩顶节律（鲁深摄）

建筑物横向展延所形成的节奏讨论已多，再想说说建筑物纵向层递也可以形成节奏，例如苏州虎丘古老的云岩寺塔，或修葺一新的北寺塔，其一层层往上既是同形的重复，又是按比例地逐层的缩小，最后收缩为塔顶，表现出递减的节奏美……

至此，你一定会说，空间艺术和时间艺术一样，确实都存在着优美的节奏；音乐，和建筑确实可以互渗相通；建筑，确实有无声的韵律，是凝固的音乐。

（原载《美的研究与欣赏》丛刊第4辑，
重庆出版社1987年版）

六、园缘散叶

唯此窅窅摇摇之中，有一切真情在内。

——［清］王夫之《古诗评选》

四周应接真无暇；一晌登临属有缘。

——北京故宫宁寿宫联

网师园文史拾零

中国古典园林是一门繁复交汇的综合艺术，是萃集古代文化艺术于一体的综合博览馆。中国各类文化艺术在园林里几乎都有其或显或隐的积淀因子，苏州园林更是如此，而其中又以网师园为最。

网师园有额曰“网师小筑”。其典出计成《园冶·相地》：“略成小筑，足征大观。”至于《园冶》此语之意，又源于《易·系辞下》“其称名也小，其取类也大”的哲理。而《园冶》《周易》之语，都可以用来概括网师园人文内涵小中见大、微中见丰的特色。小小网师园，几乎可说是古代文化艺术的一个“大观园”。

由于网师园涉及文化艺术的方方面面，在一定程度上具有深、广、杂、丰的特点，因而在宏观上或微观上往往不被理解，或被无心曲解，甚至以讹传讹……本文拟通过有关书证，做一些推敲研究、补苴罅漏的工作。现拾零于下：

一、网师

在街头，“网师园”的“网师”，往往被讹作“网狮”。这可能是把网师园和狮子林这两个名园之名混在一起。当然，更是由于不知“网师”之意。不论在古代还是现代，“师”是对从事某种职业、有专门技能之人的称呼，如乐师、画师、厨师、技师……至于网师，就是渔翁。此称较早见于唐宋时代。唐冯贽《云仙杂记·句中喜得鱼竹》：“孟浩然一日周旋竹间，喜色可掬；又见网师得鱼，尤甚喜跃。”宋黄庭坚《阻风铜陵》：“网师登长鳣，贾我腥釜鬲。”网师，是以网为工具，以捕鱼为业的人（不含钓叟），此词语法上是偏正结构；至于“网狮”，语法上则是动宾结构，意义上已由捕鱼讹变为“网住狮子”了，令人啼笑皆非。

二、史正志里籍

园主史正志里籍，今天有的书说是丹阳，有的书则说是江都……其实，都是古籍中两种说法的延续。

南宋《嘉定镇江府志》：“史正志，字志道，丹阳人，赋籍扬之江都。”但元代《至顺镇江府志·侨寓》则说：“字志道，居丹阳，赋籍扬州之江都。”后者把丹阳人改为“居丹阳”，而且明确其为侨寓；谅来是有事实依据的，因为修志一般总是沿袭前志所述。显然，至顺府志的修正，比《嘉定镇江府志》可靠。这影响了明清以来的史志记载。如明《嘉靖维扬志》：“史正志，江都人。”清代著名文学家、史学家厉鹗，在《宋诗纪事》中说：“正志，字志道，江都人”。清末《光绪丹阳县志》也说，“字志道，江都人，居丹阳。”这都一律把《嘉定府志》的“丹阳”之说纠正了过来。据此，史正志应是侨寓丹阳的江都人，或者说，他赋籍江都，侨寓丹阳，而更多的时间，则宦游在外。

至于史正志的奉祠归老于姑苏，有些方志也有记载。《嘉定镇江府志》：“再入户部，忤时相意，以散官谪永州。寻复元官……知靖江府，未赴而罢，再奉祠。其奉祠家居也，治圃所居之南，号乐闲居士、柳溪钓翁，藏书至数万卷。”《嘉靖维扬志》说：“归老姑苏，自号吴门老圃。”而厉鹗《宋诗纪事》也说，“归老姑苏，号吴门老圃”。三书还均提到了一个“圃”字。现今有些书介绍万卷堂说，“对门造花圃”或“在大门对面造花圃”，这都是准确的，与“治圃所居之南”的史实合若符契。而有的书则说，“在堂侧造花圃”，就与史实相左了。

三、门前蟠槐

网师园大门前有槐树两棵，它历史地积淀着特定的人文含义。

在先秦时代，外朝一般植槐三棵，为天子、诸侯、群臣会见处。后以

“三槐”作为“三公”（掌握军政大权的最高长官）的代称，或作为王侯三公身份的象征。因此，在传统文化的语境中，槐树可说是“身份树”，它除了具有绿化、美化环境等作用外，还有荫庇人家，增辉户庭，凸显门庭尊贵或抬高宅第身价等寓意。所以汉末王粲《槐树赋》有“作阶庭之华晖”之语；晋挚虞《槐赋》有“爰表庭而树门”之语；晋潘岳《在怀县作》有“绿槐夹门植”之语；前秦苻坚时，有“长安大街，两边树槐，下走朱轮，上有栖鸾”的歌谣……

在古代诗文中，槐树有荫途、荫庭、被宸等人文含义。在古代语词中，槐或与宫廷、宫殿连在一起，如槐掖、槐宸；或与高官显贵连在一起，如槐岳、槐卿、槐蝉；或与三公九卿及其地位、印绶、声望等连在一起，如槐卿、槐庭、槐鼎、槐位、槐绶、槐望；或与三公的官署、宅第连在一起，如槐宫、槐省、槐府、槐第……

今天，网师园门前的槐树，也隐含有槐庭、槐望、槐府、槐第之意。

四、家堂牌位

家堂，本指安放祖先神位的屋宇，后多借指祖先的神位。《西游记》第十三回《双叉岭伯钦留僧》：“同太保家堂前拈了香，拜了家堂。”

网师园的家堂，隐于门厅后部顶上，以砖细雕成，为苏州园林所仅有，惜乎已残损。据云，其中有“天地君亲师”五字牌位。此五者为古代宗法社会长期崇奉的偶像。这一信念，源于荀子的“三本”说。《荀子·礼论》：“礼有三本：天地者，生之本也；先祖者，类之本也；君师者，治之本也。无天地，恶（何）生？无先祖，恶出？无君师，恶治？……故礼，上事天，下事地，尊先祖而隆君师，是礼之三本也。”吴虞《读荀子书后》指出：“此实吾国‘天地君亲师’五字牌之所由立。”鲁迅《且介亭杂文末编·我的第一个师父》：“我家的正屋中央，供着一块牌位，用金字写着必须绝对尊敬和服从的五位：‘天地君亲师’。”今天，五字牌位和家堂，在历史上早已消失，人们很难见到了，于是，网师园的家堂就更显得可贵，是不可多得的古代史教材。建议如有可能，则修复家堂残损的望柱、栏板，重补五字牌位。

五、避弄

避弄是指宅内正屋旁侧的通行小弄，供女眷、仆婢行走，以避男宾和主人。文震亨《长物志·室庐》就说：“忌旁无避弄。”避弄又称备弄。

在苏州园林群里，唯有网师园有一条真正的避弄。它从门厅（轿厅）东侧一直贯穿到女厅（内厅）后之花园。此弄典型地反映了古代社会宗法、家族、伦理文化中的等级制度，也典型地反映了宅第中男与女、主与仆的差异和界限。因此，网师园堪称苏州最典型的宅第园林、最典型的古代文化博览馆，其宅第文化不但通过家堂雕刻，而且也通过建筑鲜明地显现出来，有助于人们认识中国古代社会。

六、诸葛铜鼓

万卷堂内，有置于架上的“诸葛铜鼓”，为青铜器重要摆件。这种形式的铜鼓，相传为诸葛亮所制，清薛福成《振百工说》：“诸葛亮……所制有木牛流马，有诸葛灯，有诸葛铜鼓，无不精巧绝伦。”诸葛铜鼓的传说并不符实际，清代著名史学家赵翼《关索插枪岩歌》自注：“蛮村多铜鼓，皆云诸葛鼓也。”这条注值得注意，“皆云”，说明了传说的广泛性，但其实应称“蛮鼓”。“蛮”为古代对西南乃至中南少数民族的歧称，由于诸葛亮在滇、黔、川的某些传说，故被附会为诸葛鼓、孔明鼓，或诸葛行军鼓。此鼓据其材质，更准确地应称为“铜鼓”。宋人朱辅《溪蛮丛笑·铜鼓》：“蛮地多古铜……鼓尤多，其文（纹）环以甲士，中空，无底，名‘铜鼓’。”至于它的功用，明王阳明《征南日记》诗云：“铜鼓金川自古多，也当军乐也当锅。”可见既是乐器，又是炊器，古代除用于宴享或乐舞外，还常用于战争中指挥军队进退，此一物数用，还可作贡品、玩品、陈设品，或用于婚丧、祭祀、传讯报时……确系多功能。铜鼓大量出土于西南一带少数民族地区，时间在汉或汉以后直至清代。

铜鼓用纯铜铸成，也有以铜为主，加少许锡、铅、微量铁等炼铸，合金比例恰当者，坚韧而且音量、音色俱佳。它应该说是很有历史人文价值并具有独特形式美的传统工艺品，为古代少数民族杰出的科技、艺术之双重创造。鼓有单面和双面两类，双面者音略沉闷，振幅小，余音短；单面者振幅大，共鸣效果佳，余音较长，故以单面鼓居多。出土的铜鼓，直径不一，大者在100厘米以上，小者仅10余厘米。

网师园万卷堂的铜鼓，直径为75.5厘米，高41厘米，属于中大型。其鼓面、鼓身皆有极细密的花纹围绕，两侧各有系耳圈，供穿绳以便悬挂、敲击或提拎携带。鼓身略向内凹进，呈优美的曲线形，偏下处有凸出的阳纹一圈，底部空，为单面鼓。鼓面中心，有不大的太阳纹，是敲击的最佳部位。太阳射出的六道光芒，象征音响的传播、发散，“响”与“亮”本存在着有机的（包括通感）联系。太阳周围，有五道逐渐扩大的晕圈，象征由中心向四周逐渐扩散的层层声波。鼓面边缘，铸有立体的蟾蜍四只，故又称“蹲蛙青铜鼓”。有人曾据蟾蜍将太阳释作月亮，因传说中月宫有蟾蜍，此说不确。广西花山崖画铜鼓舞人所有鼓上均有太阳光体纹饰；《古铜鼓图录》所录开化鼓外圈羽舞环饰的中心，更有突出的太阳光体纹饰，等等，它们都没有蟾蜍装饰。网师园的诸葛铜鼓，造型古朴而美观，纹饰细密而大方，风格敦重而端庄，通体遍染铜绿，更显得古色古香，精巧绝伦。从时间上推测，可能属于清代以来之物。

七、蹈和馆

蹈和，即履行（践行）中和之道。较早见于曹植的《冬至献袜履颂》：“玉趾既御，履和蹈贞。”贞即中正，和即中和，二者为近义词。曹植非常推崇中和之道，其《赠丁仪王粲》还说：“欢怨非贞刚，中和诚可经。”意思是说，中庸贞和，真是值得践行的规范。“履和”“蹈贞”都是动宾结构，还是互文。作为动词的“履”与“蹈”同义，“履和”即“蹈和”，这体现了儒家的中庸哲学与中和美学。在今天，蹈和的理念值得继承和发扬光大。

八，宜春寏

寏（huàn），此字僻，较早见于古代青铜器，如“师寏父盘”“史寏簠”等，主要为专门名词，此处则为普通名词。东汉许慎《说文解字》：“寏，周垣也……或从阝。”桂馥义证：“亦谓之院落。”《玉篇》：“或作院。”因此，宜春窦也就是宜春院。关于“宜春”，唐温庭筠《杨柳枝》词就有“宜春苑外最长条，闲袅春风伴舞腰。”

九、云窟

云窟一般是指高山上的岩洞，因为它靠近山上的云。杨万里《游蒲涧呈周师蔡漕张舶》：“穹岩千仞欹欲裂，仰看飞泉泻云窟。”网师园的“云窟”，在园的北部。它靠近梯云室，题于月洞门上，是较为贴切的。

十、木化石

又称“木变石”，是树木的化石，它仍保留着原木材的纹理，但经亿万年已“石化”，主要成分为二氧化硅，故又称“硅化木”，与石英同，是很有价值的观赏品。网师园有两块松木化石，清人西清《黑龙江外记》卷八云：“松入黑龙江，岁久化为青石，号安石，俗呼木变石。”松木化石置于网师园“看松读画轩”内，不但使轩内更古雅可观，它与轩前古柏一样，极大地增加了古园的时间含量，而且松化石与“看松读画轩”的轩名相吻合，因而更为耐人寻味。

十一、“铁琴”

这是琴室前庭东门上方的砖额，由于它联结着浪漫的或现实的典故而内涵并不简单。

元代伊世珍的《琅嬛记》（一说为明人桑怿伪托）里有这样一则故事：“郭抚凿池，得一空棺，中有铁物，洗而视之，乃琴也。有断弦处，抚试而弹之，寂然无声，以语尚书郎姚范。范异之，亦不知为何物。寻有客来访，言能弹此，用法凿去腹中泥锈，遂弄数曲。音响未恒，抚拜求授，得《昭云》《泣猿》二曲，戒勿传人。他人鼓之，不复鸣矣。”这个神异故事，颇有魅惑力，引人遐想。

清代嘉庆、道光间，常熟瞿氏著名的藏书楼因购得铁琴、铜剑各一，故名其楼为“铁琴铜剑楼”，其中收藏大量宋、元珍善刻本，兼及尊彝古玩、金石文字。此楼和浙江“天一阁”一样，以珍藏稀世精槧极富而著称于世，其《铁琴铜剑楼藏书目录》等，也极有文献价值。

网师园琴室及其庭院以“铁琴”为额，虽然只有两个字，却为这一音乐空间增添了富于审美意味的神话气氛和书卷气息。而且琴室一般令人想起的是《渔樵问答》那种恬淡疏朗的静美，而“铁琴”之额，又令人想起铁琴铮铮，和铜琶铁板一样，该唱“大江东去”。这又是别一音乐境界，是一种豪放激越的壮美，满足着人们不同的审美需求……

十二、郭公砖

俗称琴砖，在网师园琴室中。置于琴桌之上，七弦琴之下，作为特大共鸣箱，可加强共鸣，倍增音量并提高音质。明王佐《新增格古新论・古琴论・琴卓》：“用郭公砖最佳……郭公砖、灰白色，中空，面上有象眼花纹。相传云，出河南郑州泥水中者绝佳……砖长仅五尺，阔一尺有馀，此砖驾琴抚之，有清声泠泠可爱。”清周亮工《书影》卷二：“余乡多郭公砖，体制不一，以长而大者为贵。江南人爱之，以为琴几。荥泽、荥阳尤多。郭公不知何时人……”

网师园的郭公砖也较大，长152.5厘米，宽44厘米，高14厘米，正面四周有绳纹，通体有细花大网纹，古雅可爱，为不可多得的珍品。

十三、绣楼棋桌中的“双陆”桌面

《红楼梦》第八十八回“博庭欢宝玉赞孤儿”写到，鸳鸯来至贾母房中，“看见贾母与李纨打双陆”。人民文学出版社1973年版注：“一种游戏，又名‘双鹿’。下铺一种特制的盘子，二人各用十六枚棒槌形的‘马’立在自己一边，掷骰子二枚，按点数在盘子上点步数，先走到对方的就算胜利。”明人谢肇淛《五杂俎・人部二》：“曰双陆者，子随骰行，若得双陆，则无不胜也……其法以先归宫为胜。”该游戏相传由天竺传入，盛行于南北朝、隋唐时期，延续至明清。至于其名称，是由于盘上左右各有六路，故名“双陆”。

其制有北双陆、广州双陆等多种。宋人洪遵有关于双陆的专著，名《谱双》。

网师园多用棋桌中的双陆盘，是一种简化了的双陆。遗憾的是只存“盘”而已乏“马”。但这一业已失传了的遗存，和“射鸭”这种游戏已失传而网师园“射鸭廊”其名仍存一样，从文化史的角度看，也仍是极可贵的。由此也可见，网师园确乎可称为古代文化的综合博物馆。

网师园的文史意蕴是丰饶的，它经过一代代园主及文人宾客们的加工、修改、增添、题咏，历史地层累和浓缩成为一个古代文化艺术的综合博览馆。园中可能还有一些沉睡的意蕴等待人们去发现、发掘，笔者也只是在协助编写《网师园》。

画册过程中作些随感式的拾零，征引不一定准确，意见也不一定成熟，这里一并写出，以冀引起对园林文化不是表面的，而是深入一层的研讨。

（载《苏州园林》2002年第4期，2003年第1期，
其中第6条“诸葛铜鼓”为重写）

占尽风情向小园

苏州作为园林之城，由来已久，它发展于唐宋，全盛于明清。至今城内外大大小小的园林，虽不能说“星罗”，却可说是“棋布”，它们文雅清秀，精巧玲珑，引得国内外游人接踵而至。

不久前，拙政园、留园、网师园、环秀山庄以其所蕴含的普遍价值和人文内涵，辉煌地列入了世界文化遗产名录，从而成了全人类的共同财富。如今，沧浪亭、狮子林、艺圃、耦园、退思园将第二批申报世界文化遗产，这是姑苏园林走向世界的又一新起点。

沧浪亭等五个园林，既没有拙政园、留园那么大的规模，又没有网师园、环秀山庄那么大的名气，然而，这批小园，自有其风情别具的美。

宋代诗人苏舜钦所创建的沧浪亭，是城市山林的杰构，是文人写意园的范例，是中国古典园林发展史上的丰碑，是借园以实现自我之艺术实践趋于成熟的标志。今天，在这饱经沧桑、积淀深厚、具有纪念意义的古老园林里，“沧浪亭”“面水轩”“观鱼处”“明道堂”“翠玲珑”……无不是一首首意味隽永的凝固的诗。

元代所建构的狮子林，与天如禅师之名不可分，其中盎然的禅意、离奇的峰石，不但可从世俗美学的视角去品赏，而且更应从佛陀艺术的视角去观照。狮子林还是园林文化发展的缩影，体现了假山与真峰的互补，私家与皇室的渗透，古典与现代的撞击，本土与西洋的共生，仿佛是窥视园林美的迷人的万花筒。

承明代文氏药圃而建的姜氏艺圃，池水方广弥漫，建筑的结构、梁架、彩绘和板桥，均浸渍着可贵的明代风韵。在这典型的文人园内，亭堂具旷士之怀，斋阁饶雅人之致，而幽僻小巧的假山、溪壑、曲径、月门，也给人扑朔迷离的美感。

清代建构的耦园，可见夫妇偕隐，伉俪唱和的美好风情。园中的山水引人入胜，“留云岫”“桃屿”“邃谷”……气势磅礴，风格雄健，正是：崖壁千寻，具大斧劈画法；秋波半幅，入小桃源图中。

江南美，美在水。地处同里小镇的退思园，舫之所架，榭之所挑，轩之所临，桥之所跨，岸之所贴……无不是盈盈活水，真不愧“江南水乡明珠”之誉。

五园风情，难以一一遍举。而在略数家珍之际，已似将宋、元、明、清四朝史籍匆匆翻过，看到了凝固于其中的时空价值之美。

众芳艳发竞暄妍，占尽风情向小园。沧浪亭等五园申报世界文化遗产，必将给园林之城——苏州，更增添灿烂的光彩！

（载《姑苏晚报》1999年3月4日）

耦园杂议

——在耦园历史文化研讨会上的发言［节］

苏州耦园素以假山艺术著称。对于东部的黄石大假山以及两壁如削、弯环如许的“邃谷”，笔者在《苏州园林》一书里曾评为“法天贵真的最佳建构”之一。惜乎因危情而封山，禁止游人入内。这一安全措施是正确的，但游人也就此难以上山领略其妙。如何修复加固，又保持其原貌不变，并使游人也能登山揽胜，这是耦园修建管理的一个课题。

至于西部的湖石假山，其艺术价值也较高，可与东部的黄石假山相甲乙，只是其体量较小，又无人前往游赏摄影，或给予品评，因而可谓门庭冷落，无人问津。其实，此山也以“法天贵真”“天开图画”为构建原则，它小巧玲珑，叠掇自然，壶中别有天地，山洞曲蹊也无矫揉造作之感。尤其值得称许的是，它作为“织帘老屋”的对景，其效果并不比留园五峰仙馆或网师园五峰书屋前的厅山对景逊色。从“织帘老屋”南望，山峦不但前后层叠，而且横向展开，并显出虚实相间、高低错落的章法，犹如一幅长卷。特别可贵的是其纹理一致，风格协调，较典型地体现了卷云皴的绘画笔法，这在苏州园林里是不可多得的。假山群之西，还有一特大山洞，虽不通人，却以其深邃幽暗倍增了山体的景深度。此山以白色的云墙和绿色的嘉树为背景，效果甚佳……

“织帘老屋”前梅花纹样铺地和“平升三级”图案，在苏州园林群里也是有个性的。老屋的长窗、花窗、飞罩等，以乱纹图案为主，有特色，很精致，它们和东部“还砚斋”的长窗一样，具有精巧、细致、清秀、古雅、文静、美观、大方的艺术特色……明间正中的“织帘图”、对联，均饶有古意，联语内容与作为对景的湖石假山也颇吻合，达到了情景交融的境地。但天然几上缺少清供，是为不足。

耦园东部，论者甚多，再略说几句。“城曲草堂”明间屏条上的浅绛山水系列，画得较好，有气势，在苏州园林中独具一格，特别是能与堂前作为对景的黄石假山色调取得一致，从而使堂内堂外气氛融洽，互为辉映，相得益彰……

园的东南隅有“便静宧”，其室内的简介牌上说：“题名之义不详，可能与道教有关。”这种实事求是的精神极其可嘉。现试释之：宧（yí），《尔雅·释宫》：“东北隅谓之‘宧’。”《说文解字》：“宧，养也。室之东北隅，食所居。”宧，通“颐”，又有颐养之意，可作双关语解。再释“便静”的“便”。《墨子·天志中》：“百姓皆得暖衣饱食，便宁无忧。”这里的“便”（pián），为安适之意。“便宁无忧”，即“安宁无忧”。《说文解字》也释道：“便，安也”，亦即安适、安康之意。至于最早将“便”“静”二字用于一句的，则见于南朝宋谢灵运的《过始宁墅》诗：“拙疾相倚薄，还得静者便。”谢灵运由于获罪刘宋王朝，更期望归隐。上引两句意为：由于笨拙不善做官，自身又有疾病，二者相互依附，所以希望能归故园求得静者的安宁。而这个“静”字，又来自《老子》中的“归根曰静，静曰复命”。谢灵运之后，唐代杜甫在《渼陂西南台》诗中，又进一步把“便”“静”二字紧密联系起来，其诗云：“身退岂待官，老来苦便静。”《钱（钱谦益）注杜诗》对此不但引了谢灵运这两句诗，而且在“便”字下注道：“平声”。据以上所引所证，可以作如下解释：“便静宧”，是安适闲静、颐养身心之一隅；或是安适养静之一隅。再看室内，设一榻，与养静之义亦甚符……

联系耦园实事求是精神来思考，感到有些园林名胜的说明介绍就显得相形见绌。如天平山庄“来燕榭”内的说明，范仲淹的“范”均作“範”，这种“繁体错别字”，最令人啼笑皆非……建议发扬耦园精神，对各园作一番普查，逐一修正，庶不负世界文化遗产或文化名城之美誉。

耦园还有很多特色，如双层建筑，立体交通，引进园外活水……

（苏州市申遗办、《苏州园林》编辑部：
《沧浪亭、狮子林、艺圃、耦园、退思园
历史文化研讨会论文集》，1999年12月）

清风明月本无价，近水远山皆有情

——沧浪亭名联诞生的前因后果

苏舜钦，字子美，是宋代诗文革新运动的倡导者之一。叶燮《原诗》说："开宋诗一代之面目者，始于梅尧臣、苏舜钦二人。"苏舜钦的诗作，继承了杜甫忧国忧民、豪迈哀顿的优良传统。

苏舜钦不仅是以欧阳修为盟主的诗文革新运动的主要倡导者，而且是以范仲淹为领袖的政治革新运动的积极参加者。他曾一再大胆进谏，如欧阳修所说，"位虽卑，数上疏论朝廷大事，敢道人之所难言"（《湖州长史苏君墓志铭》）。而站在政治革新运动对立面的保守派，则视苏舜钦等人为眼中钉，因而借细故劾奏，将苏倾陷入狱，这是莫大的冤案。自此，庆历新政亦告失败，而保守派则欢呼"一举网尽"。

当苏舜钦一旦离开丑恶的政治罗网，就来到印象佳的苏州建造了园林——沧浪亭。苏舜钦的遭遇和屈原有某种相似之处，其"沧浪"二字就撷自屈原的《渔父》。此篇中"避世隐身，钓鱼江滨"（王逸《楚辞章句》）的渔父开导屈原之后，这样写道：

渔父莞尔而笑，鼓枻而去，歌曰："沧浪之水清兮，可以濯吾缨；沧浪之水浊兮，可以濯吾足。"

苏舜钦以"沧浪"二字题园，说明他接受了渔父的开导。他在《沧浪亭记》中说，这里"三向皆水"，"前竹后水，水之阳又竹，无穷极"。接着又饱蘸着情感写道：

予时榜小舟，幅巾以往，至则洒然忘其归，觞而浩歌，踞而仰啸，野老不至，鱼鸟共乐，形骸既适而神不烦，观听无邪则道以明，返思向之汩汩荣辱之场，日与锱铢利害相磨戛，隔此真趣，不亦鄙哉！

这种生活，这种情思和“真趣”，是他将社会丑与自然美、园林美进行反复对比后的一种抉择，是他对以往涉足于荣辱之场进行“返思”的结果。

宋人龚明之《中吴纪闻》云：“沧浪亭，在郡学之东，中吴军节度使孙承祐之池馆（金按：系废地）。其后，苏子美得之，为钱不过四万。欧公诗所谓‘清风明月本无价，可惜只卖四万钱’是也。”欧公，即欧阳修，其《沧浪亭》诗写道：

子美寄我沧浪吟，邀我共作沧浪篇。沧浪有景不可到，使我东望心悠然。荒湾野水气象古，高林翠阜相回环……清光不辨水与月，但见空碧涵漪涟。清风明月本无价，可惜只卖四万钱。又疑此境天乞与，壮士憔悴天应怜……

欧阳修在诗中抒写了对其诗友的不胜同情！此诗所隐含多方面的评价及其用韵形式对后世影响极大。对这段历史，宋人胡理《沧浪亭》以诗的语言评道：“昔闻沧浪亭……子美东南美。如何一网尽，祸岂在故纸？青蝇变黑白，作俑兹焉始。”这是宋代人对这段历史是非的公正评判。

元、明至清初，沧浪之亭几兴废，而清康熙间，宋荦重构沧浪亭于山上，并开了《沧浪亭用欧阳公韵》创作之先河。自此以降，清代此题的诗创作络绎不绝，成为中国诗史上特富历史深意的奇观，现录其中部分作品并节选于下：

湖州长史（苏舜钦后曾授湖州长史）昔贬谪，爱此卜筑将终焉。轻舟野服恣啸傲，援琴命酒乐静便。长史作记欧公赋，金钟大镛声相宣。斯亭遂与人不朽，买得只用四万钱……（宋荦《沧浪亭用欧阳公韵》）

湖州长史才且贤，策名登朝方盛年。俯视一世气豪上，矫如健鹘摩苍天。杜、范、欧、富（即杜衍、范仲淹、欧阳修、富弼等革新派）悉倾倒，抗论不避当路权……赋诗往往发感愤，高风峻节垂遗编……（洪昇《沧浪亭用欧阳公韵》）

沧浪之墟久已矣，沧浪之胜奚有焉。沧浪之人则不死，诙诃唾笑犹便便。沧浪之文金玉也，弃掷粪土能昭宣。足知文士有光价，富贵了不直一

钱。生前摧压百僚底，既殁乃反跻其颠。（顾图河《沧浪亭用欧阳公韵》）

苏城积水少漪涟，一泓绝胜南园边……何来迁客苏长史，四万青钱买欲颠，便引江湖傍几席，飞亭四角环通川。（梅庚《沧浪亭用欧阳公韵》）

苏公旧作沧浪亭，名胜仅见欧阳篇……文章有神交有道，时代虽异心相连。（李必恒《沧浪亭用欧阳公韵》）

长史之称未磨灭……庐陵（欧阳修，庐陵今江西吉安人）诗笔洵如椽。（朱载震《沧浪亭用欧阳公韵》）

沧浪亭子临清涟，溪山爽气收无边。不知阅历几兴废，一旦兴废仍岿然。（殷誉庆《沧浪亭用欧阳公韵》）

沧浪之亭自何始，沧浪吟见长史篇。欧公和诗善摹写，此景天与理或然。（刘石龄《沧浪亭用欧阳公韵》）

沧浪之亭东吴胜，名流先后题诗篇……忆昔子美遭谤谪，得此佳胜吴城边……风月无价亦得卖，但须四万囊中钱。（朱逢泰《沧浪亭次欧阳公韵》）

一首首《沧浪亭用欧阳公韵》，写得情理双至：或褒扬长史其人其文，或评骘历史是非曲直；或折服欧诗大笔如椽，或赞美欧、苏友谊长青；或鞭挞宵小狐群狗党，或乐道典故四万青钱；或颂扬后贤重修名亭……一言以蔽之，无不是激浊扬清，佳话连连。

其间值得一提的是清人梁章钜，不但在藩吴时重修了沧浪亭，并辑《沧浪亭志》，而且他还是中国最杰出的一位楹联学家，著有《楹联丛话》，其中一则云：

苏州城南之沧浪亭……余藩吴时复加修治，增设台榭，蔚成大观。好事者合献楹联，而惬心贵当者实少……余因辑《沧浪亭志》得集句一联云："清风明月本无价；近水远山皆有情。"上系欧阳文忠公句，下系苏长史句，皆沧浪亭本事也。然屡书皆不工，故此联迄今未悬挂。

上联就是欧诗《沧浪亭》中广为传诵的"清风明月本无价，可惜只卖四万钱"；下联则是苏舜钦适越途中所写《过苏州》诗中的名句。全诗如下：

东出盘门刮眼明，萧萧疏雨更阴晴。

绿杨白鹭俱自得，近水远山皆有情。

万物盛衰天意在，一生羁苦俗人轻。

无穷好景无缘住，旅棹区区暮亦行。

苏州盘门外一带的如画景色，在诗人眼中情韵悠悠，极具魅力。陈衍《宋诗精华录》评道："三四句是苏州风景。"是的，此联确乎写得天机活泼、生趣盎然。而对于旅途羁苦的苏舜钦来说，他以无缘在此久住，必须离别"无穷好景"而深感遗憾。其实，他的恋苏情结已暗暗在此扎下了根，或者可以说，为尔后在苏建立沧浪亭埋下了情感的"种子"，所以梁章钜《楹联丛话》说，欧、苏诗句"皆沧浪亭本事"。于是，"清风明月本无价；近水远山皆有情"这副稀世佳联经梁氏之手就这样诞生了！上下两句，珠联璧合，自然天成，如出一人之手，这也突显了集联者卓越的眼识和高超的水平，让人读来，真是金声玉振，黄钟大吕声相宣。

从内容上看，它又集中概括了人们品赏山水风月的深刻体悟，可说是深入浅出的美学名言。

梁章钜还有一首《重阳日重修沧浪亭落成宴集得诗》，反映了他集联告竣后的欣悦之情：

泥痕三度雪鸿留，甫得今番畅叙幽。佳日壶觞酬令节……秋光正满阖闾城。清风明月本无价；近水遥山皆有情。乐在忧先吾岂敢，天从人愿事方生。朝来佳话传吴下，贺九还兼志落成。

这副旷世名联已集成并引于诗中，又欣逢重九佳节，更兼重修沧浪亭落成，喜上加喜，值得庆贺，故情兴倍加舒畅！这番盛事佳话，必然会传遍吴地，播之永远……

再回眸历史，屈指算来，11世纪开一代诗风的欧、苏，从"湖州长史筑亭始，六一居士（欧阳修）题诗篇"（清·程赞清《新修沧浪亭》），到19世纪熟于掌故、丰于著述的楹联高手梁章钜的再创作，中间经过近800年，才终于孕育出这副集句联。然而，梁章钜是谦谦君子，对这副沉甸甸的名联，他自己感到"屡书皆不工"，故宁可不挂于亭内。又经过了数十年，到了清末，国学大师俞樾才为之书写，镌刻于石亭的柱子上。短短的14个字，竟浓缩了如此漫长的历史，积淀了如此深厚的文化内涵！

沧浪亭是个半开敞的面水园林，巧借园外之水，点出沧浪之题。它不但是入口、借景成功的杰例，而且还妙有一条面水环山的长长复廊，廊墙一个个玲珑漏窗，影影绰绰，使园外园内，水际山崖，或远或近，似隔非隔，而游人或内或外，两面可行，于是，或乐山，或乐水，或见仁，或见智……

现今沧浪亭石柱上所镌这副对联之妙：一方面，是梁章钜把上、下联集得天衣无缝，珠联璧合，堪称名联极品；另一方面，此联更把欧、苏两位诗坛挚友的深情厚谊，历史性时刻的心灵共鸣以及国学大师的手迹等，均铭刻于山亭石柱之上，永垂于中华园林青史。

陪同日本友人访问曲园

我与日本的田中昭三先生，已是多年的深交了。

2012年，我拟研究《园冶》，正踌躇着，苦于稀世的明版孤本在日本被珍藏着。真是无巧不成书，适逢素昧平生的田中昭三先生来访。他是日本园林文化研究家、园林摄影家，出版过多部园林文化方面的书。他既是日本庭园迷，又是苏州园林通。几经曲折，他好不容易来苏州找到了赋闲在家的我，并一下子拿出他在日本书店所购我的两本书:《中国园林美学》和《苏州园林》，书眉上写着一段段文字，要我解答。接着他又问我在研究什么，知道我想研究《园冶》，他说《园冶》的好版本在日本，愿意帮我设法获致，还愿意为我的书拍摄所需照片。于是，我从《园冶》书中选出名言两百句，两人奔波姑苏，出入名园……

田中先生回日本后不久，先后寄来两张光盘。一张是按《园冶》名言在苏州诸园所拍摄的精美照片数百帧，另一张是日本珍藏的明版孤本《园冶》全三卷的翻拍照片，这让我不胜雀跃！

他和我相识后，又到苏州来过两次，其中有一次是带着访问俞樾故居——曲园之任务来的。

俞樾（1821–1907），字荫甫，号曲园，浙江德清人，晚清国学大师，其文化学术在国外特别是日本深有影响。他在《余故里无家，久寓吴下。去年于马医巷西头买得潘氏废地一区，筑室三十余楹，其旁隙地筑为小园，垒石凿池，杂莳花木，以其形曲，名曰“曲园”……》诗里写道：“曲园虽褊小，亦颇具曲折……勿云此园小，足以养吾拙。”此园在今苏州马医科，园不大，整个地形短于南北，长于东西，其中小有曲折。

田中先生对苏州园林相当熟悉，却从未去过处于僻巷的曲园，于是我毛遂自荐，表示愿意陪同前往。

我们进了大门，来到了乐知堂。他领略了堂名出自《周易》的“乐天知命故不忧”后，以日语称之为“人生训”。然后折西进入主体厅堂春在堂。他惊赞此堂雅致的陈设布置，特别是浓浓的文化气息。明间正中白色匾额下，两侧挂白色抱柱联，上书长长的“龙门对”：

生无补乎时，死无关乎数，辛辛苦苦，著二百五十馀卷书，流播四方，是亦足矣；

仰不愧于天，俯不怍于人，浩浩荡荡，数半生三十多年事，放怀一笑，吾其归欤！

长联概括了俞樾的思想生平、风格成就（这二百五十卷书，就是《春在堂全集》）以及处世为人……形式上做到了字句相等，词性相同，结构相称，节律相应，平仄相反，其中还有“生”“死”和“仰”“俯”的“当句对”，上下联的虚词，对得尤为工巧。

两柱之间，以系列的白色屏门为隔间。在这大片白地上，镌以俞樾所撰、清代著名篆书家吴大澂所书《春在堂记故事》【图45】。这种形式，他颇觉新鲜、感到极有创意，但这大篇的篆书，却难倒了田中先生。我将其拍摄下来，带回去打成宋体，断以句读，并作译注，发至他的日本邮箱，供其对俞樾行状有进一步的了解，此皆后话不提。

我们又从堂后来到小小的花园，矩形池上建曲水亭，池呈“凹”字。作为其对景的回峰阁，筑于小小假山之上，下有山洞，虽不深而曲折自然。“回峰–曲水”，一高一低，一山一水，相对互补，构思颇佳，借俞氏诗句状之，曰：“卷石与勺水，聊复供流连……右有曲水亭，红栏映清洌。左有回峰阁，阶下石凹凸。”

【图45】曲园春在堂屏门书事（云泽摄）

田中先生对碑廊以及俞樾手植紫薇均极感兴趣，一张张拍下来，其中有日本妇孺皆知的俞樾手书《枫桥夜泊》诗碑，但更多是陌生的，如几块以不同字体表现“曲园”字样的书条石等。而他最重视的一块，是《梅碑》。日本的著名禅寺——万福寺的文华殿藏有此梅碑拓片，但东瀛人士却从未见过此碑。后田中先生获悉此碑藏于苏州曲园，特来苏访问，终于得睹此碑真容，摄入镜头，并将有关情况采访回去，由此可见俞樾在日本的深远影响。

田中先生和我握手告别，他这次来苏虽仅三天，却可说是收获多多，满载而归。

翌年，我收到了寄自日本的《黄檗文华》第135号2014–2015双语版（日语、英语）。这是黄檗宗的重要研究刊物，还印有“ISSN”字样，主办单位为黄檗山万福寺文华殿和黄檗文化研究所。翻开目录，一行字赫然映入眼帘：“苏州曲园访问记……田中昭三”。此文日语版长达12页，英语版的页数更多，其中还插有不少图版，都是我非常熟悉的，还有我后来一人再度去曲园拍摄后提供的《春在先生杖履中》碑。该碑完全以图像语言说话：一根拐杖，上端缚有一束兰花，隐喻一个“春”字，联结着意味深长的“春在堂”故事；杖的下端，立于一只草履上，既有“杖”，又有“履”，文字和图像均有双关义，全句可理解为“春天，就在俞樾先生的杖履之中”。此外，还可以另有一种接受：“春在先生”作为主语，可读解为“春在堂主人俞樾先生”；“杖履”，原为名词，又可用作动词，意为策杖行走；“杖履中”，意谓正在策杖行走之中。这样，全句联系曲园来解读，意谓：春在堂主人俞樾先生，正在策杖漫步于曲园小庭之中。

潇潇洒洒，漫步于闲庭的春在先生，原来就是严谨治学，辛辛苦苦植杖耕耘于字里行间的俞曲园大师！

西园：佛陀的生态与心态

西园，是西园戒幢律寺的通称，属寺庙园林。童寯先生《江南园林志》写道：

西园，在阊门外，距留园甚近，为今寺园中著称者。本明万历间徐氏西园，后舍园为寺。崇祯八年，建戒幢律院，园居其西。……园之主眼，在放生池。亭立池中，有曲桥达两岸……东岸有四面厅及长廊，与罗汉堂比邻。

这是极简要的概括，还应补充西园之名的由来。此寺初建于元代至元年间，名归元寺，明万历时圮毁。太仆寺少卿徐泰时罢官归里，先营构东园（今留园前身），又将归元寺改为别墅，称“西园”。泰时去世，其子舍宅为寺，复名“归元”。崇祯八年，住持崇奉律宗，主张传持戒律，故更名“戒幢律寺”。

游西园，绝不能走马观花。要能真正读懂西园，关键在于必须细品一个“生”字。

人们若从山门前的西圈门入，拐弯可见一石库门，门额曰“广仁放生园池”。细味之，所谓“广仁”，意即广泛地施仁乃至遍及于物，联系“园之主眼”——放生池而言，即将人类的道德关怀从社会广衍到非人类的生存物，这颇有些生态伦理学的味道，故放生池又名“广仁池”。石库门两侧有砖联曰：

西已种竹栽花，培心培地；

园则放生育物，养性养天。

这副佳联，不但巧妙地把“西”“园”二字分别置于联语之首，构成“鹤顶格”，而且下联嵌入主题“放生”二字，还发人深思地将其与“育物”“培地”相并，又将这一行为和主体的“培心”“养性”画上等号，至于和“培地”相联结、相对待的“养天”，更令人感到余味无穷……

再看门的对面，照墙上赫然刻有“大德曰生”之额，四字出自《易·系辞下》：“天地之大德曰生。”对此，明高攀龙最有体悟，《高子遗书·札记》写道：“易之本体，只是一个‘生’字。”可见，佛家与易学息息相通，佛门有种种律则，或五戒，或八戒，或十戒，其第一条都是“戒杀生”，都是强调一颗生态良心，而这就是体现了“天地之大德”。

“放生园池”，是西园的主体，其水域被筑成蝌蚪之状，尾巴为曲折小溪，头部为宽广澄澈的放生池，整体地象征着幼嫩、活泼、可爱的小生命，这种以大拟小，可谓别具匠心。池心建有重檐六角攒尖的湖心亭，东西各有九曲桥通往池岸。亭西有抱柱联云：

渊跃波游，活水泓泓鱼自在；

春翔秋返，空林郁郁鸟归依。

“鱼自在”“鸟归依”，不但是形象地弘扬佛门教义，而且是周围环境的生动写照，如空中、地上，有白鸽、麻雀、鸭子；池中，有小红鱼自在游波，有大鲤鱼甩尾跃水，更有两只特大的斑鼋潜伏池中，这是西园一大胜景。斑鼋属国家一级珍稀濒危动物，据说徐氏建园时即投放池中，至今已四百余年，被尊为“神龟”，僧徒各以其形态特征命名为“方方”“圆圆”。现九曲桥西端池畔之南、北两侧，各建石栏平台，长方形莲花石座上各铸巨型铜鼋一只【图46】，体量悉为原大，引来游人香客们以惊诧之情、崇敬之心抚摸其头身，而当温舒时节，其真身难得露水一现，人们更以为吉兆。所有这些，均有着保护生物多样性的生态学意义。

六角攒尖的湖心亭里，有六角的佛龛，龛内东供阿弥陀佛，西供莲池大

【图46】西园莲花座上铜铸斑鼋（江合春摄）

【图47】西园湖心亭（江合春摄）

师（提倡放生），佛座下每面均有著名漫画家丰子恺的画，例如：一个女人在阳台上打开鸟笼，让鸟飞向天空，题为“遇赦”；一个人把一盆螃蟹放到河里去，题为“无声的感谢”；一个老人提着一篮鱼，一条条放进河里，其旁两个小孩深情地看着，题为“幸福的同情”……无不是寥寥数笔，即突现出放生的主题。尤应指出，这些风格简朴淳厚，形象生动风趣的漫画，均出自丰子恺之手，这就更富意蕴。因为丰氏本人笃信佛教，既是弘一法师的学生，又是菩萨心肠的虔诚居士，一生苦口婆心劝人们护生戒杀，有一套《护生画集》传世。

生态离不开心态，那么，佛陀的心态又是什么？一字以蔽之曰“净”。湖心亭六角佛龛下丰子恺的第一幅漫画，就是“杨枝净水”，图中一人以杨枝蘸瓶中净水，遍洒猪、鸡、鱼等，可谓：功德之水，滋润众生，涤尽尘俗，净心乃萌。湖心亭有额曰“月照潭心”，四字描画出了最清最净的佛陀境界。

再看体量硕大、重檐六角的湖心亭【图47】，妙相端庄，形象稳重，而上下两层十二个翼角又竞相起翘，化沉重为轻盈。南朝梁沈约的《阿弥陀佛铭》这样写道：“于惟净土，既丽且庄……愿游彼国，晨翘暮想。”遥望湖心亭，人们或许会生如是想。若再在园中四处游观，更可见复廊曲折，房舍俨然，假山玲珑，洞壑深窈，古木旁流泉潺潺，藤架上紫英串串……感到这里确乎是超然尘世的园林净土，不但体现了佛陀的良好生态、绿色环保，而且可以“培心”“养性”，自我孕育洁净的心态，实现心灵的环保，是之谓“养天”。

【图48】西园罗汉堂济公像（丁虹摄）

西园寺之胜，还有“田”字结构的罗汉堂，也值得一观，特别是其中的济公雕像【图48】，有三副面孔，从右边看是“满面笑容”，从左边看是“一脸愁云”，从中间看则是“啼笑皆非”，可谓盖世绝品。而苏州可以与之相颉颃的，还有甪（lù）直保圣寺的残塑罗汉，传为唐代塑圣杨惠之所作，已有一千余年历史；另有洞庭东山紫金庵的泥塑佛像也蜚声远近，据说系南宋雕塑名匠雷潮夫妇杰构，如其手中之帕极富飘拂感，远看疑是绫罗织成，走近细观，才知亦是以泥塑成。以上三者，堪称苏州雕塑之三绝。

“双塔写云”

双塔，在苏城东南定慧寺巷罗汉院内。此巷内有两个近于毗连的寺院，西为定慧寺，东为双塔寺罗汉院。对于二者的关系，可谓众说纷纭：或说这原是两个毫无关系的寺院，或说双塔原属定慧寺，故应称定慧寺双塔，或说后来才分离为双塔罗汉院的……其实皆非。笔者经查检多种文献，证以寺内两侧碑廊里的众多碑刻，掌握了二者的历史联系，终于了解了双塔寺罗汉院的来龙去脉。《百城烟水》云：

双塔禅寺，在城东南隅。唐咸通（按：为咸通二年，即861年）中，州民盛楚建，名般若院。吴越钱氏改罗汉院。宋雍熙中（按：准确地说，应该是自太平兴国七年即982年，至雍熙间即984-987年）王文罕建两砖塔对峙，遂名双塔，重建殿宇（俗称双塔寺）。至道初（995年），赐御书四十八卷，改寿宁万岁禅院……

定慧禅寺，本双塔寺之西方院，起自唐咸通间。宋天禧（1017-1021年）中赐额，始分为二……

可见二寺唐时为一，宋时始分。《吴门表隐》亦谓："双塔，宋雍熙中判司王文罕建，并舍田五百八十亩，今祀为伽蓝神……其墓在寺内东隅（按：今已无），其地本命王判司巷。"可见雍熙间二寺尚未分，作为"双塔西方院"的定慧寺，同样在王氏所舍的五百八十亩范围之内，再过了三十余年，至天禧间，定慧寺才分离出去。

再概述双塔的历史。北宋太平兴国七年至雍熙间，王文罕及其弟在院内捐建东、西两砖塔，一名"舍利"，一名"功德"，合称双塔（为国内双塔制度的典范）。东塔高33.3米，西塔高33.7米。至南宋绍定间的《平江图》碑上，仍可看到罗汉院双塔并峙的形象。后金兵南下时，部分塔院被毁，塔只是有所损坏，绍兴五年修复。直至清咸丰间，寺院毁于兵火，但塔亦幸存。回眸遥远之往昔，风雨千年的双塔是幸运的，据民间传说，是由于神佛的呵护。张庆孙《过双塔寺时尚未修葺》云："何人肯念王文罕？对筑浮图七宝装。"可见后人是多么感激宋代王氏昆仲建塔的功德！现今双塔寺罗汉院大门前照墙上仍赫然可见四个大字："唐宋遗韵"。这一概括，言之不虚。

双塔除了悠久的历史外，还有其建筑科技、艺术文化等多方面的价值。

从建筑结构的视角看【图49，见书前彩页】，这造型完全一致的两座塔，均为七级八面仿木结构楼阁式砖塔，在构筑上还颇有创意，其外观虽为八面，但塔内每层却呈方形四面，均为方室（只有第五层内部为八角形），而且每层均转向45°。如是，塔的门窗，也每层转换方向，这样就平衡了八面形塔每一面基地的载重压力，既可防止塔面因每层虚位一致而发生裂缝，又揭示了它自身千余年来之所以没有圮塌的秘密——这是塔的科技创新价值。

它还有建筑艺术价值。那高高的基层、火黄的外墙、黝黑而略为反翘的腰檐、秀逸高扬的戗角，配合得极其协调，表现出稳定、大方、秀丽、英挺、纤瘦、峭拔的艺术风格，而檐下一律均有斗栱等构件，凸显出一种精巧细致的美。另外，适应于塔壁的错角结构，每层的八面只有四面辟壶门，另四面则隐出直棂窗，如此地每一层改换一次门窗方向，就同时创造了富于变化的外观。这样，自下而上，壶门就呈曲线形上升，这又是一种错综交替之美。而双塔七级，逐层收缩，最后收为尖尖的塔刹，这更是一种向上递减的节律之美。再说两塔同高，比肩而立，相距近20米左右，这还是一种平衡对称的美。

应重点介绍塔刹，从高度看，它竟占全塔的1/4左右，这样的比例，在全国极其罕见。刹顶均为铁制，既极其沉重，又十分轻盈玲珑；其结构既体现着一种程式化，又复杂而新巧可人；其部件自下而上大体为：①覆钵（又称合缸）1只，如倒置的缸，约重1000公斤；②管筒（俗称膝裤通）8套，每件约重300公斤；③相轮（俗称蒸笼圈）7套，每套约重500公斤；④宝盖（又称凤盖），套在第八套管筒上，四面形如灵巧的飞凤，约重1500公斤；⑤下珠球1个；⑥天王板4块；⑦上珠球1个；⑧上顶葫芦，高近1米，重约600公斤……此外，还有旺链8条，从凤盖挂至第七层挑檐角梁，每条重约75公斤，但从塔下看，又非常飘逸轻灵秀丽，极富装饰性……这样负载着重力规律的高高刹顶，不因过重而倒折，亦是奇迹。总之，双塔突出地体现了古代科学智慧、工匠精神、艺术美学三位一体的高度融合，是苏州历史文化的骄傲，故而它与正殿遗迹一起被列为全国重点文物保护单位。

双塔还有其历史地积淀而来的文化价值，其中包括民间文学、状元文化……它长期地被称为“兄弟塔”，这不难理解；又被市民传为“姑嫂塔”，这就附会了曲折的民间故事；形家则视之为腾蛟起凤的“文笔双塔”，清代诗人袁学澜《姑苏竹枝词》更咏道：

钟楼双塔秀文华，科第年年艳榜花。

日暖春城红杏发，行人指点状头家。

自注：钟楼双塔，在吴郡巽方，为主阖郡文秀之气，所以苏城屡出大魁。

巽方，在八卦方位中是东南，主阖郡的文秀英华之气。钟楼和双塔，正是钟灵毓秀的表征，文人们正是这样把双塔看成是尖尖的两支笔；而钟楼则是一锭墨，笔墨之中出状元，故而苏州素有“状元之乡”的美誉。袁诗中的“状头”“大魁”，均为状元别称。在历史上，苏州郡学首倡，弦歌相续，科甲鼎盛，大魁迭出，位居全国第一。

2006年，苏州沧浪区遴选“沧浪十八景”，就将罗汉院品题为“双塔写云”。此题极佳，“写”者，以双双相并的浮图为笔，挥毫泼墨，撰述大块文章；“云”者，蓝天白云为纸也，喻青云直上，秀出文华。今人俞涌《南歌子·双塔写云》咏道：“并峙凌云笔，双锋刺碧空。娟娟倩影月明中，最爱三更灯火催晓钟……”“三更灯火催晓钟”，又咏出了“状元之乡”的来之不易。

木渎园林漫笔

走进苏州古镇木渎，就仿佛走进了历史文化深处。

悠悠的香溪水，从两千多年前潺潺流淌到今天；长长的石板路，又从今天通往悠远深邃的历史。且不说是灵岩山上的物化遗存，负载着说不尽、评不完的吴越春秋故事，天平山下的古建筑群又炳耀着范文正公“先忧后乐”的哲理光辉；也不说古代诗人所咏的“梨花明月寺，芳草牧牛庵”，以及“木渎十景”中至今犹存的“斜桥分水”“虹桥晚照”“西津望月”……它们对于游人，是那样地勾魂摄魄。再看那路边极不起眼却又风格独具的景观，例如，老态龙钟、拙头拙脑的怡泉亭，以其质朴的石头语言，叙写着纯真深挚的友情和德性；又如，日销月砾、被时光老人磨尽了石级锋棱的永安桥，以其攀缘倒垂的古翠暗绿，自然天成地织就了“引蔓通津”之美，启迪着木渎人以这种苍然古意来从事修园、复园、护园、造园……

木渎，除了君王园林、禅寺园林、祠庙园林外，还曾以私家园林饮誉江南水乡。在明清时代的木渎园林史上，先后有建于灵岩山麓、香溪水畔的秀野园；有建于西施洞下，咏为“梧宫故苑”的灵岩山馆；有被评为“妙构极自然”的钱氏三园之一的潜园；有被《江南园林志》品为“结构之精，不让城市”的羡园……多少年来，这些闻名遐迩的园林，或存，或废，或易名，或增葺，从一个重要方面丰富了古镇木渎的园林文化内涵。

至于现存的木渎园林，也不乏其特定价值，现仅从古建艺术和园林美学的视角略加评述——

榜眼府第，以砖雕、石雕、木雕“三雕”著称，其门楼有浮雕、透雕、微雕三位一体之胜，厅堂有花篮减柱，精镂细刻之巧，轩顶有曲弓、壶档、海棠、鹤颈之异，廊间有石刻长卷《盛世滋生图》之奇……

古松园，它的美突出地表现在游赏路线上。长廊爬山，复道萦回，空灵而又通达，可供游人上下左右、高低曲折地多层次、多方位观景，如果拾级登上楼廊，远眺灵岩，则可见青山上浮，紫塔干霄，斜阳一抹，秀色可餐，堪称江南园林借景之佳例。至于纱帽厅梁间所雕，象征着《尧典》“八音克谐”的琵琶，凤凰楼所作乱纹围栏以及“疏广减文”的万川弧形挂落等，在江南古典建筑中亦属少见。

虹饮山房，建筑风格既有江南文人园林的秀美，又兼北方皇家园林的雄丽。在花木周匝，水石环互之中，其亭台具宦家之气度。斋馆有幽人之韵致，而“圣旨馆”等所藏的大量文史珍品，又令人大开眼界，当然，这已经超越于本文所界定的视域之外了。

严家花园，是江南园林的一个杰构。在空间分割上，真是方方胜景、区区殊致。春、夏、秋、冬诸景，历时地谱写出“晷度随天运，四时互相承”的山林回旋曲。例如秋景，黄石假山配以池泉花树之丽，展现出“秋山明净而如妆”的画意，而湖石假山，更是有若自然，宛如天开，特别是池边的溪湾，巧妙地深匿于幽涧曲岸，这种“藏源隐尾”的艺术处理，孕育出水广波延、源流不尽的意境。全园的意匠经营，颇有美学价值：亭馆标胜，泉石引景；奥旷兼得，虚实相生；既透又隔，相与掩映；曲径通幽，更入深情……给人以“庭院深深深几许”之感，用计成《园冶》中语说，则可谓“隐现无穷之态，招摇不尽之春”。在木渎诸园中，此园的艺术构成，可谓鳌首独占。

此外，还有灵岩山馆，其楼台亭榭，依山而建，面水而筑，占尽胜地风情；而新复建的春秋“姑苏台”，虽然体量、规模均远远不如，却是栏杆一一立苍茫，足以供人“发思古之幽情”了。

（载［上海］《新民晚报》2003年12月21日）

忆旧游·天平

“忆旧游”，在这里不是词牌名，是写实；“天平”，是题目，是所忆的旧游之地——苏州的天平山。

天平山，在苏城西约摸10公里，南连灵岩，北接支硎。因其山高，“与天齐平”，故称天平山。又因山高入云，常有白云缭绕，又称白云山。人们又以登临的高度，将其分为下白云、中白云、上白云。

天平山素以奇石、红枫、清泉“三绝”著称于世。

天平，我游过多次，最值得回忆的是20世纪60年代的第一个年头，大学刚毕业，分配至苏州工作。当时年轻气盛，又时值深秋，天高气爽，决意要全揽这“三绝”，满载而归。

山下，饱览了红艳艳的古枫，这主要是诉诸视觉，当然还想起了“晓来谁染霜林醉”“万山红遍，层林尽染”等名句。

然后上山，登天平路。

在下白云，走近白云泉，岩泉泠泠，汇成小池，临别一掬清冽，已是视、听、触诸觉并用了。当时急于上山，并未小坐细品清泉香茗，等不及满足味觉的需求。

由下白云而中白云而上白云，至今尚有意象残存的是鹦鹉石、蟾蜍石、石钟、飞来峰、石屋、照湖镜……特别是其中的“一线天”，是众山皆无，天平独有的【图50】。两侧峭壁夹峙中，磴道犹如一线悬，它狭隘、逼仄、陡峻、绝险，情境让我终生难忘：一级级，一步步，无人陪同，不可搀扶，不免有点儿胆战心惊。

【图50】天平山“一线天”景观（蔡开仁摄）

卓笔峰，也堪称绝景，对学文科的人来说，特感兴趣。此峰有十余米高，矗峙于双石之上，通体浑圆，犹如饱蘸了浓墨，笔尖朝天，猎猎天风过处，依然不倒不靡，不倚不偏，其形还符合于古人所谓笔之四德：“尖”“齐”“圆”“健”。它在天际岿然独立，卓尔不群……让人们艳羡地仰首以观。

山顶有无数纵向怪石，森然耸立，如插如揖，如截如屏，与苍藤古木互为掩映。它们像卓笔峰般无不具有向上、朝天的特性，远远望去，一个个确乎如同古代大臣上朝时所执的笏，蔚为“千峰万峰如秉笏”（明·唐寅《天平山》）的宏阔壮观景象。在山上，我还找到了“万笏朝天”的篆书刻石，字迹依稀可辨。再俯视山下，但见万丈红霞，灿然烂然……

当时，似突然灵感来潮，遂凑成现代小诗《秋登天平山作》一首：

万笏朝天，千枫染地；

峰高卓笔，白云为低。

“白云”句为一语双关，既用消极夸张的手法尽量压低下白云以及白云泉，又通过意想来渲染缭绕、弥漫于山腰的白云，从而反衬出天平山以及卓笔峰之高，这是吸取了古代画论所谓“山欲高，烟云锁其腰”的画法。

这首十六字年轻的诗，长年睡在我的笔记本里，直至21世纪第一个十年后期，为编文集《苏园品韵录》（上海三联书店2019年版），才将其唤醒，让其面世。而今又到第二个十年后期，拟重编第二本自选集，此集决定只收文，不收诗，敝帚自珍，舍不得将其汰去，故而只能邈邈远远地捕捉记忆，写成这篇《忆旧游·天平》。屈指算来，离当年已有半个多世纪，再加两年即一花甲矣！抚今追昔，不胜唏嘘——

1989年一个黑色星期五，我不幸遭车祸，置换了股骨。以后或因写作，或为游赏，虽多次到天平，总只在山下盘桓：古枫林、宛转桥、十景塘、范公祠、咒钵庵、寤言堂、来燕榭、鱼乐国、听莺阁、高义园……每来到“登天平路”牌楼前，辄顾念腿伤，望而却步。我一生登天平仅这么一次，堪称宝贵的一次。我宝爱这十六字诗，也就是宝爱自己这年轻的、一去不复返的黄金时代。

汉柏精神

——司徒庙古柏形神赞

地处光福镇西邓尉山麓的司徒庙，以清、奇、古、怪四古柏名闻遐迩，相传为东汉大司徒邓禹手植，故名司徒庙，又名古柏庵。由东汉初至今，古柏的树龄已近两千年了。

至于四株古柏之名，据说清帝乾隆南巡至此，见其状遒劲雄怪，叹为观止，遂分赐四柏名为“清”“奇”“古”“怪”。对此四柏，各家的解释描述，有一致之处，但又颇多互异，试列举如下：

清人沈复的《浮生六记》，各以八字描写道：“清者一株挺直，茂如翠盖；奇者卧地三曲，形同之字；古者秃顶扁阔，半朽如掌；怪者体似螺旋，枝干皆然。相传汉以前物也。”

当今庙内的介绍牌，则分别以十二字描释道：“清者挺拔清秀，直指云天，冠如翠盖；奇者雷击中剖，体裂腹露，朽枝生绿；古者直纹盘旋，枝茂叶繁，古朴刚健；怪者卧地三曲，状如走螭，欲冲青天。”

【图51】司徒庙清奇古怪之“清”（蔡开仁摄）

经比较可见：对“清”的解释，二家完全一致【图51】；对“奇”和“怪”，二家之释恰好互换，其实，应该说“奇”“怪”二字之义，本来就没有多大区别；至于这个“古”【图52】，二家之释全然不同，一曰“秃顶扁阔，半朽如掌”；一曰“直纹盘旋，枝茂叶繁，古朴刚健”。二家描释之所以如此地同中有异，其原因之一是由于四柏不是取分植形式，互不相干各占一地，而是植于一区，四者相与交叉，互为延伸；其二是由于古柏体量巨大，它们往往有其形态的多样性，故而品述者或取状于此，或取态于彼……

【图52】司徒庙清奇古怪之“古”（梅云摄）

清代诗人孙原湘的《司徒古柏》咏道：“司徒庙里柏四株，但有骨幹无皮肤。一株参天鹤立孤，倔强不用旁枝扶；一株卧地龙垂胡，翠叶却在苍苔铺；一空其腹如剖瓠，生气欲尽神不枯。其一横裂纹萦纡，瘦蛟势欲腾天衢。”此诗妙在不具体实指，但又一一加以颂赞，隐隐然让人联系这“清”“奇”“古”“怪”之名。

以上三家对四柏形态的描释，虽同中有异，但三家更有相同处，即敬崇之意，赞美之情，均溢于言表！若再从中国美学范畴论的视角来看，那么，三家之中，孙原湘写得更胜一筹，因其诗不仅描颂古柏之形，而且凸显了一个“神”字。

在中国美学史上，《庄子》最早提及“形”与“神”这对范畴，其《德充符》云：“非爱其形也，爱使其形者也。”成玄英疏：“使形者……精神也。”这是说，形而上的“神”，是主使或主宰其形的。所以在传统美学看来，如果没有“神”，也就不可能有其“形”。孙原湘赞颂古柏，突出了它的“生气欲尽神不枯。”还有“倔强”，也是赞其神的，而“瘦蛟势欲腾天衢”一句，这个“势”亦属“神”的范畴。当然，介绍牌上的“雷击中剖，体裂腹露，朽枝生绿”，以及“挺拔”“刚健”“欲冲青天”也是状其“神”的，写得也相当精彩。

在现代，黄裳先生《游邓尉》也从“神”的视角赞道：“它的生命力的坚强到了这样的地步，即使遭到的是毁灭性的打击，却依旧不能摧折它的成长。”于是文中引了金石学家吴云的一副对联：“清奇古怪画难状；风火雷霆劫不磨。”上联赞其形状姿态，用“画难状”三字概括无遗；下联极颂其精神品格——风火雷霆等毁灭性的打击，仍摧折不了它倔强不屈的生命力！现代著名画家刘海粟，也这样题下四字：“历劫不磨”。而今，“柏因精舍”月洞门两侧有联曰：“卧地擎天成四势；撕身裂胆各千秋。”这些都是进一步赞颂其“神”的，赞颂其生命精神，让人们对汉柏精神有更多的领悟。

当然，自古代而至近代、现当代，也多有赞颂汉柏精神的。如清人徐枋《邓尉十景记・司徒庙》一文：“司徒庙柏……雄奇偃蹇，各极其致，有非图画之所能尽者，殆不减杜少陵所咏孔明祠前柏也。……昔人祠宇湮没无闻多矣，而此独以柏树得传，不亦异乎？”将司徒庙古柏和大诗人杜甫所咏诸葛孔明庙前的古柏相比，这颇有意趣。不妨先读杜甫音韵铿锵的《古柏行》：

孔明庙前有老柏，柯如青铜根如石。霜皮溜雨四十围，黛色参天二千尺。君臣已与时际会，树木犹为人爱惜。……落落盘踞虽得地，冥冥孤高多烈风。扶持自是神明力，正直原因造化功。

诗人用夸张的语言，直接歌颂孔明庙前古柏的坚挺雄强、顶天立地，间接歌颂了诸葛亮的耿耿忠心、赫赫奇功。徐枋以孔明庙前古柏比之司徒庙里的古柏，很恰当也很自然，还极大地提升了古柏的精神品格，并指出了司徒庙以古柏而得传。再看尤维熊的《司徒庙古柏》，也有“忽忆武侯祠，高吟动梁甫”之句。

值得一说的是，在风雨如磐，内忧外患当头的近代中国，有些志士仁人往往在司徒庙古柏身上或发现天地正气，或汲取精神力量。如夏敬观的《邓尉山四古柏行》：

一柏昼吟风露声，一柏夜嗔山谷平，一柏東虬天际直，一柏苍龙地上行，欹眠伛立皆有致，气骨阅世弥老成。……心知不朽乃正气，力戒樵斤禁锄劚。

诗题显然是有意套用杜甫之题，“欹眠伛立皆有致”，是对四柏奇姿异态之形的精准概括，而“气骨阅世弥老成”一句，既赞其经时历世之久远，阅尽人间春色，更赞其老而弥坚、威武不屈的“气骨”；既赞其千古“不朽”

【图53】田汉题司徒庙精忠柏

之形，更赞其内在的“使形者”——正气，从而叮嘱人们千万不能对其动斧斤。此诗在一定程度上体现着当时的时代精神。

清末民初的金天羽，是诗坛的激进派。为了改变国民的病弱面貌，自觉在诗中张扬民族气节，追求雄霸精神，开创险怪猛厉的境界。他正气凛然地以诗歌“招国魂”，其《访司徒庙古柏》云：“司徒庙前逢古柏，山鬼亡魂衲子拜。苍龙翠蛟鳞甲舞……猛士鬇鬡介胄脱……拔剑张弩破天械。”在诗人眼中，古柏如苍龙翠蛟，鳞甲飞动，似猛士激怒抗争，脱去甲盔。“鬇鬡”一词，为猛兽怒而鬃毛奋张貌。王维《送高判官从军赴河西》诗序：“鬇鬡奋鬣，哮吼如虎。”诗人借以鼓吹奋发猛厉的精神。“拔剑张弩破天械”，赞美古柏剑拔弩张，意欲突破“天”的束缚，四柏几乎成了他所要寻找和呼唤的“民族之魂”。

历史进入现代，汉柏精神仍被合规律地传承着。1964年，曾为《义勇军进行曲》写词的田汉先生，来到了司徒庙依然这样赞道：“裂断腰身剩薄皮，新枝依旧翠云垂。司徒庙里精忠柏，暴雨飙风总不移。”【图53】所谓“精忠柏”，是借以赞美诸葛亮等民族脊梁的耿耿忠心，矢志不移。

在当代，著名画家吴冠中先生多此朝拜汉柏。21世纪还至光福司徒庙，题道：

几次朝拜汉柏，

如见屈原，

民族之魂，

民族之形，

愿子子孙孙，

传统骨气。

吴冠中

2008.6.28观清、奇、古、怪。

是的，应该歌颂中国的脊梁，弘扬民族的魂魄，承继传统的骨气，让子子孙孙，世世代代，永远地传承下去！

赵宧光及其寒山别业三题议［节］

近年来，人们对长期处于被遗忘角落的赵宧光及其寒山别业引起了关注，这是一件好事，但较多是表面或孤立地看问题，故只知其一，不知其二；若一翻古籍，则更多可见对赵宧光的歧视及否定。其实，只有把赵宧光多学科多门类的成就、赵妻陆卿子的诗作等联系起来，作深层剖析和有机整合，才能全面深入理解赵、陆其人其园的历史地位和价值意义。

园构其一：乾隆独爱千尺雪

赵宧光，字凡夫，明代苏州著名隐士、学者和出色的造园家。万历年间，他与妻陆卿子偕隐苏州寒山，营构和题咏了一系列景点。张大纯《姑苏采风类记》：赵氏建寒山别业，“凿石为涧，引泉为池，自辟邱壑，花木秀野，如洞天仙源……而‘千尺雪’尤为诸景之最。”对于寒山别业特别是“千尺雪”，还应将其置于接受史的流程中来考察。

在中国园林史上，乾隆盛世是一个重要阶段，其特点之一是大量出现了“南园北渐”的现象，体现为江南文人写意园向北方皇家园林的渗透。反过来，清帝乾隆多次南巡，又促进了江南园林的空前发展。在此阶段，苏州狮子林、无锡寄畅园、杭州西湖十景等，不断地被仿建于北京、承德。而人们最津津乐道的，是乾隆多次游幸和仿建狮子林，咏诗十余首，并手摹《狮子林图》，殊不知，乾隆不但也对寒山别业多次游幸、仿建，而且咏诗有三十余首（其中主要是千尺雪）之多，还赐名、作画、摹图、题匾、书对、勒石……不一而足。

重点说乾隆十六年临幸所咏：

支硎一带连寒山，山下出泉为寒泉。淙淙幽幽赴溪谷，跳珠溅玉多来源……就中宦光好事者，引泉千尺注之渊。泉飞千尺雪千尺，小篆三字铭云峦。(《题寒山千尺雪长句》)

据胜嘉其信美，听雪重此嬉春。大珠小珠落涧，徵招角招鸣均。(《重经听雪阁六言》)

雪宜落天上，云胡落涧底。其源不可及，千尺约略耳。三间白板阁，占尽林壑美。珠玉碎复完，琴筑鸣无止……(《坐听雪阁得句》)

第一首，还有序写出了赵氏理水创构之功，予以赞赏。第二首写成，勒石于听雪阁中，而这听雪阁亦为乾隆所命名。第三首则镌于听雪阁东门外向西石壁。他还将此诗“书之箑（扇）头，并貌寒梅一枝，以志一时清赏”，这被称为“御笔诗画金扇”。其题词“跳珠溅玉”，也勒于听雪阁，乾隆还撰书对联：“幽室数楹聊不俗；清机片晌恰宜闲。”这既是对听雪阁的高度评价，也是乾隆审美心胸的自然流露。这里还有御题“眺听”二字匾额，也启迪人们开放五官使之彼此打通，去捕捉色、形、声、香的互渗交映之美……乾隆这一联觉通感的虚灵之匾，其创意可谓奇绝妙绝！

乾隆为什么“独爱吴之寒山千尺雪”(《御制盘山千尺雪记》)，如此地特别钟情?

其一，由于乾隆生性“为爱寒泉谡入听”(《游支硎山作》，诗碑当时在御书亭)，他酷爱水景声景之美。除了上引而外，他还不厌其烦地描颂：“出峡涌晴雪，涾涾复皑皑。临流更亲切，恰见其源来”(《千尺雪杂咏四首其四》)；

“湍激波回万状声，今来练影益晶明。应缘毕献山灵技，无不相宜雨与听”（《千尺雪杂咏五首其三》，镌千尺雪临池石壁）；“我昔凭观爱清泚，云中未曾穷其源……大珠小珠跳涧谷，五出六出纷林峦”（《寒山千尺雪叠旧作韵，丁丑二月书张宗苍原画卷中》）……

其二，由于歆羡、赞赏高士赵宧光其人、其景及其别出心裁的设计。故一则说，“寒山即是支硎山，赵凡夫始疏山泉”；二则说，“凡夫果不凡，即境知神仙”，故而他让御制诗“句留苍岩间”（《重游寒山别墅作》）……具体地说，此景的意趣还表现在：“飞鱼于云中，听雪乃涧底。高下殊倒置，名象若斯耳。”（《听雪阁再叠旧韵》）飞鱼峡本应在涧底，现在却处于云中高岭，而雪本应听于天上，现在却听于涧底，真是高下倒置，这是由于名、象交互的高明设计，让人放飞想象，神游无限……

其三，还由于“千尺雪”的品题之妙。苏轼《念奴娇·大江东去》：“乱石穿空，惊涛拍岸，卷起千堆雪。”其数字的夸张、生动的比喻、动词的传神，有效地表现出惊涛骇浪冲击江岸的雄浑气势。而“千尺雪”之题仅改“堆”为“尺”，则又通过夸赞长度极写瀑布的壮观，故而深获乾隆胜赏，增加了他对赵宧光的心仪，并为千尺雪御题了“玉峡飞流”之匾。

乾隆的《盘山千尺雪记》说，“为之流连，为之倚吟。归而肖其处”。北方皇家园林的“千尺雪”，一在西苑，一在避暑山庄，一在盘山。“汇万山之水，而归于一壑，潀潀之湍奏石面，谡谡之籁响松颠”。雨后，则暴涨砰訇，砉焉直下，“鞳然铿然，激扬淙然，虽千夫撞洪钟，有不足比其壮者”。乾隆接着写道，他“率笔记之，亦以存高风之慕也”。乾隆还亲自绘盘山，命董邦达写西苑，钱维城写山庄，张宗苍写寒山，凡御制千尺雪诗皆书各卷后，并藏于各园。

从接受美学看，寒山千尺雪除景构外，品题出色地化用了苏词。以后，乾隆对此有咏、题、书、画以及三次仿建。明陈继儒、清沈德潜等名士还先后咏和，这是中国园林史上罕见的盛事，理该载于中国园林史专著中，永垂青史，但遗憾的是，今日公认的佳著《中国古典园林史》，对寒山别业只字未提；另一部颇为厚重的两卷本《中国古代园林史》，在提到避暑山庄千尺雪时说，“或云以瀑得名”；“或云以仿明赵宧（此字误）光‘吴中寒山千尺雪’的画意所绘四周藏贮于此而命名”。如此道听途说，表达不清，可见赵宧光及其寒山别业确乎成了被遗忘的角落。再看纪念避暑山庄肇建300周年所出的《避暑山庄108景》一书，则说乾隆“游览了寒山范氏山园内的‘千尺雪’……连名字也一同照搬了过来”。这也出了错，可见对赵宧光寒山别业其人其园也不甚了了。当然，乾隆有关诗文也说“范园”，这是在特定语境里提及的，他更在《听雪阁再叠旧韵》里写道：“过墙即范园，水阁暂憩止。”这说得多明确！《千尺雪杂咏四首（其一）》又写道：“名园依别墅，屈曲石墙通。”一墙之隔，区分了名园与别墅，这毫不含糊。可见《108景》的编写，不够深入，故不无疏误。

诗咏其二：赵、陆诗情萦山林

赵宧光还是一位诗人、诗论家，其诗主要见于《寒山集》，但历来无甚反响，故长期不闻。

赵氏《寒山集自序》云，心仪于“寒山有诗，辋川有集”，又有感于诗史上“五言绝句寥寥无几”，故“不惜芜词，于山中景色，分题四句”，于是，构成了寒山别业咏园诗系列。

先看文脉的相传。所谓“寒山有诗”，是指唐代诗僧寒山，其诗多五言，通俗易诵，大抵为禅门偈语、讽世之音。赵氏追奉寒山，并说：自己所处之“山本无名，郡志‘涅槃岭在其左’，又见寒山诗有‘时涉涅槃山’句；而寒泉则支郎（晋代高僧支道林）品题，名亦清远——因命之曰寒山。”山名既是巧妙的移就，又显示了赵氏与诗僧寒山的渊源关系。再说“辋川有集”，是指王维的《辋川集》，这是著名的咏园组诗专集，收王维与裴迪各咏辋川别业二十景共五言绝句四十首。王维，字摩诘，其名与字就取自佛教经典《维摩诘经》；王维诗字字入禅，还被称为“诗佛”。赵宧光崇奉王维，《寒山集》之名就仿自《辋川集》，二者均以地名、园名为集名；集里的咏园诗亦为五绝系列而多禅意，颇能令人悠然神远。如禅意诗《月夜听花山钟》：“月斜山更寂，万籁此俱空。正觅空中有，一声何处钟。”一、二句化入了王维

《鸟鸣涧》、常建《破山寺后禅院》诗意，而三、四句则进一步融入禅境，把“中观宗”的“二谛说”——“有”与“空”绝妙地溶于“令人发深省”（杜甫句）的悠悠钟声里，可谓空际落笔，遗象得神，心与境寂，道与悟深。

再略说其咏园诗。如：

泠泠石间水，恬淡有馀滋。但可就山酌，出山多浊泥。（《云根泉》）

东望望不极，西山山万重。劈空人面起，一簇青芙蓉。（《芙蓉峰》）

丹梯一百步，步步蹑青冥。双袖携秋霭，孤筇指落星。（《蹑青冥》）

第一首，既是写实，又是明志，确乎是一首旨味遥深，可供反复涵泳的咏景佳作；第二首，在浩渺的视域里，三面如削的芙蓉奇峰劈空而起，极有气势；第三首，长堑一径，蹑步而上，超然尘外，似羽化而登仙。此外，其《柴门》等诗，则又极为平凡、淡泊，风格和诗僧寒山一样通俗。赵氏为其妻陆卿子所写《玄芝集叙》云：“空山无事，常与山妇说诗解颐。”可见，说诗写诗也是赵氏夫妇园林生活的一个重要方面。不过毋庸讳言，与赵氏相比，陆卿子的诗更胜一筹。她是吴门画派传人陆师道之女。陆师道师事文徵明，诗文书画皆精，卿子孕于家学渊源，亦多才艺，而诗词尤佳。正因为如此，明代眼界甚高的竟陵派首领锺惺在《名媛诗归》中选评道，“逌然忘怀，须知其中有本领在”；清钱谦益《列朝诗集小传》则说，“卿子学殖优于凡夫远甚”。对于其诗词风格，张大复《梅花草堂笔记》誉为“幽清古淡，如谢道韫谈玄”；周铭《林下词选》则赞其“性秉玄澹，不喜繁缛”。卿子一再受到著名选家、评家赏识，然而对于这样一位女诗人，古代文学研究界却无人问津。这除了不够重视外，还由于其诗集幸存者如凤毛麟角，极不易见。

笔者自20世纪末至21世纪初，主编、撰写《苏州文学通史》时，颇经曲折，有幸得睹稀世珍本、业已破损的《玄芝集》，不禁喜出望外！于是在《通史》第二册第四章“明代园林文学”中，推介了卿子的咏园组诗《山居即事》：

青冥色不断，回合势难分。石室藏丹灶，萝房起白云。鸟飞天影外，泉响隔林闻。澹荡波光里，烟霞敛夕曛。（其一）

有山皆埋玉，无山不种松。雨深朝拾菌，日暖昼分蜂。麋鹿缘岩下，狐

狸采药逢。桃花已开遍，樵客欲迷踪。（其二）

树色千重碧，溪声万壑流。鸟啼花坞暖，枫落石门秋。稚子听清梵，佳人上画楼。只缘探法藏，不是觅丹丘。（其四）

这些诗写得没有一点闺阁脂粉气。它主要描写园林景色、咏唱园林生活。从诗中可见，该园不同于一般的"城市山林"式宅园，而是典型的山区园林。作者善于抓住山林中典型风物来写，景物则白云、烟霞、夕曛、泉响、树色、溪声；动物则麋鹿、狐狸；人物则樵客、稚子……其中'青冥色不断，回合势难分'，更写出了寒山上视野的寥廓。

《明史》赵宧光、陆卿子无传。但陆师道是吴门画派嫡系，故其传附于文徵明后，而卿子则又附于陆师道小传后："女字卿子，适赵宧光，夫妇皆有闻于时。"但遗憾的是其诗文等往往散佚尘封，于是其人、其别业也就逐渐湮没不闻。

书艺其三：草篆复古又创新

赵宧光又是书法家、书论家、印人及印论家、文字学家，这与作为园林的寒山别业也有着特定的关系。

从历史上看，依存于寒山别业诸景点的书法，既有乾隆题景的诸多御书，更有赵氏自书品题的大量摩崖刻石。书以山为依托，山以书为情性，由此构成了丰富繁茂、极具特色的刻石系列景观，此景观系列在中国园林史上翘然秀出，如尤世宜《千尺雪》咏道："涧边蹲虎豹，壁上走蛟龙。"前句喻涧边群石的形态，后句赞摩崖刻石的书艺，二句还揭示了景、书互成的审美关系。朱简《过凡夫先生山居》咏道："石壁镂奇文，风雨螭蛟怒。"对摩崖的书势作了极为生动的描述……

赵宧光作为书学根基的文字学论著，有《说文长笺》《六书长笺》等，其最重要的书学论著是《寒山帚谈》。由于赵氏主张崇古，往往为现代学界所不齿；又由于他与崇古似乎极不协调地标新立异，其书风和学术往往为坚守正统者所不容，这一"两极遭贬"现象，使赵氏长期备受不应有的冷遇、贬抑。

清人钱泳《书学》指出:“学篆书者，当以秦相李斯为正宗……明之赵宧光，愈写愈远矣。”对于隶书，钱泳推崇汉隶，感慨明代的文徵明祖孙父子以及“王百穀、赵宧光之流……茫然不知本末”。这种僵化的正统观念，只主张“守定旧法”，不准后人越秦篆、汉隶雷池一步，是不合理的。至于其卷帙浩繁的《说文长笺》，有创获，功绩是主要的，但有人却攻其一点不及其余，抓住其中极少量的疏误予以全盘否定，或以“求异于先儒”相责备，这些都是不公正的。《长笺》好用古文奇字异体别构，固然会增加阅读难度，但也保留了大量冷僻的古文字资料，展现了汉字形态的丰富性，能为书艺创作的陌生化提供一种参照系。

《寒山帚谈》主要倾向是追随王世贞的“格调说”极力主张复古，以古为贵、以篆为尊。然而他创作上又不守古法，独标性灵，张扬主体精神，敢于打破古篆规范，首创草篆艺术，这应该说是体现了复古旗帜下的“二律背反”，或者说，是“与古为新”。

黄子高《续三十五举》:“古无草篆之名，有之，自赵寒山始。”至于对赵氏草篆给以极高评价的，是吴翀的《赵凡夫印谱序》:“明高士赵凡夫先生工草篆，李斯、程邈后一人。”朱谋垔《书史会要续编》亦云:“宧光笃意仓、史之学，创作草篆，盖原《天玺碑》而小变焉，由其人品已超，书亦不蹑遗迹，允成高士矣！”这都是热情地赞赏其新变，颇有史学眼识！赵氏之所以求变，如其所自述:“余喜作草篆，以续飞白之脉，其任率自好，若谓前无作者。……大小篆书，必有大小篆器。今器异昔，何堪效颦？”这番话颇为精警，说明时代变易，不应遵旧法而应求新。他还说:“余……岂唯不随波逐流，即唐宋而下，却不喜效颦，是以每受世嗤。”这是他长期遭贬的原因之一。

赵氏的草篆论还主张“数体俱入”，认为“一于草，字无性；一于篆，乏流盼”。“篆无隶法，不得飞动；无草法，不得古雅”。因此，不妨“取篆隶作真草，取真草作篆隶”，“篆貌隶骨，杂用古今之法”。此类论述别具只眼，都强调数体俱入的“通”，以避走效颦之路。

他又认为“兴到”是创作飞白的重要主体条件:“作飞白书，当有馀地无

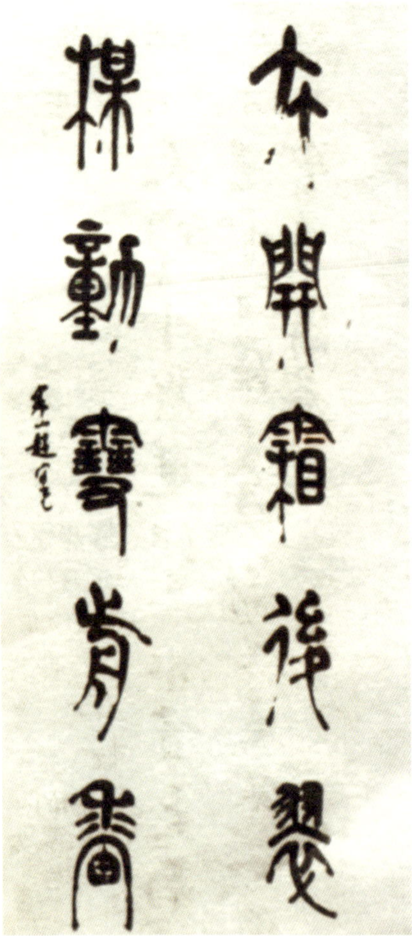

【图54】赵宧光篆书“竹开”五言联

馀墨，当有馀情无馀形。”强调了“兴”在笔前，不应有余墨、余形，而应有余地、余情。这种“情兴论”，不但有利促进了书法笔墨的情感化，而且它和晚明哲学的“心学”、诗歌的“性灵说”、戏曲的“唯情论”等一起，形成时代的浪漫潮流，推进了多种门类艺术的新变。这里欣赏其五言联“竹开霜后翠；梅动雪前霜”【图54】，每字均以草书运笔，“杂用古今之法”，既古雅，又飞动，如“竹”字两个纵向笔画的下半段，已不见其形，也不见有墨迹，但笔意仍存，即所谓无“馀墨、馀形”，而“有馀地、馀情”，体现出“兴到”的特色。其他很多字下垂的笔画，也都带有飞白的特色，一个个上浊下清，上重下轻，其下端又凝为小小垂露，而通幅在流动中表现出情感的节律美。

再说赵氏对印学的贡献。朱简《印经》概括道：“赵宧光是古非今，写篆入神。”赵宧光亲自摹刻秦汉古印数千方供人研习，吴翀《赵凡夫印谱序》就赞其“摹古印章直逼古人”；又删繁就简编古人有关印语为《篆学指南》，以提供印学规范。其言行影响了当时和尔后一批著名印人，使他们建立不离古又不让古的印学观念。

认识一位不蹑遗迹、锐意创新的艺术家、理论家，往往需要时间，赵宧光正是如此。20世纪初，著名画家黄宾虹主编《美术丛书》，就全录《寒山帚谈》，这是慧眼识珠。至于其草篆书体，在今天开放、多元、包容的时代，也不断被人们所接受、所认识，并被临习、演绎、化生，创造出种种具有草篆新风的作品，这也可见三百多年前赵氏的前瞻性眼光。

余论：“托名隐逸”辨

赵宧光是明代有多方突出成就的著名隐士，但清代官方的《四库全书总目提要》却说他“托名隐逸”，“声气实交通天下”。其实，赵宧光是真隐逸，他的隐于山林，隐于园居，隐于著述，隐于艺业，值得予以肯定。

先论隐于山林的哲学缘由。《庄子·在宥》：“贤者伏处大山嵁岩之下。”在道家看来，山林正是最佳的隐逸之地。故《抱朴子·畅玄》云：“知足者则能肥（飞）遁勿用，颐光山林。”这正是赵宧光隐于山林的哲学思想根源，而赵氏自书集句联“超鸿蒙而远迹；侣山水以忘年”，则是其隐于山林的自我生动写照。

次论隐于园居的成果创获。从总体上说，园林的创造离不开隐逸文化，苏州园林更是如此。从历史积淀来看，没有苏舜钦的隐于吴，就没有今日的沧浪亭；没有史正志的“渔隐”，就没有今日的网师园；没有姜埰在敬亭山房不与世事三十年，就没有今日的艺圃；没有沈秉成夫妇的双双偕隐，就没有今日的耦园……同样，没有赵宧光夫妇的高逸偕隐，也就没有寒山别业。这些园居，为后世留下了一宗宗宝贵的园林文化遗产，而寒山别业还特别符合于计成《园冶·相地》之语：“园地唯山林最胜。”

复略论隐于著述的文化价值。先秦的孙武至吴“深辟隐居”，完成了被誉为“兵家圣典”的《孙子》；汉代的梁鸿，至苏州隐于皋桥，潜心著述，达数十篇，其《梁鸿集》已佚，故唐代诗人王绩写有《梁鸿孟光赞》；而明代的赵宧光，其藏书往往钤以“梁鸿墓下凡夫”之印，表达了对隐于著述之高人的追慕，而他自己也通过隐逸，摆脱了羁累，赢得了时间，创造了价值；否则，他就不可能有文艺、学术诸多方面弘博可观的成就。

再论隐于艺业。《南史·隐逸传》说，隐士的特点之一是“含贞养素，文以艺业”。赵宧光正是如此：读书稽古，吟诗撰文，建园造林，挥毫治印，精研字学，探究天文地理，有实践，有理论；从另一方面看，他的博学多才又使得本土和游吴的文士踵至寒山造访，交谈吟咏，品赏切磋，这也有利于文艺和学术的发展，因此决不能以“声气实交通天下”来加以否定。特别应指出，孔子不但主张“游于艺”，而且还主张“以文会友”（《论语·颜渊》）。可见，以“交通天下”来否定赵氏之隐，正与孔子“以文会友”的主张相抵牾。

况且作为隐士的赵宧光，自己足不入城，对造庐者也不下山回访报谒，可见其特立独行，并不追求什么“声气”。赵宧光隐于寒山，还有一个重要原因，就是谨守先人之墓，所以别业中有“小宛堂”的题名。《小宛》为《诗经·小雅》篇名，首章有“我心忧伤，念昔先人”之句。有人问赵宧光为何不下山，他但诵李白之诗：“问余何事栖碧山，笑而不答心自闲。”可谓寓意深长，耐人寻味！其实，这也是对“托名隐逸”的一个否定性回答。

（原载《苏州日报》2011年3月25日、
4月29日、5月27日等，有删节）

七、序跋留痕

生也有涯，无涯惟智。文果载心，余心有寄。

——［南朝梁］刘勰《文心雕龙·序志》

人生到处知何似，应似飞鸿踏雪泥。
泥上偶然留指爪，鸿飞那复计东西！

——［宋］苏轼《和子由渑池怀旧》

第二故乡的园林情结

——南京版《中国园林美学》后记［节］

园林之城——苏州，是我的第二故乡。

六十年代的第一个金秋，我就在苏州生根了。当时闲来无事，就盘桓于游人并不多的园林之中，常常流连忘返（当时的园林门票，拙政园为5分，狮子林为3分）。

园林的生活境界，是颇多意趣的：坐石品泉，凭栏赏花，曲廊信步，幽香随衣，漫吟“庭院深深深几许”之类的名句，浓郁的诗情画意扑面而来。渐渐地，我成了园林迷，开始搜集、积累有关园林文化资料，并萌生了写作《苏州古典园林美学》之想。后来，我那由兴趣中心向四周泛出的情感涟漪又不断扩大，波及苏州以外的各类园林：无锡的寄畅园、扬州的大明寺、杭州的西子湖、北京的颐和园……天与我时，地与我所，园林伴我度过了多少个春秋！

应该感谢江苏文艺出版社的编辑同志，是他启发我打消了《苏州古典园林美学》的原先设想，重构了《中国园林美学》的理论框架，经过多次放射式的四出游览、寻访、调研，美学的视域宽广得多了，书稿的内容也丰富、充实得多了。

……

还应特别感谢著名美学家王朝闻先生，是他慨然应允，欣然命笔，在百忙中为本书写序，并亲自付诸发表（载1987年第19期的《红旗》杂志）。序文以严肃沉思的实践理性，指出了园林美学对于精神文明建设的现实意义，针砭了当前园林名胜建设中有悖于美学原则的种种时弊，表现了对于园林艺术、城市建设乃至旅游事业的殷切关注，字里行间时见美学智慧的闪光。所有这些，恰恰弥补了本书应该研究而未曾深入研究、无力深入研究的理论空白。

遍布于各地的园林，是一朵朵笑靥迎人、纵情争妍的鲜花；园林美学，应是博采群芳酿制而成的香甜可口的蜜。然而，我奉献给读者的《中国园林美学》，却是那样地不成熟，那样地淡而乏味。思前想后，愧赧无地，于是，我低下了头……

（1987年作，江苏文艺出版社1990年版）

有限中见无限之美

——《苏州园林美学》一文引言

苏州是个园林之城，城内外的园林，花团锦簇，棋布于各地，或三两成群，或孤标独秀，或面临大街，或深隐小巷……它们以其群体的组合和优美的风姿，引得国内外的游人比肩接踵而至，使人们目不暇给，流连忘返。

对于苏州园林，有人爱它的庭院深静，花树翳映；有人爱它的清流潆洄，山石参差；有人爱它的月门漏窗，风物如画；有人爱它的曲室回廊，构筑精巧……在这园林美的世界里，"围墙隐约于萝间，架屋蜿蜒于木末。山楼凭远，纵目皆然；竹坞寻幽，醉心即是。轩楹高爽，窗户虚邻……梧阴匝地，槐荫当庭；插柳沿堤，栽梅绕屋……（计成《园冶·园说》）"苏州园林的美，是如此之丰富，如此之蕴藏无尽！

那么，怎样才能更好地品赏苏州园林丰富多彩的美？怎样才能深入和沉浸于苏州园林幽雅美妙的意境之中，做到饱游饫看，满载而归，而不做游园的匆匆过客？其实只要把握苏州园林的一些造园艺术手法，了解苏州园林的一些美学原则和特征，就不难感受和品味到苏州园林美的内涵和真谛。

苏州园林大多是私家园林，正因为如此，其面积都较小，不像北京、承德的皇家园林那么大，占地至千百亩之多。苏州私家园林，最大的拙政园，今系三园合并而成，也只有六十多亩；中型的如沧浪亭，只有十六亩；小型的如鹤园，不足三亩，残粒园更不过一亩……然而，苏州园林却能在这小小的空间里创造出丰富多彩的美的奇迹来。可以说，苏州园林的美学，就是小中见大，有限中见无限的美学。苏州园林，就凭着它那美学的种种原则以及体现了这些原则的手法，创造出小中见大，丰富多彩的审美意境和艺术特征。

（撰于1996年，全文约65000字，
见谢孝思主编《苏州园林品赏录》，
上海文艺出版社1998年版，第9－96页）

天堂里的天堂

——《苏州园林》前言［节］

园林是自然环境、社会人文环境缔结良缘所诞生的宁馨儿。在苏州，正是得天独厚的清灵山水……清嘉的风俗，以及醉心于阴柔温和风格的清秀的文人雅士，共同孕育了清灵嘉秀的“城里半园亭”。

……

历史进入了建设社会主义现代化的今天，著名作家王蒙先生在《苏州赋》中，还饱蘸着浓浓的诗情赞颂素有天堂之誉的苏州和苏州园林的美：

左边是园，右边是园。

是塔是桥，是寺是河，是诗是画，是石径是帆船是假山。

左边的园修复了，右边的园开放了。有客自海上来，有客自异乡来。塔更挺拔，桥更洗练，寺更幽凝，河更热闹，石径好写诗，帆船应入画。而重重叠叠的假山，传至今天还要继续传下去的是你的匠心真情，是你参差坎坷的魅力。

这是苏州。人间天上无双不二的苏州。中国的苏州。

这段珠落玉盘、琤琮悦耳的美文，这段热情洋溢、掷地有声的礼赞，是诗，是画，是乐，它把苏州与园林融和在一起来写。园林，就是缩小了的苏州；苏州，就是放大了的园林。

然而，《苏州赋》还有与本书前言的主题不约而同的描写："那迷人的庭园……使我怀疑苏州人究竟生活在亚洲、中国、硬邦邦的地球上，还是生活在自己营造编织的神话里。"把苏州看成是"神话的世界"，也就是把它看作……似乎与世隔绝的、缥缈着宁静幻梦的仙境桃源。当然，王蒙写苏州园林，又是把它放在"观前街、太监弄前熙熙攘攘的人群"所构成的大环境里来写的。

对于苏州园林，如联系其所处的大环境来看，那么，它们都可说是城市内的桃源，红尘中的仙境，阛阓里的天堂。它们可以让人们在繁华闹市的包围中进入清静的洞天福地，愉快的绿色梦乡，在这理想的小天地里畅神、游仙……这用计成《园冶·掇山》的话来说，是"莫言世上无仙，斯住世之瀛壶也"。

本书的目的之一，就是希望人们能带着天堂意识去游园。如是，苏州园林里的亭台楼阁、山水泉石，花木禽鱼……都会予人以最纯洁的享受，最高尚的乐趣，从而处处欣喜地发现"别有洞天"，时时油然而生"仙境别红尘"之感。此外，本书一个更重要的目的，就是具体介绍和重点品赏苏州园林的艺术构成和意境风格，从而使读者能从宏观到微观，更好地游赏、品味这一"天堂里的天堂"。

（苏州大学出版社1999年版第1版，

2003年第3次印刷）

美在诗情画意中

——陈健行《苏州园林》摄影集序

雨晴山远近，秋高树参差。

小桥独钓处，斜阳总是诗。

明代为拙政园作画题诗的吴门画家文徵明的这首五绝，不但是一首题画诗，而且还可看作是一首出色的咏园诗。

试想，在园林里，山石远近，碧树参差，小桥横斜，朱栏曲折，在夕阳余晖映照下，廊引人随，峰回路转，眼前不是一幅幅色彩明丽的画，一首首意趣隽永的诗吗？

苏州园林里的日月光华，是诗人，也是画家，它把处处景物染上了美丽动人的影调。翻开陈健行先生的摄影集，可以看到——

在拙政园东部，旭日始旦，朝晖已穿过树丛涂抹于廊墙，斟酌浓淡，剂量浅深，间以一个个大小不同的光点，其艺术构成，令人想起伦勃朗油画中的透明阴影和高光效果。

在拙政园中部，西下的夕阳余晖映于水池，由于波光明灭，漪澜随风，水中倒影包括凉亭秋树，无不屈曲、摇曳、聚合、分散、碎杂、拉长、扩展，互为镶嵌，相与融和……一幅橙黄色的明莹画面，摇漾出“落日水溶金”的诗意之美。

在狮子林，久雨新晴的阳光：将那挂落优美的图案、栏杆雅致的结构、树枝屈曲的线条，统统投影于廊庑的壁间和地面，并使它们上下相映，明暗交融，俨然一幅具象与抽象渗化交织的绝妙画卷，真是：雨后复斜阳，水晕化墨章。

在艺圃，浴鸥小院有一大片粉墙，日光筛下的树影，淡淡的色，疏疏的叶，弯弯的枝，这是以国画渲染手法绘就的一幅“天开图画”，画出了“粉墙花影自重重”的意境来……

日光，是美的；月色，更迷人。且不说网师园的“月到风来亭”勾引了多少摄影家审美的目光，就说其他园林，虎丘有揽月池，耦园有受月池，怡园有锄月轩，艺圃有响月廊，一个“响”字特富诗意，故而廊内有联曰：“踏月寻诗临碧沼……”

在苏州园林里，光与影有着丰富的表现：台阶前，曲栏旁，溪岸边，山路上，那婆娑的花树，虬结的藤廊，雅致的栏靠，精美的漏窗，滤下了变幻不定的月华或日光。于是，到处金斑点点，银丝缕缕，阴阳相杂，不可名状，如音阶之高低，如旋律之抑扬，如乐思之呈现，如调性之升降，如织体之流动，如八音之交响。这种光影错综的协奏曲，是无声之音，无色之相。于是，一些古诗名句也会跃入人们脑际：“月移花影上栏杆”，“云破月来花弄影”，“疏影横斜水清浅”，“明月松间照，清泉石上流”……

再看苏州园林的四季雅韵。怡园，有“四时潇洒亭”，亭名就诗意地点出了园林春、夏、秋、冬不同的潇洒风流。

春天，近水花先发。

网师园池畔向水的繁枝上，密缀着素馨迎春的绿叶黄花；而它枝拂池面，又令人似见“风乍起，吹皱一池春水”。在拙政园、狮子林水池旁，柳枝纤弱修长，倒垂金线，猗傩多姿，柔情万千；而远观则又烟霭霭，雾濛濛，犹如细雨迷漫，薄纱轻笼。这些，都是吟诗作画的好题材：或是“嫩于金色软于丝”，或是“柳絮池塘淡淡风”，或是“万条垂下绿丝绦”，或是“惯得轻柔绮陌中”……

入夏，昼永堪寻幽。

留园“小蓬莱”的曲桥藤架上，绿叶丛丛，紫英累累，鲜艳照眼明，给人以喜悦，予人以温馨，它是自然繁华之画，也是生命充实之诗。而拙政园的满池荷花，“出淤泥而不染，濯清涟而不妖”，绿意红情，香远益清，还令人想起“碧叶喜翻风，红英宜照日”等诗句来。

深秋，一夜西风向池塘。

留园冠云峰独立寒秋，与东篱黄菊为伴，超拔群峰外，孤秀白云中。而留园、怡园、听枫园的枫叶尽染，绚林如醉，“霜叶红于二月花”；沧浪亭清香馆、怡园金粟亭、留园闻木樨香轩，则金银缀满枝头，令人想起计成《园冶》的美言：“冉冉天香，悠悠桂子……”

寒冬，木叶萧萧凝冷韵。

当一场瑞雪降临，眼前就出现了岑参笔下的奇景：“忽如一夜春风来，千树万树梨花开。”在拙政园香洲一带，翼然的屋顶、雅致的低栏、曲折的石岸、多姿的树木，无不因飞英的委积而洁白皑皑，一派清辉。这里，琼楼玉宇，琪花瑶草，一切的一切，都静静地融进了银色的梦。

留园有“佳晴喜雨快雪之亭”，概括说明了苏州园林不仅四季皆宜，而且晴雨均美。晴日，有清晰明艳之美；雨天，有模糊虚幻之美，所谓“水光潋滟晴方好，山色空蒙雨亦奇”。

试看，濛濛细雨，把沧浪亭水面推向了虚无不定的远方。于是，亭廊隐约现，背景有无中，构成一幅淋漓渗化的水墨画；淅沥疏雨，拙政园听雨轩外，则是蕉叶竹叶皆响，大珠小珠俱走，静听天地之清籁，动人诗情，兴人乐感！雨过天晴，苏州诸园的地面文章——花街铺地，经雨水冲刷，又变得毫无纤尘，晶莹透亮，图案精细匀齐，色调文静雅丽，所谓“吟花席地，醉月铺毡”，正是享受这“选鹅子铺成蜀锦”的工艺之美。

晨雾溟濛，“乍若飞烟散，时如佳气新”。此刻，不论是环秀山庄的湖石假山，耦园的黄石假山，还是狮子林潭旁的“小赤壁”，怡园的“抱绿湾”水门……其近景尚可辨识，中景已趋朦胧，它们随着远景一起消溶在隐约的浅灰统调之中。试看画册中一幅幅画中的景物，虽有而疑无，虽无而似有，依稀、空濛、蒸腾、飘浮、升华……一切都淡化了，一切也都诗化了。此情此景，用计成《园冶》的话说，是“动‘江流天地外’之情，合‘山色有无中’之句”。而怡园池上的白皮松，横空飞渡，夭矫屈伸于缥缈的流云游雾中，恰如惊虬拗怒，又似神龙腾舞，蔚为罕见的奇观！

苏州园林里的花木禽鱼，也极富诗情画意。且不说梅兰竹菊，岁寒三友的比德之美，就说单纯的景观，或杂树参天，繁花覆地；或红衣出水，碧玉轻摇；或垂丝依依，落花片片；或林茂竹修，柳暗花明；或树梢莺歌，草间虫鸣；或游鱼唼喋，鸳鸯戏水……都能触景生奇，含情多致。因此可以这样说：姹紫嫣红，错综成文，莫非是画；嫩黄新绿，相媚或趣，无不是诗；松风竹响，琤琮成韵，悉皆是乐……

苏州园林里的亭台楼阁，和谐地生长在优美的生态环境里，深深地吐纳着美妙清华的书卷气息。它室庐清靓，陈设高雅，亭台具旷士之怀，斋馆有幽人之致，处身其中，放眼窗外，画框中人与自然在亲切地对话，情往似赠，兴来如答，臻于诗画交融、天人合一之境。

法国大雕塑家罗丹说："对于我们的眼睛，不是缺少美，而是缺少发现。"是的，在苏州园林里，对于如织的游人，特别是匆匆的过客来说，不是缺少诗情画意之美，而是缺少一颗诗心去体味，缺少一双画眼去观照，一句话，就是缺少发现。

著名园林摄影家陈健行先生，沉浸于园林中，涵泳乎诗画间，朝于斯，夕于斯，积三十年之经验，其诗心画眼，通过摄影镜头捕捉到了苏州园林无数诗情画意之美，精选结集成《苏州园林》影册。这本画册以味之不尽的意境、幽雅迷人的风韵显示了一条颠扑不破的艺术原理：美在诗情画意中。

（载陈健行《苏州园林》摄影画册，
中国旅游出版社2000年版）

但愿长留天地间

——《留园》画册序

被誉为中国四大名园之一的留园，坐落在苏州阊门外。明清时代，阊门一带素称繁华。唐寅《阊门即事》诗写道："世间乐土是吴中，中有阊门更擅雄。翠袖三千楼上下，黄金百万水西东。"曹雪芹在小说《红楼梦》里也说，姑苏阊门，"最是红尘中一二等富贵风流之地"。

然而，物换星移，"风流总被雨打风吹去"。值得庆幸的是，历史的风雨过处，留园依旧岿然留存至今，并洗净了身上的创伤斑痕，以更美的风貌名播神州，蜚声海外。

留园，圆了前人愿其"长留天地间"的梦。

清代著名学者俞樾为园主刘恕所作的《留园记》，还以"留"字领奏起主旋律，一唱三叹，复沓回环，不但多方概括了当年留园繁茂密丽的景观，而且似乎还预示了今天留园的文采风流和迷人魅力——

"泉石之胜，留以待君之登临也。"

是的，留园的山石，丰饶多姿，雄擅古今。从时间维度看，"花石纲"之遗、"妍巧甲于江南"的瑞云峰，给留园谱写了一段传奇般的曲折历史；袁宏道的《园亭纪略》，又盛赞其中的石屏假山"如一幅山水横披画"；而刘恕寒碧庄被咏唱和描绘的留园十二峰，仍以其是耶非耶的蛛丝马迹，令人们发思古之幽情，而考前人之遗韵；特别是留园三峰之首的冠云峰，至今依然翘首特立，风姿绰约，引领江南诸多立峰，并将永镇林泉；而"林泉耆硕之馆"内"奇石寿太古"之匾，又拈出了石文化的精髓；在精致的"石林小院"，则是"峰不孤立，石乃为林"，无言地显现了"留园主人，与石有缘"之语；至于轩南堂北、窗外院内、池畔山麓、墙侧路边孤散的峰石，也颇多可观者……留园，乃是一部玲珑奇幻、引人寻幽探胜的石文化史，值得细细品读。

“花木之美，留以待君之攀玩也。”

是的，留园的花木，芬芳葱郁，别具风采。从空间方位看，“东园一角”，是名花之最——牡丹领袖群芳的众香国；北部，在“小桃坞”盆景园，一盆盆大抵是根蟠枝虬，干老叶茂，藏参天覆地之意于盈握间；西部的山峦，野趣横溢，枫林如醉，“霜叶红于二月花”；中部景区，参天的银杏群及其他寿木古柯，撑起了偌大的绿色空间，而池上的曲桥藤架，引蔓通津，桥廊上或浓荫翳翳，或繁英累累，一簇簇，一串串，如华鬘，似璎珞，引人步入仙境“小蓬莱”……

“亭台之幽深，留以待君之游息也。”

是的，留园的建筑，精思巧构，独领风骚。从艺术布局看，进门后幽长曲折的夹弄穿堂，迷离掩映的洞门漏窗，其欲扬先抑的审美功能，广为识者所赏；中部东南一带的临水建筑——凉台燠馆，风亭月榭，高高下下，迤逦相属，其影调实实虚虚，倒影倩美如画，已成为全园的代表性景观。东部建筑庭院之美，更堪称全国园林之冠。其中楠木厅“五峰仙馆”，结构宏丽轩举，陈设典雅辉煌，被誉为“江南第一厅堂”；而“林泉耆硕之馆”，则南厅、北厅性格各殊，异态而和谐共处一体，臻于鸳鸯厅之极则；这两个主体厅堂，又被巧妙地组合在迂曲回环的建筑群体之中，而这些群体建筑，也无不个性迥异：“鹤所”以透漏空灵为美，“静中观”以“无心图画”为美，“揖峰轩”以雅人深致为美，“石林小院”以小廊回合为美，“还读我书斋”以书卷气息为美，“佳晴喜雨快雪之亭”以四时皆宜为美……真是美不胜收，令人迷不知其所之！

留园山水泉石、花木建筑错综成文的系列景观，是一首首隽永的诗，是一帧帧精丽的画，是一支支悠扬的江南丝竹乐曲，是一则则形象化的、有深度的历史哲理，令人品赏不尽，回味无穷……

愿留园长留天地间！

（载《留园》画册，[北京]长城出版社2000年版）

水情逸韵赞网师

——《网师园》画册序

北宋著名山水画家郭熙，在《林泉高致》中曾这样地抒写生活意愿："丘园养素，所常处也；泉石啸傲，所常乐也；渔樵隐逸，所常适也；……尘嚣缰锁，此人情所常厌也！"他以整饬而又参差的文学语言，高度概括了世世代代文人画士们的泉石膏肓、渔樵情结。

南宋文人史正志，也正是循着这一审美指向，在苏州建起了万卷堂，并名其圃曰"渔隐"。值得思索的是，他侨寓丹阳，赋籍江都，却缘何选址渔隐于苏，并自号"吴门老圃"？这，偶然之中有必然。

从中国隐逸文化史上看，苏州可说是一大渊薮。且不说孙武子曾以其慧眼睿智，择地隐居于吴，就从中古算起，汉有梁鸿，仰望东南，咏唱着《适吴诗》寻寻觅觅，来到了苏州皋桥；晋有张翰，知幾地吟诵着《思吴江歌》，归隐于鲈乡故园；唐有陆龟蒙，潜居甫里，号为江湖散人，常泛舟遨游太湖，并自比于渔父……他们均堪称一代隐逸文化的代表。至北宋，更有开封籍的苏舜钦，来苏创构了沧浪亭，"置身沧浪上，日与沧浪亲"……由此来看，史正志的渔隐于苏，宋宗元在万卷堂故址进而建构网师园，网师园又一度名为"邻苏（邻近苏氏沧浪亭）小筑"，等等，都应看作是吴地隐逸文脉自宋以来的必然延续，这是一种历史的积淀。

苏州又是水文化之所钟。烟波三万六千顷的太湖，吞吐着云岚变幻的七十二峰；河道纵横的古城，则是"绿浪东西南北水，红栏三百九十桥"。在这为浩渺滉漾所孕育、为流波潆洄所贯穿的水城里，洪亮吉《网师园》咏道："太湖三万六千顷，我与此君同枕波。却羡水西湾子里，输君先已挂渔蓑。”小诗既显现了吴地水文化的意蕴，又揭示了网师渔隐于水的情旨，可谓探得骊珠。

网师园，是水文化和隐逸文化的交汇之处、集结之点。在网师园，水即是隐，隐即是水，水情逸韵，相与融和而为流动的画卷，而为展开的诗篇。

中部清澈如许的水池，是全园的主体和中心。它小中见大，芥纳须弥，表现出理水艺术的极致。环池景物不但小巧空灵，反衬出水面的“沧波渺然，一望无际”，而且它们无不聚焦着水之母题：“月到风来亭”，秀出于水；“竹外一枝轩”，直面于水；“射鸭廊”、方亭，濒架于水；“濯缨水阁”，轻浮于水；起伏的游廊，傍卧于水；岸下的穴洞，虚受于水；参差的渔矶，浸贴于水……此外，池之周际，巽位有“涧深暗溜响”的源头以及水闸，乾位有“随波逝将去”的水尾，均拓展着、活化着一方池水，同时还巧妙地创造出《园冶》“疏水若为无尽，断处通桥”的意境。源头的“槃涧”题刻，取典于《诗经·卫风·考槃》，寓有“退而穷处”“隐于涧谷”之意，此为画龙点睛之笔；而“濯缨水阁”，是又一点睛之笔，点出了《楚辞·渔父》中的《沧浪之歌》：“沧浪之水清兮，可以濯吾缨……”一系列的景构和意象，均足以说明：在风、骚汇涵的网师园，水，乃是隐之体；隐，乃是水之魂。

西部的“殿春簃”庭院，似是旱园，其实不然。坤隅幽深的“涵碧泉”，是为活眼。它点醒了庭院荡漾的水意、纵横的逸趣；而“冷泉亭”则又为“涵碧”点题。至于满庭渔网纹的花街铺地，扇形图案中的莲藕形象，更逗人萌生江湖之思。

东部宅第建筑和全园其他建筑所附属的工艺、装饰，又从另一侧面沾溉于“水”之精神。像昆曲“腔用水磨”一样，网师园“藻耀高翔”门楼的繁富，“竹松承茂”门楼的简洁，“万卷堂”陈设的高雅，小姐楼家具的精致，“殿春簃”花窗的巧丽，“梯云室”落地罩的细腻……乃至网师园整体地作为一个精品园，也都离不开精推细敲、精雕细琢的水磨工夫。而这似乎是和渔樵情结、隐逸趣尚相对立的，但又可说是统一的，二者统一于水之精神，统一于“诗意地栖迟”，统一于“城市山林”中互生互补的情韵之美。

网师园的题额，还有“网师小筑”“潭西渔隐”“樵风径”“岩腹涧唇”“铁琴”“真意”等。它引领人们进入神思的空间、诗乐的天地，从而感到自己似已置身于山蹊樵径，徜徉于湖滨泽畔，踽踽焉，洋洋焉，耳际如闻古琴名曲《渔樵问答》，悠扬的琴音，如应似和，轻韵缓度；又似断续响起彭启丰的《网师小筑吟》：“物谐厥性，人乐其天。临流结网，得鱼忘筌……踔尔幽赏，烟波浩然。江湖馀乐，同泛吴船。”这已臻于物我两忘、天人合一的境界。

在网师园，悠悠水情，恬恬逸韵——人的志趣，在这里得以脱俗，得以涤尘；人的性灵，在这里得以洗礼，得以提升……

（载《网师园》画册，[苏州]古吴轩出版社2003年版）

生态、遗产保护及其他

——北京第二版《中国园林美学》后记[节]

中国古典园林，是祖国的乃至世界的宝贵文化遗产。从未来学的视角向前看，它对于生态环境保护和可持续发展等现实问题有着多方面的“绿色启示”。

但是，同样严峻的问题是：园林自身也应受到生态保护，也应得到“可持续生存”。目前，如何防止对其作“守卫性的看管”，以及作“建设性的破坏”甚至“向钱看的开发”，这已成了当务之急。

因此，笔者热切盼望有志于此的专家们进行有规模、有深度的“保护学”方面的研究，同时总结某些“世界遗产”单位已遭某种破坏的沉痛教训，早日写出《园林保护学》《园林文化保护学》《世界遗产保护学》等专著。另外……又亟望有《园林自然生态学》《园林文化生态学》《园林生态美学》等专著问世，以适应生态文明时代的急需。以上是笔者的两大跂望。

再说说有关本书研究方法的事：

在学术研究方面，整体史观、结构主义史学等要求全面掌握资料，笔者对此颇感困难。但在本书中则力求征引繁富，尽量涉及古今中外大量文献，其目的之一是为园林爱好者和研究者们提供多方面的相关资料……

本书作为美学著作亦即艺术哲学著作，总冀求一定的理性思辨深度。然而美国艺术史家潘诺夫斯基指出，“如果没有历史例证，艺术理论将永远是一个关于抽象世界的贫乏纲要”。因此，本书还力求体现理论思辨、鉴赏描述、实例丛证三者的结合，论述时辅以大量历史的、现实的例证，同时配有大量感性的精美图版……

此书是在1990年江苏文艺出版社版（南京版）和2000年中国建筑工业出版社第一版（北京版）的基础上，经过修订、补充而成，虽几经校阅、修改，但限于水平，错误仍在所难免，还必然会有种种不能尽如人意之处，敬请专家和读者不吝赐教！

（［北京］中国建筑工业出版社2005年版）

述“韵”

——《苏园品韵录》封面题辞

韵，是中国艺术之魂，苏州园林之魂。在邈远广袤的时空里，它隐现无穷之态，招摇不尽之春；挹之而源不穷，品之而味愈长。半个世纪来，所幸天与我时，地与我所，园日涉以成趣，让我沉浸醲郁，含英咀华，既孕育本位之思，又生发出位之想。

愿此“韵”能荮芒于“园蹊屐痕”内，缭绕于“园缘散叶”间，渗润于“园论馀渖”里，氤氲于“园史文薮”中……

（《苏园品韵录》，上海三联书店2010年版）

涉园寻幽，探赜品韵

——《苏园品韵录》前言［节］

我爱园林，又爱美学。

许是为情所牵，由思所萌，我尝试着移花接木，如此这般地把园林之花嫁接到美学的“砧木”之上。居然，也成活了。园林美学，作为一门新兴的边缘学科，经时历世，长势日旺……有人说，杂交是培育新品种的好方法，不但容易成活，而且生命力强，生长势快，优势集中，等等。亲历的事实，使我心有同感。就《中国园林美学》的出版来看，且不说南京的版本，就说北京版，已付印两版六次，计一万五千册；而《苏州文化丛书·苏州园林》作为准学术著作，几年来也印了五次，两万四千册，这都是我始料未及的。当然，这主要是地与我所，天与我时，由于我生活在园林之城——苏州，更欣逢盛世造园的时代、生态文明的世纪。在今天，园林、绿色、文化……已成为世界性的热门话题。

园林文稿的写作，最是心与景会，情与物洽。这不是卧游，而是神游、笔游，更是运思于前、成文于后的那种体察、验证性的实地之游。如是，“园日涉以成趣”，不断地憧憧往来于纸上园林和现存园林之间，访胜寻幽，探赜品韵，乐此而不疲。这虽免不了奔走之苦、翻检之劳，甚至意外地出现一波三折，然始终坚执素襟，兴味不减，只觉得其情浓浓，其乐融融。

日月不淹，春秋代序。蓦回首，涉园之路已走了五十年左右……

我自小喜爱唐诗、绘画、书法、音乐等门类艺术，还是一个戏迷。1960年南京师院毕业后分配至苏州工作，即与作为综合艺术的园林结下不解之缘，我又由戏迷变成了园迷。涉园品韵之初，先是写了一些游赏风景园林的小诗，也发了一些与园林直接或间接有关的偶感性短文和美学论文；20世纪80年代伊始，以写美学小品、艺术随笔为主，园林题材是为重点，《中国园林美学》也成稿于此时；90年代则以主要精力撰写书稿，但短文写作仍未辍笔。而今早逾古稀之年矣！对我来说，品味有文，品韵有录，倒也薄有绩效，现在该是搜罗散篇余墨，整理结集的时候了。

……

数十年来的文章，林林总总，内容驳杂，长短不一，数量颇多，要梳理真有些“剪不断，理还乱”。经过反复斟酌，初步按分类和编年相结合而以前者为主的原则，归纳为如下栏目：

园蹊屐痕——

所录更多是分解了的园林建构元素——建筑、山水、峰石、花木、精神性的品题等等，以及它们的艺术之美。此外还有我最心赏的形式美因素：多少年来，屐痕处处，情思萦萦，我探美于建筑花木，品赏于山水泉石，陶醉于色、光、影、声、香的虚景之中，可说是斟光酌色，捕风捉影。总之，是力图解构群类，细品芳馨，而偶有所得，即诉诸拙笔，以慰寸心。而今翻检旧录，依然能勾起我“吉光片羽”般的爱怜之情。

园缘散叶——

所录更多的是园林的整体或群体……其中还有我近年来所涉的“园中之园”，可聊补《中国园林美学》之不足。此外，还侧重于我和园、和人、和事、和地、和书等的情缘乃至情结。一次次，一件件，一本本，无不渗漉着我特殊的脉脉情愫。而今，恍如隔世，一个个印象浮现于如烟的记忆空间，我捕捉到的，只是雪泥鸿爪，散叶流云……

园论余渖——

在理论上，所录多数可以一个“品”字概之……回眸中国文化史，颇多《诗品》《书品》《画品》之作，琴、棋等也有品，唯独作为综合艺术的园林却没有品，更不用说建构有中国特色、渗透了现代学术理念的园林风格美学了。感慨之余，竟不顾迟暮之年，甘作弄潮之先……所撰所选，力求融理性于感性。

园史文薮——

园林与文心不可须臾离，文心乃园林之魂。苏州之所以寖寖乎臻于园林之城，离不开唐宋以来逐步荟萃而成的人文渊薮……遗憾的是，邈远的苏园心灵史，却久久无人问津。我只能荷着钝锄，握着拙笔，试将这片处女地开垦。历时五载，我参与主编、主撰了四卷本《苏州文学通史》……首次将苏州园林文学写入文学史中……以冀读者能一窥苏州园林文学，诸如咏园诗、园记散文之丰、之盛，从而有裨于领悟园林的人文内涵和美学魅力。

……

这本文集，凝集了我数十年来园林品韵之旅中一次次涉园的感受，一段段如烟的往事，一回回对园林美的捕捉，一个个已做完和未做完的梦……

（《苏园品韵录》，上海三联书店2010年版）

生活之树长青

——《风景园林品题美学》前言［节］

三十余年来，笔者从事于以中国园林美学为主的研究工作，撰写过多部理论专著和较多论文以及随笔小品，也算是跨进了中国园林美学的门槛。

但是，德国大诗人歌德说过，理论是灰色的，只有生命之树长青。此话言之不虚。笔者虽长期从事理论工作，然而又心存奢望，总想理论能与实践有所联系，让自己有关的美学研究能在社会生活中发生一定作用，哪怕能转化为极其微小的活生生的现实。这种意愿，正如美国人本主义心理学家马斯洛所指出，人不仅有生理需要，而且有心理需要，其中处于最高层级的是自我实现的需要。他认为，自我价值的实现，能给人很大的愉悦和满足。但对于笔者来说，由于种种原因，这种价值实现的机遇始终没有来到。于是，不免萌生“惜无用武之地”之憾，深感参与生活实践之梦难圆。

有幸的是，当笔者的园林美学之旅开始跨越20–21世纪的门槛，却有可能参与某些地区住宅小区以文化导入为主的苏式园林景观设计——笔者简称之为“园事浅涉”。期间，先后有两位开发商以拙著《中国园林美学》《苏州园林》为中介，前来与赋闲在家、深居著述的笔者联系……在数十年的人生旅途中，与两位公司董事长的幸会，可说是时间隙缝里的邂逅之遇。但这隙缝般的时间，却在笔者面前转化为广袤的艺术空间……由此，笔者又开始从理论研究领域转入“园事浅涉”的实践领域，进行让古典园林文化和时代社会需要、先进建筑科技相融相通的尝试。

……

回眸七八年来的“园事浅涉”，笔者深感它又反过来启迪了自己的涉园思维，开拓了自己的理论视野，并进而发现了自己在学术上、知识结构上存在着种种欠缺，因而难以解决自己所面临的现实问题。例如，中国古典园林除了公共园林而外，基本上是封闭性的，而笔者重点研究的一些文人私家园林面积特小，但是，当今住宅小区室外的景观环境则是开放性的，一般面积均比较大，对于这种格局上的“二律背反”，必须设法使其调和、融合……使中国古典园林有可能以其“东方生存智能”融入和促进时代的发展，从而更有活力地走向未来。

于是，笔者想到了公共园林和大型皇家园林常用的组景方式，这就是它们与品题相融的景观往往以“数”为模式，从而构成有机的逻辑系列，如杭州的西湖十景、承德避暑山庄康熙所题的三十六景……笔者概称之为“风景园林品题系列”。但遗憾的是，笔者以往的园林美学研究，却很少涉及这种“品题系列”，即使涉及，也是浮光掠影，比较肤浅。为此，笔者查找有关书刊，却又颇为失望。对于中国人千百年来喜闻乐见的这一风景园林组景模式，学术界和风景园林界似乎至今未有较为全面深入的有分量的专题研究。可以说，这一领域，至今尚未开发，还处于前科学状态。

个人学术研究上的这一欠缺，学界对这种“品题系列”的缺少关注，这都可说是一种动力，它迫使笔者再次回到理论研究的领域。这一过程，似也可用“理论——实践——实践”的循环往复这一辩证法来解释……

（《风景园林品题美学——品题系列的研究、鉴赏与设计》，
中国建筑工业出版社2011年版）

钤上心香一瓣

——《园冶印谱》前言

《园冶》集古典园林之大成，萃华夏文化之精英，是一部举世公认的经典，一部令人叹为观止的奇书，一部字数不多而价值却沉沉夥颐、震古烁今的不朽名著。详而言之，它是我国最早出现、对世界深有影响、具有划时代意义的完整造园学体系的杰构，是极富哲理意蕴、美学内涵、文学特色、艺术情趣的巨著。此书镕铸“道”与“术”、“文”与“式”、“知”与“行”于一炉，储与扈治，博大精深，一言以蔽之，曰“技进乎道”。

然而，其作者计成之生平资料却憾如阙如，仅能据其序跋等窥知大师行状之一鳞半爪：生于明万历壬午十年（1582年），松陵人，名成，字无否，工绘画，好游历，中年始归吴，以造园为业。适逢明朝末年，风雨飘摇，板荡不宁，计成生不遇时，屈志难伸，境遇坎坷，草野清贫，仅挟其绝艺奔波各地，传食朱门，因寓无限感慨，自号曰“否道人”。书稿完成后凡三年，无奈方由阮大铖于崇祯甲戌（1634年）刊印。翌年，计成挚友郑元勋作《园冶题词》，至此有关线索中断，其后行踪不可考论。

《园冶》乃有声之歌诗，无韵之《离骚》。由于书系臭名昭著、为人不齿的阮大铖所刊刻，因而殃及池鱼，致使明珠蒙尘，进入了近三百年之沉寂，濒于湮没。有幸此书流入岛国扶桑，被推崇为“世界造园学最古名著”，或更名为《夺天工》《木经全书》，以示其对大匠喻皓的超越，并一再被刊刻、钞录、解说，传播，其影响波及东瀛各界。

二十世纪三十年代伊始，中国学者于日本发现此书，惊喜何如！朱启钤、陈植等专家古道热肠、勠力同心，历尽曲折艰辛，《园冶》终于重返神州，首印为《喜咏轩丛书》本。否极泰来，八十年代至今，欣逢盛世造园时代、生态文明世纪，学界对《园冶》的注译研讨，骎骎乎趋向热潮，论文、著作的发表，如同雨后春笋，令人鼓舞欢欣！

放眼世界，上世纪至今，欧洲则有英、法译本相继问世；此外，日、澳等国也出现可喜的研究成果……计成是属于世界的，当然也是吴江的，是吴江的骄傲、松陵的殊荣！

计氏在明末，即被誉为“国能”“神工”“哲匠”“东南秀”……大师博学多才，品高艺精，诗文画园，四绝是称。然其诗画均消失于茫茫的历史烟雨之中，惟《园冶》得以独传，此乃中华文化不幸之大幸。

《园冶》金相玉质，文采斐然。其特色是议论高卓渊深，语言典雅华美，骈四俪六，绣口锦心，其间名言佳句，累累如贯珠，且有举此概彼、举少概多的特点，其品雅洁，其味隽永，读来口齿留芳，余味不尽。吴江垂虹印社同仁，在区委宣传部、文联等领导下，从《园冶》书中精选八十句名言俊语治为印章，汇而谱之。此举既表达了对乡邦先贤的无限景仰与永恒怀念，又弘扬了篆刻以“闲章”见志适情的优良传统。在艺坛，篆刻被喻为“方寸虫鱼”，园林被称作“咫尺山林”，二者缘何相似乃尔？由于均体现为“缩龙成寸”的美学，而今通过《园冶》经典，使其珠联璧合，相映生辉，此堪称印章文化史上之空前创举。

展卷品玩，可见垂虹印人游刃有余，奏刀騞然。试看印面，体性多样而风格斑斓：粗犷猛厉，如横刀入阵；精细秀婉，似空谷幽兰。飘逸飞动，如舞风之春柳；古拙沉凝，似积雪之寒山。或运刀不期现爆破之迹；或布局有意求欹侧之感。对角呼应，寓阴阳消息之理；避中挪让，拟虚实动静之变……一方方，一字字，饱和情愫，借《园冶》语以表述，谓之“寸石生情”，“构易成难”。

边款，同为《园冶印谱》一大特色，其文字、书法亦丰富多彩。就文字看，或韵或散，或长或短；或深入开掘，或浮想联翩；或采宋词只语，或摘唐诗片言，或概述品读《园冶》体悟，或归纳印园同构理念……对其潜心赏观一过，宛同品读一部印论精选、园论萃编。又如款识书法，既有篆书之随体诘诎、隶书之波磔翩翻，又有真书之应规入矩、行草之流畅连绵；偶或款以上下文图之对照，山水林亭之平远……琳琅满目，美不胜收，令人想起天宇之群星齐辉，园圃之百花争妍。

《印谱》的价值更在于，卷首计成的姓名印、别号印、表字连珠压角印，均为明版原貌，至今为国内所罕见，它遥远地撷自日本内阁文库所藏稀世珍本。而尤饶价值者，日本桥川藏本中郑元勋之行书《题词》，向世人披露计成欲“罗十岳为一区，驱五丁为众役”，“使大地焕然改观”。这一“大冶”理想的提出，堪称石破天惊！计氏诚美丽中国之先行者，惜乎其超越园墙之远思壮采，学界三百余年来无人问津，今特篆于谱前，表而彰之，愿其光辉烛照未来。

谨以《园冶印谱》作为献给大师计成诞辰四百三十周年的一瓣心香。

岁在玄黓执徐，时届冬杪霜凝，华灯初上，姑苏金学智一稿，撰于心斋之如意轩。次年癸巳夏日改定。

（载《园冶印谱》，[苏州]古吴轩出版社2013年版）

读通经典，品味经典，致用经典

——《园冶多维探析》前言[节]

“奇文共欣赏，疑义相与析。”（陶渊明《移居》）

明末计成所撰《园冶》，是一部奇书，是一部文化内涵丰永、极富中国传统民族特色、值得“共欣赏”和“相与析”的奇书，当然它更是我国最早出现的、对世界深有影响、具有完整造园学体系的经典名著，同时，也是一部骈散结合，以骈文为主写成的文学佳作。

而今，历史的车轮早已驶入了21世纪，《园冶》的面世更有380年之久，对它的校勘、注释、翻译、解读、诠释、品赏、研究等方面，虽有了很大或较大的收获，但依然存在着大量的问题，长期争论不休。三十多年来，纠结、沉积为一系列难解之谜，究其原因，除了古奥难读而外，主要由于没有将以上诸方面联系于实践、结合于创作和欣赏的应用，作有机贯通式的探究，同时，也缺少多学科、全方位地介入。本书有志于弥补这方面的缺失，故尝试着将书名题为《园冶多维探析》，简而言之，逆以一个“多”字概之。

《荀子·劝学篇》云:“君子知夫不全不粹之不足以为美也，故诵数以贯之，思索以通之。”从学术研究的视角来看，此语既揭示了研究的目标——全粹之美，又启示了研究的方法——有层次、有步骤地全面思索解读探析，做到融会一体，贯而通之。本书正是在以往专家学者所积累的研究成果的基础上，通过多学科的介入，进行全方位、多层次的研究而写成的。

目标、方法的特殊性，决定了本书在结构框架、逻辑思路等方面也与一般著作有所不同，它力求将几种不同体例、不同性质的书有机地整合为一，而以读通经典，品味经典，致用经典为旨归。因此，首先应对本书的结构框架、逻辑思路作一必要的也是简要的交代:

第一编：园冶研究综论——古今中外的纵横研究

此编按计成其人其书展开，进行纵横交织、点面互补的综合性论述。由于《园冶》一书独特、曲折的历程，而其基本精神又符合于当今时代社会的需要，因此本书的论述，不但由古及今，衔接时代，而且跨越国界，放眼未来，目的是让人们对《园冶》及其研究有一个较为全面深入的了解。

第二编：园冶选句解析——本位之思与出位之思兼融

……由于《园冶》以饶有累累如贯珠的名言警句为重要特色，故本书的解析，首先不用传统注释的解读模式，也不取学术专著自成体系的理论形态，而以“选句解析”作为探究的重中之重，即从《园冶》书中遴选出大量的警言秀句，既对其进行“本位性”的深入解读、诠释、发微，又尽可能对其作“出位性”的发散引申、接受，探析……这样，不仅凸显其言简义丰、意蕴不尽的内涵，而且力求使其服务于时代，联系于社会实践，展示其未来学的价值，使过去⟷现在⟷未来能一线贯穿，互为映射……

第三编：园冶点评详注——十个版本比勘与全书重订

本编由句、句群的解析仍归复到《园冶》原书的章节序列。必须说明，《园冶》由于遭遇特殊，流传域外几成绝版，尔后则版本复杂，残阙讹误，问题极多。笔者经多方努力，有幸得以遴选出中、日《园冶》流传史上具有代表性的十个版本，以日本内阁文库所藏珍稀明版全本作为底本进行比勘会校，厘为新本，并以详注确诂为追求的目标……力求夹注、脚注双轨并进，从而使第二编经过探析的选句再回归到原书的语境，不致流为支离破碎的只言片语，也就是说，让人们能从章节的整体来把握语句的个别……

第四编：园冶专用词诠——生僻字多义词专业语汇释

《园冶》素称难读，故本书专辟此编作为解读的特殊“工具书”，对一些字、词、术语、短语进行了汇释、考辨，甚至作必要的详论，主要供解读第三编时查检，以便扫除障碍，为进一步深研《园冶》创造条件，同时在一定程度上起到拓展阅读、知识链接、普及古汉语等的作用。

第五编：《园冶》品读余篇

这是全书的附编，是从文化学、文学、科技史等众多视角所作的发散性思维的补充。

……

本书的另一方法是多学科的参与、聚焦，这也完全符合于当今学科交融的时代潮流。联系本书来说，全方位的探究，就离不开多学科的参与及其交互渗透，此义甚明，无须赘述。因此，本书除基于造园学、建筑学等学科而外，还引进了哲学、美学、文学、画论、生态学、文化学、历史学、社会学、心理学、民俗学、养生学、未来学、人居环境理论等，特别是引用了文本阐释所必需的校勘学、文字学、训诂学、音韵学、词汇学、修辞学、文章学等，让其共同参与，协作攻关……

（[北京]中国建筑工业出版社2017年版）

发挥景观摄影美学的功能

——《园冶句意图释》前言[节]

明末计成所著《园冶》，是我国古代造园学经典、艺术美学杰构，也是文化、文学、生态学名著，还是一部境界探不尽、意蕴品不完的奇书。早在20世纪80年代初，陈植先生的《园冶注释》问世，我就与《园冶》结下了不解之缘。

我爱《园冶》，读《园冶》，引《园冶》，但却视研究《园冶》为畏途，因《园冶》较多以骈文撰写，素称难读。而今，早已进入21世纪20年代，事隔三四十载，某种原因却将我推进了《园冶》研究的行列。我投入六年有余的时间，刚完成我称之为“四合一工程”的《园冶多维探析》（以下简称《探析》）这部学术著作，尚未下马停歇，紧接着，友人又建议继续撰写《园冶句意图释》，将其与摄影、绘画等门类艺术结缘，通过形象化的实证、释意、阐发，使其进一步普及、拓展。在朋友们特别是摄影界朋友们的鼓励支持下，“驽马十驾，功在不舍”，近两年来，这一“文-图”综合工程又即将告竣。期间体会颇多，且逐步深化，现试将其概括为本书的一些特点：

一、诠释与引申的联通

本书既名为《园冶句意图释》（以下简称《图释》），那么，这个“释”必然是全书关键，故首先应将所选作为条目标题的《园冶》语句——本书称为“题语”，结合图例予以诠释，应尽量忠于历史，忠于原义，追求准确无误，这是最本位的要求。如《园冶》书中有不少专业术语，特别是古建方面人们颇感生疏的术语，如麻柱、替木、隔间、棋盘方空、方飞檐砖等，本书尽量发挥了摄影机善于直观传达的认识功能，以此作为图释。这种知识信息的图示，是本书的特点之一。

但是，仅仅局囿于历史地解释，就事论事，又远远不够，现代学术还要求由本位而出位，作必要的引申接受，从而让诞生于380多年前的《园冶》，进入当今世界接受公众的视野，联通当今的时代精神和创新的社会实践。

那么，这种理念方法是否有些牵强？答曰：否。因为在接受美学看来，“历史视野总是包含在现时视野中”（陈鸣树《文艺学方法论》第213页），亦即说，现代人总是带着现时的眼光来研究历史上之经典。何况西方的接受美学，本就契合于中国的国情，如作为群经之首的古老的《周易》早就提出：“六爻发挥，旁通情也。”（《乾卦·文言》）“引而伸之，触类而长之。”（《系辞上》）于是，触类旁通、引申发挥成了传统的治学方法，也可见接受美学在中国有其深厚的历史土壤。正因为如此，本书诠释“芳草应怜”“花木情缘易逗”“荫槐梃玉成难”“休犯山林罪过”“鸥盟同结矶边”等句意，通过逻辑的归纳、演绎，反复强调计成的生态哲学、生态伦理学思想，这是从生态觉醒的社会现实、生态文明的时代精神这一“现时视野”来接受的。再如诠释“制式新番”“构合时宜”等句意，例之以苏州体现古韵今风的“姑苏情结：开放之窗”，苏州火车站“园林竹石雕塑”等作品，这也就同时彰显了时代的创新精神……总之，生态文明以及创新的主题，更是本书的一大重点。

本书引申发挥的理念方法，除了以现实中大量相关的风景园林实例来证明《园冶》句意的普世价值外，还表现为内容上的延展性、补充性。如在《选石》一章中，计成“聊记”用过之石，本书则还汇集了现代这方面的新发现加以补充拓展；又如对于《墙垣·白粉墙》，本书触类旁通地补充了它在当代的种种功能，有助于今天造园、构景的实践……至于《借景》所说的“应时而借”等，在引申发挥的视域里，类型上更作延展、补充，故本书遴选了一系列摄影艺术佳作进行图释，呈现出美不胜收的借景天地。

二、学术与艺术的互补

一般的“图说”“图释”，大抵是普识性的。本书则同时志在提升，试将图例诠释和理论探索结合起来，尽可能从中抽绎或强调一些规律性的东西，如图释“移将四壁图书”，引申到园林藏书、书香，与园林的人文品位成正比的规律；图释“片山多致，寸石生情”，归结到少中含多、有限中见无限的意境美学；图释《选石》太湖石宜点置乔松下，追根究底梳理出中国绘画松石相配的悠久历史传统；图释“月隐清微”，阐发了中国人特别是中国诗人的月亮情结……从而使本书具有较高的学术品位。

本书用作图释的照片，大都是颇富艺术性的，其中不少还是摄影的精品力作，或是名家名作，或是获奖杰作，或是有风格、有个性的优秀之作，体现为丰富多采，品类不一。此外，《园冶》中有些语句联结着古代的人物故事，神话传说，如“境仿瀛壶”“别有一壶天地”“却卧雪庐高士”“棹兴若过剡曲”等，这只能遴选并结合古代绘画作品来图释，当然其中也不乏艺术名作……这些都在较高层次上体现出学术与艺术的互摄互映。

三、写实与写意的对接

再申述本书关于摄影艺术的观点。“写意”，为中国传统绘画的术语；“写实”，则是从近代文艺理论术语“写实主义”（现实主义）借来，从而使之与“写意”相对待。在中国近代摄影史上，刘半农最早将二者作为摄影美学范畴，其《半农谈影》把写实称为“写真”，认为其特点是“把实物的形态，的的切切的记载下来”。而“写意”则不然，“要把作者的意境，借着照相表露出来”（见龙憙祖《中国近代摄影美学文选》第176–177页）。用今天的语言来说，“写实”侧重再现，侧重于客体形态的真实，而这正是摄影的最大优长，因为摄影机本身是最能以现代科技精准地写真的工具，是任何艺术所不能比拟的，若进而再以文字进行图释，就更为理想。杨恩璞先生曾指出，“摄影和文字珠联璧合，历史就变得立体和丰满起来”（《摄影鉴赏导论》第5页），此话同样适用于《园冶句意图释》。

法国艺术史家丹纳认为，“摄影是艺术，能在平面上……把实物的轮廓与形体复制出来，而且极其完全，决不错误……没有人拿摄影与绘画相提并论”（《艺术哲学》第17页）。此话有对有错，错的是将摄影贬低为远不如绘画的复印艺术，有人甚至以原封不动的“真实”为标尺来衡量摄影。其实，近代摄影批评的先驱康有为、蔡元培、刘半农等早就提出“画意”“传神”“意境”“造美”等，以后，更有南郎（静山）北张（印泉），如郎静山“移花接木、旋转乾坤”的“集锦照相”理论与实践（龙意祖《中国近代摄影艺术美学文选》第253页），极大地提升了摄影的艺术地位。就本书来说，不但需要写实一类再现型的摄影作为《园冶》图释的实证，而且更需要突出主体情感、意境理想、写意造美等表现型的摄影，其中包括“画意摄影”，来为《园冶》中“不尽数竿烟雨”“醉颜几阵丹枫”“曲曲一湾柳月，濯魄清波”等句传神，因此，本书也不排斥摄影的种种后期处理。英国摄影家约翰·恩格迪沃写道：“处理……就是‘用你的手’……这激发了我们的想象力。图片处理让不可能的事情发生，使……梦想变成画面”（《国际摄影艺术教程》第97页）。对于西方后现代主义五花八门摄影流派的处理之作，笔者不一定赞同，但赞同恩格迪沃提出的“图片处理”，更赞同郎静山的画意处理。笔者长期从事“艺术亲缘论”的探讨，感到摄影和绘画的亲缘关系值得深入研究。

再回到《园冶》，笔者从中抽绎出“园画同构”论是有依据的。在该书中，明显地出现了一系列“画”字：“宛若画意”（《自序》）；“楼台入画”（《相地·村庄地》）；“天然图画”（《屋宇》）“深意图画”（《掇山》）；“合皴如画”（《选石·青龙石》）；“粉墙为纸，以石为绘”（《掇山·峭壁山》）“拟入画中行”（《借景》）……至于不出现“画”字而如画的名言秀语，更比比皆是，如“晴峦耸秀，绀宇临空”（《兴造论》）；“悠悠烟水，澹澹云山”（《相地·江湖地》）；“吟花席地，醉月铺毡”（《铺地》）；“峰峦飘渺，漏月招云”（《掇山·峭壁山》）……要为这样一部书作图释，笔者更青睐于“画意摄影”，只要能达到如画似绘的效果，就什么处理手法都可以用，这还符合于《园冶·掇山》“有真为假，做假成真”的美学原则。

四、创作与品赏的交融

《园冶》不但是中国造园理论史上的经典名著，而且是中国园林文学史上一朵艳丽的奇葩，是园林与文学喜结良缘所诞生的宁馨儿。从这一特定的视角看，它应是一种极有审美价值的文学创作，故而笔者一再撰写经典《园冶》的文学品赏的论文。事实上，《园冶》书中一系列重要章节，大抵以优美的骈文俪辞写成，精彩警语俯拾即是，如“山楼凭远，纵目皆然；竹坞寻幽，醉心即是”；“纳千顷之汪洋，收四时之烂熳”（《园说》）；“闲闲即景，寂寂探春”；“送涛声而郁郁，起鹤舞而翩翩”（《相地·山林地》）；“奇亭巧榭，构分红紫之丛，层楼重阁，迥出云霄之上”；“湖平无际之浮光，山媚可餐之秀色”（《借景》）……一字字，一句句，无不是美，无不体现着锦口绣心，神思华采，让人心旌摇漾。本书对取作图释的大量题语，均尽可能注意品析其言辞美、意象美或内涵美，换言之，鉴赏其句意的真、善、美，而本书自身的语言，也力求向文学语言靠拢。这种文学创作与文学品赏的交融，属于基层的交融。

再说本书用来图释《园冶》句意的大量优秀的摄影作品，笔者除了紧扣《园冶》句意进行诠释、接受外，同时还力求对其作较详地鉴赏或点评、点赞该摄影作品自身的艺术美，发掘、总结或弘扬其成功的创作经验，这也许对摄影艺术的创作和品赏有所裨益，因此，本书在一定程度也可看作是一部摄影艺术品赏录，这就有可能使本书进一步摆脱“就事论事”的局囿，从而在内涵上有所超越，有所增值。

以上这些，笔者力求将其提升到美学境层来展开。这样，本书就得以使创作和品赏进行多方位、多层次的共融；或者说，让题语的美、图版的美特别是大量摄影佳作的美、古画的美以及诠释与点评的美多元交汇，互渗互补。

还需说明：本书系《探析》的“续集”，故有些条目不能作深广度展开时，往往注明“见《探析》第×页”。这既有利于本书字数的控制，又足以凸显《探析》与《图释》二书的网状有机联系，见出本书是《探析》形象上的链接，认知上的扩展，意蕴上的普及与提升。同时，《探析》先于本书出版，这就使得本书在写作过程中有可能对《探析》作多方面的补充、修正、拓展乃至超越，如书后所附《园冶版本知见录》即是明显一例。

本书图释时涉及面较广，包括生态哲学、园林美学、绘画美学、摄影美学、艺术设计学、文化史学、未来学……并尝试在书中“留白”，留下有关的思考点，让人们“或因枝以振叶，或沿波以讨源”（晋·陆机《文赋》），以供触类旁通、引申发挥。这些可以是灵感的触发点，课题的切入点，论述的生长点，审美心理史、题材史的片断、雏形……对于这些，本书以特殊符号【→∞】标其后，但仅点到为止。

（［北京］中国建筑工业出版社2019年版）

却顾所来径，情深谊更长

——周苏宁《名典品读：拙政园文史揽胜》序

周苏宁先生是我的忘年交。追溯往昔，还是上世纪八九十年代，在苏州园林局任职的他，同时就开始在《苏州园林》杂志断断续续兼任副主编或主编了。由于我以园林美学为研究重点，故而当时就和他有较多的联系。

苏宁长期从事文化遗产和苏州园林保护管理工作，又喜研究园林。在日常工作中，他爱读书、写书（主要是园林方面的），所以我们还是“园友”“书友”。有时，我把出版的书送给他，如《中国园林美学》《苏州文学通史》《园冶印谱》《园冶多维探析》……他也把2005年在上海学林出版社出版的《园趣》送给我，其中“名人与园”部分让我特别感兴趣，从东晋王羲之与兰亭，一直写到晚清的俞樾与曲园，从而说明了“园以人名”的道理。之前，他还曾有《苏州园林与名人》一书问世。

盛世修志。2005年伊始，苏州市园林局组织编纂《苏州园林风景绿化志丛书》，他任总纂，我忝列专家组成员，免不了一年里要多次见面，如是延续了多年（十年后，这套18卷志书获得中国风景园林界的科技进步一等奖）。紧接着，2007年，园林局又开始组织编写《苏州园林文化丛书》，他又任执行策划。我的《苏园品韵录》又忝列第二辑，我在该书后记中写道："在成书过程中，苏州市园林局负责此项工作的周苏宁先生非常关注书稿的进展，这代表了园林局的关心，成为我一年多来整理和写作的精神动力。"

【图55】金学智、周苏宁在首发式学术座谈会上（蔡斌摄）

2011年，我的《风景园林品题美学》首发式学术座谈会在北京举行，他在百忙中应邀前来参加并作发言【图55】。回苏后又在2011年第2期《苏州园林》上发了一个专题（其中包括北京学术座谈会纪要），与2011年第10期《中国园林》上的一个专题遥相呼应。

近几年来，苏宁主编的《苏州园林》，我越来越爱读，上面的文章既有专业性、学术性，又有可读性，可谓图文并茂，雅俗共赏，是园林界一本很有份量的好刊物。不像有些园林杂志，很大部分是广告和图像，文字既没有一定的质，又没有一定的量，显得轻飘飘的。

……

却顾所来径，情深谊更长。

而今，他又写成《名典品读：拙政园文史揽胜》一书（以下简称《文史揽胜》），问序于我。翻开这本还散发着油墨味的打印稿，第1页的一段隽语就跃入眼帘："江南园林甲天下，苏州园林甲江南。如果也用'甲'或'冠'

字来品赞，那么可以说：‘拙政名园甲（冠）苏州。’”这一推理是出色的，经过深思熟虑，它被置于全书开端，对全书起了很好的提炼、引领、振响作用，如写作谚语所云：“起句当如爆竹。”

守护园林，研究园林，宣传园林，普及园林，苏宁将此视为自己的天职。三四十年间，他朝夕于斯，寝馈于斯，专注于斯，钟情于斯，园林已成为他的第二生命。他尤其挚爱拙政名园，故而写来得心应手。翻开书稿，就可感受到字里行间，倾注着他的深深之情，跳动着他的一颗拳拳之心。以情写书，能不感人乎？

《文史揽胜》以专业的视角、准确的语言、生动的笔墨，精辟地解读了拙政园500余年的历史变迁、人文掌故、空间布局、叠山理水、建筑花木、艺术特色……全书行文自由，或简略，或详细，或叙述，或抒情，或言理，其中叠山理水部分，就写得十分到位，如叠峰、独峰、土山、石山、石包土、岛山、水假山……不同品类，不同所在，不同特色，条分缕析，一一如数家珍，多有独到之处。“庭院深深”一章，更多源于他自己的体悟，娓娓道来，能给人以更多的美感。

人文掌故是苏宁的擅长，他很早就把苏州园林和名人紧密地联系起来研学，这次写拙政园也给以较多的篇幅，选择重要的人物充分展开，有时还缀以生动的故事、典型的细节、湮没的秘闻……以飨读者，显出了这本书的另一特色。

愿《文史揽胜》能拥有更多的读者！

八、论议选编

论也者，弥纶群言，而研精一理也。

——［南朝梁］刘勰《文心雕龙·论说》

度其宜而揆之者，议也。

——［明］吴讷《文章辨体序说》

上有天堂，下有苏杭

——“苏园游”的最佳视角

俗谚说：“上有天堂，下有苏杭。”我曾多次想考查它的出处，然而书海无涯，徒费时日，难以遍找。一日，偶翻元曲，却不意发现了！真是“踏破铁鞋无觅处，得来全不费工夫”。

元人奥敦周卿《[双调]蟾宫曲·咏西湖》写道：

西湖烟水茫茫，百顷风潭，十里荷香。

宜雨宜晴，宜西施淡抹浓妆。

尾尾相衔画舫，尽欢声无日不笙簧。

春暖花香，岁稔时康。

真乃上有天堂，下有苏杭。

这句人们喜闻乐道的熟语，原来出此！

这首散曲中所说的“天堂”，是取其比喻义，实指繁华富庶、幸福安康、景色优美、乐逸无疆的红尘，或者说，是物华天宝、人杰地灵、丰稔康乐、美丽繁荣的人间。然而，“天堂”之喻，又有其与之相反的含义在，这就是非人间的、与红尘隔绝的、优美而恬静的乐园或园林。

在西方，《旧约全书·创世纪》中，就有令世人无限憧憬的“天堂乐园”。这个“天堂乐园”，叫做伊甸园。据考证，所谓伊甸园，在今叙利亚首都大马士革。在英语里，“天堂”（Paradise）这个词，就有天国、乐园、伊甸园、极乐的地方等意义，而它又源于古波斯文Pajridaeza，意为豪华之园。从西方园林史上看，公元前五世纪的波斯，确实有天堂园。它四面有墙，与外界隔绝，与荷马史诗里所咏的希腊庭园非常相像。在这个时代，古希腊文献里也有关于天堂园的记载。

英国的培根在《论造园》里也写道:“全能的上帝率先培植了一个花园;的确,它是人类一切乐事中最纯洁的……”这位西方哲人也把园林和创造天堂的上帝联系了起来。

在中国,园林更是常常和天堂意识联系在一起。曹雪芹在《红楼梦》里建成了大观园之后,特意让一些女孩子来题咏这所园林。首先,元春题七绝一首,有“人间天上诸景备,芳园应锡大观名”之语,这是大观园之名的来源。诗句是说,洋洋大观的园林,连天上众多的美景都齐备了,更不用说是人间了;而迎春的题诗,则发出“谁信世间有此境”之问,这也肯定了它是不存在于人世间的天堂乐园;探春接着有“秀水明山抱复回,风流文采胜蓬莱”之咏,蓬莱是海上的仙岛;至于林黛玉的题咏,既有“世外仙源”的匾额,又有“仙境别红尘”之诗句,这些可看作是对大观园天堂特色的一个诗意概括。

再看现实的园林,如北京皇家园林,且不说中南海有“瀛台”,香扆殿也原名蓬莱阁,北海团城的承光殿有“九陌红尘飞不到”之联语,颐和园有“须弥灵境”等题构,就说被誉为“万园之园”的圆明园,其中也曾有“方壶胜境”“蓬岛瑶台”等景区,方壶、蓬莱、瀛洲……就都是远离尘世的海外仙山。当年,一个英国随军牧师闯进圆明园之后,发出了这样的惊呼:“此处就可算仙宫乐园了。我从未见过一个景色,合于理想的仙境,今日方算打开了眼界!”事实上,当时清帝乾隆就已咏《蓬岛瑶台》,其诗有云:“名葩绰约草葳蕤,隐映仙家白玉墀。天上图画悬日月,水中楼阁浸琉璃……”诗的尾联也赞道:“海外方蓬原宇内!”天上的仙境,已魔术般地建在尘世之内了。对此,乾隆怎能不引以自豪?

江南私家园林,特别是苏州园林,也往往注意取名和模拟于仙境,而人们咏赞,也往往喜爱强调它对于凡尘的隔离。

“溯洄从之,道阻且长。”

从历史上看,五代始建的南园,在北宋时其中有“近仙阁”,这就透露了一种审美指向;南宋范成大始建的范村,后来还有“方壶洞”的景名;元代，有邻近狮子林却鲜为人知的园林“懒云窝”，园主阿里西瑛就自唱“蓬莱深处恣高眠”，因而被散曲家们咏为“懒神仙”“懒云仙”；而顾瑛的“玉山佳处”，以轩名“桃源”自拟仙境；明代文学家王世贞在太仓曾建弇山园，据《山海经》《穆天子传》等神话传说，弇州为神仙栖息之地，穆天子和西王母曾觞于瑶池，并驱升于弇山之上，而太仓弇山园中与仙境有关的景点有“小云门”“隔凡门”以及通往西方净土的“西归津”；在清代，姚燮《过钱氏息园作》写道：“游者讶为神仙宫，啧啧从人夸眼福。”……由此可见，历史上的苏州园林，不但或隐或显地表现出园主们“近仙”的意向，而且确实也能给人以隔凡天堂、桃源仙境之感。

据于以上实例，人们或许会作出如下推论：如果说，苏州和杭州一样是“天堂”的话，那么，苏州园林则可说是“天堂里的天堂”。这一推论是可以成立的。需要指出的是，这里前一个“天堂”，是指繁华富庶、幸福乐逸的红尘苏州，而后一个“天堂”，则是指与红尘迥异的“天国乐园”——苏州园林。

正因为如此，笔者由衷建议，游览苏州园林，应该带着天堂意识，即采取“天堂里的天堂”这一审美视角，以品赏这种锦上添花的美中之美。具体地说，也就是品赏其繁华富庶的大环境包围之中“仙境别红尘”的小环境之美。

不妨进一步联系现存的苏州园林及其有关历史，来追寻其中所显现的天堂意识——

苏州现存最早的私家园林是沧浪亭。当年园主诗人苏舜钦受排挤打击后来到苏州，据其《沧浪亭记》所描述，竟找到了一个“崇阜广水，不类乎城中”也就是远离红尘的幽境，而自己终于能“迹与豺狼远，心随鱼鸟闲”了。对于这样一个理想境界，苏舜钦的挚友欧阳修极为赞赏，他在《沧浪亭》一诗中咏道：“堪嗟人迹到不远……搜索幽隐探神仙。”这位北宋大文豪，竟把沧浪亭看成是探神寻仙的异境了。直至清代，查岐昌在《游沧浪亭次用欧阳公集中韵》还说，“小憩宁必非游仙”。应该说，仙境感、游仙感，这是一种可贵的游园感受和审美想象，它随着园林的发展而不断地积淀下来，并超越了沧浪亭具体的时空局限。

至于狮子林，更是和仙佛的传说联结在一起。明初大诗人高启就以神幻的视角来欣赏狮子林，其《狮子峰》诗写道：“风生百兽低，欲吼空山夜。疑是天目岩，飞来此山下。”诗人的神思，“课虚无以责有，叩寂寞以求音”，可谓绝妙。而吴锡麒的《师子林歌》，则从游仙的角度来写，他把嵌空参差、洞穴回旋的湖石假山看作是“洞天咫尺开仙都”；把人们钻入山洞称为“翻身跳入壶公壶”……这也表达园林游赏中所萌生的神异感。

王辂咏拙政园，又独出匠心而发人深思：“傍岩跨涧架回廊，绿树红楼面面藏。不是桃花勾引甚，如何仙境有渔郎？”真是异想天开！在春光融融的佳晴之日，在绿树红楼掩映、岩涧回廊相接的小环境里，碧波荡漾的溪边灼灼地探出数株桃花，或绚烂旖旎，或落英缤纷，怎能不勾起那种晋太原中的武陵渔郎之想？也许人们会感到自己也身处“与外人间隔”的桃源仙境了。

留园也是苏州名园，它地处闹市却尘俗难染。该园东部，冠云楼悬有“仙苑停云”之匾，五峰仙馆则曾有长联云：“斯地为吴中最胜，后堂饶丝竹，婆娑岁月若神仙”；中部的景构，则有“小蓬莱”“缘溪行”……在这明山秀水间赏游，人们也许会油然低吟李白的名句：“桃花流水窅然去，别有天地非人间。”

网师园是一个精品园，它并不大，但诗人们却爱将其联系于陶渊明笔下的境界。张问陶的《游网师园》，有“真从城市见桃源”之句；范来宗《三月廿八日网师园看芍药》，则表达了“仙境仿佛武陵源”之感。

计成《园冶》写道：“邻虽近俗，门掩无哗。”这也就是陶渊明所说的“心远地自偏”。在繁华的苏州城市里游赏园林，只要心远，就必然会“地自偏”。因此，人们如取“天堂里的天堂”这一视角，就必然能孕育出城市蓬莱、阛阓天堂的特殊美感，从而在红尘的包围中悠然进入愉快的绿色梦乡，在幽静美丽的小天地里畅神、游仙……

（原载《苏州杂志》1990年第4期）

“苏杭比较论”溯源

“上有天堂，下有苏杭。”这一广为传诵的谚语，多少年来，不仅流播于江浙一带，而且流播于大河上下，长城内外，甚至漂洋过海流播于日本、欧美……

这一古谚，起源于何时，古籍出处何在，对此作一探究，是颇有兴趣的。杭州的孙德卿先生写了一篇《“天堂”之说溯源》（见《苏州杂志》1999年第1期，以下简称孙文），说他为了溯源，跋涉苏杭，翻阅了《临安知识词典》《中国帝王辞典》以及有关文史资料，它们虽常引有此语，但“不无遗憾的是最初见之于文字，究竟在哪里？缺乏考证”，“辞书编者没有详细交代”。他又翻遍全部《苏州杂志》。有文字出处的只有笔者八九年前所写的《天堂意识——苏州园林欣赏之四》（见《苏州杂志》1990年第4期）。拙文引了元人奥敦周卿《[双调]蟾宫曲·咏西湖》，作为这一人们喜闻乐道的古谚的出处。孙先生不愧是有心人，其追根究底的精神令人折服。他还认为拙文引元曲作为出处，时间上似乎太晚，笔者同意这一观点，感到还应向上追溯。

孙文令笔者更有兴味的是，它善于联系现实生活将苏、杭进行比较：

其一，如苏杭两地电视台联合播出晚会，现场采访市民，杭州人认为杭州比苏州美，比苏州大，为什么不说“下有杭苏”，颇有些不服气；苏州人则说是为了“押韵”……孙文认为理由似乎太简单。

其二，孙先生在杭还发现很多“天堂牌”广告，说杭州已将“天堂”作为注册商标，着眼于经济效益，此言也并不虚。笔者恰好有一次参加园林会议，他们送了一把杭州新产品折叠伞，伞柄上赫然跃入眼帘的是红色的“天堂”二字。其旁还贴有“天堂”微孔防伪标识，合格证上则有“识别真假”之法，这显然是为了提醒人们谨防“假天堂”的冒牌货。以小见大，杭州人的“天堂意识”确乎渗透到经济领域的某些角落了。孙先生在比较之余感慨地说，“苏州至今还停留在唱唱评弹开篇阶段”。是的，苏州人的“天堂意识”“天堂情缘”，似乎多表现在文艺领域，这也许是苏杭的小小差异之一。

其三，苏杭之所以被人并称“天堂”，一个重要原因是名胜古迹、风景园林多而且美。孙先生比较说，“遍游了杭州很多景点，与苏州对比确是各有千秋。”这是持平之论。这一比较，也是建立在多方调查、反复思考的基础之上的。笔者认为，就今天作为旅游城市来说，苏、杭各有“千秋”，二者的区别在于苏州主要以园林胜，杭州主要以湖山胜，当然，西湖也往往被称为“公共园林”。

再回到溯源上来。由元代上溯，在古籍中可发现，早在唐宋时代，人们就爱把苏、杭这两个城市进行有意味的比较了。联系学术研究来思索，时下盛行种种比较学科，且不说比较文学早已是一门“显学”，就说其他学科，如比较美学、比较语言学、比较社会学、比较地理学……也不一而足。而将苏杭二地进行比较，则不妨称之为“苏杭比较论”，它是历史地形成的，说句不恰当的话，它可看作是“比较地理学”的一个小小的分支。

从历史上看，唐代大诗人白居易似乎是“苏杭比较论”的始作俑者。他既当过杭州刺史，又当过苏州刺史，喜爱和熟悉苏杭，写过不少深情咏唱苏杭的名篇佳作，并为苏杭百姓办过不少好事，因此对于苏杭的比较，他最有发言权。他那首《见殷尧藩侍御〈忆江南〉三十首，诗中多叙苏杭胜事，余尝典二郡，因继和之》一诗就写道：“江南名郡数苏杭……我为刺史更难忘。”而其《咏怀》诗开篇第一句也是“苏杭自昔称名郡”。他已把自昔以来的这两个名郡等量齐观了，并一再把苏州置于杭州之前。这种相提并论，就是以比较作为前提的。事实上，他对苏杭还曾作过深入细致的反复比较。其《登阊门闲望》这样写道：

阊门四望郁苍苍，始觉州雄土俗强。
十万夫家供课税，五千子弟守封疆。
阖闾城碧铺秋草，乌鹊桥红带夕阳。
处处楼前飘管吹，家家门外泊舟航。

云埋虎寺山藏色，月耀娃宫水放光。

曾赏钱塘（杭）嫌茂苑（苏），今来未敢苦夸张。

据《元和郡县图志》载，唐代元和时苏州即有十万户。白居易在诗里通过对苏州多方面的描述作出了综合评价，改变了以前“赏钱塘–嫌茂苑”的看法。他在另一首诗里还具体地写道：“霅川（吴兴）殊冷僻，茂苑太繁雄，唯此钱塘郡，闲忙恰得中。”（范成大《吴郡志》卷五十引）白居易通过比较，认为吴兴较冷僻，苏州太繁雄，杭州则既不太冷僻，又不太热闹繁忙，适得其中。这是当时情况的真实反映。当然，吴兴也是以风景园林著称于世的，特别是到了宋代，更成为著名的园林之城，周密曾写有著名的《吴兴园林记》。然而，白居易将这三个城市进行比较，着眼点主要不是其风景名胜，而是其经济——“繁雄”情况。由此可以推测，白居易将苏杭并提时将苏州置于杭州之前，是考虑其经济的发展，城市的繁荣。这一推测，似可用来回答苏、杭二地电视晚会采访时所提的问题了。

再看宋代，著名诗人范成大更是“苏杭比较论”的突出研究家，他在《吴郡志·杂志》中写道：“谚曰：‘天上天堂，地下苏杭。’又曰：‘苏湖熟，天下足。’湖固不逮苏，杭为会府，谚犹先苏后杭……”接着，他又援上引白居易诗句进行论证，指出：“在唐时，苏之繁雄，固为浙右第一矣”。这是通过进一步比较后得出的历史结论。值得注意的是，这也是从经济地理学的视角所作的比较。

在宋末元初，文学家方回写了《姑苏驿记》。他也从交通经济的角度指出，“东南郡苏杭第一”。他依然承袭唐宋时积淀而来的“苏杭”这一提法。

再说范成大引“天上天堂，地下苏杭”之语，已将其称之为“谚”。而如将此谚和“上有天堂，下有苏杭”相比，当然后者为优。值得指出的是，既然是谚语，它一定是在民间长期地、广泛地流传的。因此可以断言，在宋代，类似的民谚早已较为成熟地流传了，或者说，早已大同小异地广为流传了。

到了元代，“天堂”之谚经过历史的磨洗，民众的锤炼，音律更为协和，句式更为凝整，并进入了奥敦周卿的散曲《[双调]蟾宫曲·咏西湖》：“西湖烟水茫茫，百顷风潭，十里荷香。宜雨宜晴，宜西施淡抹浓妆。尾尾相衔画舫，尽欢声无日不笙簧。春暖花香，岁稔时康。真乃上有天堂，下有苏杭。”“真乃”云云，是援引民谚进行了形象化的论证。当然，曲中所咏，是着眼于旅游地理，但也离不开“岁稔时康”之类的自然地理、经济地理。而另一位元曲作家睢玄明在《耍孩儿・咏西湖》中也写道：“钱塘自古繁华地，有百处天生景致……论中吴（苏州）形胜真佳丽，除了天上天堂再无比”。这也是相提并论地赞颂了苏杭，并再一次以“天堂”为喻。

在明代，郎瑛的《七修类稿》也载有类似的民谚……

由此可知，朗朗上口的“天堂”谚语之所以是先苏后杭，从源头上看，其主要原因在于经济。事实正是如此，苏州的知名度，也主要是随着经济发展而不断提高的，这还可进而引历代诗文作为补证——

晋代诗人陆机在《吴趋行》中唱道：“阊门何峨峨，飞阁跨通波。重栾承游极，回轩启曲阿。蔼蔼庆云被，泠泠祥风过。山泽多藏育，土风清且嘉……”苏州阊门的建筑雄丽，吴地的资源丰饶……令诗人赞颂不绝。

在唐代，吴地政通人和，农桑丰稔，商贾云集，舟楫如梭。杜甫《后出塞》曰：“云帆转辽海，粳稻来东吴。”其《昔游》又曰：“吴门转粟帛，泛海陵蓬莱。”杜荀鹤《送人游吴》也写道：“古宫闲地少，水港小桥多。夜市卖菱藕，春船载绮罗。”借助于诗句，可以想象吴地的繁雄、富庶、繁忙……

苏州的繁荣昌盛到了五代、北宋，更上一台阶。朱长文在《吴郡图经续记》中写道：

自钱俶纳土，至于今元丰七年，百有七年矣。当此百年之间，井邑之富，过于唐世。郛郭填溢，楼阁相望，飞杠如虹，栉比棋布……冠盖之多，人物之盛，为东南冠。

这就是苏州能臻于人间天堂的经济条件乃至人文条件。

在古代苏州史上，其经济发展到了明代已臻于高峰，在全国领先。出身商贾的苏州才子唐寅对此特别敏感，特别有深切体会，他在诗里更有较全面而生动的反映，如：

江南人住神仙地……（《江南四季歌》）

我住苏州君住杭，苏杭自古称天堂……（《寄郭云帆》）

世间乐土是吴中，中有阊门更擅雄。翠袖三千楼上下，黄金百万水西东。五更市卖何曾绝，四远方言总不同。(《阊门即事》)

市河到处堪摇橹，街巷通宵不绝人。(《姑苏杂咏》其二)

繁华自古说金阊，略说繁华话便长。……北去虎邱南马涧，笙歌日日载舟航。(《姑苏杂咏》其四)

通俗的语言，流畅的笔调，生动的描写，高度的概括，是一首首苏州天堂颂，一幅幅姑苏繁华图。所谓“神仙地”不也就是“天堂”的同义词吗?

在清代，例如乾隆盛世，曹雪芹《红楼梦》第一回就说，姑苏的阊门，“最是红尘中一二等富贵风流之地”。而李斗《扬州画舫录·城北录》也引有刘大观语：“杭州以湖山胜，苏州以市肆胜，扬州以园亭胜，三者鼎峙，不可轩轾。”这一比较，极为准确，揭示了三个名城各自不同的个性特点，苏州在当时是以经济繁盛领先的。当然，这三个名城也有其相同的共性，即风景园林名胜众多，其中也包括清人沈朝初《忆江南·春游名胜词》所咏：“苏州好，城里半园亭。几片太湖堆崒嵂，一篙新涨接沙汀，山水自清灵。”

直至现代，作家曹聚仁在《吴侬软语说苏州》一文里，一开头就写道：

“上有天堂，下有苏杭，杭州西湖，苏州山塘”(《姑苏风光》)。前天晚上，杨乃珍（评弹演员）的琵琶一响，呖呖莺声，唱出了七里山塘的风光……

七里山塘街，是唐代苏州刺史白居易所开辟的通往虎丘之路，历来以繁华的风光著称。至于这一评弹开篇，也从六十年代流传了下来，而这也在一定程度上印证了孙德卿先生文中所说的“苏州至今还停留在唱唱评弹开篇阶段”……

以上一系列形象生动、描述具体的诗文，可看作是“上有天堂，下有苏杭”之语的历史注脚，或者说，可看作是“先苏后杭”的古典文献论据。当然，流行于现代的苏州评弹开篇，只能说是民间艺人的传唱。然而这正足以说明：这一民谚，同时是在民间穿越时空，众口相传地形成和流播的。

（载《苏州杂志》2000年第1期，

《新华文摘》2000年第7期全文转载）

园林美学悟言

自1961年《文汇报》发表处女作以来，数十年间虽写了一定数量的艺术随笔、美学小品类短文，但更多是万字左右的论文和数十万字的著作。在长篇写作的过程中，我喜欢信手翻翻陆机的《文赋》，用以激发应感之会，导引探赜之心。我还往往深感思路通畅时，确乎有些“方天机之骏利”，而文思滞塞时，又真是“兀若枯木，豁若涸流”。赋中此类铺采摛文的描写，和我的切身体会竟那样地合若符契，引起我心底的共鸣！

“文章切忌随人后”。在写作中，我力避人云亦云。因此，一些重要的学术话语，如概念、范畴、命题、原则、规律乃至论述，均尽可能体现“谢朝华于已披，启夕秀于未振”的旨趣，务去陈言，别出新理，借清代文论家刘熙载的话说，“但要书中有个我”。

《文赋》里“或袭故而弥新”之语，也给我以启迪。如对来自常建诗“曲径通幽”这句众所周知的熟语，我通过自唐至宋这一诗句嬗变轨迹的考证，发现了由“竹”至“曲”的一字之变，进而表达我有关园林美学的新体悟。又如对于园中之水的审美特征，我根据尤侗的园记抽绎出和解读为“洁”“虚”“动”“文”四美，从而使这部分有了自己的理论个性。

陆机说：“立片言而居要，乃一篇之警策”；“石蕴玉而山晖，水怀珠而川媚”。这种理想境界，我力不能至而心向往之。于是，写到关键处就注意提炼思想，锤炼辞句。这样，虽难以臻于警策的高峰，却力求能体现警炼的特点。因为美学除了需要深邃求真的理性内涵之外，其文字最好同时能“藻思绮合”，深情求美。

又受刘再复先生启发，去年，他将短小精彩的《红楼悟语》数则，发于《文学报》上，读后不但对其内容极有体悟，且深感其形式亦佳，这也策动我拾“悟语”之牙慧，效东施之丑颦……当然，这还可免去全文收入集中，浪费纸墨之弊。

凡此种种，愚陋如我，肯定不会像陆机所说那样能如珠似玉般地发挥媚水辉山的作用，相反，这种尝试也许是“偏弦之独张”。现将1990年前基本绝版的有关园林论文、著作中的悟言摘出如下若干条，请读者、专家匡正！

中国古典园林是一门地道的综合艺术

西方美学偏重于强调艺术的区别性、独立性、不相关性；中国美学则偏重于强调艺术的相通性、包容性、综合性。……它是把不同门类的、具有独立存在价值的艺术相互综合在一起，融贯而为一个有机的美的整体。……中国古典园林是地地道道的综合艺术，它是多种门类艺术的综合。

苏州古典园林是以山水花木和建筑物的组合作为主旋律，以文学、书法、绘画、雕刻、工艺美术等门类艺术作为和声协奏的，既宏伟繁富又精丽典雅的交响乐；是把各种不同门类的作品有机地汇萃在一起，从而给人以丰富多样的审美感受的艺术博览馆。

在外部结合的基础上，苏州古典园林所综合的艺术门类，还有其更内在的结合。它是物化的诗，立体的画，无声的音乐，放大了的工艺美术精品……

（《苏州古典园林的艺术综合性——兼谈中、西美学的艺术综合观》，
载［上海］《学术月刊》1984年第4期。
中国人民大学书报资料社复印报刊资料《美学》B7．
1984年第4期全文复印）

苏州古典园林的真、善、美

以苏州为代表的江南古典园林……是富有中国特色尤其是江南风格的真、善、美三位一体的王国。它富于“宛自天开”的真实感，是概括地模拟自然之真、深刻地表现自然之理的“天然图画”；它具有“独善其身”的市隐性，是渗透着隐逸意识的“城市山林”；它体现着小巧自由的本色美，是由小筑见大观、以多样见统一的……清真自然、素净雅致、诗情画意、境界幽美的艺术王国。这种令人品味不尽的美，是由“天然图画”之真、城市山林之善加上气韵生动，引人注目的情状孕育而成的。

（《苏州古典园林的真、善、美》，
载［上海］《学术月刊》1986年第7期）

意境与古典园林的遮隔艺术

中国古典艺术区别于西方艺术的一个重要美学特征，就是意境。对于中国的诗词、绘画、音乐、园林等创作来说，它能赋于灵魂，灌注生气，化景物为情思，变心绪为画面，使作品近而不浮，远而不尽，意象含蓄，情致深永，从而以其特殊的美的魅力引人入胜，耐人寻味。

苏州古典园林和西方园林相比，其重要的区别无疑是有无意境；和北方皇家园林相比，则又以意境的小中见大、深幽闲静为特色。

《易・系辞》有言：“物相杂，故曰文”，“参伍以变，错综其数”。这一古老的哲学命题，在苏州古典园林中已化为活生生的具象之美、意境之美，园内的花木、山石、屋宇、墙廊、水桥以及屋宇所属门窗、挂落、飞罩、纱槅乃至家具等，都有其独特的作用：或是半隔，或是“不隔之隔”；或隔为偌大景区，或隔为些小空间；或造成物质上的“隔”，或形成心理上的“隔”……它们汇成一个隔而不隔，不隔而隔，相与错综，互为藏露，丰富多姿，变化成文的多结构、多功能的开放系统，并使园景这个审美客体和游赏者这个审美主体在相互交流中“通其变”，“极其数”，实现隐与显的统一，物与我的统一，而园林情趣深永的意境，主要是在这种多层次、多角度地“相杂”的遮隔艺术系统中诞生的。

（《苏州古典园林的遮隔艺术系统》，
载［武汉］《华中建筑》1987年第4期）

“曲径通幽”：中国古典园林重要的美学原则

宋元以来，园林的曲径已得到人们审美上的一致认可。一个“曲”字，表现了长期以来人们对园林路径形态的审美选择。“曲径通幽”，它是时代审美风尚的产物，是各门艺术孕育的结果，是造园艺术历史经验的结晶。

“曲径通幽”是中国古典园林一个重要的美学原则。……曲径就是要曲折盘纡地规范游人，使其延时费步。对于游园来说，欲速则不达，好事须多磨，快了就达不到品赏园林美的目的。

既要曲而通达，引人入胜，又要曲中有直，曲折有度，这就是苏州古典园林“曲径通幽”这个美学原则的定性。

（《曲径通幽——苏州古典园林的一个美学原则》，
载［武汉］《华中建筑》1989年第3期）

唐、宋园林的历史性区别

宋词中许多作品的景色基调，和园林的景色基调是如此地情投意合。宋词的特色之一就是特别喜爱和善于描写园林美，或把园林作为描写对象，或把园林作为抒情背景，这就构成了一种“园林情调”。唐诗和宋词的区别之一，几乎可说就是有无“园林情调”。

有没有自觉出现或大量出现带有文学意味或文化色彩的题名，使作为物质建构的园林文学化、心灵化，这是宋代园林和唐代园林的区别之一。

（《中国园林美学》，[南京]江苏文艺出版社
1990年3月版，第38、43页）

宋代以来的文人写意山水园

宋代的文人写意园，几乎是和宋代的文人写意画同时诞生、携手并进的。

中国古典绘画和古典园林在文人写意性方面是互为影响的。……明陈继儒《青莲山房》诗云："主人无俗态，筑圃见文心。"好一个"文心"！它正是文人写意画的核心，也是文人写意园的核心。诗句揭示了宋以来文人写意园的此中三昧，可谓探得骊珠！……"文人未有不好山水"，又足以说明文人写意园和山水园的有机联系，或者说，文人写意园往往是借"山水、林石、花竹、禽鱼"来抒情写意，见其文心的。

自宋以来，特别是明清时期，文人写意山水园以其新的精神风貌和艺术形式，大量地出现于……山明水秀的江南，成为江南园林的主流。……南园北渐，这也间接地显示了宋代以来江南园林——文人写意山水园的美的魅力和生命力。

（《中国园林美学》，[南京]江苏文艺出版社
1990年3月版，第47、51-53页）

城市山林的诞生及其美学价值

纵观园林美的历程，城市山林这一合目的性的艺术空间，是在现实和理想、忧患和追求的撞击、纠葛中逐渐建立起来的。……自觉的城市山林的审美意识，始于唐，成于宋。

城市，这是一个特定的空间；山林，这是一个迥异于城市的特定空间。这两个具有不同形态和定性的空间，是如此不可调和地对立着："其道难两

全”。唐代的白居易企图用“中隐–市隐”思想来加以调和、综合……他那尝试性的实践和创造性的思维指向，是有其美学价值的。

和“天然图画”之“真”一样，“城市山林”之“善”也历史地成了园林批评的一个重要的美学标准，成了现实生活中所企求的，与社会伦理学、城市生态学相渗透的道德境界和审美理想境界。

（《中国园林美学》，［南京］江苏文艺出版社
1990年3月版，第96、98－99页）

绿色空间与生态平衡

绿色空间对于人和自然的生态平衡，有着多方面的功能。因此，改善和扩大绿色空间，实现人与自然的和谐，这已成了环境保护和环境美的重要课题。园林基本上是绿色空间，它是古代环境保护的重要措施和突出标本。

（《中国园林美学》，［南京］江苏文艺出版社
1990年3月版，第298页）

“虚”与“实”：园林艺术的空间观

陆游说：“道向虚中得，文从实处工。”此是的论。着力创造确实的形象实在，是艺术实践最基本、最主要的一面，然而聪明的艺术家在追求“实处工”的同时，并不忽视“虚中得”的一面。艺术中的“虚”，就是“得之于象外”的形象，就是一种言外之意，象外之旨，无声之音，无形之相。《孟子》曰：“充实之谓美，充实而有光辉之谓大”（《尽心下》）。《老子》曰：“大音希声，大象无形”（四十一章）。两位哲人分别道出了“实”与“虚”这对辩证的审美范畴。当艺术作品体现了“充实”与“冲虚”的对立统一，就能生发出美的“光辉”，体现出所谓“大”——以一当十，于有限见无限。

“虚”在艺术中有其重要性，也有其普遍性……雕塑、建筑及园林艺术

中周围的空间及“借景”等……也都能构成妙境，成为全局的“机窍所在”。

（《“虚”与“实”——艺术辩证法札记》，
载［南京］《江海学刊》1963年第9期）

有无相生，这应该是建筑空间美学的一个重要命题。……空白、虚灵，是中国美学的重要范畴……

钟厚必哑，耳塞则聋，境界生成，离不开虚空。……相反，充天塞地，景物繁实，无异于作茧自缚，境界就无由生成。这就是所谓“物或损之而益，或益之而损”（《老子·四十二章》）。

眼睛是心灵的窗户，窗户是屋宇的眼睛。

（《中国园林美学》，［南京］江苏文艺出版社
1990年3月版，第485、491、519页）

说“无”

——点评《揖青亭记》，兼探“贵无论”美学

尤侗（1618–1704），清初文学家、戏曲家、造园家。字同人、展成，号悔斋、艮斋、西堂老人。长洲（今苏州）人。顺治拔贡，康熙授翰林院检讨。诗文才华富赡，有《西堂全集》。其园记散文短小精警，意蕴渊深。《亦园十景竹枝词跋》以“庄生之齐物”“佛氏之空相”论园，纵横捭阖，妙趣横生，且富于哲理思辨。《水哉轩记》通过对孔子之言的生发，排出“取于水”的因由，拙著《中国园林美学》据其概括为园林水体的四大审美特征：

“洁”“虚”“动”“文”。《揖青亭记》则根据魏晋玄学，推出极适用于园林的“贵无论”美学。

以下拟全录尤侗《揖青亭记》这篇妙文，并略加点评，以初步探讨园林中“无”与“有”这对重要的美学范畴。

亦园［亦：相当于“也是”。《孟子·告子上》：“鱼，我所欲也；熊掌，亦我所欲也。”亦园，意谓也是园，也算是园］**，隙地耳。**

问有楼阁乎？曰无有。有廊榭乎？曰无有。有层峦怪石乎？曰无有。无［此层以“问”字领起后，接连用三个问句，设问设答，三次出现“无有”二字，此处更着一“无”字以为总承，并进一步设问，从而引导到以下的答句］**则何为乎园**［何为乎园：怎么还称之曰园。为：称；谓；曰。《庄子·逍遥游》：“北冥有鱼，其名为鲲”］**？园之东南，岿然独峙者，有亭焉**［通过不断设问，此答句突出了园东南岿然独峙的揖青亭，行文颇有气势，水到渠成地落实到一个“亭”字，从而摆出可称为园的理由，并呼应文题］。

问［为增气势，此节承上再度以“问”字领起，以排比节、排比句蓄势］**有窗棂栏槛乎？曰无有。有帘幕几席乎？曰无有**［此节承上节再次出现两个“无有”，进一步引人注意，发人深思］。**无**［此处再度以一“无”字为总承，行文如大海波涛，层层推进，一浪胜似一浪］**则何为乎亭**［由园而亭，由面而点，步步为营，步步深入］**？曰：凡吾之园与亭，皆以无为贵者也**［此一句煞住，作为上文的总括。以一串“无”字画成长龙，至此点睛，则全龙活矣！纵览全文，“无”，确乎系全篇之“睛”。“以无为贵”，是全文主旨，也是魏晋玄学的重要命题。当时“贵无论”的代表人物，是注《老子道德经》的王弼，其四十章注道：“天下之物，皆以有为生；有之所始，以无为本。”他力主崇本息末，重无轻有，一句话，即“以无为贵”］。

《月令》［《礼记》篇名，记述每年十二个月的时令及相关事物等。本节在上文提出论点的基础上，作具体的论证，以支撑论点］**云：“可以居高明，可以远眺望。”夫登高而望远，未有快于是者。忽然而有丘陵之隔焉，忽然而有城市之蔽焉，忽然而有屋宇林莽之障焉**［三个“忽然”句构成排比，说明了作为“无”之对立项的“有”，是“隔”是“蔽”是“障”，极不利于审美主体的“远眺望”]，**虽欲首搔**（首搔：即搔首，无可奈何时的下意识动作。[晋]陶渊明《停云》：“搔首延伫”）**青天**[明·计成《园冶·借景》：“搔首青天那可问”]，**眥决**[眥决：即决眥，此处形容极目远视。唐·杜甫《望岳》：“决眦入归鸟。”眦（zì）：眼角]**沧海，而势所不能。今亭之内，既无楼阁廊榭之类以束吾身，亭之外，又无丘陵城市之类以塞吾目**[以“既……又……”关联词组成复句，概括亭内亭外，再次凸显“无”字]，**廓乎百里，邈乎千里**[百里、千里云云，以夸饰辞格亮出“无”的实效——视域的寥廓邈远]，**皆可招**[招：招引；招揽]**其气象、揽其景物**[两句互文。气象是虚，景物是实，目力所至，不外虚实二字]，**以献纳于一亭之中**[归结到主题中心——有纳于无]，**则夫白云青山为我藩垣**[藩：藩篱；篱笆。垣（yuán）：矮墙；泛指墙壁。藩、垣，均意谓屏障]，**丹城绿野为我屏裀**[裀（yīn）：通“茵”，两层床垫。这里指裀褥]，**竹篱茅舍为我柴栅，名花语鸟为我供奉**[四句排叠，既见出了所招揽之丰富无限，又反复强调“为我”的审美主体]，**举**[全；整个]**大地所有，皆吾所有，又无乎哉**[在又一串排比句后，不以设问而以反问句收结，更显得笔力千钧。此处两个“有”，一是作为客体的大地之“有”；一是作为主体的“为我”之“有”。而从审美领域来说，这两个“有”，皆由“无”而生，用《老子·四十章》的话说：是“万物生于有，有生于无”]**？……**

这篇园记短文，寓精警理趣于设问、反问、排比、夸饰的辞采气势之中。它善于蓄势鼓势，造势任势，排而累之，贯而通之，文章虽短，却有一泻千里的气势美，令人或想起李白“飞流直下三千尺”的诗句，或想起富于论辩色彩的《孟子》散文，步步紧逼，层层推进，气势充沛，咄咄逼人，有一种莫之能御的气势。

《揖青亭记》在理论上，它反复以具体证抽象，以外界白云青山、丹城绿野、竹篱茅舍、名花语鸟的纷至沓来，论证空无一物之亭“惟道集虚”的优越性，于是，最贫乏的“无”，又成了最丰富的“有”。“举大地所有，皆吾所有，又‘无’乎哉？”这一反问句，更有力地肯定了“无”的审美价值。在《揖青亭记》中，《老子》“有无相生”（二章）、“有之以为利，无之以为用”（十一章）等“玄之又玄”的哲理，得到了充分的论证和生动的阐发，化为寥廓无垠的活生生的“借景”视野，使人们极易接受。

魏晋玄学特别是以王弼为代表的“将欲全有，必反于无”（《老子道德经注·第四十章》）等的哲学“贵无”论，曾遭后来“崇有”论的猛烈抨击，但尤侗“以无为贵”的风景园林美学，却是无可辩驳的，《揖青亭记》具有事实胜于雄辩的理论力量。

尤侗除了其有关诗词外，仅凭以上三篇园记散文，足以厕身于清代著名园林美学家之列。

苏州园林的审美文化价值

——苏州古典园林申报笔谈

从审美文化的视角来看，苏州古典园林在中国园林史和世界园林史上有着重要的地位。

西方园林的主流特色是抽象的构图、人工的造型、齐整一律的秩序；中国北方皇家园林虽吸取了江南私家园林的特色，但其身份决定了它终究不可能完全摆脱严肃庄重的规整布局，而且其浓重艳丽的色调也过于炫耀刺目；苏州园林则不然，它是自由布局的典型，天然图画的标本，生动气韵的范例，淡雅色调的代表，突出地体现了庄子学派的自然观念，“四时得节，万物不伤，群生不夭”（《庄子·缮性》），又具有“澹然无极，而众美从之”（《庄子·刻意》）的审美特色。在苏州园林里，景物参差错落，天机融畅，自然活泼，生意无尽，而建筑物的粉墙黛瓦，不但富于黑白文化的历史底蕴，而且尤能抚慰人的眼目，安宁人的心灵，使人“见素抱朴”“不欲以静”（《老子》）。

在苏州园林，游息于柳暗花明的绿色空间，盘桓于人文浓郁的楼台亭阁，品赏于水木明瑟的山石池泉，徜徉于曲径通幽的艺术境界，人们会感到无拘无束，逍遥自在，清静闲适，悠然自得。也就是说，能在布局的自由中获得身心的自由，在物态的自然中归复人性的自然，从而使自然美与人性美通过艺术美而交融契合。

建立人与自然的和谐关系是世界性的重要课题，也是21世纪生态文明建设的重要课题，作为审美文化遗产的苏州古典园林，对于研究和解决这一重要课题是会有深远的启发意义的。

（《苏州园林》1997年第12期）

苏州园林的真、善、美

苏州园林的真

“有真为假，做假成真”，这是明代吴江人计成在经典《园冶》里论掇假山时提出的美学警句。其意是说，先有客观存在的真山之美，然后才有假山的产生；假山作为一种艺术，其根源是客观自然中的真山；假山虽然是假的，却贵在假中有真。它一旦叠成，就能取得真山的效果，这就是“虽由人作，宛自天开”，而且它源于自然，又能高于自然、超越自然。例如作为世界文化遗产的苏州环秀山庄，其湖石假山占地仅约半亩，其中却容纳了山重水复、赏之不尽的境界，联合国教科文组织这样评价苏州园林：“咫尺之内再造乾坤。苏州园林被公认是实现这一设计思想的典范。”这是赞赏其以有限的面积，创造出无限的空间。

“真”又是一种高度的认知价值。苏州园林是历史文化的博物馆，它凝聚了源远流长的历史，浓缩了博大精深的文化。在不大的园林里，可由点及面看到古代的自然、社会、哲学、伦理道德、风俗、宗教、建筑、文学、艺术……它是历史文化的聚光镜、反射镜、放大镜和显微镜，它真实而生动地反映了当时的物质文化和精神文化。

苏州园林的善

所谓“善”，是人符合于目的之功利价值，体现为实践意义或现实意义，今天讲起来主要是生态意义。在苏州园林里，竹深林茂，芳草鲜美，嘉木浓荫，鸟语花香，处处都是绿色空间。从景点来说，拙政园有远香堂、松风亭、山花野鸟之间、绿漪亭、柳阴路曲、梧竹幽居、荷风四面亭；留园有绿荫轩、远翠阁、涵碧山房、林泉耆硕之馆……都凸显了花木山水的主题，它们满足着人们的生理需求和精神追求。苏州园林的表现类型是城市山林，主导思想是天人合一，是人和自然的协调相处，和谐共生，而园林的绿色空间有助于消除、削弱城市的生态异化，引导城市的绿色发展，有助于保持城市的生态平衡，实现美善相乐。生态文明是我们时代的主旋律，园林为生态文明提供了许多有益的经验。

苏州园林取自由式布局，其哲学思想是顺应自然、利用自然而不违反自然。西方则是规整式的布局，把树木修剪成各种几何形体，其哲学思想深处是要彻底改变自然。西方进入近代以来，与自然往往呈敌对状态，要征服自然，向自然无限制地索取。恩格斯早在19世纪就提出警告，自然要向人报复。而苏州园林则不然，它突出地体现了“东方生存智慧”。

苏州园林的美

所谓“美”，也可理解为对人的审美价值，具有净化功能。苏州园林能陶冶人的情操，净化人的心灵。留园冠云峰庭院有“白云怡意，清泉洗心”刻石，这点出了园林能让人怡情悦性。园里的山水泉石，亭台楼阁，琴棋书画，匾额对联，处处洋溢着诗情画意，都引人向善，向美，向静，让人的精神得到休息，心情得到平静，得到抚慰，甚至可能降低血压、心率。

在园林里，曲径通幽、移步换影，景观无穷，生意无尽，人们盘桓其间，劳形舒体，悦目赏心，无拘无束，自由自在，在布局的自由中获得身心的自由，在物态的自然中归复人性的自然。也就是说，园林能修复人性，从而让自然美和人性美通过艺术美而交融合一，实现马克思所说的“人性的归复”。

真、善、美的三位一体，是相互交叉渗透的。苏州古典园林诞生于古代，但它不仅是只有历史价值，而且还有当代价值和未来价值，它能逐步引导人们向真善美的方向发展，让人逐步臻于尽善尽美之境，这就是苏州园林的主要文化价值所在。

（《现代苏州》2017年11月刊，原稿）

《枫桥夜泊》及其接受史［节］

张继，生卒年不详，唐诗人。字懿孙，襄州（今湖北襄阳）人。……他在苏州的吟咏之作有二，一是《阊门即事》；一是抒写联结着寒山寺的《枫桥夜泊》。本文重点论述后者：

月落乌啼霜满天，江枫渔火对愁眠。

姑苏城外寒山寺，夜半钟声到客船。

这首诗不仅是中国文学史上的千古绝唱，而且它还使苏州的枫桥、寒山寺也名垂史册，誉满天下。特别是自宋代以来，不断被诗人们反复咏唱，直至清代而不衰。一首二十八个字的小诗，竟产生了如此巨大的种种历史影响！……不妨先看《枫桥夜泊》对枫桥、寒山寺景境的现实影响史。宋人孙觌《枫桥寺记》说：“唐人张继，尝即其地作诗纪游，吟诵至今，而枫桥亦遂知名于天下。”可见，张继诗最迟到宋代已传诵不绝……清代初期，著名诗学家叶燮进而指出：“唐人张继‘月落乌啼’一诗，人人童而习之。寺有兴

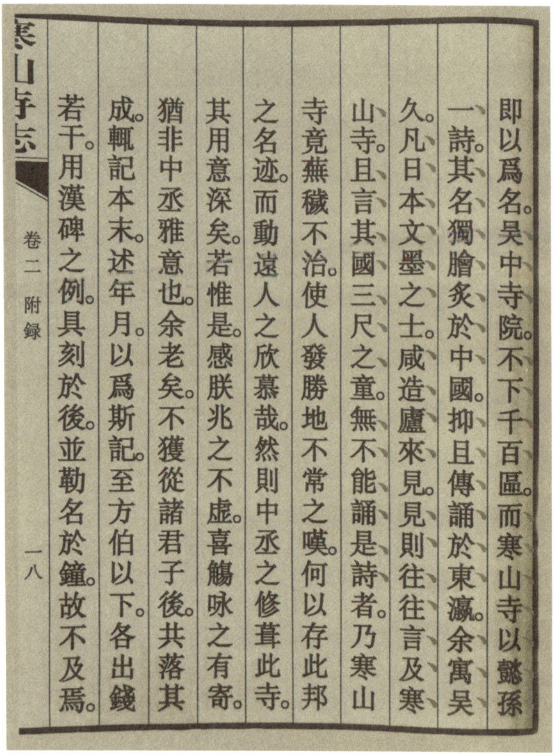
寒山寺志 卷二 附録 一八

即以爲名。吴中寺院。不下千百區。而寒山寺以懿孫一詩。其名獨膾炙於中國。抑且傳誦於東瀛。余寓吴久。凡日本文墨之士。咸造廬來見。見則往往言及寒山寺。且言其國三尺之童。無不能誦是詩者。乃寒山寺竟蕪穢不治。使人發勝地不常之嘆。何以存此邦之名迹。而動遠人之欣慕哉。然則中丞之修葺此寺。其用意深矣。若惟是。感朕兆之不虛。喜觴咏之有寄。猶非中丞雅意也。余老矣。不獲從諸君子後。共落其成。輒記本末。述年月。以爲斯記。至方伯以下。各出錢若干。用漢碑之例。具刻於後。並勒名於鐘。故不及焉。

【图56】俞樾《重修寒山寺记》书影

废，诗无兴废，故因诗以知寒山。”见解是深刻的，也是符合史实的。现实中的寒山寺不免有兴废，但《枫桥夜泊》却在一代代人的童蒙时就口习相传。正因为“诗无兴废”，故而人们在诗中可得而知并神往于寒山寺这一著名古刹。在近代，俞樾在《重修寒山寺记》中通过比较来说明寒山寺在国内外的广泛影响。他指出：“吴中寺院不下千百区，而寒山寺以懿孙一诗，其名独脍于中国，抑且传诵东瀛。余寓吴久，凡日本文墨之士，咸造庐来见，见则往往言及寒山寺，且言其国三尺之童，无不能诵是诗者。”【图56】可见，至迟到晚清，其影响之大，竟连日本也“人人童而习之”了。因此，正如有人所指出，“虽海外游客，访古津逮，靡不流连于枫江渔火之中，叹为栖槃之逸境”（张人骏等《募修寒山寺启》）。而今，国内外公众更有每年元旦前夕至寒山寺俟听钟声（包括访古枫桥）的盛举【图57，见书前彩页】。是日也，日本等国友人同样地成群结队而来，摩肩接踵地把寒山寺围得水泄不通，最后购得俞樾手书《枫桥夜泊》诗碑拓片【图58】而归。这种盛况，为中国文学史上所罕见，亦为国内外名胜古迹所罕见。……这就更符合于薛昂夫《殿前欢》所概括的“有吟人，景便多”的旅游文学规律。

作为咏苏名篇，张继的《枫桥夜泊》以其突出的现实影响史，显示了一条鲜为当今文学史家、文学理论家所注意的文学演进规律——景咏相生律，亦即诗咏既诞生于现实景境，又反过来使现实景境增值、添彩、拓展、生发，向诗境升华，程德全评《枫桥夜泊》道：“是诗也，神韵天成，足为吴山生色。”（《重修寒山寺碑记》）“生色”二字，正是这样一种概括的说法。

《枫桥夜泊》为什么具有如此巨大的魅力？……从《枫桥夜泊》的意象

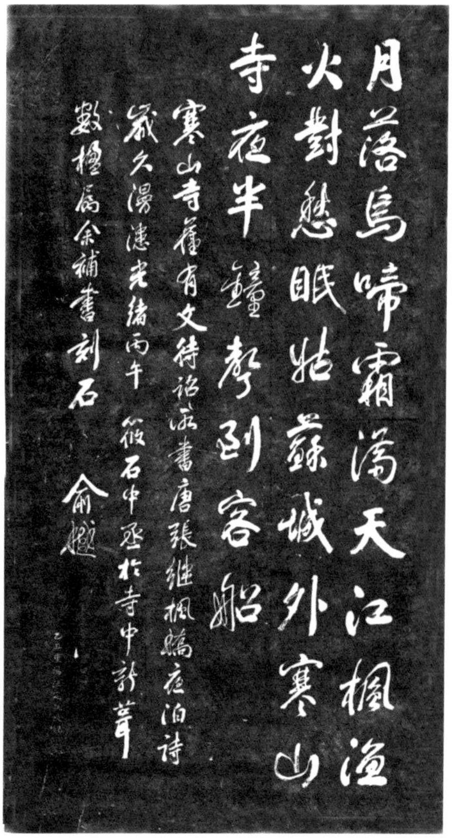

【图58】俞樾书《枫桥夜泊》诗碑

生成史乃至同代诗人的情趣指向看，“月落乌啼霜满天，江枫渔火对愁眠”，诗人从现实景境中所选取的意象（含实象与虚象），还往往有着时间上或远或近的诗意积淀或情趣集结，为前人或同代人抒情经验之所择，为诗人们典型情绪之所钟。例如，阮籍的“阴气下微霜，羁旅无俦匹”（《咏怀》其十六）；庾信的“讵不自惊长泪落，到头啼乌恒夜啼”（《乌夜啼》）；崔信明的“枫落吴江冷”（残句）；张若虚的“落月摇情满江树”（《春江花月夜》）；储光羲的“登舻望落月”“朝暮增客愁”（《夜到洛口入黄河》）；严武的“江头赤叶枫愁客”（《巴陵答杜二见忆》）；杜甫的“玉树凋伤枫树林，巫江巫峡气萧森”（《秋兴八首》其一）……然而，张继借以构思的霜天、啼乌、落月、枫树等，这些既撷自现实景境，又自觉或不自觉地契合于前人、同代人诗情的意象，它们最初总是“零落破碎，不成章法，不成生命，必须有情趣来融化它们，贯注它们，才内有生命，外有完整形象”[①]。张继正是这样，他不但使眼前景、心中情、前人思、今人意相浃相生，而且对这类具有不同程度积淀意味和情趣集结的意象加以孕育、改造、组合、融化，营构出生气融注、神韵天成的完整图画，从而能以一当十，以少胜多地体现出典型情绪的广度和深度。

张继诗里的意象，最饶时代审美意蕴和历史积淀意味的，莫过于“到客船”时的钟声。关于钟声的感人魅力，黑格尔曾说：“这种依稀隐约而庄严的声响能感发人的心灵深处。”[②]事实正是如此，在张继稍前或同时的唐代诗坛上，这种刚真正进入审美领域不久的声响，已令人或想起“杳杳钟声

① 《朱光潜美学文选》第2卷，上海文艺出版社1982年版，第54页。

② 黑格尔：《美学》第3卷（上册），商务印书馆1979年版，第99页。

晚”（刘长卿《送灵澈上人》）的那种杳眇；或想起“令人发深省”（杜甫《游龙门奉先寺》）的那种禅悟；或想起“深山何处钟”（王维《过香积寺》）的那种深远；或想起“风末疏钟闻”（裴迪《青龙寺昙壁上人院集》）的那种飘悠；或想起“世人难见但闻钟”（岑参《太白湖僧歌》）的那种寂寥；或想起“夜卧闻夜钟，夜静山更响”（张说《山夜闻钟》）的那种静谧；或想起“塔影挂清溪，钟声和白云”（储光羲《题灵隐寺山顶禅院》）的那种超越，而且它在“夜半”响起，更令人或生时间感，或生悠远感，或生苍茫感，或生羁旅感，或生空寂感……所有这些，在接受上可以是“各以其情而自得”（王夫之《诗绎》），然而更可能是得数种兼而有之，因为它们在意味上有着相通互融的共性。这样，张继诗里应和着、代表着唐诗里钟声的“夜半钟声”，就拓展了几乎无限的联想天地和接受空间，它成了《枫桥夜泊》摄人心魄的灵魂。

还应注意的是，钟声在“霜满天”的时空里响起，更能融合为具有深层历史积淀意味的意象。《山海经·中山经》云：“丰山……有九钟焉，是知霜鸣。”郭璞注：“霜降则钟鸣，故言知也。”这种积淀着原始神话意味的意象，在人们代代相传的意识深处断续相承，并有意识或无意识地显现出来。南朝梁简文帝《相官寺碑》就说，“钟应秋霜”；唐代宋子问《咏钟》则说，“秋至含霜动”（又作李峤《钟》）。这种与远古原始意象的联系，也是破译《枫桥夜泊》永恒魅力的关纽之一。总之，意象同时生成于悠久、广远的历时性积淀与共时性应和的基础之上，这是张诗及其钟声能穿越历史时空而不断引起广泛共鸣的一个重要原因。

此外，在创作上，张诗还采取神思飞跃、意象朦胧、感觉（视觉、听觉、肤觉）联通，时序（拂晓、入夜、夜半）换位，虚实互补[①]，空间（宏观、微观、远景、中景、近景）交叉等相互渗透的手法，用以强化意境的朦胧意味和断续情趣；在意蕴上，则突出地体现了中国文学史上“秋–愁”和羁旅的永恒主题，而这又最能广泛地符合于一代代接受公众的期待视野。清人王嘉禄《摸

① 据说，古代有一位书生，认为张继诗不够坐实，于是将其改为：“月落乌啼霜满屋，江枫渔火对愁哭。姑苏城外寒山寺，夜半钟声到木渎。”改得实是实了，但索然无味，毫无诗意，而张继诗的意象美、空灵美，也就荡然无存了。

鱼儿》词云:“烟波唱起,有点点霜枫,星星渔火,都是赋愁地。”这也点出了张继诗中的月落乌啼、江枫渔火、古寺霜钟等等意象,无不被“对愁眠”的“愁”所贯注,因而更加充满生气地活化、人情化、普泛化了。

叶昌炽《寒山寺志·志桥》写道:“自张继题诗,四方游士至吴,无不知寒山寺者。寓贤羁客,临流舒啸,信手拈来,无非霜天钟籁。”最后一句值得深味。为什么历来寓贤羁客写景抒情,“无非霜天钟籁”?为什么诗人们接受后的创作如此不避重复,而又感到常写常新?……这又进入了诗人接受史的领域,而从美学和接受美学的视角研究历代诗人接受史,又可抽绎出文学发展史上另一条不被文学史家们所注意的规律——“连锁反应”的“共鸣接受律”。克罗齐指出:“有眼光和想象力的人们对于自然风景所指点出来的各种观点,后来有几分知道审美的游人到那里朝拜时,就跟着那些观点去看,这就形成了一种集体的暗示。”[①]自张继《枫桥夜泊》问世以来,一代代作为接受者的诗人来此审美和创作,也形成了“一种集体的暗示”。他们跟着张继的审美指向去看,于是,赋诗时信手拈来,“无非霜天钟籁”。而这如用接受美学的语言说,“明显的历史意义是,第一位读者的理解,将在代代相传的接受链上保存、丰富……”[②]张继也可说是枫桥、寒山寺这一“作品”的第一位读者。他的审美解读,开创了代代相传的诗人接受史并扩展为现实影响史,于是其历史接受链代代相传,连续不断。

范成大《吴郡志·郭外寺》“普明禅院即枫桥寺”条,集录了一组有关的宋诗,其中有些就是张继历史接受链上的承续环节。如:

白首重来一梦中,青山不改旧时容,乌啼月落桥边寺,欹枕卧闻半夜钟。(孙觌《过枫桥寺示迁老》)

朝辞海涌千人石,暮宿枫桥半夜钟。(胡埕《枫桥》)

钟到客船未晓,月和渔火俱愁。(郭附《枫桥》)

诗作不约而同地写到了半夜钟……

---

① 克罗齐:《美学原理-美学纲要》,外国文学出版社1983年版,第109页。

② H.R.姚斯、R.C.霍拉斯:《接受美学与接受理论》,辽宁人民出版社1987年版,第339页。

《枫桥夜泊》及其诗里钟声，在明代引起了更为广泛的回响。“画桥三百映江城，诗里枫桥独有名，几度经过忆张继，月落乌啼又钟声。”高启通过比较，认为画桥三百之中“枫桥独有名”，因为它同时还是张继笔下的“诗里枫桥”，或者说，姑苏城外的枫桥是“以诗为境”的，是由诗而传的。“明三百年诗人称首”的高启，其《泊枫桥》可说是以诗的语言，对《枫桥夜泊》问世六百年来的影响史所作的一个美学总结……在明代诗人笔下，张继诗中的意象群，更被离析组合，演绎生发，不断地纷呈，又万变不离其宗。择录于下：

风流张继忆当年，一夜留题百世传。桥带人家斜倚寺，月笼沙水澹生烟。火知渔子仍村外，舟载诗僧又客边。……（沈周《夜泊枫桥》）

金阊门外枫桥路，万家月色迷烟雾。谯阁更残角韵悲，客船夜半钟声度。树色高低混有无，山光远近成模糊。霜华满天人怯冷，江城欲曙闻啼乌。（唐寅《寒山寺》）

金阊西来带寒渚，策策丹枫堕烟雨。渔火青荧泊棹时，客星寂寞闻钟处。水明人静江城孤，依然落月啼霜乌，荒凉古寺烟迷芜，张继诗篇今有无。（文徵明《枫桥》）

张继诗在清代诗词里，也引起了一长串连锁反应……总之，他们来到枫桥、寒山寺，也是按照张继的审美指向去观照和接受，去展开期待视野的，而张继的诗又“在不断的反响中获得自己的存在，产生自己的影响”，这是“文学的连贯性”[①]的又一表现。

（范培松、金学智主编：《苏州文学通史》第1册，
［南京］江苏教育出版社2004年版，第184–195页）

① 陈鸣树：《文艺学方法论》，上海文艺出版社1991年版，第300页。

石湖沉思录

在西方哲学史上，古罗马皇帝开创的《沉思录》，轰动了一个时代，其本人被称为唯一的帝王哲学家。以后，沉思录逐步成为一种文体，用以表达既有片断性，又有一定连续性的哲理思考。“沉思录”在西方哲学史上又称“哲学沉思录”，17世纪法国著名哲学家笛卡尔有《第一哲学沉思录》。

本文拟以三个片断表达对石湖的沉思。

现代著名作家郑振铎在60年前所撰《石湖》一文写道：“整个石湖原来就是一座大园林。”[①]是的，此言不虚，这还得回眸沉思，从美学、哲学、历史、文化的角度切入。

构图之美：由湖而思塔

石湖，离苏州古城区西南约十二里，以山水风光洵美著称于世，有道是：“吴门山水谁最胜？石湖一片明如镜。”此语揭示了石湖一个十分重要的审美特征——辽阔澄净，湖平如镜。试看历代诗人笔下：

湖光明可鉴，山色净如沐。（宋·范成大《三月十六日石湖书事三首》其三）

隔篱日上浮天水，当户山横匝地烟。（宋·范成大《初约邻人至石湖》）

落日淡烟消，平湖碧玉摇。（明·文徵明《石湖作》）

微波不动石湖平，湖上方舟见越城。（明·卢襄《与子重同舟由石湖入城》）

澄湖千顷数峰清，南去苍波入杳冥。（明·章士雅《辛丑八月晚渡石湖》）

长桥横锁暮山烟，十里湖光一镜天。（清·张霖《石湖泛月》）

一带青山横枕好，分明秀色似西湖。（清·许锷《石湖棹歌》）

空水澄鲜一镜铺，楞伽山翠足清娱。（近代·范君博《石湖棹歌》）

---

① 秦兆基选注：《苏州文选》，苏州大学出版社1999年版，第240页。

以上引诗，不约而同地突出了石湖之水的明净而澄澈，如镜似鉴，旷远平静，让人眼界开阔，心胸宽敞。而诗人们写到山，则往往着一“横”或“平”字，突出其横向的展延，而不是高耸入云。由此可见，从构图章法看，石湖是一幅平远山水，而不是“高远”或“深远”。然而一味地横向展延也有所不足。哲谚云，“天地之美，一横一竖而已。”清代画家华翼纶《画说》写得极精彩：“画有一横一竖，横者以竖者破之，竖者以横者破之，便无一顺之弊。”笪重光《画筌》则说，“一纵一横，会取山形树影”；《石涛画语录·蹊径》也说，“树木正，山石倒；山石正，树木倒”。这些艺诀所显现的，也都是横竖相生相破之理。所以，杭州西湖的平远，山上建纵向的雷峰塔或宝俶塔以破之；苏州留园纵向伸耸的冠云峰，其后则衬以横向的冠云楼……

至于以横向展延为特征的石湖同样如此，它特别需要高耸于楞伽山（上方山）巅的楞伽寺塔【图59】。此塔在构图上的作用，正是破其平展的“一顺之弊”，使其变单调为丰富，隐示出天地一横一竖之理。然而，诗人中咏其湖光山色的平展者多，赞其矗立山巅之塔者较少。只有如元周南老的“山头立浮图”（《楞伽寺》），明王宠的“宝塔孤撑日”（《望湖亭》），清汪艺的“塔尖上初日”（《行春桥晓望》），而龚自珍的“上方一塔俯清秋”（《己亥杂诗》）一句，征引的人最多，殊不知还有一首也挺不错，就是许锷的《石湖棹歌》：“塔影岚光镜里天，渔庄蟹舍夕阳边。画图一幅何人笔，知是倪迂是米颠。”全诗极富构图感，试看，平静似镜的湖面倒映着蓝蓝的天光，远远地展延的山峦上，朦胧着淡淡的烟岚，其间隐然耸立着楞伽寺塔影，近景则是夕阳斜照下的渔庄蟹舍一角，这确乎是一幅倪云林的平远山水。

题材之美：由咏而生景

《文心雕龙·物色》认为，“山林皋壤，实文思之奥府”，故诗文创作总要赖“物色相召”，得“江山之助”。这确乎是事实，宋代诗人苏舜钦一些咏苏诗，就自言“幸有江山聊助思”（《送子履》）。这一句诗七个字，道出了一条创作规律——江山助思律。不过，再从题材的角度考虑，诗思又有助于江山，或者说，山水风景的题材又有赖于诗文的加工、开掘、生发。白居易

【图59】石湖、上方山与楞伽寺塔（沈亮摄）

《白蘋州五亭记》说得好："大凡地有胜境，得人而后发；人有心匠，得物而后开。"这就是"境–心"即"景–咏"的相生相发律。

对于"景得人而发"，不妨再进一步加以举证：如果没有王勃的《滕王阁序》，南昌滕王阁就不可能赢得游人如此地蜂拥而至；如果没有欧阳修的《醉翁亭记》，今天滁县的醉翁亭就不可能如此地名扬天下，故而葛立方《韵语阳秋》有言："滁州山水，得欧文而愈光。"因此可以说，咏因景生，景以咏发；或者说，景咏相生，这是一条名胜开发的重要规律，也是一条旅游文学的重要规律。

再看吴地文学艺术理论史上，文徵明《金山志后序》云："山川灵境，必藉文章以传"。该文还得出了"诗以山传，山以诗传"，"人境相须，不可偏废"的美学结论，而董其昌则写道："诗以山川为境，山川亦以诗为境。"（《画禅室随笔·评诗》）此语亦颇有美学深度。清初尤侗的《〈百城烟水〉序》，也有如下高论："夫人情莫不好山水，而山水亦自爱文章。文章借山水而发，山水得文章而传，交相须也。"三家均立论警辟，富于哲理内涵，而苏州文学史、苏州风景园林史，也雄辩地证明了这条规律。例如：

虎阜之在吴中，部娄尔，而名重海内，几与九山十岳等。岂非……地居都会，文人学士觞咏于兹，扬誉者众，得名较易耶？（钱大昕《虎阜志序》）

自张继题诗，四方游士至吴，无不知寒山寺者。（叶昌炽《寒山寺志·志桥》）

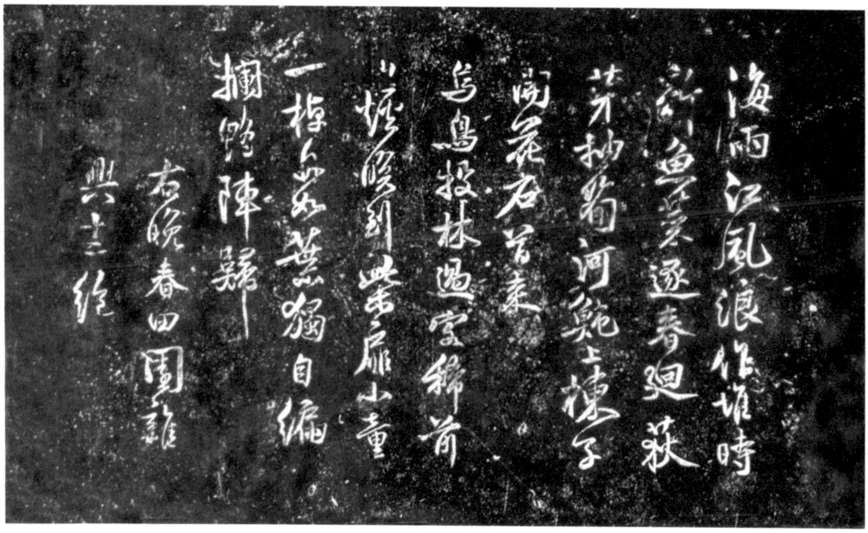

【图60】范成大《四时田园杂兴》诗碑

亭台树石之胜，必待名流宴赏诗文唱酬以传。（钱大昕《网师园记》）

风景园林、名胜古迹，均有赖于文人学士的“觞咏”“题诗”“唱酬”，亦即所谓“得人而后发”“园以人名”，这对景境起了发掘、扬誉、升华、锦上添花等作用。

以下重点论证石湖胜境借范成大而扬誉，而升华。范成大是著名的田园诗人，其代表作是《四时田园杂兴》六十首【图60】。笔者曾指出，中国田园诗史上，高耸着三块里程碑：第一块是陶渊明，这是隐逸诗人咏田园，其特点是田园生活的远离尘网，和平静穆；第二块是王维，这是山水诗人咏田园，其特点是山水“诗中有画”，田园“画中有诗”；第三块是范成大，是“入俗”诗人咏田园，其特点是“脚踏农村实地，心怀田园情结……对普通农人有着热切的同情和关心，对农村生活有着深入而广泛的观察和独特的体会……”①略举数首如下：

柳花深巷午鸡声，桑叶尖新绿未成。坐睡觉来无一事，满窗晴日看蚕生。（《春日田园杂兴》其一）

① 范培松、金学智主编：《苏州文学通史》第1卷，江苏教育出版社2004年版，第485-486页。

寒食花枝插满头，蒨裙青袂几扁舟。一年一度游山寺，不上灵岩即虎丘。（《春日田园杂兴》其七）

昼出耘田夜绩麻，村庄儿女各当家。童孙未解供耕织，也傍桑阴学种瓜。（《夏日田园杂兴》其七）

新筑场泥镜面平，家家打稻趁霜晴。笑歌声里轻雷动，一夜连枷响到明。（《秋日田园杂兴》其八）

新霜彻晓报秋深，染尽青林作缬林。惟有橘园风景异，碧丛丛里万黄金。（《秋日田园杂兴》其十二）

吴地农村的劳作、民俗、风光、动植、人事……描写无不细致入微。这种朴实、淳厚、优美、清新的田园诗风，熏陶并启迪着后世诗人去发现农村生活的美。如明王宠的《荷花荡诗卷》："荡里人家齐卖莲，十五女儿工数钱。柴门一片花如绮，野老风高树底眠。"清帝乾隆的《行春桥乘舟归苏州行宫即事杂咏》："平流一带郡城西，润逼吴天霁景移。水碓溪桥皆入画，男耕女织总堪题"……也是一幅幅田园风俗画，有着范石湖的影子。

郑振铎在《石湖》一文中继续写道：

这里就是南宋初期的一位诗人范成大的园林。他和陆游、杨万里同被称为南宋三大诗人。成大因为住在这里，就自号石湖居士，石湖因之而大为著名于世。杨万里说："公之别墅曰石湖，山水之胜，东南绝境也。"我们很向往石湖，就是为了读过范成大关于石湖的诗，石湖和范成大结成了这样的不可分的关系……他是中国文学史上重要的田园诗人，继承了陶渊明、王维的优良传统……"有了那个有名的诗人的遗迹，石湖不是更加美丽了吗？"[①]

这段文字，可看作是古代"山川亦以诗为境""地有胜境，得人而后发"之理论在现代最好的注脚，也可看作是笔者反复论证的"景咏相生律"的最佳说明。

今天，石湖景区还有石湖别墅、范公祠石湖书院、寿栎堂、天镜阁、行春桥等，均因为范成大曾营造过它，吟咏过它"而大为著名于世"，或者说，

① 秦兆基选注：《苏州文选》，苏州大学出版社1999年版，第240—241、243页。

人们曾经在范氏诗文中读及过它们，因而令人神往。正是："有了那个有名的诗人的遗迹，石湖不是更加美丽了吗？"

流向之美：由武而入文

马克思在《1844年经济学-哲学手稿》中提出一个人类的重大问题："人和自然之间，人和人之间的矛盾的真正解决……是历史之谜的解答"[①]。对于这个谜如何破解，这二者如何实现和谐，中国园林漫长的历史流程，倒似乎可从中得到某种启示。笔者曾写道：

宏观地看，从哲学的角度沉思，可以发现：中国园林的发展过程有两个由武至文的历史流向——这是不被研究家们所重视、其意义却非同小可的流向，这是可以宏观地联系整个人类史及其合规律的发展趋势来深入思考的。其表现之一，是人与动物之间由狩猎之"武"（《三辅黄图》："较猎"长杨榭下，"令武士搏射禽兽"）的对立到"鸟兽禽鱼自来亲人"（《世说新语·言语》载东晋简文帝语）之"文"的和谐，这不妨看作是人与自然二者历史地走向"和解"的预示和表征；其表现之二，是如避暑山庄等皇家园林的"义重习武"发展到"骎骎乎崇文"（均见清帝乾隆《避暑山庄后序碑》）。这不妨看作是人与人之间历史地走向"和解"的预示和表征。当然，避暑山庄的习武是必要的，因其在塞外，有强化边防等重要意义……中国古典园林发展流程，恰恰暗寓着或契合着流向两大"和解"的哲理。它似乎为两大"和解"的实现，提供了一个生态学、美学、史学上的参照系；它以悠远的过去，映射着当今和未来的时代主题——"和解"……这是本书通过哲学沉思得出的不成熟的点滴感悟。[②]

以上两点，联系今天的时代来思考：一是有关生态哲学、生态伦理学中人与自然的和谐的问题；二是涉及人与人之间，即人类的和谐问题。

石湖在这方面对人们也可能有两方面的启示，且不说其和谐的生态环境多么优越，单说吴越之间的矛盾、对抗、战争、计谋、胜败，这些转化为地

---

① ［德］马克思：《1844年经济学-哲学手稿》，刘丕坤译，人民出版社1979年版，第73页。

② 金学智：《中国园林美学》，中国建筑工业出版社2005年版，第262–263页。

名，就有郊台、越来溪、越城、吴城、吴宫、练渎等，它们都联结着被不同程度地演绎而说不尽、评不完的吴越春秋故事。于是，诗人们面临古战场，不胜唏嘘，并不断吟咏，唐代有“树隔夫差苑，溪连勾践城”（张祜《题苏州楞伽寺》）；宋代有“荒淫吴以颠，战胜越云吉”（周必大《和至能范舍人农圃堂韵》）；元代有“阖闾开国地，勾践进兵桥”（高文度《越城》）；明代有“吴人旧地越人开”（王宾《越来溪》），“吴国江山亦壮哉，一朝谁信越人来”（王鏊《越来溪怀古》）……都是先提吴，再提越，凸显二者的对立。但不论是追忆史事、评点是非，还是凭吊遗迹、感慨万千（这当然是无可非议的），均或多或少是从势不两立的吴越矛盾出发的。特别是吴地文人，常常是“悠悠往事，伤心脉脉”（王鏊《越来溪怀古》），感到不胜遗憾，或愿颂阖闾称霸，讳言吴国灭亡，而对越国主要的人和事，则往往感情上格格不入，另眼相看……这从本质上看，历史根子在一个“武”字。

但也有表现出正确历史观的，如清代颇有识见的吴地诗人叶燮，其《藏兵洞》深刻写道：“山头废垒霸图倾，指点兴亡笑战争。”一个“笑”字，不是对一切战争的否定，而是对春秋末年吴越之间的战争的否定（不论是吴胜越，还是越亡吴，当然其教训可吸取），因为先贤早有结论：“春秋无义战”（《孟子·尽心下》）。

其实，历史地从源头上看，吴越作为南方的两个相邻之国，本属同一地域文化，最早就同被中原蔑称为“荆蛮之地”，如《史记·周本纪》写到太伯、仲雍“亡入荆蛮”，《史记正义》释道：“通号吴越之地为‘荆’，及北人书史加云‘蛮’”。《吴越春秋·吴王寿梦传》也有“二伯来入荆蛮”之语。吴越二国颇有相通之处，《吴越春秋·夫差内传》也说“吴与越同音共律，上合星宿，下共一理”。在《吕氏春秋·知化》中，伍子胥曾这样分析：“夫吴之与越也，接土邻境，壤交通（通，为‘道［道路］’之误）属（［zhǔ］，连），习俗同，语言通。”这恰恰可借以说明两国有很多共同之处，宜于以文睦邻，互补共鉴，从而消弭对立情绪。

清帝乾隆不愧为有识见的诗人，这里引其诗两首：

胥门五里路非遥，一道清流几架桥。似是吴人犹恨越，洗来溪水未曾

消。(《题唐寅越来溪》)

横山又号踞湖山，箕踞太湖殊等闲。吴越久经一家矣，底须要地控其间。(《题刘珏踞湖山》)

乾隆似乎感到有些吴人还在恨历史上的越人，他认为这种情绪应该消释，还认为经过历史长河的汰洗，吴越早应该是一家人了。既然如此，那么何须以横山作为军事要地再控制其间，使他们产生隔阂……这是从大一统的视野和宽阔的胸襟来看问题的，就今天看来，还是很有价值的。

事实是随着时间的流逝，两地的对立情绪确实会逐渐淡化，“武”确实会逐渐消解在“文”中。宋人周必大《和至能范舍人农圃堂韵》写道：“万顷平湖石琢成，尚存越垒对吴城，如何豪杰干戈地，却入先生杖屦声。”城、垒对抗的不和谐中，溶入了田园诗的和谐音声。当时范成大的园林有“农圃堂”一景，周诗为和范成大农圃堂诗韵。这足以说明范成大的园林、诗歌，从文化意识上说，有助于促进人与人之间、地域文化之间的和谐，消解单一的狭隘的地方主义。

还应一说吴地的三高祠（今已不存）。范成大《吴郡志·祠庙下》：“三高祠，在吴江县垂虹桥南……三高者，范蠡、张翰、陆龟蒙也。”张、陆为晋、唐吴人，而范蠡却不但是越大夫，而且是倾吴的第一人，若从“犹恨越”的吴人立场来说，对其必然恨上加恨，然而范成大却以宽阔的胸襟，饱蘸情愫，援笔撰写了极其精彩的《三高祠记》。据《吴越春秋》载，范蠡助勾践灭吴后，急流勇退，“乃乘扁舟，出三江，入五湖，人莫知其所适”。范成大赞美“生不并世”的三高为“得道见微”的“知幾君子”，记中歌范蠡曰：

若有人兮扁舟，抚湖海兮远游……

战争蜗角兮昨梦，一笑水云得意兮垂虹……

“战争蜗角”的寓言特有深意，《庄子·则阳》云：“有国于蜗之左角者，曰触氏，有国于蜗之右角者，曰蛮氏，时相与争地而战，伏尸数万……”这实际上是讽刺春秋时频繁的不义之战。范成大则借蜗角上小得不能再小的触蛮之战，以喻吴越之间长期的争城夺地之战。而置身其间的范蠡则能觉醒昨梦，蝉蜕溷浊，赢得了身心的自由。范蠡还是春秋末期著名的经济学家、

“商圣”，他去吴游齐，称鸱夷子皮；至陶（今山东定陶西北），改名陶朱公，经商致富，并散发给民众。他又是不可忽视的哲学家，认为“人事必将与天地相参，然后乃可以成功”，并主张“田野开辟，府仓实，民众殷”。并有韵语曰：

天道皇皇，日月以为常。明者以为法，微者则是行。

阳至而阴，阴至而阳。日困而还，月盈而匡……

这是对自然、社会规律的深入探讨。范蠡的言行见《国语·越语下》《史记·货殖列传》。范成大《三高祠记》对范蠡的赞颂，虽只是一个侧面，但其旨趋却是对路的，范成大一系列的有关诗文，在弥合历史留下的吴越裂痕方面起了不可忽视的作用。

（载《苏州园林》2019年第2期）

计成“名、字、号”解秘

——计成《园冶》与《周易》哲学关系探微

明末吴江（属苏州）松陵人计成（1582–？）所撰《园冶》，是一部文化内涵丰永、带有百科全书式的、极富中国传统民族特色的名著。当然，更是我国最早出现、对世界深有影响、具有完整造园学体系的经典名著。在当今生态文明时代，由于《园冶》的基本精神符合时代社会的需要，具有未来学的意义，故而不但在中国论文著作不断涌现，而且在西方，《园冶》被誉为“生态文明圣典”，英译本已出第二版，法译本将出第三版。放眼世界，日、澳、韩、荷、意、新加坡、中国台湾诸多国家、地区，均出现了可喜的研究成果，蔚为国际性的《园冶》研究热。

但是，明显不足的是，自上世纪至今，研究往往局囿于《园冶》文本本身。这主要是由于计成除了其短短的《自序》《自跋》外，其家庭、行状乃至思想体系等，并没有什么遗留下来的资料可供研究，因而在这些方面，很少有实质性的进展，特别是更缺少向哲学境层的提升。然而，擅长史源研究、年代考证的曹汛先生，不愧为善于思考的有心人。他在1982年写就的《计成研究》一文，就以《园冶》作者的姓名——计成、字——无否、号——否道人作为切入点，可贵地接触到了《园冶》基本思想的哲学根源。该文指出：

计成字“无否”，又号“否道人”，字与号中两出“否”字。字、号的全意，一个否定了“否”，一个又予以肯定，弄得迷离扑朔。“否”为双音字，两个“否”该怎样辨读，学术界也迄无定论。今按“否”读pǐ时，意为坏、恶，“否”（pǐ）是《易经》里的一个卦名，《易·否》云：“象曰：‘天地不交，否’”。“否”读fǒu时，意即否定，相当于口语的“不”，有“无”之义。《大学》：“其本乱而末治者，否矣。”王引之《经传释词》卷十注云：“言事之必无也。”我以为“无否”之“否”，当读fǒu，取其“无”之义。无——否二字连用，颇有点类乎今日所说“否定之否定”的意味，否定之否定是肯定，有“成”的意思，古人的名与字，取义每有连属，“成”与“无否”就具有互相阐发，互相解释的意味。“否道人”之“否”，则当读pǐ，取天地不交，时运不偶之意。计成自取这样一个别号，寓以解嘲，是在他中年以后……[①]

这段解读，看准了有价值的切入点，言之有理，析之有据，有助于对计成《园冶》的研究，笔者也颇受其启发。但是，毋庸讳言，还应先对这段解读作些补苴罅漏的工作。笔者认为，这两个“否”都应读pǐ，而不应是一读fǒu，一读pǐ。否则，岂不是字和号自相矛盾了？

就一般情况而言，既字“无否”，又号为“否”，似是相互矛盾，确实不符合形式逻辑的规律，但是，如将其“名、字、号”作为一个整体，置于整个《周易》哲学的辩证逻辑体系之中来考察，还是可以理解和接受的，而且还可发现其中隐藏着颇深的哲理，这就需要深入作多方面的细致研究。

---

① 曹汛：《计成研究》，载《建筑师》第13辑，中国建筑工业出版社1982年版，第2页。

古人有名有字。从中国古代宗法社会的常规常理来看，名“成”，字“无否”，应该均为其父给取的。《礼记·檀弓上》：“幼名，冠字。”孔颖达疏：“始生三月而加名……年二十，有为人父之道，朋友等类不可复呼其名，故冠而加字。”这是说，“上古婴儿出生三月后由父亲命名。男子二十岁成人举行冠礼时取字……名和字有意义上的联系。”[①]这一礼俗对后世影响极大，计成及其父也不例外。

再从中国哲学史上看，“否”应读作pǐ，而不读fǒu。否，为《易》六十四卦之一。《易·否》：“不利君子贞，大往小来。”义为所失大而所得小，这是不吉利的；《易·否·象辞》也说：“天地不交，否。”总之“否卦”是穷、不通、不祥、不利。而紧置于“否卦”之前的对立项则是“泰卦”，《易·泰》：“泰，小往大来，吉，亨。”孔颖达疏：“此卦亨通已极。”《易·泰·象辞》也说：“天地交，泰。”总之，其义为达、亨通、吉利。否和泰不但相互对立，而且可以相互转化，这正是《周易》的精华之一，故有“否极泰来”的成语。五代诗人韦庄《湘中作》：“否去泰来终可待。”他要等待“否”的过去，“泰”的到来。而“无否”也有这个意思，既然“否”走向反面，成为“无否”，那么，其义就相当于“泰”了。由此可见，计成之父给计成取“无否”这个“字”，就深情地寓含了对其子的一种“泰”的希望，一种暗暗的衷心祝愿和对吉利、幸福的期待，联系“成”这个名来理解，确乎还寓含着希望其成才或事业有成之意。

由此及彼，进一步从“名字学”的角度看，“无否”之字，还符合于中国人取名的趋吉意识和古往今来的社会习俗。中国名字文化史上的趋吉意识，其表现有二：其一为祛祸型，如西汉名将霍去病、北宋散文家晁无咎、南宋大词人辛弃疾、画家杨无咎、近代诗人陈去病……其名均希求祛除不祥，它们在本质上就相当于“无否”，这是一种取向；其二为祈福型，如西汉音乐家李延年、东汉画家毛延寿、五代画家滕昌祐、南宋著名大臣文天祥、明末清初文学家万寿祺、近代诗人樊增祥……均直接表达了对于昌盛、福祉、吉

① 王力主编：《古代汉语》第3册，中华书局2002年版，第972页。

祥的冀望或祈愿。

至于计成的号，则应该是他后来自己取的。“否道人”这个不吉利、不亨通的“否”字，是选取得非常特殊、奇怪，但是，细究起来又是合乎情理的。不妨先联系《易经》来看，其最后两卦为“既（已）济（成功）”和“未济”，对此，唐代文学家沈既济，就不取名“未济”，这同样是趋吉意识的表现。不过，《易经》却无情地概括了客观事物发展变化的辩证法。著名易学研究家李镜池先生指出：“有既济亦有未济，还有由济转不济。都是说明对立与对立转化之理。”[①]而计成的号，也应置于这一辩证逻辑中来理解。

关于计成为什么自取“否道人”的号，这首先要从计成最早为其造园的常州吴玄说起。吴玄，字又于，自号率道人，“率”，取自《礼记·中庸》：“天命之谓性，率性之谓道。”郑玄注道：“率，循也；循性行之是谓道。”吴玄在取号时，竟把《中庸》里的“率”“道”二字都组合进去了。再看吴玄的“玄”，是《老子》一书的重要概念；吴玄之书《率道人素草》上，还钤有“玄之又玄”的藏书印，此语也出自《老子·一章》：“玄之又玄，众妙之门。”而《素草》的鱼尾上，更刻有“众妙斋”三字，由此可见，吴玄在思想上是将《老子》的“玄”奉为圭臬了。

对此，曹汛《计成研究》尾注二又指出，“计成自号否道人……推测当在中年以后”[②]。这个推测也是合理的，因为计成《园冶自序》就说，“中岁归吴”，而常州也属于吴地。再说吴玄取号率道人、计成取号否道人，均取得如此特殊，这决非不谋而合，而是思想上有所共鸣。试看，吴玄信奉《老子》，计成信奉《周易》，二书在思想观点上就颇有所近。在魏晋玄学中，二者还分别被视为“三玄”之一。

据此，笔者认为，计成自号“否道人”，第一个原因是受了吴玄的影响；第二，则是哲理的原因。“无否——否”的二律背反，虽不符合形式逻辑，却符合于辩证逻辑。从哲学史的视角看，《周易》的精华正在于变易、转化。

---

① 李镜池：《周易通义》，中华书局，1981年版，第127页。

② 曹汛：《计成研究》，载《建筑师》第13辑，中国建筑工业出版社1982年版，第2页。

在《周易》的变易哲学体系里，“否–泰（‘泰’就是‘无否’）”是对立的组卦，二者相互依存，既相反相对，又互为转化，这是对静止不变观念的否定。春秋末年的范蠡就言其体悟道：“吾闻天有四时，春生冬伐；人有盛衰，泰终必否。”（《吴越春秋·勾践伐吴外传》）这就是“无往不复”（《易·泰·九三》）的哲理。李镜池先生《周易通义》指出：“《泰》《否》这一对立的组卦，具体地、多方面地举例说明了事物的对立、转化的辩证关系：泰与否是对立的；泰可以转化为否，否可以转化为泰；泰中有否，否中有泰；同一事物，在不同条件下可以成为泰，也可能成为否。”[①]因此，计成根据自己无否的“字”，反其意而取“号”为“否”，决不是无知的偶然，恰恰表现出对《易》理的熟谙深通，其理正如《易·序卦》所说：“泰者，通也。物不可以终通，故受之以否。”《易·杂卦》也说：“否、泰，反其类也。”计成字、号为“无否–否”的哲理奥秘，正在于“反其类”。对于“无否–否”这一具有深刻易学内涵的命题，还可以进一步“引而伸之，触类而长之”（《易·系辞上》），超越时空地遥接于德国古典哲学大师黑格尔。黑格尔在《逻辑学》一书中也深刻指出：“A可以是+A，也可以是–A。”列宁在读后摘下了这番话，并写下心得笔记：“这是机智而正确的”，“任何具体的某物”，“它往往既是自身，又是他物”。[②]计成的“无否–否”亦可作如是解。

不妨再将计成的字、号和其名——“成”联系起来作进一步的探究。古代文化史证明了曹汛所说，“古人的名与字，取义每有连属”；也证明了王力主编《古代汉语》所指出：古人往往“名和字有意义上的联系”。例如，唐代被称为“诗佛”的王维，字摩诘，其名、字连起来，恰好是一部佛教经典之名——《维摩诘经》；元代散曲家马致远，字千里，姓、名、字三者的有机联系出自《易·系辞下》和韩愈《杂说》；元末明初诗人高启，字季迪，“启迪”至今是一个常用词；明代画家唐寅，字伯虎，一字子畏，根据十二地支，寅年所生属虎，猛虎当然令人生“畏”……既然如此，那么，“无否–否–成”三者是否也存在着有意味的联系呢？回答是肯定的，其间还深寓着

① 李镜池：《周易通义》，中华书局，1981年版，第29页。

② ［俄］列宁：《哲学笔记》，人民出版社1974年版，第144页。

易学的哲理。

从中国古代哲学史上看，“成”和“生”一样，是不容忽视的变易范畴，它们往往成双作对地出现。如《老子·二章》：“有无相生，难易相成。”《荀子·天论》：“万物各得其和以生，各得其养以成。”《易·系辞下》：“日月相推而明生焉”，“寒暑相推而岁成焉。”……至于单独意为完成、实现的“成”，出现得更多。如《国语·郑语》：“先王以土与金、木、水、火杂，以成百物”；《论语·泰伯》：“兴于诗，立于礼，成于乐”，如此等等。在《周易》哲学体系里，“成”更有重要的地位，出现也更多。如：

> 四时变化而能久成，圣人久于其道而天下化成。（《恒卦·彖辞》）
>
> 天地节而四时成。（《节卦·彖辞》）
>
> 在天成象，在地成形，变化见矣。（《系辞上》）
>
> 通其变，遂成天地之文。（《系辞上》）
>
> 万物之所成终而所成始也，故曰成言乎艮。（《说卦》）
>
> 山泽通气，然后能变化既成万物也。（《说卦》）

总之，成，就是生成、形成、变成、完成……这既是变化的过程，也是变化的结果；既富于历时性的内涵，又可带有共时性的形态；总之，是对立项的变化和统一。具体地说，在《周易》里，它可以是天地、四时、寒暑等的运行变化，对立的统一，或一个轮回的实现。据此，“否→无否”或“无否→否”的实现，也就是“成”。这还可以和德国古典哲学相参证。黑格尔在《小逻辑》里深刻指出：“‘无’与‘有’正是同一的东西，因此‘有’与‘无’的真理，乃是两者的统一。这种统一就是‘变易’[即‘生成’]。”[①]“无”与“有”就是“变异”，就是“生成”，中西古典哲学在这一点上，何其相似乃尔！再回到《周易》的辩证逻辑，可以这样说：无否+否=成。这个公式是可以成立的，而且这也符合中国人“相反相成”的命题。这个公式的前项（无否）和后项（否），确乎如曹汛《计成研究》所说，“具有互相阐发、互相解读的意味”。

第三，更重要的，计成自号否道人，还有其现实的原因，或者说，“否

① [俄]列宁：《哲学笔记》，人民出版社1974年版，第144页。

道人”之号的深意，还应联系他所处的时代环境和他自己的现实命运来看，这些均恰恰是属于“否”的范畴。试看明代末年，崇祯皇帝昏庸无能，朱明王朝摇摇欲坠，作恶多端的阉党统治黑暗残酷，不遗余力地迫害正直不阿的东林党人，党争激烈到了白热化的程度，而计成自己则生计维艰，纯以绝艺传食于朱门……再看整个社会，种种矛盾激化，李自成、张献忠揭竿而起，四处战乱频发。在此人心惶惶不可终日之际，计成对自己的造园绝艺，既感到“英雄无用武之地”，又感到前途茫茫，“吾谁与归”。他在《园冶自跋》中说：“崇祯甲戌岁，予年五十有三，历尽风尘，业游已倦……惟闻时事纷纷，隐心皆然……自叹……不遇时也。”这“不遇时”三字，正是“否”卦的最好注脚。《否・彖辞》云，否，“天地不交，而万物不通也；上下不交，而天下无邦也”。尚秉和《周易尚氏学》对此解释道：“当否之时，遁入山林，高隐不出也。”[①]这用《庄子・缮性》的话来说，“非伏其身而弗见（现）”，而是“时命大谬”，这是一种“存身之道”。可见“隐心”是由于时代昏暗、命运乖谬所致。计成《自跋》也这样写道：“逃名丘壑中，久资林园，似与世故觉远……愧无买山力，甘为桃源溪口人也。”这披露了他错综复杂的内心世界和对于隐逸山林的由衷向往。由此来看，他自号“否道人”是多么恰切！这个别号，既是纷乱时代的反映，又是蹇涩命运的写照，更是其心路历程的哲理性概括。计成的可贵在于，他对此能有深刻、清醒的认识，敢于大胆地自号“否道人”，这是直面惨淡现实人生的表现！曹汛《计成研究》指出，“计成自取这样一个别号，寓以解嘲……它的命意，则约略有如陶渊明‘命运苟如此’，以及后世鲁迅‘运交华盖欲何求’那一类的意思，是很有感慨的。”[②]这可谓一针见血。

根据以上探微，似可推导出如下几点：

一、计成生于中产知识分子家庭，其父较有文化修养，至少是粗知易学，否则就不可能为其子取有如此哲学意味的名和字。以后，又向寒士家庭

① 尚秉和：《周易尚氏学》，中华书局1986年版，第80页。

② 曹汛：《计成研究》，载《建筑师》第13辑，中国建筑工业出版社1982年版，第2页。

“变易”，但仍然有一定能力让其子读书明理、学文习画。接着，其家境更日趋衰落……总之，在邦国遭“否”、万物不通的同时，其家、其人的命运，同样是一个字：“否”。

二、计成自己颇有易学修养，而《易经》正是“群经之首”，它在古代思想史上出现极早，起点极高。正如德国古典哲学家黑格尔所指出，《周易》是“中国人一切智慧的基础”[①]。正因为如此，计成的造园实践及其理论，也在一定程度上体现着中国智慧。郑元勋《园冶题词》深刻指出：“计无否之变化……能指挥运斤，使顽者巧，滞者通。”又说：“善于用因，莫无否若也。”这类极富哲理的评价，恰恰与《易・系辞》“穷则变，变则通”“变而通之以尽利”“化而裁之谓之变”的易学精神合若符契。

三、计成将其造园实践升华为园林美学理论，著为《园冶》一书，其中有着一串串累累如贯珠的名言俊语，它们往往或多或少蕴含着易学因子。这里不妨作扫描式的初步寻绎：

其一，“有真为假，做假成真”（《掇山》）、“虽由人作，宛自天开”（《园说》）的名言，强调艺术应从现实世界吸取其真和美；而提升为艺术美后，又应凸显艺术的真实性；至于艺术美的最高境界，则是虽经人工而不见人工，宛如天成一样。这一思想的源头之一，应该是《周易》的“观物取象”说，如“仰则观象于天，俯则取法于地”“易者象也。象也者像也。”（《易・系辞下》），“拟诸其形容，象其物宜”“法象莫大乎天地”（《《易・系辞上》）。

其二，“大观不足，小筑允宜”（《园说》）“略成小筑，足征大观”（《相地・江湖地》）的创造论，还有《园冶》里大量的言在此而意及于彼的描述，就都契合于《易・系辞下》中的“其称名也小，其取类也大，其旨远”的哲学精义。

其三，《装折》中的“相间得宜，错综为妙”，是对形式美规律的高度概括。它是根据《周易》“参伍以变，错综其数，通其变，遂成天地之文”（《易・系辞上》），“物相杂，故曰文”（《易・系辞下》）的论述，总结了长期的

① ［德］黑格尔：《哲学史讲演录》，三联书店1956年版，第121页。

大量的艺术实践经验而得出的理论成果。

其四，“制式新番”（《园说》），“构合时宜”（《装折》）、“制式时裁”（《门窗》）、“依时制”（《装折·装折图式·长槅式》）……书中反复强调艺术应创新合时，就契合于《易·益·彖辞》中“凡益之道，与时偕行”的精神。

其五，《屋宇》中“画彩虽佳，木色加之青绿；雕镂易俗，花空嵌以仙禽”，以及其他多处求简省去繁缛、求本色去艳丽的论述，都来源于《易·贲·上九》：“白贲，无咎。”清人刘熙载《艺概·文概》云：“白贲占于贲之上爻，乃知品居极上之文，只是本色。”此外，还有“易简之善配至德”（《易·系辞下》）。

其六，《屋宇·斋》解释“斋”这种建筑型式，是“气藏而致敛，有使人肃然斋敬之义”，并提出“藏、修、密、处”四个特点，更是明显地联系于《易·系辞上》的“圣人以此洗心，退藏于密”“圣人以此斋戒”等意蕴。

其七，《园冶》中“芳草应怜”（《借景》）、“欣逢花里神仙”（《借景》）、“花木情缘易逗”（《掇山》）、“休犯山林罪过”（《相地·郊野地》）等生态哲学思想，也无不应合于《周易》“生生之谓易”（《系辞上》）、“天地之大德曰生”（《易·系辞下》）的本体论。

其八，《借景》中按春、夏、秋、冬四季，分段以俪辞偶句作大段描述，展示了不同时序下的良辰美景，并提炼为“应时而借”的理性语言，这也完全符合于《周易》“与天地合其德，与日月合其明，与四时合其序”（《乾·文言》）的理念。

其九，《园冶》中的一系列体现不同主题的重要片段及其中的名言警句，既形象生动，文采斐然，又运裁百虑，意蕴渊深，也是契合于《易·系辞上》的“立象以尽意”的思维方法。

其十，《相地·城市地》云：“足征市隐，犹胜巢居。”“隐”“居”二字直接对仗而出。由表及里地看，《园冶》一书，或隐或显地贯穿着隐逸思想，这一思想，更脉承于《周易》的有关论述：

天地闭，贤人隐。（《坤·文言》）

天地不交，否。君子以俭德辟（避）难，不可荣以禄。（《否·象辞》）

遁亨，遁而亨也……遁之时义大矣哉！(《遁·彖辞》)

天下有山，遁。君子以远小人。(《遁·象辞》)

《周易》的大量论述，是对历史、现实现象的深刻概括和哲理提升，计成对此也深有感触。它不但自号“否道人”，而且将隐逸思想渗透于《园冶》全书，如《相地·村庄地》：“归林得志，老圃有馀。”《立基》：“编篱种菊，因之陶令当年。”《借景》：“顿开尘外想，拟入画中行。”其《自跋》还叹道：“少有林下风趣，逃名丘壑中。久资林园，似与世故觉远。惟闻时事纷纷，隐心皆然，愧无买山力，甘为桃源溪口人也……”

由以上丛证可知，计成的名、字、号中隐藏着哲理秘密，它是开启计成《园冶》与《周易》哲学关系之门的一把钥匙。本文的任务是力求使隐态变为显态，揭示计成《园冶》与《周易》哲学的联系。这也说明，联系《周易》哲学来研究《园冶》，或把《园冶》的研究不断提升到《周易》哲学的境层，应该是可行的学术之路中的一条。

（载《苏州教育学院学报》2017年第2期）

《园冶》版本叙评录

先释版本和版本学。

所谓“版本”，是指同一部书，因时代、地区的变更或其他社会、文化原因而经多次制版（排版、刻印）、编辑（包括编为单集、合集、丛书）、传抄、装订（装帧）、翻译（所用语种，包括古汉语译成现代汉语，华语译为外国语）等不同处理而形成的不同本子。

所谓版本学，是一门研究书籍制作诸多方面特征的学科，其中包括书写或印刷的形式、年代、版次、字体（繁简、中外文）、纸墨、装订、内容的增删修改，和一书形成、收藏（藏所）、流传的过程，以及过程中所钤的印章、所撰的序跋、题识、随记、批校、注释、点评等，还包括发现、比较一种或一种以上本子的异同、完缺、真伪、是非、优劣等。

明末计成所撰《园冶》，是一部经典，一部奇书，其跨越中日两国、播及世界的版本源流史和影响史特别曲折复杂而漫长，笔者拟从版本学视角作一扫描与探究。

本文以历时性为主线、共时性为副线，将所个别间接知悉、大量直接目见（价值不大者仅作简叙）特别是所收集、所掌握和案头所使用的《园冶》版本作一叙录，必要时作或简或详的点评，其目的是力求初步厘清版本源流，提供研究信息和线索（包括在日本、西方流传的线索），凸现历史时代与《园冶》传播间的关系，并彰显一次次兴起的《园冶》热——收藏热、传抄热、研究热、翻译热、出版热、营销热、装帧热、经典崇拜热……此外，还兼及或适当辨正计成其人、其书的有关问题。

在“园冶学”[①]的研究中，突出的现象之一是：“探究文义、着意注释者多，关注版本、究源溯本者少”。[②]可见版本的研究和梳理显得特别薄弱。这除了学术上的忽视外，更由于学界对此知见较少。具体地说，表现为20世纪80至90年代诠释性的版本（如《园冶注释》《园冶全释》）及21世纪学术研究著作所附版本（如李世葵《〈园冶〉园林美学研究》附录二：《园冶》全文。笔者未将其列入本文）多见，“两端少见”——一端为对历史上的重要版本特别是日本所藏诸版（明末及清代）知见甚少；另一端为对普识、品赏性的版本，即对普

① 笔者曾倡议建立“园冶学”，提出了一些具体设想，还和全国唯一的园林档案馆——苏州园林档案馆进行协作，成立了《园冶》研究专题协作组。在双方收集《园冶》版本方面，均收到了显著的成效。笔者曾将所觅得日本收藏的珍贵诸版以及英、法签名译本以及有关学术信息资料（包括笔者多年来所撰有关著作、论文）等，捐赠给该馆；该馆也竭尽全力搜集各种版本，特别关注出版界出版的有关新书，做到与时偕行，以追求“全”“新”为主要目标。而笔者撰写此文，也得到苏州园林档案馆的支持帮助。笔者关于建立“园冶学”的倡议，及具体组织、协作过程，见《园冶多维探析》，中国建筑工业出版社2017年版，上卷，第35—37页；下卷，第761—762页。

② 梁洁：《〈园冶〉若干明刻本与日抄本辨析》，《中国出版》2016年第11期，第65页。

及层面上涌现出来的供阅读、欣赏、收藏等的种种版本兴趣不大，缺少关注，知见极少，有些研究家则虽略有所见而不屑一顾。这一“中间多见，两端少见”的现象，必然会影响“园冶学”研究的深入，此问题亟待解决。

本文另有两个目的：

一、希望能助推国内《园冶》热的诸多层面之间、提高与普及之间的往返交流、互鉴互动，具体地说，是热望助推收藏界、研究界、翻译界、包括装帧在内的出版界甚至读书界特别是广大《园冶》爱好者之间的往返交流、互鉴互动，既走向普及，更走向提高，并建立广泛的、可持续的园冶学批评（包括总结、研究、批评层出不穷的《园冶》新书之优长与不足），所有这些，都是“园冶学”的主要目标。

二、希望能助推中国与域外、海外的文化交流，因为文中的《园冶》诸版本及其研究，除了中国广袤的大陆外，早已广及日本、英国、法国、美国、澳大利亚、新加坡、韩国以及中国的台湾、香港等，特别应指出，“园冶学”恰恰典型地表征着“海外中国学”的兴起[①]。这是一个不容忽视的时代课题。

笔者的《园冶多维探析》[②]，曾列述过历史上和现当代的《园冶》重要版本十余种（下文对其叙述有时适当从略），但当时又为该书的理论框架所限，亦基本上将普识本置于视域之外。本文则以求全为旨归，将所知见的大量《园冶》版本，按年代先后（以2018年为下限）加以梳理，逐一作或略或详的叙述点评，重要的版本更注意交代细节。

本文以20世纪80年代陈植的《园冶注释》第一、二版为分界，前半侧

① 见［新加坡］康格温《〈园冶〉与时尚——明代文人的园林消费与文化活动》（广西师范大学出版社2018年版，以下简称《〈园冶〉与时尚》）一书的书首及丛书总序。《海外中国学丛书》的主编、编委分别任职于新加坡国立大学、韩国高丽大学、加拿大麦吉尔大学、美国普林顿斯大学、澳大利亚昆士兰大学、瑞典斯德哥尔摩大学、美国宾夕法尼亚州立大学、日本东京大学、意大利罗马大学。丛书总序写道：“面对中国的崛起和西方潮流的冲击，学术界近年兴起‘中国学’的研究……‘中国学’是在‘汉学’式微以后在学术界日渐受到重视的领域。”

② 上、下两卷本，中国建筑工业出版社2017年9月版，此书不入本叙录；另外，笔者又出版了《园冶印谱》，古吴轩出版社2013年版；《园冶句意图释》，中国建筑工业出版社2019年1月版。笔者称之为《园冶》研究鉴赏的“三本书三个‘一’”：依次为“一句一文”，“一句一印”，“一句一图”，但这些均不入本叙录。

重对诸版源流、传播的叙录，后半则侧重对诸版体例、译注、观点乃至插图、装帧等的叙评。

兹列述、加按或叙评如下：

＊一、[日]内阁文库藏明版《园冶》全本（1634年）

线装（四针眼装），三卷，书皮（封面）栗色，崇祯甲戌七年（1634年）阮衙初刻本。上卷扉页，上部钤大圆形楷书藏板印："安庆阮衙藏板如有翻刻千里必治。"下部钤大方形朱文篆书章："扈冶堂图书记。"二印占一页，均朱色。这种合钤形式，称"天圆地方"式。笔者曾对这种藏板印与藏书印共处一页的奇特现象试作揭秘[①]。此三卷本原藏日本东京内阁文库（此文库1885年创设，1971年设国立公文书馆后，内阁文库即成为其所属之科，至2001年，内阁文库之名取消，故现称"藏国立公文书馆"。而内阁文库的前身，则为属于江户幕府的红叶山文库和属于林家大学头的昌平坂学问所等，内阁本《园冶》曾藏红叶山文库），系明版孤本，用竹纸，亦明末时代环境使然。三卷书签上楷书"园冶"二字之下，分别钤有上卷、中卷、下卷的卷次红字印。每卷书皮下部，贴有"内阁文库"红字标签，标明"册数3"。上卷内还刻有阮大铖崇祯甲戌年（1634年）手书《冶叙》（有乌丝栏）。其首行"冶叙"二字下，刻有"鹿圃"长方印；叙末题名后，刻"阮大铖印""石巢"两大阳文方印。计成《自序》（其中"效司马温"四字上有叠印痕迹）末，刻阳文"计成之印"、阴文"否道人"印。下卷尾"自识"二字下，刻"无"（阳文）"否"（阴文）连珠印。金按：此印极重要（很少有人加以叙录），可验证三卷的完整度、可信度。此称"内阁本"，详见《园冶多维探析》第54页。新加坡国立大学图书馆存此三卷胶卷副本。

又据陈植1956年所云，1921年于本多静六处见"见木版本三册，闻系得之北京书肆者"[②]，金按：此明版三卷三册，疑与内阁本属于同一版本，此本今未见。

---

① 详见《园冶多维探析》上卷，中国建筑工业出版社2007年版，第40–43页。

② 陈植：《重印园冶序》，载陈植《园冶注释》，中国建筑工业出版社1981年第1版，第11页。

*二、北京国家图书馆藏明版《园冶》残本（1635年）

线装，存一卷，缺卷二、卷三。《兴造论》首行钤有朱文章草“长乐郑振铎西谛藏书”方印、白文篆书“钱唐夏平叔珍藏”长方印。据韦雨涓述，“出版于1940年的《明代版本图录初编》……还只见夏氏藏书印，但1961年出版的《中国版本图录》中夏氏印之上已经多出郑氏藏书印。郑振铎1958年逝世后，家属将其遗书捐献给国家图书馆”[①]，故又钤“北京图书馆藏”印。金按：此明版与内阁文库本有两大区别：（一）崇祯甲戌阮叙之后，增刻郑元勋手书《园冶题词》（无乌丝栏），末署“崇祯乙亥（金按，即1635年）午月朔，友弟郑元勋书于影园”，署名后有“郑元勋印”“超宗氏印”二印，并称为“郑序”，如是，此本成了最早的三序俱全本；（二）上卷分为两册：开头至“三、相地”为第一分册，“四、装折”开始为第二分册。这样就成了三卷四册本，与三卷三册的内阁明本不同，此称“国图本”（或称“西谛本”）[②]，详见《园冶多维探析》第4、55页。金按：此四册本也曾出口日本，［日］桥川时雄据《江户时代唐船持渡书研究》指出，“一部四本的《园冶》”在正德二年（今按，即1712年）运入日本[③]。金按：此本今未见。

三、中国台湾藏明版《园冶》残本（1635年）

线装，存二卷，缺一卷。即朱启钤《重刊园冶序》谓“庚午（金按，即

---

① 韦雨涓：《造园奇书〈园冶〉的出版及版本源流考》，《中国出版》2014年第5期，第62页。

② 此本的成书过程疑为：计成1934年开始为郑元勋造影园，“经年而成”“不落常格”“不见人工”，故1935年郑元勋为《园冶》写《题词》，是顺理成章的事（计成也必然赞同），而以郑元勋之“名重海内”，阮大铖则“失职久废”（见《园冶多维探析》上卷第38、49页），肯定可借到阮衙藏板，并将《题词》插入，称“郑序”，同时将上卷析而为二。于是出现了《园冶》流传史上不同于1634年内阁本的1635年三卷四册本（国图残本，第一卷为二册）。康格温则认为，“《园冶》在阮氏付梓时，极有可能出版了两次，阮氏第一次于崇祯七年出版时，仅有阮序和计成自序，但是崇祯八年收到郑元勋题词后，将之纳入，插于二序之间，再度梓行。”（《〈园冶〉与时尚》，第111页）金按：出版两次（即再印）是肯定的，但不容忽视的是计成当时仍在扬州，而且阮大铖也不可能在第二年即再将第一卷析而为二。以上二说并列于此，供推敲。

③ ［日］桥川时雄：《园冶解说》，东京渡辺书店1970年版，第35页。

1930年）得北平图书馆新购残卷”。梁洁指出，“彼时的‘北图藏本’今天已经进入台北故宫博物院图书文献处，即今收入《原国立北平图书馆甲库善本丛书》册451者”。该丛书序言云，1931年“九·一八”事变发生后，“甲库善本几经流转，先后运至上海、华盛顿，最后进入台北‘中央图书馆’”[①]。称“台北本”。据联系信息，“台湾图书馆”另有《园冶》二卷微缩资料。

*四、[日]桥川时雄藏隆盛堂《木经全书》本（1795年前或1635年？）

合集，布面精装，有书匣，日本东京渡辺书店昭和四十五年（1970年）出版，书脊为《园冶——桥川时雄解说》（简称《园冶解说》）。《园冶》书名页框上，横行刻“名园巧式”四字，框内中行刻“木经全书”四个大字，右行之下有“古文英发集即出”字样，左行之上有“新鎸图像古板鲁班经夺天工原本”，这些均显然为商业行为；下方刻有“隆盛堂梓行”字样，并钤“隆盛堂藏板”大印，正中上部钤有朱色圆形花石肖形大印（金按：疑为“隆盛”之象征性商标）。韦雨涓说，“隆盛堂乃我国清代今太原一刻书坊，刻书活动从康熙朝一直持续到道光年间”[②]。《园冶》主要由于为阮氏所刻而遭贬于清王朝，可谓“大不遇时”，但“有些文人和民间书商仍认可《园冶》的价值，暗暗改名重印”，于是，《木经全书》就代替了《园冶》之名。“孔子说，‘道不行，乘桴浮于海’……《园冶》有似于此，它隐姓埋名，‘流亡’到海外去了（金按：这种曲折历程，也是《园冶》被称为‘奇书’的因由之一）”[③]。隆盛堂的策略是成功的：在书前撤去阮《叙》，以廓清其负面影响，突出“郑序”（即《园冶题词》），以弘扬名流高士的正价值，并巧妙地改名换姓，继续出版，从而得以流传并保存于东瀛。坊主不愧为有智有识的书商。《园冶题词》首

---

① 梁洁：《〈园冶〉若干明刻本与日抄本辨析》，《中国出版》2016年第11期，第65—66页。

② 韦雨涓：《造园奇书〈园冶〉的出版及版本源流考》，《中国出版》2014年第5期，第63页。

③ 陶冠群：《金学智：热望更多人读懂〈园冶〉》，《苏州日报》2017年11月24日：B01.

页上钤“栗山草堂”细朱文印;《兴造论》首页钤“磊林”白文印[①]。《园冶题词》首页下钤“桥川时雄”藏书印。桥川时雄（1894–1982）曾参与《续修四库全书提要》等多种图书的编纂工作，也是颇有眼识的《园冶》收藏家，他所藏隆盛堂本《园冶》，亦即《木经全书》本《园冶》，是除内阁本以外唯一三卷俱全的极有价值之善本。《园冶》文本后所附桥川的日文《明・計無否の〈園冶〉さその解説》，凡63页，高度评价了《园冶》，也保存了一些有价值的资料，当然也不无疏误。此称“隆盛本”（或称“桥川本”），详见《园冶多维探析》第56–57页。对此版本，曹汛于20世纪80年代认为，系“宽政七年（1795年，我国乾隆六十年）以前隆盛堂翻刻《木经全书》本”[②]。梁洁则认为，“隆盛堂本并非翻刻，而是直接使用了成书重新装帧而成”，因其文本与内阁本版式等均完全一致，故在表内将其列为明版[③]。二说并列于此，存疑待定。

*五、[日]藏华日堂《夺天工》钞本白井本（清代前期）

线装，卷一全，卷三缺，卷二错简，阑入卷三，现藏日本国立国会图书馆。书皮灰青色，书名页版式为：顶部横行书“名园巧式”四字，框内居中竖行书“夺天工”三大字。右上方有“松陵计无否先生著”八字，右下有手绘篆书“华日堂”印，左下方有手书“华日堂藏书”五字。据韦雨涓考，华日堂“乃清初文人伍涵芬家堂名”，“《夺天工》和《木经全书》是国内改名翻刻（金按：翻刻说与上引梁说抵牾）后运抵日本的，并非到日本之后改名出版”[④]。金按：伍氏于清康熙戊寅年（1698年）迁金陵（南京）为书商，其《华

① 梁洁《〈园冶〉若干明刻本与日抄本辨析》：“这是日本名士石坂专之介的藏印……石坂（1849–1915）号‘磊林’‘栗山乘崖生’……在金泽近郊负郭筑园，命名‘栗山草堂’……石坂家是东瀛收藏大家”。(《中国出版》2016年第11期，第67页)

② 曹汛：《〈园冶注释〉疑义举析》，载《建筑历史与理论》(3、4二辑合刊)，江苏人民出版社1984年版，第91页。

③ 梁洁：《〈园冶〉若干明刻本与日抄本辨析》，《中国出版》2016年第11期，第65–66页。

④ 韦雨涓：《造园奇书〈园冶〉的出版及版本源流考》，《中国出版》2014年第5期，第62，65页。

日堂书肆新成》有云："既少郭田五十亩，全凭心织百千车。侨居白下三山市，滥卖紫溪伍氏书。"抄本的书名页左上方，有手绘"卓荦观群书"章，此印面文字经查，系出晋左思《咏史》诗："弱冠弄柔翰，卓荦观群书。"韦雨涓则指出，此印"是清代藏书家谢浦泰的藏书印。谢浦泰（1676–？），江苏太仓人，无心功名，喜藏书抄书"[①]。华日堂本与隆盛堂本的不同是：一、三卷目录不是分置三卷之首，而是集中置于书前；二、没有撤去阮《叙》，而取折中之法，将郑序置第一，阮叙置第二，自序置第三。遗憾的是华日堂原刻本未见，日钞本则误字较多[②]，其书名页的上、下部，钤有朱色"帝国图书馆藏"方圆大小二印，参见《园冶多维探析》第55–56页。此抄本因《园冶题词》首页有"白井氏藏书"印，称"华钞白井本"。梁洁据所知见，将华日堂日抄本列为四种，除了白井本外，还有林家本、樋口本、鸥外本（林家本、樋口本详后；鸥外本为日本医学博士、文学家森鸥外所藏）三种，此四种均抄自同一原本。又认为，华日堂本与隆盛堂本一样，"均为两家书坊获得成书后重新装帧出版而成"[③]。对这一现象，李桓概括说，《园冶》在日本"作为作为重要的汉学著作而被多次进口，在中国成为禁书之后，仍然有更改了书名的版本运往日本，这些书籍在日本被保存，并对诸学术领域产生不同程度的影响"[④]。金按：不只如此，还出现了种种日抄本，形成了较长时间的东瀛《园冶》传抄热、营销热、收藏热。

*六、[日]藏华日堂《夺天工》钞本林家本（清代前期）

线装（四针眼装），三卷全，现藏日本内阁文库（即公文书馆）。书皮灰

---

① 韦雨涓：《造园奇书〈园冶〉的出版及版本源流考》，《中国出版》2014年第5期，第63页。

② 如《相地》中的"涉门成趣"，误作"涉门或趣"；《相地·村庄地》中的"沽酒不辞风雪路"，误作"下辞风雪路"；《相地·郊野地》中的"依乎平冈曲坞"，误作"休乎平冈曲坞"……不一而足，确为华日堂之日钞本。

③ 梁洁：《〈园冶〉若干明刻本与日抄本辨析》，《中国出版》2014年第11期，第67页。

④ 李桓：《〈园冶〉在日本的传播及其在现代造园学中的意义》，原载《中国园林》2013年第1期，第65页；稍改后收入张薇、杨锐主编：《〈园冶〉论丛》，中国建筑工业出版社2016年版，第162页。

赭色，无书签，三卷均于书皮直接书“园冶”二字，其下分别书上、中、下三字。上卷书皮贴有竖行和横行标签，番号为“汉：2443”、“册数：3(1)”、“函号：308/23”右上角有篆书“昌平坂学问所”墨印[①]。书名页“名园巧式”四字下，框内三行所书绘之字、印，均同于白井氏藏本，唯“夺天工”三字特肥而锋芒毕露，［日］桥川时雄《〈园冶〉解说》第34页也有此书影。“园冶题词”首页，上部钤方形“林氏藏书”“日本政府图书”二印，下部钤长方形“浅草文库”长印[②]等，此称“华钞林家本”。此本《借景》有缺字，《自跋》残缺更多，特别是缺首行十八字，跋末“自识”二亦残损，但其下手绘“无”“否”连珠印全，殊堪宝贵。末页有“宽政七年以近藤重藏本誊录”（并钤有“日本政府图书”朱印、“昌平坂学问所”墨印）。按：近藤重藏（1768–1841），为日本江户后期幕臣，又曾管理过红叶山文库。此三卷本错字，与白井氏藏本互有异同。《选石》中“龙潭石”、“青龙山石”的“龍”，均书作“竜”，更是日抄本的一个明证。“竜”在中国是一个生僻字，在日本却是常用字。

*七、国图藏华日堂《夺天工》钞本樋口本（清代前期）

线装，全三卷，书名页与上条全同，而抄手亦是日本人，故讹字极多。书前若干页手写体字旁往往标以“送假名”（表示句子成分，系日文特有的符号标志），左下则标应读的顺序，再如《选石·青龙山石》的“龍”书作“竜”，也均是日抄明证。此称“华钞樋口本”，因卷二首页钤“樋口”印记、“爱岳麓藏书”（江户时代私人“爱岳麓文库”的藏书印）等印。全书首、尾钤有“北京图书馆藏”“江安傅氏沅叔藏园鉴定书籍之记”等印。金按：此即韦雨涓所云“民国时傅增湘的《藏园订补郘亭知见传本书目》补录日抄本

---

① 周宏俊、周详、俞莉娜《〈园冶〉在国外》：“内阁文库的前身主要是属于江户幕府的红叶山文库以及属于林家大学头的昌平坂学问所等。”见《园冶》，中国建筑工业出版社2018年第1版，第416页。故此林家本三册的首末，常钤篆书“昌平坂学问所”黑色长印和篆书“林氏藏书”朱色方印。

② 浅草文库为明治八年至十四年（1875–1881年）东京浅草藏前所设官方图书馆，接受了昌平坂学问所等单位的藏书。

三卷，现此抄本收藏在国家图书馆”。[1]梁洁则对四个钞本的错字表达了自己的看法[2]。

*八、[日] 国立国会图书馆藏《园冶》图式日绘本

线装。选绘了铺地、门窗、栏杆、漏窗等图式，不完全按次序。小楷精美，线条工整，图案悦目，似非一人所绘，足见《园冶》中大量图式还有其美术、工艺等方面的价值。书皮栗色，书签上“园冶”写成“园冶”，圈门式“边用寸许”写作“辺用艹许”等，均可见为日本人所绘写。有“白井光”等收藏印，可知收藏华钞本之“白井氏”即“白井光太郎”（1863–1932）。

*九、喜咏轩丛书本《园冶》（1931年）

线装，近代著名藏书家陶湘（字兰泉，号涉园）刻，《喜咏轩丛书》戊编之一，扉页刻“涉园陶氏依崇祯本重印，辛未三月书潜题”。阚铎《园冶识语》：“北平图书馆得一明刻本，而缺其第三卷，陶君湘乃据以影印，其第三卷则依残阙之钞本以附益之。”[3]为《园冶》三百年后返回本土的第一个版本，此为其历史价值意义所在。三序依次为阮叙（手书）、自序、题词。由于当时条件所限，第三卷讹误缺失较多。称“喜咏本”，详见《园冶多维探析》第57–58页。

*十、营造学社本《园冶》（1933年等）

线装，为竖排铅印本。书前有藏板大印：“共和壬申（1932）中国营造学

---

① 韦雨涓：《造园奇书<园冶>的出版及版本源流考》，《中国出版》2014年第5期，第62页。

② 梁洁：《〈园冶〉若干明刻本与日抄本辨析》：“四个抄本都存在着不同程度的错字，这些错字可能携带着抄本之间的传抄信息。遍查各本错字，可知林家本、鸥外本、白井本当为独立抄本，樋口本的卷三的错字在完全承袭林家本之外还有若干错字，卷一的错字与林家本完全不同，这说明樋口本的卷一是抄自原刻本，卷三也许抄自林家本。”（《中国出版》2016年第11期，第66页）

③ 见陈植《园冶注释》，中国建筑工业出版社1981年第1版，第17页。

社依明崇祯甲戌安庆阮氏刻本重校印。”有朱启钤撰于辛未（1931年）的《重刊园冶序》、阚铎的《园冶识语》。其后有阮叙（手书）、自序、题词，首次以空格为标点。称“营造本”，详见《园冶多维探析》第58–59页。此版影响颇大，经1931、1932、1933、1936年等多次印刷，而以1933年本最为流行，并很快流播至西方（详见下条）。

*十一、[美]哈佛大学弗朗西斯·洛布图书馆藏英文选译本《园冶》（1934年）

打印本。藏于美国哈佛大学设计研究生院所属弗朗西斯·洛布图书馆。Yu Sen[①]译，选译了《园冶》“掇山”“选石”“借景”及“自识”几部分。译于1934年6月，是西方最早的、紧接中国“营造本”问世而出现的外文译本。这样，学界得知《园冶》译为外文的时间上限，还应大为推前。据［英］夏丽森（Alison Hardie）所述，瑞典美术史家喜龙仁（Osvald Sirén）1949年出版的《中国园林》，其中所载《园冶》部分英译文在西方产生了一定影响。以后，英国的玫萁·凯瑟克（Maggie Keswick）在1978年的《中国园林：历史、艺术、建筑》中，又进一步扩大了《园冶》在西方的影响[②]。但是，相比而言，Yu Sen所译要早得多，何况不是以片段的形式附于其他著作之中，而是以译本的独立形式出现。书后还附有美籍华人、著名的图书馆学家裘开明（Alfred Kaiming Chiu）1949年12月9日寄自哈佛大学汉和图书馆答复弗朗西斯·洛布图书馆馆长McNamara咨询的信，提供的信息为：计成的《园冶》出版于1634年；此本译自中国营造学社1933年的现代版中式线装书《园冶》，为已故的Yu Sen从中选译。值得注意的是：在营造本出版的第二年（1934年）就

① 通过追索，得知Yu Sen系广东人。1921年毕业于美国密西根大学农业学院，1921–1923年就读于哈佛大学设计研究生院，撰写论文《中国对城市规划的迫切需求》，1934年还曾译《云林石谱》（部分），这与他选译《园冶》“掇山”“选石”等相联系，可知其当时对此特感兴趣。又得知译者1949年前即已去世。

② ［英］夏丽森：《计成〈园冶〉在欧美的传播及影响》，《中国园林》2012年12期，第43–44页；又见张薇、杨锐主编《〈园冶〉论丛》，中国建筑工业出版社2016年版，第32–33页。

被部分译出，可见在西方反应之迅捷，且时间上与明版《园冶》问世相差恰好为整整三百年。该本在《园冶》西方流传史上有着开先河的重要意义。

＊十二、城建出版社重刊营造学社本《园冶》（1956年）

平装。北京城市建设出版社于印行，1957年重印。正文前除陈植1956年《重印园冶序》外，其他均同营造本。《重刊园冶序》云："当抗战期间，我国文物损失不可胜数，胜利后，此书已不可多得。解放后……此书尤不易觅。数年来曾先后与出版社商请重版……终以各方商借，不获端倪……因商之老友陆费执教授，当蒙慨允惠寄。几经周折，此书遂获按照营造学社版式重刊，与世人相见，何幸如之！"[①]全书繁体铅字竖排版，仍以空格为标点。称"城建本"，详见《园冶多维探析》第59页。

＊十三、[日]上原敬二《解说园冶》本（1975年）

精装，一般书籍均为纵册，该书则为横册，有书匣。东京加岛书店昭和五十年出版，系据民国二十二年（1933年）大连市右文阁所印铅字排版。书前各序排列为：朱启钤《重刊园冶序》、阮《叙》、计成《自序》、郑元勋《题词》。书后版权页，有"上原"小印[②]。此书为"造园古书丛书"十卷其十，但所录《园冶》原文，不无疏误，诸如《自序》末行，"崇祯辛未之杪"的"杪"误作"抄"等（见《园冶多维探析》第59–60页），更遑论其对《园冶》文句的准确解读。由于汉文言、文学的双重隔阂，日本研究中国建筑史专家田中淡甚至认为，"上原敬二的《解释园冶》在词语解释方面存在严重的谬误"。[③]

---

① 见陈植《园冶注释》，中国建筑工业出版社1981年第1版，第13页。

② 上原敬二（1884–1981），日本造园学的创始人之一，《造园古书丛书》包括《解说园冶》在内，还有《筑山庭造伝》前后编解说等十卷、《树芸（艺）学丛书》八卷、《庭园入门讲座》十卷等。

③ 周宏俊、周详、俞莉娜：《〈园冶〉在国外》，见《园冶》，中国建筑工业出版社2018年第1版，第427页。

＊十四、＊十五、陈植《园冶注释》第一版、第二版（1881、1988年）

平装或精装。陈植注释，以城建版为蓝本，将目次按内容重加编排，均由中国建筑工业出版社出版。第二版正文前，有陈植《园冶注释（第二版）序》，陈植《园冶注释序》，杨超伯《园冶注释校勘记》，陈植《重印园冶序》，朱启钤《重刊园冶序》，阚铎《园冶识语》，阮《叙》（非手迹）、郑元勋《题词》（非手迹）、计成《自序》。全书仍繁体竖排，首次取消了乌丝栏，采用新式标点符号，特别是增加了释文和注，极便阅读，对后人进一步研读《园冶》，有极大的启发性。书后有陈从周跋。作者系林业界前辈，谨慎敬业，旁征博引，虚怀若谷，从善如流，故第二版更有创获（接受曹汛《〈园冶注释〉疑义举析》的意见较多，也参看了"明版《园冶》全书照片"）。当然，首创是极其艰难的事业，在创获的同时，总会留下一些问题，是所谓有得有失[①]。《园冶注释》是《园冶》研究和解读进入新阶段的里程碑，起了筚路蓝缕，开启山林的重要作用[②]。可称"陈注本"，或"陈注一版""陈注二版"。详见《园冶多维探析》第60页。

---

① 对明以来诸版勘正之"得"，如《自序》的"计步仅百里"，勘为"四百"；《相地·村庄地》的"稻粮谋"，勘为"稻梁谋"；《屋宇·室》的"自半已前"，勘为"已后"；《五架梁》的"书楼"，勘为"书房"；《小五架梁》的"平门"，勘为"屏门"；《铺地·冰裂地》的"法砌"，勘为"砌法"；《掇山·书房山》的"书房中"，勘为"书房前"；《选石·太湖石》的"最高大为贵"，勘为"以高大为贵"……这些大多具有开创性，不列举，参见笔者《〈园冶〉十个版本比勘一览表》，载《园冶多维探析》下卷，第572–584页。再如《选石·湖口石》中，明版以来均作"世中九华"，陈注本勘正为"壶中九华"，是为一得；而其后的"千金归买小玲珑"，明版等均误作"贾"，陈注一版勘正为"买"，但二版据明版又恢复为"贾"，是为得而复失。至于注释之"失"，如《园冶题词》的"简文之贵也，则华林"，陈注本将东晋曾游华林园的简文帝司马昱，误释为南朝梁的简文帝萧纲；又如《相地·江湖地》的"堪谐子晋吹箫"，查原典应为"吹笙"，此误未予勘正……其他得失，详见《园冶多维探析》上卷第60、63–64页及各有关章节。

② ［新］康格温指出："直至1981年，由陈植所著《园冶注释》问世，始为中外的《园冶》研究奠定了重要的基础，成为研究《园冶》的重要著作。然而该书并未校核于明崇祯原本（金按：明版是极其重要的，但亦有一定的讹刻，并非字字不误，也需要经过比勘校核，见前注），故在文字内容上稍有谬误，后……于1988年出版修正二版，目前仍为研究《园冶》的最重要的版本之一。"（《〈园冶〉与时尚》，广西师范大学出版社2018年版，第126页）这是域外视角所作的高度评价。

*十六、建筑丛刊本《园冶注释》(1982年)

此为中国台湾第一个注释版本，系重印《园冶注释》第一版。封面右上方印有“陈植注释”四字；扉页右上方有“建筑丛刊”字样，正中“园冶注释”下，四行小字与中国建筑工业出版社同，依次为：[明]计成原著，陈植注释，杨超伯校订，陈从周校阅。中国台北明文书局1982年6月印行。陈注一版出版于1981年10月，仅八个月即获得如此迅捷之反响。

*十七、广文书局本《园冶》(1983年)

中国台湾广文书局1983年12月印行，用喜咏本，原文无注，同一版本有红、绿色两种不同封面。以上两个版本，显示了《园冶》及其“陈注本”在台湾的影响，亦为中国《园冶》出版热之先声。

*十八、[日]佐藤昌《园冶研究》本(1986年)

日本造园修景协会东洋庭园研究会于昭和六十一年印行。其书包括：计成介绍；计成的造园作品；园冶的刊本（叙述自内阁本至“陈注本”，有较大的概括性），园冶的本文（以陈注一版为底本。这是一个全文日译本，占全书的绝大部分，其中用日本汉字较多）；园冶的内容（概括介绍园冶全书的观点等）。金按：可看作是日本《园冶》研究走向学术化的某种标志。详见《园冶多维探析》第72–73页。佐藤氏，昭和二年（1903年）生，农学博士，东京农业大学教授，造园兼城市规划家，日本造园修景协会会长。

*十九、“经典丛书”本《园冶》(1987年)

系“经典丛书”之031，黄长美撰述。此丛书除《园冶》外，还有《孟子》《鬼谷子》《人间词话》等。袖珍本，有注解、释文。前有黄长美导读，还有龚鹏程所撰总序。中国台湾金枫出版有限公司1987年印行。

二十、*二十一、英译本《园冶》第一版、第二版（1988、2012年）

［英］夏丽森（Alison Hardie）译，美国耶鲁大学出版社第一版，上海印刷出版发展公司第二版，均插以较多中国园林景观图版，序言中某些观点，详见《园冶多维探析》第70–71页。这是西方全本翻译《园冶》并公开出版的正式开始，由此可窥见《园冶》在西方影响的扩大，以至于被誉为“生态文明圣典”。

*二十二、张家骥《世界最古造园学名著研究：园冶全释》（1993年）

精装，为最早的简体横排本，但未作校勘（对《园冶》本文有多处任意改动），山西人民出版社出版。分前、后两部分，前为“译文部分”，后为“原文与注释部分”并有按语等，较多针对陈注本的注释提出商榷，并多引曹汛《〈园冶注释〉疑义举析》参证。该书与陈注本相比，增加了注释的详度。按语中对《园冶》多有突破性的诠释和生发，体现了哲学美学的思想高度和别辟蹊径的理论勇气，但书中也不乏“想当然”和较多的粗疏之处。其得失详见《园冶多维探析》第65–66页及其他有关章节。1993年6月第1版，2012年1月第3次印刷。

*二十三、二十四、法译本《园冶》第一版、第二版（1997、2004年）

［法］邱治平（Chiu Che Bing）译，法国贝桑松印刷出版社1997年出版，2004年再印第二版，均插以较多中国园林景观图版，详见《园冶多维探析》第71页。译者2018年曾对笔者言及，拟修订后再出第三版。金按：以上英、法译本及其再版，说明《园冶》不但符合中国生态文明新时代的需要，而且符合西方读者的需要，符合西方社会生态文明建设的需要。

*二十五、“传世名著百部”本《园冶》（1998年）

此丛书收名著100部合为64卷。北京蓝天出版社出版，郭超、夏于全主编。第62卷为《书谱》《园冶》《芥子园画谱》三部合集，属“综艺名著”类[①]。袖珍本，仅有原文，无注释及译文，每部前有“名著通览”介绍。金按：此条和第十九条，开了丛书本《园冶》的先河，也是《园冶》出版热的某种标志。

＊二十六、《园林说译注（原名〈园冶〉）》（1998年）

刘乾先编著，精装，吉林文史出版社出版。以营造本为底本，有注释、今译。作者更改《园冶》书名，似由于不理解原书名之“冶”义，该书较多吸收了陈注本特别是《园冶全释》的解释，治学作风较严谨。有陈植《重印园冶序》、陈植《园冶注释序》、张家骥《园冶全释序》。

＊二十七、续修四库全书本《园冶》（2000年）

《园冶》因受牵累，在清代乾隆年间遗憾地未能进入《四库全书》，致使三百年来几濒湮没。20世纪30年代开始，否极泰来，《园冶》历经坎坷而有幸返回中国本土。千禧之年，历史进入21世纪，《续修四库全书》八七九·史部·政书类收入了《园冶》三卷。系“据天津图书馆藏民国二十一年（按，即1932年）中国营造学社铅印本影印原书”。至此，《园冶》曲折艰辛的流传史可说是画上了一个圆满的句号。详见《园冶多维探析》第60–61页。

＊二十八、＊二十九、《图说园冶》及修订版（2003、2010年）

赵农编著。在《园冶》兴起之际，作者一马当先，为《园冶》的普及作出了不容忽视的贡献。在当今读图时代，在《园冶》难读及《园冶注释》也较难读的情况下，很多读者都是因《图说园冶》的图多又通俗易懂而初步接

① 名著百部分为：权谋名著、兵法名著、法治名著、历史及历史学名著、诸子百家、佛道名著、蒙学名著、家训名著、处世名著、文学与文学理论名著、学术名著、中医名著、百科名著、综艺名著十四类。

近和了解《园冶》的[①]。该书以《陈注》二版为底本，原文全，出注少，其他园林景观的图说则较多，且与原文扣得不是很紧，似侧重游赏。山东画报出版社2003年初版、2010年修订版，印数颇多。但书中多有误字、误释[②]，不过也能独立思考并吸收新的研究成果[③]。这种“图说”类型，可看作是21世纪《园冶》热兴起的又一表征。

*三十、杨光辉《历代园林图文精选》《园冶》本（2005年）

精装，合集。《中国历代园林图文精选》为丛书，凡五辑，同济大学出版社2005年版。第四辑收录《园冶》（全书）、《长物志》（节选）、《闲情偶寄》（节选），杨光辉注释。此本解释力求详尽，作风认真严肃，书证详而实在，出处交代清楚，相关资料展示较充分。但也存在问题：一是注中所引书证往往是矛盾并列，不加选择，有些还并非确诂；二是以错误较多的喜咏本为底本。并其他得失，均详见《园冶多维探析》第61页及有关章节。此本被称为“图文本”。又因该书中《园冶》之名不明显突出，故知之者甚少，但其存在却不容忽视，为21世纪最早的实实在在的详注本。

*三十一、《园冶新解》（2009年）

张国栋主编，化学工业出版社2009年5月（北京）出版。原文无注，其

① ［新］康格温《〈园冶〉与时尚》：“21世纪初期，较为重要的《园冶》版本是赵农注释的《园冶图释》，在陈植、曹汛的基础上，除了将原来的注释、图式重新予以考订、整理，省去了有最多争议的翻译，加上其他相关的解说，并附上园林照片约一百五十帧以资辅证，更进一步普及与推广了《园冶》，是近年最方便研究者参考的版本之一。”（广西师范大学出版社2018年版，第127页）此评价颇高，也符合实际。

② 《冶叙》的“四方多故”误排为“四方多敌”；《兴造论》的“世之兴造，专主鸠匠”，后句误释为：“专主指园主，鸠匠指工匠。”等等。

③ 如［新］康格温《〈园冶〉与时尚》列表指出，与内阁本相比，《园冶图说》文字疏误有19处之多（广西师范大学出版社2018年版，第127–128页。其实，这些大多恰恰是计成本人撰写或《园冶》刊刻时的疏误，是需要校正的，《园冶图说》吸收了学者们不断勘误的成果应予肯定，因为内阁本虽珍贵，但也不免有误，需要校勘。至于内阁本各章节的正误，详见笔者所列《〈园冶〉十个版本比勘一览表》，载《园冶多维探析》下卷，第572–584页。

后为译文、原文评析，较多还有实例分析，评析和所举实例大体较恰当[①]，除原图外并无插图。较谦谨紧凑，毫无虚夸的商业气息，是这本朴实小书的可贵之处。书中有较精确的译释，但也有一定的误字误释，前后文还不乏自相矛盾之处[②]。

*三十二、“营造集成经典”本《园冶》（2010年）

宣纸，线装，有函，典雅有致，标为“营造集成经典一”，体现了《园冶》作为经典的收藏价值，且开了21世纪《园冶》收藏热的先河。该书系据“营造本”重印，无注，中国建筑工业出版社版。

*三十三、宣纸线装本《园冶注释》（2010年）

有函，气质高雅庄重，按“陈注二版”重新排印，意在肯定并提升该书的文化收藏价值，特别是《园冶》的经典收藏价值。中国建筑工业出版社版。

*三十四、*三十五、“中华生活经典丛书”本《园冶》；“中华经典指掌丛书”《园冶》（2011年、2018年）

李世葵、刘金鹏著，是在李世葵2010年《〈园冶〉园林美学》学术论著（人民出版社）基础上写成的。以《陈注》二版为底本，有译文、注释（误释较

① 如《借景》的评析：“‘切要四时，何关八宅’……计成虽然在《园冶》中通篇贯穿天人合一的理想，却并不具有天人感应的迷信。这一句话表明他是反对风水术的，所以他在因、借、体、宜的理论中反复强调天然之趣，却不让人去盲从勘舆形势的说教。”（第153页）这番实事求是又异常精警的评析，表明了对《园冶》全书总体上难能可贵的理性把握和领悟。又如《自识》的评析：“他本是有理想，希望创造出一番事业的志士。他虽然自称草野疏愚，却胸怀大志……这就是计成高出张岱、文震亨、李渔、沈复的原因，也是《园冶》成为奇书的原因……计成的这种崇高精神和他留给我们的这份遗产，是十分宝贵的。”（第155－156页）这种比较和评价，也不同凡响。

② 如《兴造论》译文，“世之兴造，专主鸠匠”，译作“世上的一般建筑，专以工匠为主”。比较准确，只是跳过了“鸠”字；但在评析中，却说“‘鸠匠’指笨拙如鸠的工匠……是封建社会知识分子对一般工匠的偏见”。又释“能主之人”的“能主”，“既指主人，也指设计造园的主要工匠”，概念较乱……

少）、点评，插图（主要为国画、照片）较多，文图均较严谨慎重恰当，但《园冶》原书的图式只选用了一部分。中华书局2011年版，2012年第2次印刷；2018年，该书又印为袖珍本“中华经典指掌丛书”，较精致典雅。

＊三十六、＊三十七、《园冶》：“中国古代园林、别墅营造珍本”（2009年）；破解中国园林设计密码：《园冶》（2012年）

封面上“园冶”二字上、下，尚依次印有大小不同数行文字：“深入阅读中国古代物质文化书丛”；“读什么书可以成为鉴赏大家”；“彩绘图本”；“中国古代园林别墅营造珍本”等，较繁琐，令人似感眼花缭乱，不知所从。在“胡天寿译注、[明]计成撰”之下，在彩绘图本、重庆出版社出版及图之上部，还印有三行文字：“600余幅手绘插图，直观解读中国古代宅院、别墅营造的择地之要，相地风水……（金按：《园冶》中的“相地”，毫无“风水”的内容，绝不能将二者并提或混淆在一起，这不能不说是一种曲解性的商业宣传）。”后转至中国台北信实文化行销有限公司繁体出版，封面仍印有：“600馀幅手绘插图，详细剖析中国古代宅院、别墅营造的择地、相地方法……”亦显得商业气息特重。介绍计成，言其卒于1640年，不知何据？封面“破解中国园林设计密码”的书名，其语也较玄。书前有凌德麟推荐序、侯锦雄推荐序，有注释、译文，彩图多而较详。

＊三十八、中英双语本《园冶图释》（2012年）

吴肇钊、陈艳、吴迪著，上、中、下三卷，特大开本，全彩，有匣，中国建筑工业出版社出版。前有孟兆祯等序六篇，作者自序两篇。无注释，无译文，间有对原文简要的概括、解释（偶尔有误）或阐发，图释侧重于以各地名园实例进行释证和作者对园林修复兴建的经验总结，在这方面，图、文力求多而详，同时又尽量与《园冶》原句扣紧，优长是凸显了《园冶》与实践层面的联系，“图释”所展示的实际上主要是设计实践的例释，对今天的风景园林设计颇有启发和裨益。其中的对联，似尚可推敲。

＊三十九、"古韵新刻丛书"本《园冶》（2013年）

浙江人民美术出版社出版。以喜咏本为底本，意在展示历代版画精品艺术，外观上凸显小精装、珍赏版的特点，文字均用繁体。出版说明写到，"版画是中国传统艺术的重要品种……是'美丽中国'的图像库。""在数字读图背景下使读者感受'中国式图像'的神韵与魅力。"在介绍计成时，言其卒年为1642年，不知何据。金按：本条及以上"三十二""三十三""三十四"等条所叙录的数种版本，体现为从不同层面对《园冶》多元价值的观照。出版界称之为经典，编之为丛书，这也是《园冶》热的标志之一。

＊四十、《园冶读本》（2013年）

王绍增著，中国建筑工业出版社出版。有孟兆祯序及作者前言。为求简洁，非计成所写的序（阮大铖《冶叙》、郑元勋《园冶题词》）均不收，但毕竟是一个欠缺。以城建本为底本，简化字竖排，用夹注方法，符合"读本"之义，注释简要清楚，段落分明，以空格为标点，旨在普及，便利阅读，颇有特色，也颇多确诂精解，如《兴造论》中"专主鸠匠"的"鸠"，能举出书证，明确释作"聚集"；《相地》的"临溪越地，虚阁堪支；夹巷借天，浮廊可度"，也解释得颇为合理；《借景》中的"眠柳"，能引出《三辅故事》为典，非同一般表面地滑过……就这些难点而言，作者可说是《园冶》解读史上首次确诂的第一人。[①]后附清笪重光以骈文所撰的《画筌》，作为读《园冶》骈文的参考。

＊四十一、《造园大师计成》本《〈园冶〉新译》（2013年）

古吴轩出版社出版。此书分三章，除"吴江名园"章外，"《园冶》新译"章，每部分译文在前，原文在后，由沈昌华、沈春荣撰写[②]。在"计成与

① 当然也不无失误，如《屋宇·地图》："凡匠作，止能式屋列图"，其中"匠"字误作"瓦"字，是形讹；《掇山·瀑布》的"坐雨观泉"误为"作雨观泉"，是音讹；《园说》的"醉心即是"的"即"，误作"既"；《掇山》的"涧壑坡矶之俨是"的"之"，误作"只"，更明显系音讹……

② 这是二人在《走近计成》一文的基础写成的，该文见《江苏地方志》第2期（2004），第56–59页。

《园冶》探讨”部分中，二人提出计成可能是周永年笔名的推论。金按：且不详说古人的号（别号）并不等于今天作者的笔名，退一步说，即使周永年有计成的“笔名”，也绝不可能体现“无否（字）+否（号否道人）= 成（名）”这样完整的、深层的、构思严谨的易学辩证命题，更不可能连刻三印：《自序》钤篆书阳文“计成之印”、阴文“否道人”二印，《自跋》钤朱、白二文“无”“否”连珠印，这是一个首尾圆合、不可分割的艺术整体[①]。故其假设不确，而其所译文字，亦往往欠审慎。

*四十二、“中国雅文化经典”本《园冶》（2016年）

刘艳春编著，封面印有“重塑生活格调的决定性珍本”字样。原文有注释、译文、插图、延伸阅读、名家杂论（其实往往是介绍）等，丛书套装，包括《长物志》《林泉高致》等，江苏凤凰文艺出版社出版。

*四十三、“古典新读丛书”本《园冶》（2016年）

嘉非编著。又标为“中国古代的生活格调”，此丛书包括《小窗幽记》《陶庵梦忆》《围炉夜话》等二十五册，时代出版传媒股份有限公司、黄山书社出版。

*四十四、*四十五、手绘彩图《园冶》修订版（2017年）

“中国古代园林别墅营造第一精心之作，中国古代物质文化丛书”。倪泰一译，重庆出版社2009年7月第1版，2017年5月第2版。作者在序中高度评价了计成“虽由人作，宛自天开”“巧于因借，精在体宜”两句话，不为无见，但最后介绍《园冶》版本“演变”，不但只有六种，而且颇多讹误，如第一本：“明崇祯八年（1635年），阮大铖刻本。此本现存日本内阁文

① 见金学智：《园冶多维探析》上卷，第5-6、10-13页。详见本书《计成“名、字、号”解秘——计成〈园冶〉与〈周易〉哲学关系探微》一文。

库。北京国家图书馆有残本，全书三卷，一册……”这是把内阁本和国图本这两个不同版本混为一谈了。第三本：“名园巧夺天工”，这是误把“名园巧式”“夺天工”合而为一却漏了一个“式”字……接着是介绍北方皇家园林圆明园四十景的图和文，篇幅颇多，殊不知《园冶》所概括的，恰恰主要是江南私家园林。在观点上，《园冶・立基》明明说“选向非拘宅相”，《借景》也明明说“何关八宅”，但此书却在《相地》中插以“择宅风水图示”、“置室门吉凶图示”，《立基》中也插以“民间建房禁忌图示”十八图，岂非均与计成的观点背道而驰？在解释上，如释《园说》“窗户虚邻”的“虚”同“墟”，为“地势低洼的丘陵”，译文是：“窗户开敞，窗外是低伏的丘陵，这样便能接纳汪洋般的波光……”让人颇有些不知所云。

*四十六、《园冶注释》第二版装帧重排本（2017年）

中国建筑工业出版社出版。全书系仿古珍藏本，但又新意迭出，设计别致，书套贴有书签，印有“园冶注释”等字样，不包书脊，露明打孔穿线。故封面与封底不连，翻阅方便，感觉舒畅。书套、封面、环衬均以茶色为主调，封面纸有肌理，配以白色腰封，古色古香，风格淡雅，楚楚可人。设计元素有时取《园冶》图式，如扉页（前扉、后扉）图案就来自《铺地》的“波纹式”。正文繁体竖排，天头特宽，地脚特窄，标题往往用古糙稚拙的“错位”“叠印”形式，其力求版式的出新，其实同时体现着“以古为新”的设计理念，这颇能逗引人的收藏欲。书前阮《叙》，以乌丝栏连成手书长卷，也别开生面，展现雅韵。书前有罗哲文序，更增品位，惟序末“计成童年在同里会川桥边生活过，据说曾有旧居五进三十五间”云云，吴江及外地的《园冶》研究者对此曾颇有微词，以为纯属子虚[1]。

---

① ［新］康格温《〈园冶〉与时尚》说：“笔者为求真确，于2009年6月亲赴同里……访问所谓计成故宅之拥有者与附近耆老得知，该处实非所谓计成故居……只是该户正巧为计姓……观光单位当时已于其宅门前修建一凉亭，命名为‘计亭’。但该户人并非计成后代。”（广西师范大学出版社2018年版，第87页）

＊四十七、明版内阁文库本《园冶》加工影印本（2018年）

中国建筑工业出版社出版，全书均繁体竖排。书套“园冶”二字，就撷自明版内阁本所贴书签。正中漏空梅花形，设计灵感来自《园冶·门窗》图式之“梅花式”。茶色封面、封底布纸包背装，下部饰以白色线描山水，气格雅致。原明版扉页钤有圆形阳文楷字藏板和方形篆书藏书印。这一天圆地方的印鉴原均为朱色，现则易为仿金色，配以浅茶底色，显得高贵典雅。全书正文四周单栏，有乌丝栏，书口的书名、页码等均为黑色，衬以淡茶色块为底，显得既苍古，又崭新，足以养目。卷一至卷三的内封为茶色，上印深色山水园林，亦大雅不凡。书末有孟兆祯的《书垂世范》，傅凡的《明版〈园冶〉重刊纪事》，周宏俊、周详、俞莉娜的《〈园冶〉在日本》，对《园冶》的诸多方面，作了各有个性的发挥。以上“四十六”“四十七”两种，装帧精美，书价不菲，把《园冶》的装帧热、收藏热推向了高潮。

＊四十八、“古人的雅致生活”本《园冶》（2018年）

小开本，丛书，精装，黄军凡绘。江西美术出版社出版。封面上图极多，而且字亦颇多，如印有“论一名优秀的古代园林设计师是如何养成的”；“中国古代造园秘术”；“了解古人雅致生活的宝典圣经”……显得太满密，较琐碎。每章有原文、译文、图例，绘者功底较扎实，插图较典雅。这套系列丛书还包括《茶经》《长物志》《山家清供》《瓶花谱》《云林石谱》等。

＊四十九、《园冶》注释与解读（2018年）

吴吉明译注，化学工业出版社2018年7月北京第1版第2次印刷。每章题后加解释性的副标题，如“兴造论——造园的整体构思”；“园说——造园的总原则”；“相地——园林地基的选择”；“立基——园林的布局”；“装折——建筑物的装修”；“借景——园林取景的艺术”，这既别出心裁，又简单明了。原典之后，依次为译文、注释、插图、原典图说。全书每卷之前有总述，每章之前有简述，章后有或长或短的“本章鉴赏”，用以概括全章内容。如《兴造论》的“本章鉴赏”（凡三页）指出：“该章中提出了三个重要观点。第一，‘能主之人’（建筑师、造园师）决定园林艺术的成败，强调了专业人才在造园中的地位……第二，造园要遵循节约与高效的原则……第三，园林设计的基本原则是‘巧于因借，精在体宜’。”可谓概括精当。全书结构井然有序，有条不紊。全书装帧精美别致典雅，不为周围商业习气所沾染。作者为从事建筑研究设计的高级建筑师，另著有《〈营造法式〉注释与解读》，均为其优长。但《〈园冶〉注释与解读》也有两大明显不足，一是有一定知识性的错误[①]；二是插图北方园林太多，江南园林太少，而《园冶》则主要是后者的理论提升。

＊五十、图文新解本《园冶》（2018年）

赵农编著。这是在其广为流传的2003年《图说园冶》及2010年增订版（参见本文第二十八、二十九条）的基础上进一步修改加工而成，出版则由山东画报出版社转至江苏凤凰科学技术出版社。从前言看，作者对计成《园冶》的流传有了进一步较完整的把握。其体例是：原文、注释（注释的数量较以前明显地增多，而且较详、实）、译文、延伸阅读四部分。

先评前三项。确诂的有不少，如《园冶题词》中的“简文”，注为“东晋简文帝司马昱”，并在引《世说新语》后还指出当时华林园的所在，此典可说是《园冶》解读史上最早的确诂之一；《冶叙》的“向禽”，注为“向为向长，字子平；禽为禽庆……”《相地・江湖地》的“子晋吹箫”，在译文中译为“吹笙”，也都是在吸取陈注本成果的同时，对其中误注所作可贵的扬弃。

误字误释如：《冶叙》的“四方多故”，依然误作“四方多敌”，这是繁简字之混淆；《兴造论》的“世之兴造，专主鸠匠”，依然释作“专主指园主，鸠匠指工匠。”但释文又较正确：“如今世人兴造建筑，都是以工匠为

① 如鹿柴、文杏，不知其典源；释“姑孰”为江苏沛县；“秋杪”是“这里指文章的结尾处”；“鸠匠”：“鸠，古代的一种交通工具，鸠匠指建筑工匠”，按此解释，“鸠”既是交通工具，又是建筑，这首先就不符合逻辑的同一律，其实，2013年出版的《园冶读本》，早就精准地将“鸠”释作动词“聚集”了，但尔后诸书依然误释，这都是缺少彼此间的交流互鉴之故。

主。”只是跳过了这个“鸩”字。其他误字、误释等粗疏处仍然颇多[①]。

再评后项“延伸阅读”，在全书占很大篇幅，也最吸引人，这由于：一是景观图例面广而多，几乎遍及全国，符合当今旅游热的潮流；二是文字颇具可读性，作者以第一人称来写，有亲切感，如与读者晤语；三是短小自由，既如游记，又如日记，笔调闲放，娓娓而谈，随意而写，读者乐于接受。但也有误，如江南民居屏门，图上却不是屏门，而是装在屋宇前列，《园冶·装折》所说的“长槅式”，江南民居则称之为“长窗”或“落地长窗”。

还需交代以上域外珍本的来源：日本内阁文库明版全本，2012年由［日］田中昭三先生拍摄的光盘提供；英译签名本和法译签名本，2012年至2013年分别由［英］夏丽森（Alison Hardie）女士、［法］邱治平（Chiu Che Bing）先生赠予；至于［美］哈佛大学弗朗西斯·洛布图书馆所藏英文选译本，则是2018年由原任职于澳大利亚新南威尔士大学、现任职于香港中文大学的冯仕达（Stanislaus Fung）先生从美国哈佛大学发来的电子文档本，在此一并向他们的热情支持致以由衷的谢忱！

特别说明：本文的撰写，长期来得到苏州园林档案馆的大力支持和热情帮助，笔者也将多种《园冶》珍稀版本捐赠给该馆。本文所叙录的《园冶》版本，除极个别外，该馆均有收藏，凡有收藏者，本文在每条前均以*为标志。

① 误字，如《相地·傍宅地》：“宅遗谢朓之高风”。对南朝赫赫有名、让李白折腰的大诗人谢朓的“朓”，虽然自明版至陈注本长期误作“眺”，但2018年前，《园冶全释》《图文本》《园冶读本》等以及很多普识本早已订正为“朓”，而图文新解本《园冶》在一节中“眺”字竟出现三次之多，可见并非偶然。排版粗疏的如：《园说》“纳千顷之汪洋”，“顷”误作“倾”；《屋宇·磨角》的“攛角”，误作“躐角”，“自得一番机构”，误作“依番机构；《栏杆》的“栏杆信画而成”，误作“栏杆信画化而成”（衍一字）等。误释，如《立基》的“濯魄清波”，释作“魄，精神（其实是喻水中之月），”“清波使精神清爽。”《掇山》：“方堆”释作“堆砌石头”，“皴文”释作“有纹饰的石头”，“势如排列”的“排列”，释为“指山石排列的必要性”（这恰与计成之意相反），“好事只知花石”的“花石”，解释为“带花纹的石头……”（其实是“花石纲”的省称）。《借景》中“红衣新浴，碧玉轻敲”的“碧玉（其实状翠竹）”释作“侍女”，全句译为“修竹疏雨，有如美女清歌”，也是想当然……本文之所以如此逐一指出，是因为此书以后在国内外更可能产生广泛影响，希望引起重视。

以上叙录，定会有不到位、不恰当之处，搜集也可能有疏漏，请方家们不吝批评、补正！

《知见录》撰写历程：

一、以2012年获致［日］内阁本《园冶》光盘为起点，

写成《〈园冶〉传播研究概要——明末以来〈园冶〉诸版本试述》，

见《园冶多维探析》上卷第52-73页；

二、《〈园冶〉版本知见录》，载［杭州］《人文园林》

2017年12月刊，第4-10页；

三、《〈园冶〉版本知见录》（修订版），载金学智《园冶句意图释》

2019年1月版，第339-347页；

四、《〈园冶〉版本叙评录》（增补版），收入本书。

难忘的美学映象

——纪念陈从周先生百年诞辰，试论其园林小品文的审美特征

陈从周先生是我国著名的风景园林学家、古建筑研究家、美学鉴赏家、旅游家、小品文家、画家、诗人，其人多才多艺，令人心仪；其文，沁人肺腑，涤人心神，让人口齿留香，久久难以忘怀。

以往，我写美学论文特别是写园林论文，最爱征引的美文有两家：一是宗白华先生，二是陈从周先生，两家都贵有诗心画眼、幽情雅韵。我写文章之喜爱引宗、引陈，这从上世纪八十年代就开始了。陈先生于1980年第一本问世的文集《园林谈丛》，就是我必备的案头书。

中国人重十重百。今年，是陈先生百年诞辰，应该写文章来纪念这位美文名家了。怎么写？我只能捡出自己的老本行——分析其文的审美特征，作为最诚挚的纪念。

约略地概括，陈先生的美文（以下或简称“陈文”）有如下几个特征：

随笔小品的形式，诗话画论的文脉

随笔小品，这是就体裁而言的。回眸历史，中国古代散文的体裁众多，《文心雕龙》所列专篇就有诠赋、颂赞、铭箴、诔碑、史传、诸子、论说、章表……可谓林林总总，令人目不暇接。唐末又出现了小品文，如皮日休、陆龟蒙以短文干预现实，为鲁迅所称道；到了明代，更形成高峰，如三袁、江盈科、陈继儒、李流芳、刘侗、张岱……他们寄情山水，遁迹园林，写来不拘格套，独抒性灵，文笔轻松，短小清新。陈文正是上承了晚明小品传统又有新的发展，就看其随笔性短文，如《绍兴行脚》《泰山新议》《水乡南

浔》《桐乡行》《满身云雾上狼山》《端州天下闻》《水边思语》《秋水》《湘游散记》《宣城志古》《闽游记胜》《翠螺出大江》《梁山留迹》《皖南屐痕》《半生湖海，未了柔情》……从文题看，即可知其体裁是游记式的随笔小品，而绝非长篇大论。

古人说，“读万卷书，行万里路”，陈先生正是如此。他半生湖海，足迹遍天下，很多文章均从“行万里路”上来，俊得江山之助，故能给人以一卷在手，宛同卧游之感。我爱读陈先生的园论游记随笔小品，它让我获益匪浅，对我的写作也深有影响。回望我的大半生，除了写系统的学术专著外，也试写了大量的艺术随笔、美学小品，这些附骥效颦之作，多数收在文集《苏园品韵录》中的“园蹊屐痕”“园缘散叶”栏里。

陈文的集名，也很有意思。以明代为例，士人们的诗文集，王行有《半轩集》，高启有《凫藻集》，杨基有《眉庵集》，皇甫冲有《华阳集》，皇甫涍有《少玄集》，皇甫汸有《百泉集》，王穉登有《金阊集》，袁宏道有《锦帆集》，李流芳有《檀园集》……而陈先生则有《书带集》《春苔集》《帘青集》《随宜集》《世缘集》等，均寓寄一定的文化意味，有书卷气，雅洁隽永，它们用作小品集名，确乎名实相符。

愚以为真正要研读陈文，既须因枝以振叶，从显态联系于明末小品，又应沿波而讨源，由隐态寻求其理论文脉——诗话、画论。我国的诗话，品类繁多，形式不一，它们虽具有“书”的形式，其实大多是由一则则短文编纂而成，其各段之间的联系往往不十分紧密，次序的先后也并非不可调动，而且这样的调动，几乎不影响其篇章结构的整体，就历代论述型的诗话来看，宋代姜夔的《白石道人诗说》、明代徐祯卿的《谈艺录》、王世贞的《艺苑卮言》、清代王夫之的《姜斋诗话》等均如此。至于画论，如明代董其昌的《画禅室随笔》、清代恽格的《南田画跋》、方薰的《山静居画论》等，也都是由一段段短文连缀起来的。中国诗画理论的这种载体形式，其源盖可上溯至先秦，作为经典的《论语》就是如此，以后的《孟子》《庄子》等，其篇内各段之间也呈这种松散结构。

陈先生的论述型美文，极有类于传统的诗话和画论，其代表作《说园》

五篇最是适例。每篇均由一则则短文连缀而成，每一则短文，就是该篇的一个段落，而每篇中的绝大多数段落，都是可以互换的，甚至是各篇之间的多数段落，也可以相互交换，其结构的松散若此，或者可以这样说，其每则亦即每段之间，与上下文无甚紧密联系，相反是留有空白，所以读来轻松，有思索品味余地。这里不妨具体品析其《梓室谈美》一文，可见其更像诗话。全文共九则，文末缀曰："挑灯偶读，掇拾一二，聊供夜谈而已。"这就令人想起网师园殿春簃书斋曾有一联："灯火夜深书有味；墨华晨湛字生香。"又想起《兰亭序》"取诸怀抱，晤言一室之内"的美言，把人们带到了古代挑灯夜读、对坐夜话的书斋，与人娓娓而谈……这里试引其中一则：

唐人张泌寄人诗："别梦依依到谢家，小廊回合曲阑斜。多情只有春庭月，犹为离人照落花。"此真写庭园建筑之美，回合曲廊，高下阑干掩映于花木之间，宛若现于目前。而着一"斜"字又与下句"春庭月"相呼应。不但写出实物之美，而更点出光影之变幻。就描绘建筑言之，亦妙笔也。余集宋词有："庭户无人月上阶，满地阑干影。"视张泌句自有轩轾，一显一隐，一蕴藉一率直，而写庭园之景则用意差堪拟之。

此则置于古代诗话中，可谓毫无逊色。细品此文，其发现，全凭作者的一双慧眼，一支妙笔：其形象，让人如见庭户曲阑，花木掩映，光影斑驳；其意韵，则如同空谷幽兰，清香蕴藉而略闻微漾；其写法，是先拈出古人语，然后用三言两语加以生发，既引到主旨，又点到为止，绝不啰唆，这让熟悉古代诗话的读者倍感亲切。

别具只眼的识见，辩证互补的内核

陈先生有关美学鉴赏的文章，眼识独具，见解警辟，言简意赅，往往一语中的。如《留园小记》的开篇落笔："江南园林甲天下，苏州园林甲江南。"其旁自注："前人未曾说过，是我的概括。"此语十四个字，不但是他的个人发现，而且警辟地写出了国人的共识。它早已成了众口相传、广为流行的谚语。

该文继而描述道："这些亭台处处，水石溶溶的名园，争妍斗巧，装点出明媚秀丽的江南风光。园以景胜，景以园异，如拙政园以水见长，环秀山庄以山独步，而留园则山石水池外，更以建筑群的巧妙安排与华丽深幽著称。”寥寥数语，高度概括了苏州园林共同的美和各自的美。多少年来，多少旅程中惟知轧闹忙的人来游苏州园林，往往看了几个就感到差不多，认为都是老一套，但在行家里手的陈先生看来，却差得很多。他不但发现了园园殊致，而且要言不烦，一语点出拙政、环秀、留园的美。此外，其《苏州网师园》赞该园为“苏州园林之小园极则”“以少胜多的典范”。此评也是一锤定音，广为识者所援引。《苏州沧浪亭》一文则如此描述这个面水的古园，“古树芳榭，高树长廊，未入园而隔水迎人”“园林苍古，在于树老石拙……而堂轩无藻饰，石径斜廊皆出丛竹、蕉荫之间，高洁无一点金粉气”。以风格美学的鉴赏视角切入，拈出“苍古”二字，也就是揭出了沧浪亭的独特个性，陈文句句围绕此二字展开，识见高卓，言辞典雅，堪称确评。

《三山五泉话镇江》一文析镇江的风景名胜，通过比较以求区别：“三山景色之美，各有千秋：焦山以朴茂胜，山包寺；金山以秀丽胜，寺包山；北固山以险峻胜，寺镇山。”这是对镇江三山之美的高度提炼，三句话更精准凝练，达到了一字不可易的程度，可谓片言明百意，堪视作浓缩了的经典镇江游览指南。

陈文泛论园林，不仅形式上与众不同，而且内容上颇多令人心折的高论，不妨从其代表作《说园》五篇中各选一则以见一斑：

山贵有脉，水贵有源，脉源贯通，全园生动。（《说园》）

小园树宜多落叶，以疏植之，取其空透；大园树宜适当补常绿，则旷处有物。此为以疏补塞，以密补旷之法。落叶树能见四季，常绿树能守岁寒，北国早寒，故多植松柏。（《续说园》）

江南园林叠山，每以粉墙衬托，益觉山石紧凑峥嵘，此粉墙画本也。若墙不存则如一丘乱石……（《说园（三）》）

园林与建筑之空间，隔则深，畅则浅，斯理甚明，故假山、廊、桥、花墙、屏、幕、槅扇、书架、博古架等皆起隔之作用。（《说园（四）》）

钟情山水。知己泉石，其审美与感受之不同，实与文化修养有关。故我重申不能品园，不能游园；不能游园，不能造园。（《说园（五）》）

第一则，四句短语，语语皆至理，揭示了园林中山水构成的要谛，或者说是归纳出园林意境生成的“气脉连贯律”；第二则，概括了大园、小园不同的花木配置要求。“以疏补塞，以密补旷”八字，思致周密，臻于哲理的高度，然而无不是从江南、北国的造园实践中来，至于落叶见四季，常绿守岁寒，更不只是阐前人之所已发，而且是扩前人之所未发；第三则，揭示了叠山与粉墙的主衬关系。前者有了后者，则能对待互生而增值；第四则，阐释了“隔”的功能。我在《中国园林美学》里归纳园林意境生成的“亏蔽景深律”，即引其为重要的书证；第五则，说明了园林审美离不开主体的一往情深——引山水泉石为知己，这和计成《园冶》中的“深意图画，馀情丘壑”一样，均指出了审美活动中主客体二者的须臾不可离。以上五条，虽从不同视角出发，但无不体现了陈先生的独见之明。

还应指出，以上识见，或隐或显地体现为辩证思维的积极成果，如疏与密、隔与不隔、主体与客体……正因为如此，故其论特有深度。《说园（三）》还明确说：“静中见动，动中寓静，极辩证之理于造园览景之中。”这可看作是夫子自道。这类辩证互补的思维，大量散见于陈先生《说园》诸篇：

画家讲画树，要无一笔不曲，斯理至当，曲桥、曲径、曲廊，本来在交通意义上，是由一点到另一点而设置的。园林中两侧都有风景，随直曲折一下，使行者左右顾盼有景，信步其间使距程延长，趣味加深。由此可见，曲本直生，重在曲折有度……（《说园》）

白色非色，而色自生；池水无色，而色最丰。色中求色，不如无色中求色。故园林当于无景处求景，无声处求声……（《续说园》）

假假真真，假假真真。《红楼梦》大观园假中有真，真中有假……有作者曾见之实物，又参有作者之虚构。其所以迷惑读者正在此。故假山如真方妙，真山似假便奇……造园之道，要在能“悟”。（《说园（三）》）

第一则论曲与直。曲径能使游人“左右顾盼有景”云云，是指出了它能有效地拓展园林的有限空间，而“曲折有度”的提醒，更有助于造园家对“度”的把握，从而避免路径过直或过曲之弊，这与清人刘熙载的“直而有曲致，曲而有直体”（《艺概·书概》）属同一哲理；

第二则，论有色与无色，乃至有声与无声的辩证之理，这更适用于粉墙黛瓦的江南文人园林，但也普泛地适用于北国皇家园林，又通于《老子》中的“有无相生”（二章）、“大象无形”（四十一章）的渊深论述，还契合于白居易《琵琶行》中的“此时无声胜有声”的形象描写。

第三则，是拈出了园林中真与假这对相反相成的重要范畴。其《园林清议》还进而说：“有时假的比真的好，所以要假中有真，真中有假，假假真真，方入妙境。园林是捉弄人的，有真景，有虚景……因此，我题《红楼梦》的大观园，‘红楼一梦真中假，大观园虚假幻真’之句，这样的园林含蓄不尽，能引人遐思。”这都是从本质上阐发了艺术与现实的美学关系，指出“假山如真”“真山似假”，风景园林就能臻于奇妙之境。“造园之道，要在能‘悟’”一句，更具普遍性，是对一切艺术创造和审美品赏的最好启导。再看陈文中，种种精湛的感言悟语在在可见，于是其文的含金量倍增。

文学艺术的融通，如珠似玉的语言

陈从周先生卓然成家，著作等身，同时也得力于他在众多艺术领域里涉猎多，造诣深，交游广，从而博综之，融通之。王栖霞（西野）在《〈园林谈丛〉跋》中说：“我友陈从周教授，治古建园林之学久。其早年从事文史，研习绘画，对人物、山水、花鸟，各有高深造诣。中年以后，所绘兰竹，意多于笔，趣多于法，自出机杼，脱尽前人窠臼。以词境画意相参，探求园林技法……［其文］就笔墨言，清新隽逸，如记游小品；引景抒情，如无韵诗篇……”密友的知音之言，言之不虚！试翻开陈先生的《书带集》，一连串文题映入眼帘：《蜀道连云别梦长——忆张大千师》《记徐志摩》《往事迷风絮——怀叶恭绰先生》《马序伦先生论书法》《〈姚承祖营造法原图〉序》《〈长物志·注释〉序》《〈杨宝森唱腔选〉序》《跋唐云竹卷》《园林美与昆曲美》……真是门类众多，内容丰繁，体裁不一，几乎是一篇一个领域，一篇一种写法。

陈先生《说园（三）》有一句众艺相通的悟语：“造园之理，与一切艺术，无不息息相通。”对此，陈文的论述甚夥，略掇拾如下：

古代造园多封闭，以有限面积，造无限空间……以少胜多，须概括、提炼。曾记一戏台联："三五步，行遍天下；六七人，雄会万师。"演剧如此，造园亦然。(《续说园》)

恽寿平云："元人园亭小景，只用树石坡池随意点置以亭台篱径，映带曲折，天趣萧闲，使人游赏无尽。"此数语可供研究元代园林布局之旁征，故余曾云，不知中国画理，无以言中国园林。(《梓室谈美》)

联对、匾额，在中国园林中，正如人之有须眉，为不能少的一件重要点缀品。苏州又为人文荟萃之地，当时园林建造复有文人画家的参与，用人工构成诗情画意……因此山林岩壑，一亭一榭，莫不用文学上极典雅美丽而适当的辞句来形容它，使游者入其地，览景而生情文……(《苏州园林概述》)

造园综合性科学也。且包含哲理，观万变于其中……晦明风雨，又皆能促使景物变化无穷……(《说园(五)》)

第一则，以造园与演剧的类比悟入，推出"以有限面积，造无限空间"的园林美学原理，令人服膺；第二则，引出清人恽寿平一段画论，不但以绘画证园史，而且推出"不知中国画理，无以言中国园林"的不易之论；第三则，指出堂构的匾额对联，是文学参与园林建构的重要方式。拙政园的远香堂、听雨轩，就撷自《爱莲说》"香远益清"之文句和李商隐"留得枯荷听雨声"之诗句，它们典雅美丽而适当，足以使游人"览景而生情文"，从而意兴无穷；第四则，造园又综合了科学、哲学，并寓千变万化的天时于其中……综而述之，戏曲、绘画、文学乃至科学、哲学，这些不同的门类、学科，或者与园林异质而同构，可以互参，或者是直接加入，并指导园林的创造与欣赏，足见它们之间，无不息息相通。

陈先生论园善于修辞，巧于以诗文绘画取譬设喻，从而启人智慧发人联想。这些片段，可谓累累乎妙语如珠，读来不禁让人拍案叫绝！如：

园之佳者如诗之绝句，词之小令，皆以少胜多，有不尽之意，寥寥几句，弦外之音犹绕梁间。(《说园》)

中国园林的树木栽植……要具有画意。窗外花树一角，即折枝尺幅；山间古树三五，幽篁一丛，乃模拟枯木竹石图。(《说园》)